Renate Jachnow

Manchmal ist das Leben dünn

europabuch

europabuch

www.europabuch.com | info@europabuch.com
ISBN 9791220134163
Erstausgabe: Januar 2023

Coverbild „Busy dreaming" von Didier Lourenço
Gedruckt für Italien von Rotomail Italia
Stampato presso Rotomail Italia S.p.A. - Vignate (MI)

Manchmal ist das Leben dünn

Für Cornelia in memoriam

Jedes Leben hat sein Maß an Leid. Manchmal bewirkt eben dies unser Erwachen.

Buddha

Der Lektorin Julia Heinecke, Freiburg, danke ich für ihre humorvolle Art der Unterstützung bei meinem Bemühen, die Thematik strikt im Auge zu behalten und die Personen „natürlich“ sprechen zu lassen.

Alltagsanker

Sie biss die Zähne zusammen, schnappte sich die Kehrschaufel, die sie mit dem Handbesen bereits vor einer Stunde neben die Balkontüre gelegt hatte. Nun gab es kein Aufschieben mehr. Die Wut gab Simone Steiner den Stoß, endlich die lästige Aufgabe Balkonfegen zu erledigen. Vorher war sie um ihren Mann im Wohnzimmer herumgeschwänzelt in der Hoffnung, er würde ihren kontaktsuchenden Blick auffangen und erwidern. Aber ihre Erwartung wurde zum zigsten Mal enttäuscht. Sie ärgerte sich auch über sich selbst, wusste sie doch, wie er war. Mehr als 25 Jahre kannte sie ihn.
Woher nehme ich bloß immer wieder die Hoffnung? Die Hoffnung, er könnte einmal wirklich meiner Erwartung entsprechen?
Was erhoffte sie sich so lange schon nahezu vergebens? Wohl gab es überraschende kurze Bestätigungen, dann aber – noch verlässlicher –wieder die Enttäuschung, leer auszugehen. Lag ihr Mann friedlich in seinem Sessel im Wohnzimmer, grunzte hin und wieder etwas, atmete vernehmlich, die Augenlider noch geöffnet, belebte dieser Anblick in ihr eine Sehnsucht nach Worten und Austausch, die unter dem Staub jahrelang angehügelter Enttäuschungen verdeckt war. Über die Jahre war sie schon sehr bescheiden geworden. Es war ihr nichts anderes geblieben, als diese Momente geblinzelter Offenheit zu orten und mit sanft angebotenen Worthäppchen, kleinen belanglosen Fragen oder Kommentaren, die er immerhin mit seinen Lippen stumm nachformte, so, als könne er sie erst dann richtig verstehen, in der Schwebe zu halten.

Aber auch er hatte mittlerweile spitz bekommen, dass ihm ihre locker zugeworfenen Worte keinen Schutz boten und er, ein schlauer Fuchs wie er war, sie mit raunzigen Mahnungen wie „Ich will jetzt meine Ruhe haben“ einfach energisch zum Rückzug auffordern konnte. Heute nun war der Anpfiff ihrerseits etwas stärker gewesen. Er wollte partout nicht mit ihr den Kostenvoranschlag des Malers für die zu renovierende Einliegerwohnung besprechen. „Das hat noch Zeit“, wiegelte er ab.

Diese Reaktion war ihr zur Genüge vertraut und ließ sie gereizt zurückfragen: „Warum nicht jetzt? Du gehst doch gleich wieder weg, und morgen fährst Du für zehn Tage ins Retreat. Du selbst hast ihn doch ein paar Mal angerufen, ihn um den Kostenvoranschlag gebeten, wir warteten schon so lange darauf. Wir werden sonst nicht fertig bis zu unserem Urlaub in fünf Wochen!“ entgegnete sie hilflos und vorwurfsvoll zugleich.

Sie wusste wohl, dass er jeden Tag seinen Liegesessel in der Wohnzimmerecke vor der Terrasse aufsuchte, um mehr als ein Nickerchen zu machen. Er brauchte seine Portion Schlaf als Folge einer chronischen Lebererkrankung. Aber Simone Steiner war der festen Überzeugung, dass in dieses krankheitsbedingte Bedürfnis auch viel Bequemlichkeit hineingeflossen war. Sie fühlte sicher daher auch etwas ausgenutzt, wenn die Erledigungen der häuslichen Belange vorwiegend an ihr hängenblieben.

„Nun gib schon Ruhe! Ich will jetzt schlafen.“ Seine Augen funkelten dunkel, die Stirn zog sich streng zu einem Gewehrlauf zusammen, seine Stimme schwoll bedrohlich an.

Sie drehte sich auf dem Absatz um, schloss die Wohnzimmertür mit hörbarem Nachdruck, stapfte in die

Küche, fluchte und schickte sich an, die Küche aufzuräumen. Jedenfalls hier kann ich etwas klarstellen und in Ordnung bringen, dachte sie, während sie das leere Rotweinglas unter dem Wasserstrahl abspülte. Sie trocknete es mit dem Küchentuch ab. Ein wenig spürte sie dabei ihre dümmliche Verzweiflung. Sie schnürte das Handtuch zu einem gezwirbelten harten Schlauch und führte ihn in das zerbrechliche Glas ein, darauf bedacht, dass sie noch Kontrolle über die Sprungspannung der harten trockenen Tuchwurst behielt, so dass diese nicht den Glasrand sprengte. Vorsichtig verbreiterte sie den Wulst an der Glasöffnung, lockerte das Ende wieder zu einem Lappen, um mit Zeigefinger und Daumengriff den Glasrand völlig trocken zu reiben. Wie eine Kosmetikerin fühlte sie sich dabei. Es war ein Peeling für ihre angetrocknete Traurigkeit. Diesen beruhigenden Vorgang zelebrierte sie an ein paar weiteren Wassergläsern, die auf der Steinplatte rund um den Wasserhahn herumstanden.

Urplötzlich schoss ihr die Erinnerung an ein vertrautes Wortspiel zwischen ihnen beiden in den Sinn. „Warum stellst du die Gläser nicht in die Spülmaschine? Die verbrauchen doch weniger Wasser beim Spülen, als wenn du es mit den Händen tust! Das kostet doch dann weniger!“

„Ich weiß, aber du weißt auch, dass ich mir dabei die Hände wasche!“

„Quatsch!“, schüttelte er immer wieder verständnislos den Kopf.

Dass ich aber auch nichts ungestört machen kann, ohne an ihn zu denken. Das ist Ehe, dachte sie spöttelnd, halb lachend, halb enttäuscht über sich selbst.

Sie wischte den großen Küchentisch, der ebenfalls eine schwarz gemusterte Steinplatte war, von den letzten Krümeln und Fettringen frei. Ein prüfender Blick in schräger Kopfhaltung, um die Platte im Profil besser auf Fleckenreste untersuchen zu können, versicherte ihr: Nein, kein Fettrand mehr, alles wieder in Ordnung. Sie streckte ihre Wirbelsäule.

Ihre zurückgewonnene Stabilität ermutigte sie, leise nach ihrem Mann zu schauen und ihm die Blätter mit dem Kostenvoranschlag des Malers neben den Sessel zu legen. Wie eine Katze schlich sie auf Socken ins Wohnzimmer zurück, in der Hand die liebevolle Attacke. Ihr Verantwortungseifer ließ ihr eben keine Ruhe. War es das, was ihn störte? Sie schüttelte leicht den Kopf und blies diesen kurzen Anflug von vernünftigem Abstand weg.

Seine Fluchtversuche vor ihr beantwortete sie meist mit hartnäckiger Verfolgung. Sie fand diesen Zug an sich selbst unangenehm. Klar, dass sie auch viel lieber Bequemlichkeitswünschen oder sonstigen spontanen Ideen nachgegangen wäre. Aber sie spürte den Drang, anstehende Fragen schnell zu beantworten. Im Nacken saß ihr eine unbestimmte Angst vor nicht wiedergutzumachenden folgenreichen Versäumnissen oder Verlusten.

Noch ausschlaggebender war, dass sie sich an ihn gebunden fühlte. Ja, ohne ihn wollte sie nicht entscheiden, nicht, weil sie sich zu eigener Entscheidung etwa unfähig fühlte. Sie fühlte sich nicht unsicher, ahnungslos oder zu ängstlich, um selbst Verantwortung mit allen Konsequenzen zu tragen. Nein, alles, was sie beide gleichermaßen anging, ihr gemeinsames Leben bedrohte,

bereicherte oder forderte, wünschte sie sich „demokratisch“, wie sie es nannte, im Für und Wider gemeinsamer Streitgespräche ausgefochten und gewachsen. Sie verglich diese Herangehensweise mit dem Kneten eines Mürbeteigs, geformt mit ihren beiden Köpfen, ihren beider Herzen. Sie liebte Mürbeteig, er war würzig, knusprig, buttrig, sandig. Kein Teig, der nur monotone geschmacksneutrale Grundlage für einen Fruchtbelag war. Nein, die obere und die untere Schicht, beide zusammen, machten den besonderen Genuss durch den kontrastreichen Geschmack aus. Ja, ein demokratischer Mürbeteig sollte es sein, der, nach einer gewissen Ruhezeit in gute Form gebracht, in den Backofen kommen sollte. So stellte sie sich in den ersten Ehejahren die gemeinsame demokratische Entscheidung vor. Jede einzelne dazu geeignet, ihr Lebensband enger zusammenzuschnüren.
Nicht allein darum war es ihr gegangen. Sie hatte auch Spaß an dem spielerischen Charakter des Miteinanderaustragens der Argumente, des Hin und Her, des Für und Wider. Wie ein Tischtennisspiel mutete sie die Vorstellung an, wie sie sich die fliegenden knallig aufschlagenden, hingehuschten und verpassten, verirrten Wortbälle zuspielen würden.

So war ihre Erfahrung vor mehr als 20 Jahren, als sie zum Skifahren in die französischen Alpen gefahren waren – das erste Mal für sie, sie war zu dem Zeitpunkt sechsundvierzig Jahre alt – und im Hotel Tischtennis spielten. Dieses gemeinsame Spiel stand Pate für ihre damalige inbrünstige Hoffnung, sie könnte ihr Leben lang den Aufschlag ihrer Bälle hören und erwidern. Denn auch er hatte helle Freude an ihrer beider Ballspiel gezeigt. Er hatte sie jedes Mal innig umarmt und geküsst, ihre Schnelligkeit und überraschenden Coups gelobt. Sie fand ihn erotisch, wie er strahlend und lachend den rechten Arm weit ausholte, um ihre ins Nirwana springende Bälle aufzufangen und sie zu schlagen. Sie liebte solche Herausforderungen. Es machte ihr gar nichts, ihn im Vorteil zu erleben, wusste sie doch, dass er viel sportlicher war als sie. Er hatte früher als Jugendlicher und junger Mann viele Jahre lang Tennis gespielt. Wenn er im Eifer konzentriert war, fand sie ihn hinreißend, bestrickend, kurz, zum Verlieben. Lachte er dann noch, zeigte seine großen weißen blitzenden Zähne, fand sie ihn zum Anbeißen. Die Ehe duftete ihr anfangs wie ein Leckerbissen entgegen. Es war das zweite Ehejahr. Es waren diese Momente, in denen sie ihm erlag. Kein Schimmer böser Vorahnungen, kein Schimmer der Erinnerung an bereits bittere, tief kränkende Erfahrungen mit ihm zuvor. Sein zwinkernder Blick, seine samtweiche Stimme hüllte ihr Herz in ein goldenes Vlies. In seinem Charme sich zu wiegen war holde Wonne. Kein Gedanke, dass just diese innige Verbundenheit immer wieder wie aus heiterem Himmel ins krasse Gegenteil umschlagen könnte. Es konnte einfach nicht sein! Der Wunsch, dieses Glück weiter in körperlicher Verschmelzung auszukosten, drängte sich damals immer wieder nach vorn. Sie hatte Sehnsucht nach zärtlicher Berührung ihres Körpers, nach körperlichen Spielen mit ihm, nach erotischer Freude. Aber diese Freuden hatten seltene Gastspiele.

Ihr Wunsch war die Ehe durch geblieben, ihre Hoffnung hatte wacker weiter gelebt. Sie schaute in sein Gesicht. Es wirkte friedlich. Sein Ausatmen blähte die Oberlippe auf und pfiff mit hellem Ton aus. Irgendwie ein lustiger Anblick, sie lächelte liebevoll. Sie wollte ihn jetzt wirklich in Ruhe lassen.

Ganz leise und schnell verließ sie das Wohnzimmer und ging nochmal in die Küche.

Ein Blick auf die Uhr an der Wand, deren Ziffern zwölf verschiedene Singvögel waren und mit jeder neuen Stunde einen entsprechenden Vogelgesang tönen ließ, zeigte ihr an, dass sie nur noch 20 Minuten hatte bis zur nächsten Sitzung. Um 15 Uhr stand der nächste Patient auf dem Kalender. Um 16 und um 17 Uhr jeweils eine weitere Psychotherapiesitzung. Dann hätte sie mit den fünf Sitzungen am Morgen insgesamt acht Stunden therapiert.

Das reicht auch, vielleicht kann ich mich noch eine Viertelstunde hinlegen – eine kleine Ruhe für mich ganz allein, dachte sie.

Ach nee, geht ja nicht. Sie fuhr erschreckt zusammen. Hab ja ganz vergessen, den Balkon zu fegen. Da liegen so viele abgefallene Blüten herum, vom Wind auch noch hereingeblasener Dreck. Den Anblick kann ich mir und den Patienten nicht schon wieder bieten. Heute Morgen habe ich mich geradezu geschämt, dass die Patienten so einen Ausblick auf den unaufgeräumten langen Balkon hatten.

Bestimmte Vernachlässigungen empfand Simone Steiner als ‚lässliche Sünde', ganz im Sinne der katholischen Bußordnung, die sie zwar offiziell nicht mehr beherzigen musste, denn sie war schon vor Jahren aus der katholischen Kirche ausgetreten. Aber verinnerlicht war verinnerlicht. Im Unterschied dazu stand die gewichtigere Sünde, die ‚Todsünde'. Eine Todsünde war für sie, vereinbarte Termine zu vergessen oder einem Patienten aus

Versehen in unschicklicher Erscheinung zum verabredeten Termin zu begegnen. So streng hatte sie sich an die Kandare genommen, bis die Realität sie eines Tages, als sie schuldig wurde, eines Besseren belehrte. Ja, auch sie war lernfähig.

Zwei Varianten legten sich in ihrem Gedächtnis fest. An einem Morgen war sie, was lange nicht mehr der Fall gewesen war, länger im Bett geblieben in der Annahme, sie hätte erst um 9 Uhr die erste Sitzung. Um halb acht ging sie nach oben in die Praxis, ihre tägliche Morgengymnastik zu machen. Die brauchte sie, sonst, so fürchtete sie, würden ihre ständig lauernden Rückenschmerzen massiv hervorbrechen. Im Hintergrund mahnte sie hierzu regelmäßig die Drohkulisse des vor vielen Jahren erfahrenen nahezu unerträglichen Schmerzterrors, der sie damals zwang, auf allen Vieren zu kriechen. Aufrechter Gang war seinerzeit schier unmöglich gewesen. Ins Auto musste sie getragen werden. Um einem Wiederaufleben dieser Plage zu entgehen, hatte sie sich zu täglicher Rückengymnastik verpflichtet, die sie auch bei Hotelbesuchen, wie etwa bei ihren auswärtigen Vortrags- oder Seminarverpflichtigungen mit abgespecktem Programm eisern einhielt. Dieses Pflichtprogramm hatte sie auch an jenem Morgen im großen Therapieraum absolviert. Stolz darauf – denn es war zu frühmorgendlicher Stunde doch immer eine Überwindung, sich zu strecken und zu dehnen – war sie die Treppe hinuntergegangen, hatte die Tageszeitung aus der Zeitungsrolle vor dem Haus herausgenommen und wollte in der Küche die Schlagzeilen überfliegen. Da klingelte es. Über die Haussprechanlage fragte sie, wer da sei. Es war Frau B. Simone Steinert gab sich einen Ruck, drückte auf den Summer, trat tapfer in ihrem lachsfarbenen Bademantel durch die dünne

Sperrholztür, die die Naht zwischen Privat- und Berufsbereich bildete, und begrüßte die Patientin im Warteraum, der gleich dahinter lag. Sie zuckte erschreckt zusammen, fing sich aber schnell und offerierte ihr Willkommenslächeln mit einer pflichtfertigen Entschuldigung beziehungsweise einem Schuldbekenntnis. Ihre Klientin schrak ebenfalls zusammen:

„Habe ich mich vertan? Aber auf meinem Zettel steht 8 Uhr."

„Warten Sie, ich lauf schnell nach oben und schau in den Kalender und in Ihre Akte!" Kalender und Karteiblatt gaben deutlich in ihrer Handschrift den eingetragenen Acht-Uhr-Termin wieder. Sie hatte sich wirklich vertan. Eilig lief sie nach unten, froh, dass sie der Klientin den Schrecken aus dem Gesicht nehmen konnte, beschämt darüber, dass sie nicht aufgepasst hatte. Die Klientin reagierte aber gar nicht entlastet, sondern bot an zu gehen, um sie ihrerseits aus der unangenehmen Situation zu befreien. Diese Wendung belastete Frau Steiner erneut, wollte sie doch alles andere als ihr Gegenüber beschämen. Sie saß kurz in einer ihrer bekannten Falle, in die sie mit ihrer Mutter jahrelang gelaufen war: den anderen durch sein Dasein oder Tun in eine schwierige Situation zu bringen, egal, ob schuldig oder unschuldig, aus der ein Versuch der Befreiung eine erneute Verschuldung hochzuspielen drohte. Das stellte von jeher eine große Bürde für sie dar. Die Verschuldung erwuchs aus dem Nichtertragen-Können des Leidens oder eines Nachteils für den anderen. Diese war die leidvolle „Mutterschraube" im Getriebe des aktuell gemeinsamen Schicksals. Keine Beteuerung – „ist nicht schlimm" oder „kann ich später machen" – brachte die beiden in früherer Zeit auseinander. Zu stark war die Empathie, zu schwach die Bereitschaft, statt Schuld die Verantwortung für die Konsequenzen tapfer zu tragen und aushalten zu wollen. Dies hätte eben bedeutet zu ertragen, dass es dem anderen schlecht ergehen kann, während man selbst sein Vorhaben durchzog, man also selbst heil oder gewinnreich gewesen wäre. Eine Änderung des eigenen geplanten Vorhabens hätte das Leid des anderen nicht mildern können. Außer Mitgefühl und Anteilnahme zu zeigen war nichts zu machen.

Simone Steiner wurde sich der Verstrickung schnell bewusst und war entschlossen, den Faden schnell abzuschneiden. Sie wies die Patientin an, ein paar Minuten zu warten, sie käme dann gleich zu ihr.

Ein ähnliches Spiel wiederholte sich ein paar Wochen später. Es war ein Mann, ein Holländer, ebenfalls morgen um 8 Uhr. Sie kannte ihn, er war schon einige Male gekommen. Sie, wieder im Bademantel, begrüßte ihn mutig. Sie wollte die Regelung nicht ihrem Mann überlassen, der kurz den Kopf durch die Tür gesteckt und sie mit ein paar Worten entschuldigt hatte. Das war ihr nicht ehrenhaft genug. Der Holländer bot nicht an, gleich zu gehen. Er meinte sogar, seine Frau hätte ihn an den Termin erinnert. Jetzt wolle er auch die Stunde wahrnehmen. Er fände es gut, dass ihr die Verspätung passiert sei. Dann sei er also nicht allein mit seiner Vergesslichkeit. Sie lachten beide. Simone Steiner entwickelte fast Gefallen an der Situation. Was alles an Versionen möglich ist, mit solch einer Situation umzugehen, dachte sie. Außerdem bestätigte sich für sie, dass Holländer einfach umgängliche, lockere Menschen sind.

Mit dieser selbstbewussten Reaktion ihres Sparringpartners konnte sie wohl besser leben als mit einer bußfertigen. Zwar beurteilte sie ihre Terminverwechslung immer noch als unerwünscht und peinlich. Aber sie konnte leichter dazu stehen. Die Bezeichnung 'Todsünde' wollte ihr nicht mehr über die Lippen kommen.

Wenn verschiedene Reaktionen auf ein gleiches Ereignis möglich sind, warum nicht die wählen, die einem den Umgang mit dem Geschehen erleichtert und einen fruchtbaren Fortgang ermöglicht? Es lohnt sich, immer nach Alternativen zu schauen, wenn man merkt, man ist festgefahren, hatte sie als Lehre daraus gezogen.

Die Erinnerung an diese Geschichten tauchte auch ihre geplante Kehraktion in ein anderes Licht. Der von Laub bedeckte Balkon berührte mehr ihre Eitelkeit. Sie wollte alles schön um sich herum haben. Nicht nur an sich selbst dachte sie daran. Auch der andere, Klient oder Besuch, sollte sich in ihrer Umgebung wohl fühlen. Eitelkeit und Ehrgeiz – sie wusste nicht genau, was überwog. Auf jeden Fall war es weder eine lässliche noch eine Todsünde. Es war ja meistens bei ihr sauber.

Mit der Kehrschaufel und dem kleinen Kehrbesen stapfte sie die Treppe hoch zur Praxis. Durch die offen stehende Bürotür neben dem Therapieraum fiel ihr Blick auf ein neues Fax. Sie ging durch das Therapiezimmer, entriegelte das Einbruchsschloss und stellte die Tür zum Balkon auf. In den Türspalt steckte sie einen Gummistopper, der sehr elegant im Paisleymuster geformt war. Diese selbst ausgewählten ästhetischen kleinen Dinge des Alltags waren ihre Blickbonbons, die ihr halfen, langweiligen Kommunikationen oder dem Zuhören eines nöligen

Patienten-Singsangs durch einen Blick darauf kurz zu entweichen, mal gezielt, mal nebenbei. Diese Selbsterfrischungen gestattete sie sich. Das fand sie durchaus vertretbar angesichts der Anstrengung, über acht Sitzungen voll wach zu sein. Immerhin war es ihre Aufgabe, verbale und nonverbale Informationsflut von anderen Menschen zu ertragen, aufzunehmen, zu verarbeiten und darüber zu entscheiden, wie sie diese für den Patienten nützlich machen könnte.

Süßes bot ihr ebenfalls eine kurzweilige intime Pause. Am liebsten war ihr Schokolade. Kakao-trinken jeden Nachmittag war ein Ritual, mit dem sie sich ein Stück Privatsein zwischen den Therapiesitzungen gönnte.

Sie trat auf den gefliesten hausbreiten Balkon. Das vor ein paar Monaten frisch gestrichene braune Balkongeländer hing mit sieben Balkonkästen mit rosafarbenen Hängegeranien und lilablauen Fünffingerblumen üppig voll. Am Boden lagen verblühte Blüten und Erdkrumen, die der Wind aus den Kästen geblasen hatte, zudem Staub von den Kastanienkerzen. Auch abgestorbene Blätter waren über den Balkon verstreut.

Nein, das ist doch zu schmutzig, sagte sie zu sich, ich hole den Besen, um alles auf einmal zusammenzukehren. Gedacht, getan. Sie schaute sich den Balkondreck an, nickte unmerklich, fegte alles zusammen auf das Plastikblech und brachte es runter in den Biomüll in der Küche. Sie ging wieder nach oben, überflog mit einem Blick den Balkonboden dahingehend, ob das Kehren reichte oder der Boden eventuell sogar noch aufgewischt werden müsste, als sie ihr Telefon klingeln hörte. Sie hob den Hörer ab.

„Hallo, Frau Dr. Steiner, ich bin es, Brigitte Furner, ich habe gleich einen Termin bei Ihnen, um 16 Uhr. Ich weiß nicht, ob ich es schaffe, ich hänge noch auf der Autobahn.“

„Ja, das verstehe ich, das tut mir leid. Was glauben Sie, wie lange Sie noch brauchen?“

„Das weiß ich nicht.“

Frau Furner schwieg eine Weile.

„Sollen wir den Termin verschieben?“

„Ja, das können wir. Um eine Ausfallgebühr zu vermeiden, sollte der ausgefallene Termin in derselben Woche nachgeholt werden, wenn dieser Termin am Anfang der Woche steht, wie jetzt. Also, in derselben Woche habe ich morgen um 17 Uhr und am Freitag um 9 Uhr noch eine Stunde frei.“

„Ja, morgen wollte ich mal mit meiner Tochter in die Stadt und am Freitag, da kann ich nicht, da ist meine Mutter zu Besuch.“

„Und einen der beiden Termine können Sie nicht um gut eine Stunde verschieben oder die Treffen überhaupt etwas anders legen oder einen Kompromiss mit einer der beiden aushandeln? Es besteht ja auch die Möglichkeit, dass Ihre Mutter oder Ihre Tochter unten im Wartezimmer auf sie wartet oder etwas im Kurpark spazieren geht?

„Ach, nein, das möchte ich nicht. Ich würde halt gerne mal wieder mit meiner Tochter ohne Zeitdruck shoppen gehen. Da möchte ich keinen Termin im Rücken haben. … Ja, und meine Mutter hat sich so auf das Wiedersehen gefreut."

„Ja, nun gut. Wie lange bleibt Ihre Mutter?"

„Eine Woche, und die anderen Tage habe ich schon verplant. Wir haben ja nächste Woche um die gleiche Zeit wieder einen Termin. Da komme ich dann."

„Ja, wenn da mal nicht wieder ein Stau ist", entgegnete Simone Steiner, „also, dann ist die Ausfallgebühr fällig. Okay für Sie?!"

„Wie meinen Sie okay?"

„Ja, dann habe ich keine weiteren Ausweichtermine mehr. Dann ist Ihre Sitzung erst nächste Woche. Es fällt für Sie dann nur die Ausfallgebühr für die jetzige Stunde an."

„Nein, wieso? Es ist ja nicht meine Schuld, wenn ich hier auf der Autobahn festhänge."

„Ja, das ist wohl wahr, dass Sie für den Autobahnstau nichts können. Drum biete ich Ihnen ja auch Ersatztermine an. Für mich ist mein Angebot auch ein Kompromiss. Ich hatte diese Alternativzeit auch anders verplant. Wenn Sie diese nicht wahrnehmen möchten, muss ich leider die Ausfallgebühr in Rechnung stellen, wie es in unserem Therapievertrag steht."

„Och ja, wirklich?"

„Wie Sie sich vielleicht noch an unsere ersten Gespräche erinnern, räume ich eine zahlfreie Mindestzeit bis zum fälligen Termin ein. Das sind zwei Werktage. Ausnahmen sind: Sie sind aktuell in Lebensgefahr oder draußen ist Glatteis. Beides ist bei Ihnen jetzt nicht der Fall. Spielraum haben Sie mit meinem Angebot eines Ersatztermins in derselben Woche oder ich kann selbst für eine kurzfristige Besetzung der Stunde sorgen. Letzteres ist mir momentan nicht möglich."

„Mhm, mhm."

„Wie gesagt, all das habe ich Ihnen zu Beginn der Behandlung ausführlich erläutert. Sie haben die Einverständniserklärung, die diese Punkte aufführt, unterschrieben. Ich habe eine Kopie davon. Schauen Sie zuhause mal nach, Sie müssten das Original noch haben."

„Ja, aber, wenn ich doch nicht kann?!"

„Frau Furner, es ist Ihre Entscheidung, wie Sie Ihre Interessen gewichten, und auch, wie flexibel Sie mit veränderten Situationen umgehen, ob Sie den Einkaufsbummel mit ihrer Tochter anders legen, Kompromisse machen oder eben nicht kommen und die Gebühr zahlen. Im Übrigen verlange ich nicht mal das ganze Therapiehonorar, sondern nur einen Teil davon."

Simone bewunderte ihre eigene Geduld. Am liebsten hätte sie aufgelegt. Aber sie sah sich in der therapeutischen Pflicht, die Gelegenheit als Muster für Klärung von Grenzen und Verantwortung nicht unter den Tisch fallen zu lassen, denn Frau Furner – das wusste sie aus den bisherigen Sitzungen – litt unter den Folgen ihrer häufig sich windenden Art, für irgendetwas oder für ihr Tun Verantwortung zu übernehmen.

Würde sie, so dachte Simone, hier nicht konsequent bleiben, würde sie Frau Furner um eine Lernchance bringen, und zusätzlich ihre therapeutische Autorität aufs Spiel setzen.

„Hallo, Frau Furner, sind Sie noch da?“

„Ja, ja, ich guck, dass ich es noch schaffe.“

„Okay, ich warte auf Sie.“

Simone war froh, bei ihrer Forderung geblieben zu sein und hatte sich nicht weich klopfen lassen. Im Gegenteil – diese Geschichte stärkte ihr den Rücken. Frau Furner traf nur ein paar Minuten später zum verabredeten Termin um 16 Uhr ein.

„Na, sind Sie jetzt geflogen?“

„Nein, nein. Auf einmal löste sich der Stau schnell auf. Von dort bis zu Ihnen sind es ja nur wenige Minuten.“

Simone war richtig stolz auf sich, nicht mit nachgiebiger Nettigkeit reagiert zu haben. Konsequenz lohnt sich, behalte ich bei, sprach sie zu sich.

Vor dem Furner-Termin wies sie ihr Blick auf die Uhr an, ihrerseits auf ein Nickerchen zu verzichten. Die Zeit war zu knapp. Schnell trug sie die Kehrschaufel in die Besenkammer der unten liegenden Privatwohnung. Dabei oblag sie der Versuchung, noch einmal nach ihrem Mann zu schauen: Schläft er noch oder schon wieder? In dem Moment erhob er sich aus dem Sessel, warf mit der rechten Hand die Mohairdecke zur Seite, schaute sie fragend an:

„Ja, was ist?“

„Ich geh’ jetzt nach oben. Heute geht’s bis 18 Uhr.“

„Aha.“

Vorher prüfte sie noch ihr Erscheinungsbild im Spiegel. Sie vermisste ihr Goldcollier auf dem rostbraunen Pullover.
Ein Griff in die Schatulle und sie legte es um ihren Hals, ein warm zierender Schmuck.

Das Collier erzählte auch eine Geschichte. Es hatte sie einiges gelehrt, vor allem über sich selbst. Das Collier erinnerte sie daran, dass sie durchaus „sich selbst auch mal von der Schippe springen kann“, wie es ein früherer Studienfreund genannt hatte. Man müsse nicht jeden Glaubenssatz, den man sich mal zu eigen gemacht hat, auch glauben. Oft stecke dahinter ein nicht zugelassener Wunsch oder ein eitles Selbstbild. Allerdings bedarf eine solche Offenheit sich selbst gegenüber meist eines Anschubsers. Es braucht dann noch einige gedankliche Klimmzüge und Umwege, bis man sich selbst ganz „nackt“ erkennen kann. Diese Erkenntnis, dass Seelisches Zeit braucht, begleitete sie ab da noch wirksamer durch ihren therapeutischen Alltag, als sie es schon vorher beherzigt hatte.

Im Falle von Simone war der Anschubser der Tod ihrer Mutter.

In deren Testament hatte sie gelesen, dass diese ihr Goldcollier ihrer früheren Schwiegertochter vermachen wollte. Simone hatte einst die Anfrage der Mutter, ob sie sich freuen würde, das Collier zu erben, verneint. Die Mutter entschied sich dann für die Schwiegertochter, was Simone völlig in Ordnung gefunden hatte. Der Schmuck schien ihr damals zu bürgerlich. Der Mutter war ihre Einstellung schon bekannt, aber sie hatte sie nicht einfach übergehen wollen.
Simones abfällige Meinung über den mütterlichen Schmuck basierte auf ihrer Einschätzung der Mutter als etwas spießig.
Dabei hatte die Mutter es locker geschafft, sie mit dem Gegenteil zu verblüffen. Sie war durchaus in der Lage gewesen, kühne Meinungen zu vertreten und anders denkenden Menschen vorbehaltlos zu begegnen. Auch war es für sie in den fünfziger und sechziger Jahren ganz normal, wenn Simones Bruder, der damals in Brüssel lebte, schwarze Freunde mit nach Hause brachte, für die damalige Zeit schon etwas ungewöhnlich. Auch das hatte Simone gut gefunden. Aber diese Erfahrung hatte ihren leichten Dünkel nicht aufgeweicht.
Die Mutter verstummte manches Mal, wenn Simone in verschiedenen Diskussionen die Mutter in etwas scharfem Ton belehrend zurechtwies, wie „Das habe ich jetzt schon x-mal erklärt!“ oder „Dass du das logisch findest, ist doch kein Beleg dafür, dass es so war!“
Hin und wieder wehrte sich die Mutter: „Ja, Frau Lehrerin.“

Beim Lesen des Testaments hatte Simone seinerzeit ein merkwürdiges Kreisen im Magen verspürt. Sie hatte sich die kleinen eng ineinander gefügten kleinen Goldteilchen des Colliers in Ruhe angeguckt. Unerwartet fühlte sie

sich mehr und mehr angezogen von dem festen und zugleich biegsam fließenden Lauf des Kettenflusses. Die Kette lebte auf einmal. Sie lag nicht mehr am Hals ihrer Mutter. Sie entdeckte es als eigenes freies Schmuckteil. Sie entdeckte es neu.
Nun wollte sie es haben. Sie war überrascht und auch beschämt gewesen, dass sie sich den Wunsch eingestehen musste, das Goldcollier der Schwägerin nicht zuschicken zu wollen. Sie beschwichtigte sich: Ja, es steht mir zu. Denn ich und meine Mutter stehen uns letztlich näher als Nine. Ich entspreche damit im Grunde ihrem ersten Wunsch. Ich war vorher verstockt. Jetzt bin ich es nicht mehr. Jetzt finde ich das Collier schlicht und elegant, zu allen Gelegenheiten passend. Ich bin sicher, Mutti würde sich freuen, dass ich es jetzt schön finde und ich sie darin bestätige. Aber irgendwie krumm würde sie meinen Meinungsschwenk auch finden.

Ja, Simone bestärkte sich regelrecht in ihrer etwas unehrenhaften Kehrtwende mit verschraubter Begründung. Simone glaubte mit diesem Jiu-Jitsu-Argumentihre verhakte Beziehung zur Mutter wieder in die ursprüngliche, natürliche Form zu verkehren und sich von einem unterschwellig schlechten Gewissenbefreien zu können.
Das Collier war von der Mutter gelöst, aber auch die Mutter vom Collier. Simone erkannte ihre Mutter nun genauer. Sie war beileibe nicht spießig gewesen. Sie hatte viel Zivilcourage.

Dankbarkeit und auch ein gewisser Stolz auf sie machten sich in ihr breit. Sie erkannte, wieviel Rückhalt ihr die Mutter in Kindheit und Jugend bei all den schlimmen familiären Ereignissen und auch in ihren beiderseitigen Auseinandersetzungen gegeben hatte. Sie schaute auf das

Collier. Es wurde ihr ab da zum Symbol fast unauffällig von einfacher, schöner Wahrheit, die den Alltag schlicht adelte.
Wenn Simone dieses Goldcollier in der Praxis trug, spürte sie um den Hals den mütterlichen Schutz, federleicht. Sie war mit ihr wieder im Einklang.
Selbsterkenntnisse müssen nicht notwendigerweise über Debatten erfolgen, stellte Simone vergnügt fest. Dabei streichelte ihr Blick im Spiegel das eng anliegende Collier. Sie schüttelte ihre Haare, so, um sich wieder in die Gegenwart zu rütteln.
Simone, nun klar im Kopf, ging nach oben, um den Klienten um 15 Uhr zu empfangen.

Eine andere Einsicht, schmerzlich gewonnen, war ein stützender Begleiter im Alltag von Simone Steiner geworden. Auch dabei hatte Schmuck, besser dessen Verlust, eine korrigierende Rolle bekommen.

Bei einem Besuch mit ihrem Mann bei seinem Kindergartenfreund in Boston Ende der neunziger Jahre besuchten sie das dortige Museum.
Zu der Zeit hatte sie etwas Geld zur Seite gelegt, was ihr das Gefühl von größerer Freiheit gab und damit auch Sicherheit. Nicht, dass sie es um jeden Preis für Konsum ausgeben oder im Hinblick auf bestimmte Ziele ansammeln wollte außer als Rentenrücklage, aber sie gestattete sich im Unterschied zu früher, als sie jeden Pfennig umdrehen musste, doch schon mal ein attraktives Kleidungsstück.
Beim Besuch des Bostoner Museums landete sie in dessen hübschem Kunstshop.
Sie schaute in eine Vitrine und fühlte sich magisch von einem Ohrsteckerpaar angezogen. Ihr wurde gesagt, es

sei ein Unikat, entworfen von einer japanischen Kunstprofessorin an der hiesigen Universität. Jeder Ohrring war von zwei halben silbernen Blättern geformt, gegeneinander versetzt, eins länger als das andere, eine Hälfte vergoldet, die andere silbern belassen. Die Blätter liefen kurvig in dreieckigem Grundriss spitz nach unten zu. An der Spitze war eine sehr große tropfenförmige rosafarbene Perle fixiert.
Im Spiegel fand sie sich bestätigt. Sie standen ihr ausgezeichnet. Sie konnte sie sich leisten, für sie auch ein Zeichen ihrer finanziellen Unabhängigkeit. Diese Ohrringe blieben lange ihr wichtigster Schmuck, er passte zu allem. Sie liebte sie.

Jahre später kam sie mit ihrem Mann gegen 19 Uhr von einem Besuch bei Freunden am ersten Weihnachtsfeiertag nach Hause. Sie hatten lecker zu Mittag gegessen und den Nachmittag mit gemütlichem Geplauder verbracht. Es war kalt und vom Himmel hatte es nur so geschüttet. Ihr Mann war schon ins Haus gegangen, während sie noch mit Einparken in die Garage beschäftigt war. Zwei Minuten später stürzte er herunter zu ihr: „Bei uns ist eingebrochen worden. Komm schnell!“
Sie glaubte, er wollte sie auf den Arm nehmen. Eher gemächlich war sie die Treppenstufen hochgestiegen. Dann stockte ihr der Atem. Ihr Schlafzimmer war verwüstet, Schubläden herausgerissen, einzelne Schmuckstücke – es war alter Modeschmuck, kaum mehr getragen, lagen auf dem Boden herum, ebenso viele Pullover, ihr Bett durchwühlt, der Boden voll mit nassen Erdklumpen, Dreckspuren, die sich durch die ganze Wohnung zogen. Auch die Kleiderschränke im Arbeitszimmer ihres Mannes standen offen. Sie lief nach oben in die Praxis. Auch offen stehende Schubläden! Gott sei Dank, der Laptop mit

allen Patientendaten stand wie unberührt an seinem Platz, ebenso der tiefe große Schubkasten mit den aktuellen Patientenakten! Das war zunächst mal das Wichtigste.
Dann lief sie wieder in ihr Schlafzimmer, um nachzuprüfen, was von ihren Schmuckstücken weggekommen war. Neben einem kleinen goldenen Ohrring mit Lapislazuli-Perle fehlten das goldene Collier ihrer Mutter und ihre Lieblingsohrringe aus Boston sowie anderer liebgewonnener Schmuck. Weiß im Gesicht fiel sie in sich zusammen. Tiefe Traurigkeit ermattete sie.
Sie wusste, dass Menschen, deren Intimsphäre auf diese Weise verletzt worden war, oft traumatisiert waren, sie ihre Zimmer nicht mehr betreten wollten, sich therapeutische Hilfe suchten. Der wesentliche Schaden war vorwiegend symbolischer Natur. Die geraubten Gegenstände standen für persönliche Geschichten, waren persönliche Wegbegleiter. So war es auch bei ihr. Bestürzung, Wut und Trauer hatte sie in Gedanken auf die Diebe geworfen, gleichsam, um diesen auch Löcher, Einbrüche in den Kopf zu hämmern. Diese Reaktionen versprachen ein Gegengewicht gegen den Schlag, den sie als Opfer bekommen hatte. Aber so richtig hatte sich ein Gefühl der Erleichterung nicht einstellen wollen.
Rache versprach ihr keine rechte Erleichterung oder Genugtuung. Dennoch wollte sie sich um keinen Preis geschlagen geben. Auch wenn die Diebe sie in dieser Situation nicht sehen konnten, wollte sie zumindest nicht das Gefühl einer Niederlage oder Ohnmacht haben. Ihre Selbstsicherheit zu rauben, gestattete sie ihnen nicht.

Es half ihr zu wissen, dass jeder Mensch das Potenzial zu bösen Handlungen hat. Nicht jeder wird zum Dieb oder zum Mörder, aber es gibt Konstellationen, in denen der Mensch vorher verpönte Dinge tut. Und letztlich, das war

für sie noch entscheidender, sind alle Menschen miteinander verwandt, alle aus einem Grundstoff. Diese Besinnung ließ Trauer und Wut ein wenig schrumpfen. Die unbekannten Täter traten mehr in ihr Visier. Die Spuren ihres Einbruchs wollte sie sich nochmal genauer anschauen. Sie trat an das Fenster, durch das eingebrochen war. Der Holzrahmen war geborsten. Das Fenster hatte etwas aufgestanden. Auf dem Fenstersims verteilten sich kleine nasse Erdklumpen und erdige Wischspuren und Sohlenspuren, so klein, wie sie nur von einem Kind stammen konnten. Simone rätselte.
Es war in der Gegend bekannt, dass ausländische Familienbanden aus dem nahen Nachbarland Raubzüge machten. Sie schickten ihre Kinder voran. Die Spuren sprachen dafür, dass das auch hier der Fall war. Dem Kind muss beigebracht worden sein, andere Menschen hinterhältig zu schädigen. Es war darin bearbeitet worden, Vertrauen zu missbrauchen, hatte Simone resümiert. Das Kind war ebenso Opfer! Inwieweit hatte dieses Kind wohl selbst noch Mut zu vertrauen? Wie stark waren bei ihm schon Gefühle und Werte durcheinandergeraten?
Diese Erwägungen hatten beinahe jegliche Wut auf den oder die Einbrecher schmelzen lassen. An die Stelle trat Mitleid, eine Traurigkeit für das fremde Kind.
Wohl war Simone klar, dass der Schmuck, darunter war auch wertvoller Erbschmuck gewesen, ein für allemal weg war. Wehmütig und dankbar winkte sie allen gestohlenen Schmuckstücken in der Vorstellung nach. Sie spürte, es zählte nicht in erster Linie das Haben. Nur das Erlebte zählte. Sie erinnerte sich der Freude, die sie mit ihnen gehabt hatte, in welchen Situationen sie Ketten, Armbänder, Ohrringe getragen hatte.
Die Erkenntnis war:

Nichts bleibt. Es bleibt nur, den Augenblick beim Schopf zu packen und Neues entstehen zu lassen. Nicht hängenbleiben, hadern, aufbegehren, sich verkriechen, das Leben nicht bremsen. Das schafft nur Raum für Angst und ergebnislose schmerzende Verkettung mit dem Verlust. Schauen, was jetzt möglich ist.
Die Lücken in ihren Schmuckbeuteln- und dosen - so viele waren es letztlich auch nicht – mahnten sie seitdem jeden Tag daran, wenn sie sich morgens anzog und wenn sie Konzerte oder besondere Termine hatte. Nicht immer bewirkte der Blick in die Lücke oder in die Vergewisserung – Ach ja, die Kette, die mir meine Mutter mir mal auf Kreta geschenkt hatte! – ist ja auch weg! auf Anhieb Beruhigung. Es brauchte der wiederholten Vergewisserung.

Die letzte Patientin war gegangen, das Stundenprotokoll geschrieben, der Arbeitstisch weitestgehend aufgeräumt, ein paar E-Mails noch verfasst. Simone packte ihren Hausschlüssel und ging nach unten. Ihr Mann war weg, das Wohnzimmer leer, sie ließ die Rollos herunter und holte die Fernbedienung für die 19-Uhr-Nachrichten. Da hörte sie seinen Schlüssel das Schloss umdrehen. Sie ging auf den Flur.
Er breitete die Arme aus, sie ebenso, und sie umarmten sich. Der Verdruss vom Nachmittag war in den Hintergrund getreten. Das Wiedersehen war innig, genauso wie vor 35 Jahren, als sie sich zum ersten Mal begegnet waren. Dieser Augenblick war nicht stehen geblieben, er hatte mit allem Schritt gehalten. Trotz allem.

Ihre sicherste Ressource für den Alltag.

Immer noch Tochter

Als Kind träumte sie davon, Pianistin zu werden. Die Werke der großen Meister spielen zu können, das stand ganz groß in ihrem Kinderhimmel. Sie liebte Musik und spielte auch nicht schlecht angesichts der Tatsache, dass sie seit ihrem 15. Lebensjahr keine Klavierstunden mehr nahm und nur zwei-bis dreimal in der Woche eine knappe halbe bis ganze Stunde für sich allein im Wohnzimmer musizierte.
Dies jedoch auch nur ab dem Frühjahr – sofern es warm war – bis in den späten Sommer. Im Winter suchte sie ihr Instrument noch weniger auf. Denn Sibylle Marquardt, 57 Jahre alt, von Beruf Erzieherin und Leiterin eines Kindergartens, seit zweieinhalb Jahren vorzeitig im Ruhestand, gestattete sich diese Neigung nur, wenn sie sicher war, dass sich ihr 84-jähriger Vater unten im Garten aufhielt und die Pflanzen versorgte.

Kam ihr Vater hoch – sie bewohnten zusammen die zweite Etage im eigenen Haus, unten wohnte ihr drei Jahre älterer Bruder mit seiner Familie –, meinte er anerkennend: „Du hast aber schön gespielt. Ich habe dich gehört.“ Und setzte verwundert hinzu: „Du spielst immer nur, wenn ich nicht da bin.“ Mehr sagte er nicht. Ohne ihr einen Blick zuzuwerfen, ging er ins Badezimmer. Sie sagte nichts, schaute nur kurz hoch, ohne den Kopf nach ihm zu wenden.

Ohnehin fanden zwischen ihnen nicht viele Gespräche statt. Ihr Vater war schon immer einsilbig gewesen, neigte von jeher zu stillem Grübeln, außer, wenn er glaubte, die Familie stünde nicht loyal zu ihm. Das meinte er dann, wenn die Frau oder die Kinder seinen

Anweisungen nicht folgten. Aber das war schon einige Jahre her. Als die Kinder erwachsen geworden waren, zog er sich mehr und mehr zurück. Die Distanz zwischen ihm und den Kindern blieb. Seine Grübelneigung schaffte eben auch nicht mehr an Nähe. Sibylle Marquardt hatte es mit den Jahren längst aufgegeben, ihn durch wiederholte Ansprachen gesprächiger und mitteilsamer zu machen. Auch ihre Mutter hatte die Schweigsamkeit ihres Mannes, als sie noch lebte, bedauert.

Aber Mutter und Tochter verstanden es, diese Lücke für sich selbst zu überbrücken. Sie hatten sich über alles Mögliche austauschen können. Die Mutter war seit elf Jahren tot. Seitdem fühlte sich Sibylle recht einsam. Eine enge Freundin hatte sie nicht. Die Erinnerung an die Mutter rüttelte sie meist dann schmerzlich, wenn es zwischen ihr und ihrem Vater dann doch zu ein paar Worten mehr kam. Einerseits erfreulich, andererseits betonten die knappen Wortwechsel diesen Kontakt nur als gelegentlich und nicht als fließende Verbundenheit.

Der Tod der Mutter hatte sie seinerzeit in schwere Depressionen gestürzt. Ihr Weggang bedeutete keine Erleichterung, keine Entlastung von ihrer bis dahin übermäßigen Fürsorge für sie, hatte die Mutter doch bis zuletzt mit der ihr noch vorhandenen Kraft versucht, Tochter und Ehemann mit Anteilnahme an deren Leben von deren eher dunklen, pessimistischen Lebensgestimmtheit mit ihrer lebensoffeneren Laune zu erheitern. Trotz ihrer lähmenden und oft auch schmerzhaften Erkrankung war und sorgte die Mutter mit ihrer freundlichen geduldigen Art für den Zusammenhalt der Familie. Sie hatte es in ihren letzten Lebensjahren geschafft, die gespannte ängstliche Familienatmosphäre zu wenden. Die väterliche bestimmende bis bedrohliche Art hatte in der Vergangenheit immer für Spannung und Beklommenheit gesorgt. Ein Widersetzen in Form anderer Meinung oder gar leiser Verweigerung hätte den Angstfrieden maßgeblich aufs Spiel gesetzt. Auch die Mutter hatte sich nie ernsthaft dagegengestemmt. Sie blieb beharrlich in ihrer ruhigen ausgleichenden Zuwendung. Dafür waren ihr alle dankbar und fühlten sich in ihrer Bewunderung für sie einander zugehörig.

Neben der Kindergartenleitung hatte Frau Marquardt die aufopfernde Pflege ihrer Mutter als ihre zweite Lebensaufgabe betrachtet. Sie hatte darin eine Möglichkeit gesehen, ihrer Mutter ihre Dankbarkeit zu erweisen und einen kleinen Teil ihres Schuldgefühls abzutragen; denn in ihrem tiefsten Inneren war ihr klar, dass die Mutter ihr eine Lebenstüchtigkeit geschenkt hatte, zu der sie sich selbst nicht aufzuraffen vermochte.

All ihre Fähigkeiten, ihre Fantasien, ihre Liebe schenkte sie ihrer Mutter und „ihren Kindern“. Solange ihre Mutter bettlägerig war – und das waren immerhin sieben Jahre – hatte sie mittags, nachdem alle Kinder abgeholt waren, schnell den Kindergarten verlassen, um heimzufahren und ihre Mutter neu zu betten, ihr bei der Toilette behilflich zu sein, ihr Bett zu richten und für sie, ihren Vater und sich zu kochen. Diese Verrichtungen hatten in der Regel knapp zwei Stunden in Anspruch genommen. Danach war sie wieder zu ihrem grasgrünen Auto gehastet und zurück zu ihrem Arbeitsplatz gebraust. Ohne Rast hatte sie sich dann den Kindergruppen gewidmet, nachgeschaut, ob ihre Wochenpläne für die Erzieherinnen auch in die Tat umgesetzt waren –hierfür lagen

Protokolle im Büro vor –, und vor allem, ob die Kinder nach dem Mittagsschlaf glückliche Mienen aufsetzten. Ihre Sache war es nicht gewesen, zunächst für sich zu sorgen. Sie sorgte sich zuerst und zuletzt um andere, für andere. Für andere da zu sein war ihr Hier-sein.

Für jedes Kind hatte sie ein Auge und ein Ohr. Auf jedes ging sie mit Nachfragen nach seinem Befinden, seinen Interessen, seinem Wehweh liebevoll ein. Mit viel Geschick gelang es ihr, mit den Kindern wundervolle und fantasiereiche Mal- und Bastelarbeiten anzufertigen. Zu Weihnachten entstanden wahre Backkunstwerke. Die Elternabende glichen kleinen Vernissagen. Von ihren geheimen Ängsten vor jedem dieser Abende ahnte niemand etwas. Schweiß und Mühe waren der Preis für diese sorgfältig vorbereiteten Veranstaltungen. Jede Begrüßungsrede studierte sie Tage vorher ein. Kein Elternabend, der nicht unter einem ausgewählten Thema stand. Trotz jahrelanger Erfahrung und Übung, trotz Bestätigung und Anerkennung war jedes Hinstehen eine Qual für sie gewesen, die sie zitternd bewältigt hatte. Angst vor Versagen hatte ihr jedes Mal die Kehle zugeschnürt. Aber trotzdem suchte sie nie nach einer Ausrede, um den Kelch an sich vorübergehen zu lassen. Keine einzige Aufgabe wollte sie an jemand anderen übertragen. Ihre Stellvertreterin witterte ihre Ängstlichkeit, bot sich an, einzuspringen. Frau Marquardt ergriff auch deren helfende Hand nicht.
Sich nützlich, unverzichtbar zu machen stand für sie außer Frage. Egal, wie sie beieinander war, kränklich oder gesund, ohne nach links oder rechts zu schauen, war dieses Bestreben ihr Hunger und ihre Lebensnahrung zugleich.

Sie war morgens die Erste, die kam, abends die Letzte, die ging. Wenn sie die Tagesstätte verließ, lagen alle Spielzeuge aufgeräumt an ihrem Platz, noch akkurater, als die Kinder und die Erzieherinnen sie bereits geordnet hatten. Sie wischte noch einmal alle Räume durch, obwohl dies in der Regel bereits geschehen war.
Ihr Schreibtisch war blank, keine Post, die unerledigt blieb. Ihr Kindergarten war ihr Knusperhäuschen.
Wenn sie beim Einkaufen auf der Straße eine Mutter traf, deren Kind ihren Kindergarten besucht hatte, wurde sie mit Lob und schwelgenden Erinnerungen an ihre bunten lebendigen Kinderfeste bedacht. Kinder und Eltern waren sich einig: „Tante Bille ist wundervoll!“ Solches Echo war für sie wie eine Oscarverleihung. Es machte sie glücklich und trieb sie weiter an.
Die wenigen freien Abendstunden, in denen sie sich mal nicht um Hausarbeit und die kranke Mutter kümmerte, verbrachte sie mit vereinzelten Konzertbesuchen oder mit Handarbeiten.
Die offiziell zuerkannten Urlaubstage nutzte sie nur in geringem Maße. Wenige Urlaubstage verbrachte sie mit ihrer Nichte und ihrem Neffen. Sie reiste mit ihnen meist nach Bayern, weil sie die grünen, weit schwingenden Matten so liebte. Sie waren wie Musik für sie. Den Kindern finanzierte sie den Aufenthalt, für sie eine Pflicht als Patentante.
Einmal hatte sie ihnen zu Weihnachten eine komplette Skiausrüstung geschenkt. Sie selbst fuhr nicht Ski, begleitete die Kinder nur zum Kurs und zum Skilift. Nach ein paar Tagen fuhr sie schnell wieder heim, unsicher, ob ihr Bruder und die Schwägerin sich gewissenhaft um die Eltern kümmerten.
Daher kam es für sie auch nicht in Betracht, für mehr als eine Woche, geschweige denn vierzehn Tage allein

Urlaub zu machen und den Bruder und seine Frau zu bitten, sie zu vertreten. Ihren Bruder empfand sie als zu sorglos. Trotz dieser Kritik beneidete sie ihn auch um seine damit verbundene Unbefangenheit. Doch der Groll, auch eine gewisse Verachtung überwogen.

Kurzweilige Erschöpfungen weckten wohl Wünsche nach Pausierung. Aber eine fremde Person als Betreuung für ihre Eltern zu suchen, ließ sie erschauern. Jede Menge Verdächtigungen stiegen in ihrem Kopf hoch und hielten Entspannungswünsche in Schach.

Abstand zu gewinnen, sich auf sich zu besinnen, neue Umgebungen zu entdecken, vielleicht auch neue Menschen kennenzulernen, andere Gespräche zu führen – all das waren für sie keine Anreize. Um den Kopf freizubekommen, reichte ihr ein Spaziergang im nahen Umkreis, ebenso das Fernsehen, um etwas von der Welt außerhalb ihrer eigenen kleinen mitzubekommen. Ihr Ein und Alles waren ihre Eltern und ihr Kindergarten.

Die Trauer über den Verlust der Mutter hielt lange an. Sibylle suchte vermehrt Halt im Beruf, auch in der Betreuung ihres Vaters, der nach dem Tod seiner Frau schwächer wurde. Er zog sich mehr zurück, wurde noch einsilbiger. Sie bemühte sich, ihn mit Kreuzworträtseln anzuregen. Sie sprach auch offen über ihre Traurigkeit, wie sehr sie die Mutter vermisse. Sie hoffte, dass er sie vielleicht trösten und das als Anstoß nehmen könnte, seinerseits über seine Trauer zu sprechen. Aber darauf ging er nur minimal ein. Über Gefühle zu sprechen fiel ihm schwer.

Allein gemeinsame Grabbesuche waren ein Brückensteg zwischen ihnen.

Es geschah an einem Mittwochabend. Alles hatte sie wieder bestens vorbereitet, ihr Lampenfieber war nicht so stark, wie sie es gewohnt war. Sie bemerkte es mit leiser Verwunderung. „Der Elternabend kann kommen“, murmelte sie zufrieden mit Blick auf ihren Stichwortzettel, auf dem sie unter anderem notiert hatte, das leidige Problem einer zu erhöhenden Monatsgebühr mit den Eltern anzusprechen.

Urplötzlich – sie wollte gerade aufstehen und noch eine Blumenvase auf das Pult in den Raum stellen, wo sie die Eltern erwartete – brach sie zusammen. Sie wand sich in Krämpfen, fühlte sich wie ausgetrunken und aufgesogen. Ein Aufrappeln war nicht mehr möglich, erst recht nicht nach ihrem bewährten Muster: Zähne zusammenbeißen, sich an den aufopfernden Pflichten hochziehen. Ihr Körper wehrte sich – strikt und konsequent mit völliger Schlaffheit. Sie musste mit Krankenwagen ins nächste Krankenhaus gebracht werden. Zwei Tage Untersuchung. Sie bekam mehrere B12-Spritzen, aber sie fühlte sich nicht vitaler. Ratlos ging sie nach Hause. Ihr Vater war aufgewühlt – eine Nachbarin hatte ihn zwischenzeitlich mit Suppe versorgt. Sie blieb stumm.

Sie unternahm eine Odyssee zu mehreren Ärzten. Jeder Arzt, den sie aufsuchte, diagnostizierte etwas anderes, angefangen von einer Leberschrumpfung über Bauchspeicheldrüsenentzündung bis zu vorzeitiger Verkalkung, ja sogar beginnender organischer Persönlichkeitsveränderung.

Ihre Autoritätsgläubigkeit, ihre Unterwerfungsbereitschaft erhielten erste Risse. Als ihr ein Arzt in einem Gutachten für die vorzeitige Rentenbeantragung „vorzeitige Alterung“ ausstellte, war sie schockiert, beleidigt.

Noch verwirrter, hilfloser und verzweifelter als zuvor stürzte sie in ein großes Loch. Sie fiel auf sich selbst zurück. Zum ersten Mal spürte sie ihr eigenes Schwergewicht ohne ablenkende Anziehung von ihrem überzogenen Pflichtgefühl. Die Hilflosigkeit der Ärzte war ihre Chance. Doch das begriff sie noch nicht, erst später.

„Ich war doch immer für die anderen da“, sprach sie zu sich selbst und beinahe sicher, so, als könnte sie einen anerkannten Quittungsbeleg vorweisen. Diese Sinngebung klang ihr wieder vertraut, waren es doch die Worte, auf denen ihr Leben wie auf Pfeilern geruht hatte. Sie lauschte ihnen nach. Während sie verklangen, war es ihr, als verschwände ein Teil ihrer Person mit, als behielte sie von sich nichts mehr in den Händen, in ihrem Herzen, in ihrem Kopf. Sie fühlte sich nur noch leer, schwach.

Sie wurde für mehrere Wochen krankgeschrieben. Ihre „Krankheit“ dauerte jedoch länger. Ihr Körper gönnte ihr ein Jahr Krankheit.

Sie spann sich in ein lähmendes Netzgespinst ein, aß kaum. Gepeinigt von kreischender Angst vor der Außenwelt, versagten ihre Beine ihr jede Fortbewegung. Angeschmiedet starrte sie auf ihre wie von selbst vorgehende Veränderung, unwillig, für irgendetwas die Hand zu rühren.

Ihr alter kindlicher Kopf verstand nur zögernd, was da in ihr vorging. Sie war überrascht, dass sie die Umsorgungen der Schwägerin zulassen konnte. Ihr seit Jahren stiller Vorwurf an sie, dass diese ihrer Familie den Bruder entzogen und mit ihrer „schlampigen“ Lebensart entfremdet hatte, arbeitete nicht mehr als spitze Nadel gegen die in die Familie eingeheiratete Frau. Ihre nachlassende Missgunst wich einem Desinteresse an der Außenwelt, wendete sich zur Wahrnehmung ihrer eigenen Person. Vage erkannte sie die Konturen ihrer selbst. Sie begann sich anzuschauen: faltiges Gesicht, abgemagerter, kraftloser Körper, welke Haut, hängende Mundwinkel, ein trauriger, tief enttäuschter Blick. Sie fühlte sich verbraucht, abgenutzt wie ein ausgewrungener Aufnehmer mit Löchern. „Wovon bin ich so erschöpft? Ich habe doch alles gerne getan!“, flüsterte sie. Diese Vergewisserung war abgenutzt, sie griff nicht mehr. Das Sicherheitsgefühl früherer Tage war verschwunden. Zweifel an der früheren täglichen Zufriedenheit faserten es auf.

Nein, bei einer Lebenslüge glaubte sie nicht, sich ertappt zu haben. Oder doch? Ihr Leben schien ihr auf einmal fragwürdig. Sie hatte ihre Zufriedenheit ungeprüft hingenommen, ohne sich ernsthaft gefragt zu haben, was sie von ihrem Leben wolle. „Was habe ich in meinem Leben eigentlich getan?“, sinnierte sie laut vor sich hin in einem für sie ungewohnt sachlichen Ton. „Ich habe doch alles immer nur für die anderen getan!“, verteidigte sie sich in leicht trotzigem Aufbegehren gegen die erneut aufkeimende Verunsicherung. Sie bemühte sich, den alten Sinn festzuhalten, ihn wieder an sich zu binden. Jedoch, er entglitt ihr.

„Für die anderen!" Verächtlich stieß sie einen tiefen Grunzlaut aus ihrer Kehle und schob Luft nach. Noch einmal: „Für die anderen!" Ihre Stimme hob wie zu einem Fußtritt aus. Wut schoss in ihr hoch, ein Gefühl, das sie früher zu einem Brennstrahl bündeln konnte und in einem moralischen Anwurf verkleidet ihrem Gegenüber als winzigen Punkt unauffällig in den seelischen Pelz brennen konnte. Nun spie ein Feuerwerk in ihrem Kopf. Die bunten Funken brannten sich in ihren Brustkorb und in ihren Bauch ein. Ihre Haut fühlte sich wie ein kochend heiß blubberndes Lavafeld an. Sie glaubte zu verbrennen.

Sibylle Marquardt krallte ihre Finger in ihre Oberarme. Heftige Bewegungen durchwallten ihren Körper. Er bäumte sich unter dem versengenden Zorn auf. Die zischende Glut mutete sie bekannt an. Ähnlich hatte sie sich kurz vor dem Zusammenbruch im Kindergarten gefühlt, damals, vor fünf Jahren, als sie nach Wochen des Überlastetseins kollabiert war. Ihr Körper gehorchte nicht mehr ihren Selbstverpflichtungen.

Sie erlebte sich am anderen Ende ihrer Persönlichkeit: revoltierend – ein Tun, das sie sich jahrelang versagt hatte, obwohl sie es schon manches Mal versucht hatte.

Während dieses kurzen heißen Taumels wurde sie der vitalen Kraft ihres ganzen Körpers gewahr, einer Kraft, die sie konzentriert bei ihrem früheren Tun lediglich in den Händen und den Beinen gespürt hatte. Jetzt aber erlebte sie zusätzlich ihren Brustkorb, ihren Magen, Bauch und Rücken als Quelle und Kampfesstätte ihrer Auseinandersetzung mit sich selbst. Völlig neu, überwältigend. Ihre Körpermitte war lebendig geworden. In ihr öffnete sich ein weiter Raum. Sie hielt den Zug ihrer Selbsterkenntnis kurz an.

„Wie und wo habe ich überhaupt vorher geatmet? Hab ich mich vielleicht nur deshalb überwiegend grau gekleidet? Wie oft habe ich aufmunternd gemeinte Kritik, ich solle doch mal ein bisschen mehr Mut zur Farbe haben, als unwesentlich beiseite gewischt? Mein Gott, ich lebe ja!“ rief sie erschrocken aus. „Ich war ja scheintot!“

Ihrem bangen, engen Herzen wuchsen Flügel.

Ihr Widerstand gegen den Widerstand war nach dieser tiefen Erschütterung zusammengebrochen. Sie tauchte auf wie nach einem Sprung vom Zehn-Meter-Brett, den sie natürlich realiter nie gemacht hatte. Taghell stieg in ihr die Erkenntnis hoch, dass sie so gut wie nie einen Widerspruch einem anderen Menschen mitgeteilt hatte, allenfalls in kleinen Dosen ihrer Mutter, aber nie gegen diese gerichtet, sondern allein als abweichende Meinung über eine Sache. Nie hatte sie gewagt, sich mit Entschiedenheit irgendwelchen Beschlüssen oder Anordnungen zu widersetzen, nie aufbegehrt, nie sich lautstark empört. Jetzt gerade war es einfach so geschehen. Allein, sie war ihre einzige Zeugin. Sie zuckte zusammen bei dem Gedanken, jemand in ihrer Umgebung hätte sie so erlebt. Diese Vorstellung erschien ihr noch zu abwegig, zu beschämend.

Gleichwohl machte sie diese Betroffenheit neugierig, sich weiter zu entdecken. Sie holte tief Atem – gleichsam als Wegzehrung für die nächsten Strecken ihrer Erkundungsreise, deren Fahrkarte sie schon lange in der Tasche trug, sie aber jetzt erst zwischen den Fingern fühlte.

„Jetzt bin ich zu meiner Kreuzfahrt entschlossen, wo ich doch sonst höchstens mal ins Allgäu fahre!“, schmunzelte sie vor sich hin. Die Wut hatte sie gelockert. Humor lugte hervor.

„Tja, für die anderen“, griff sie den Faden wieder auf. „Für die anderen war ich da. Immer habe ich gedient, von Anfang an.“ Zynisch schob sie ein „Häh!“ nach. Ihrem verklingenden Lebensmotto gab sie einen leichten Tritt. Wie im Zeitraffer ließ sie die Wegstationen ihres Lebens an sich vorbeieilen. Wo sie auch hinguckte, sie erkannte sich nur in einer Rolle: der der Dienerin, derjenigen, die das Glück den anderen besorgte, bemüht, ihnen alle Widrigkeiten, sofern sie gesundheitlich oder technisch dazu in der Lage war, aus dem Weg zu räumen und von ihnen fernzuhalten. Sie diente anderen Familien, indem sie deren Kinder erzog. Sie hatte ihrer Mutter gedient und vor allem ihrem Vater. Ihre Mutter hatte sie wirklich sehr geliebt, aber ihren Vater, da war sie nicht so sicher. Sie hatte sich wohl früher seinen Anweisungen immer gebeugt. Sie fürchtete, seine Missachtung zu ernten, wenn sie ihrem Temperament nachgeben würde. Ja, sie wusste um ihr stilles Feuer, war sogar etwas stolz darauf. Sie trug es mehr oder weniger wie ein Päckchen eigenen Hab und Guts über die Jahre bei sich, sie wollte es schon retten vor seinem eventuellen Untergang, nicht unter fremdgesteuertem Erwartungsdruck zerreiben lassen. Sie erinnerte sich, dass sie als Kind ungestüm auf die Bäume geklettert war, dass ihr ausgiebige Radtouren mit Gleichaltrigen nie genug sein konnten. Kehrte sie heim, empfing sie das düstere Gesicht ihres Vaters, die sorgenvolle ängstliche Miene ihrer Mutter, die wie sie sein Donnerwetter fürchtete. Sie wusste zwar nicht, worin ihr Fehler oder ihr

Versagen oder vermeintliche Dreistigkeit bestand. Sie bekam nur mit, dass dem Vater ihre Eigenmächtigkeit missfiel.

Sibylle hatte beobachtet, wie die Mutter unter dem harschen Ton ihres Mannes litt. Das wollte sie ihr ersparen. Denn, wenn die Mutter litt, litt sie mit. So verzichtete sie recht bald auf spontane eigene Aktivitäten und trat sie als Liebesgeschenk in Gestalt häufigen Beisammenseins mit ihr an sie ab. Die Mutter war ihr schließlich wichtiger als Radfahren oder etwas anderes.

Auf deren gleichbleibende Liebe fühlte sie sich angewiesen. Sie liebte ihre Mutter wegen ihrer ansonsten frohen, lockeren Lebenslaune, mit der sie auch ihren Mann erheitern konnte – allerdings nur innerhalb der Grenzen, die er ihr steckte. Die Grenzen waren seine mehr oder weniger stummen Anforderungen an sie: Immer anwesend sein, wenn er zuhause war. Meist kam er gegen fünf Uhr nachmittags heim. Morgens verließ er die Familie gegen acht Uhr. Öfters machte er Überstunden, das aber teilte er der Familie vorher nicht mit. Da das ungewiss war, bedeutete dieser Umstand für die Familie, in jedem Falle da zu sein. Es hätte ja sein können … Diese stumme Regel galt nicht für den jüngeren Bruder. Er hatte mehr Spielraum.

In seiner Abwesenheit verlangte der Vater von seinen Frauen, für Ordnung und Sauberkeit zu sorgen. Er lachte selten. Sonntags führte er die Familie spazieren.

Sibylle wusste, dass ihr Vater nach dem Krieg nicht mehr die angestrebte Stellung eines Bankdirektors erhielt und er wie viele andere Männer klein anfangen musste. Darunter hatte er immer gelitten. Von dieser Beschämung hatte er sich nie richtig erholt. Darauf verwiesen seine überraschenden wenigen mitgeteilten Erinnerungen. Dies konnte an Feiertagen geschehen, wenn die Familie mit anderen Verwandten beisammensaß und es eine Flasche Wein zum Essen gab. So jedenfalls erklärte sich Sibylle seine säuerliche Strenge, die an das durch den Verlust der beruflichen Position beschädigte Selbstbewusstsein getreten war. Wenn er sie an den Tag legte, straffte er den Oberkörper und wölbte den Brustkorb. Frau Marquardt musste immer unwillkürlich an Martin Held in der Filmrolle des Bürgermeisters Dr. Martin Obermüller in „Der Hauptmann von Köpenick" denken, dem seine Frau mit viel Anstrengung beim Anziehen half. Dieser würgte sich in seine Würde und wirkte lächerlich hilflos. Ihrem Vater fehlte nur das Monokel. Er fühlte sich genötigt, unnachgiebige Strenge an den Tag zu legen und damit seiner Entwürdigung eine verlorene Ehre zurückzugeben und bei den anwesenden Personen erschrockene Bewunderung für sein selbstloses Ertragen seines demütigenden Schicksals zu wecken.

Seine Frau, Sibylles Mutter Maria, hielt zu ihm. Treue war familiäres Gemeingut, eine Selbstverständlichkeit. Dazu zählte auch familiäre Harmonie. Definiert wurde diese nie. Unausgesprochen bestand Einigkeit darin, was als verpönt und der Harmonie nicht zuträglich galt. Streit, Kritik, eine gegensätzliche Meinung zur väterlich vorherrschenden, lautes Reden oder gar Brüllen zählten dazu. So war allen Beteiligten klar, dass, wenn der Vater die Stimme erhob, diese Werte und das Gemeinschaftsgefühl gefährdet waren.

Gingen sie und die Mutter einmal nachmittags zu Verwandtenbesuch, meist zu der kranken Oma, aus dem

Haus, wurde ihre Mutter schon eine Stunde vor der zu erwartenden Rückkehr ihres Mannes unruhig. Sie brachen dann hastig auf und stürmten im Eilschritt heimwärts. Außer Atem kamen sie an.

Einmal verspäteten sie sich um zwanzig Minuten, und der Vater machte an jenem Nachmittag keine Überstunde und war bereits um kurz vor fünf Uhr zuhause. Er empfing sie mit einer geharnischten Gardinenpredigt. Ab da waren sie nie wieder „unpünktlich“.

Um den Vater nicht unnötig zu reizen, schränkten Mutter wie Kinder auch andere persönliche Freiheitsansprüche auf das der Familie – oder besser auf das dem Vater erträgliche – Maß herunter. Die Mutter, deren Sinn für kunstgewerbliches Arbeiten und für die Musen Sibylle wohl geerbt hatte, fand unbehinderte Freude – unbehindert von ihrem Mann – an der Nähmaschine. Fast alles Textile im Haus, Vorhänge, Kissen, Decken einschließlich der Kleidung für ihre Kinder hatte ihre Mutter selbst genäht. Ihre Mutter versuchte ihren Kindern – vor allem der Tochter, während der Sohn Paul sich früh von dannen machte und in seinem Zimmer lieber Rockmusikhörte –, klassische Musik nahezubringen. Wenn Mutter und Tochter etwa ein Beethoven-Stück auflegten, saß der Vater mit im Wohnzimmer und las dabei die Tageszeitung. Das war das geduldete Stück „Bohème“, aber bitte, nur soweit, wie es die häusliche Atmosphäre behaglicher zu gestalten vermochte. Zu Weihnachten gab es ein kleines Blockflötenkonzert der Kinder, die Mutter spielte die Begleitung am Klavier. Dann war der Vater ganz bei der Sache. Er hörte aufmerksam zu. Kalendarisch angeordnete familiäre Harmonie und Gemeinsamkeit begrüßte und duldete er. Die Kinder bekamen ein Kunstbuch über alte deutsche Meister, der Vater ein Reisebuch, das besonders viele Gebirgsaufnahmen zeigte.

Der Bruder interessierte sich für Maschinen und Autos, für alles Technische – eben ein richtiger Junge. Mit ihm kam Sibylle während der Kindheit und in der Jugend gut aus. An irgendwelche nennenswerten geschwisterlichen Differenzen oder Spannungen konnte sie sich nicht erinnern. Sie erzählten sich ihre Erlebnisse, aber gemeinsam unternahmen sie wenig, vielleicht mal Schwimmen im Sommer. Paul hatte auch Freunde, mit denen er in der Jugend Fußball spielte und später um die Häuser zog. Daran nahm sie nicht teil.

Sie selbst hatte keine eigenen festen Freundschaften, nicht mal eine sogenannte Busenfreundin. Ihr reichte der Pausenkontakt in der Schule, um mal zu schwätzen. Sie hatte deshalb keine richtigen Freundschaften, weil sie nach ihrem Dafürhalten auch nicht in die häusliche Ordnung gepasst hätten. Ihre Befürchtung war, dass die Freundinnen nicht vor der Rückkehr des Vaters das Haus verlassen hätten. Sie hatte zwar einen solchen Fall nicht geprüft. Aber sie hatte es auch nicht riskieren wollen.

Ihre geheime Liebe galt dem Klavierspiel. Die Mutter hatte ihr Talent gewittert. Ihr war aufgefallen, wie sie am Klavier aufblühte. So hatte Mutter Maria es beim Vater durchgesetzt, dass Sibylle Klavierstunden nehmen durfte. Nachts vor dem Einschlafen malte sich Sibylle aus, wie sie später einmal größere Konzerte von Beethoven spielen könnte, sogar vor einem richtigen Konzertpublikum. Doch davon erzählte sie nicht einmal ihrer Mutter.

Bei der Erinnerung an ihre Jugendwünsche spürte sie einen Stich in der Brust. Wie lange war das her! Jetzt erlebte sie schon Lampenfieber, wenn sie mal ein Konzert als Zuhörerin besuchte. Sie schüttelte ablehnend den Kopf bei der Vorstellung, als Solistin eine Bühne betreten zu müssen.

Ihr kam ein Foto in den Sinn, das sie im Alter von zehn Jahren zeigt, wie sie bei einer Weihnachtsfeier in der Schule am Klavier sitzt und die Schüler mit „Stille Nacht" begleitet. Sibylle erhob sich und griff zielsicher das Fotoalbum aus dem Wohnregal und blätterte darin. Sie stieß schnell auf das gesuchte Bild. Gerührt sah sie sich an, wie sie auf einem Klavierschemel sitzt in einem blauen Kleid mit weißem Kragen, vertieft in ihr Spiel. Ja, tatsächlich, das war die Ausnahme gewesen. Ansonsten setzte sie sich nur dann ans Klavier, wenn der Vater abwesend war. Kaum war der Vater daheim, wurde das Klavier stummer Nachbar des Vitrinenschranks.

Das Klavier stand für Sibylles ureigene Neigung und zugleich für ihre unwidersprochene Unterordnung unter das väterliche Regime – eine paradoxe Identifizierung.

Sibylle hielt für einen kurzen Moment ihre Reise in die Vergangenheit an, um zu verschnaufen. Sie fühlte sich an- und abgespannt zugleich. Das Aufspüren der Wirkkräfte auf ihr Leben hatte sie Kraft gekostet. Dabei registrierte sie, dass es wenige einschneidende Ereignisse waren, die sie geprägt hatten. Es waren die verhaltenen, gebremsten Stimmungen und Wünsche, die in ihr anklopften und darauf drängten, gehört zu werden. Es wurde ihr bewusst, wie oft sie sich ihre Wünsche und die Durchsetzung eigener Vorstellungen versagt hatte. Wie anstrengend war das Leben in der Familie unter dem väterlichen Anpassungsdiktat!

Ja, habe ich eigentlich nach meinen Wünschen ausgiebig gefragt? Habe ich mich vielleicht nicht einmal richtig getraut, sie hochkommen zu lassen und sie wenigstens für mich zu formulieren?

Sie schüttelte ungläubig, bestürzt und irritiert den Kopf.

Ich muss doch traurig und auch wütend gewesen sein?! Für meine Kleinen hatte ich dafür immer ein Auge, habe sie ermuntert, ruhig zu weinen, wenn ihnen danach ist. Warum habe ich das bei mir nicht zugelassen?

Sie musste fest schlucken, so, dass es im Hals fast wehtat. Es waren keine Tränen, es war Blei. Auf den Schultern spürte sie dessen schweres Gewicht, im Nacken und die Arme entlang. Es klebte noch an ihr; der Wunsch, es abzuwerfen, schimmerte entfernt. Klar spürte sie allein ihre Mattigkeit.

Während sie in ihren Überlegungen umherirrte auf der Suche, was sie zurückgehalten hatte, entschiedener bei ihren eigenen Interessen und Bestrebungen zu bleiben, trat deutlich ihr Hauptwunsch in den Vordergrund: Sie wollte bestätigt werden über die Menschen, die ihr nah und bedeutsam waren. Sie wollte wichtig sein. Wie gelang das wohl am besten? Indem man die Wünsche des anderen erriet. Das bedeutete ständige Wachsamkeit für deren Bedürfnisse und deren Befinden.

„Ja, ich stand und stehe immer noch zur Verfügung. Immer innerlich bereit, zu besorgen, zu erledigen, einzuspringen, den Kummer der anderen zu erahnen oder zu erfragen, nach dem Rechten zu schauen und es ihnen recht zu machen“, brütete sie vor sich hin, während sie in die Küche ging und sich ein Glas Sprudel einschenkte. Ihr Blick aus dem Fenster spazierte den Vorgarten ab, in dem zwei prächtige Hortensienbüsche prankten, dicke tiefrote und weiße Blütenballen. „Schneeweißchen und Rosenrot“, lächelte sie versonnen, ihr Lieblingsmärchen. Dahinter führte eine Straße entlang, die wenig befahren war. Über den Bürgersteig ging eine elegante Dame mit aufgespanntem Schirm an ihrem Haus vorbei. Sie trug einen marineblauen, gerade geschnittenen Mantel, um den Hals ein zitronenfarbenes Seidentuch, auf dem Kopf einen kleinen blauen Haut mit ebenso zitronenfarbenem Saum, die vordere Hutkrempe hochgeschlagen. Sie gab den Blick frei auf ein hübsches leicht geschminktes Gesicht mit frohem Ausdruck, die Frau war etwa Ende 30 Jahre alt. Sibylle lauschte dem Tok-tok der auftretenden Absätze, bis sich der rhythmische Klang verlor. Sie schaute weiter in die Richtung, in die die Unbekannte verschwand, versonnen, fast verträumt. Das Bild hatte sie ruhig gestimmt. Für ein paar Momente hatte sie ihre lauernde Drangsal nicht gespürt. Sie seufzte, hob die Schultern und ging in ihr Schlafzimmer zurück und setzte sich wieder in ihren alten weichen beigefarbenen Sessel, der nahe am Fenster stand, daneben eine Stehlampe mit Rundschirm und Troddeln unten dran sowie ein kleinen Beistelltisch mit runder Glasplatte. Von hier konnte sie in den Obstgarten schauen, den Garten, den ihr Vater jahrein, jahraus versorgte.

„Hab ich auf mein Äußeres eigentlich Wert gelegt? Ja, korrekt und sauber war ich schon … Aber ich habe mich selbst nie mit den Augen anderer betrachtet.“

Nein, das hatte sie nicht. Schönheit und Attraktivität waren für sie nie ein Thema. Wichtig war ihr allein, die Lücke beim anderen zu finden, die ihr tatkräftigen Einsatz entlockte. So war es für sie immer selbstverständlich gewesen, der Mutter beim Saubermachen und Einkaufen zu helfen. Dem Vater stellte sie die Hausschuhe vor seinen Sessel, wenn er nach Hause kam.

Die Schule lief früher nebenher. Sie hatte keine große Rolle gespielt. Die Mittlere Reife schaffte sie problemlos. Zwar war sie nicht unter den Besten. Aber da der Vater auf außerordentliche schulische Leistungen keinen besonderen Wert legte, versuchte sie auch nicht, hier zu glänzen.

Sie gierte nach fürsorglichen Betätigungen, die ihr freundliche Blicke oder ein „Danke“ in Aussicht stellten. So hielt sie es auch, wenn sie mit Nachbarn oder Schulkameradinnen in Kontakt kam. Die Bedürftigkeit oder gar den Ballast der anderen zu schultern wurde ihr allmählich zum Bedürfnis. Vornehmlich darüber fühlte sie sich dem anderen nahe und hoffte darauf, dass auch der andere sich dadurch ihr nahe oder ihr gar verbunden fühlte.

Was sie sich als ihr ureigenes Werk, unabhängig von Lob oder Kritik erlaubte, waren fantasievolle Basteleien, die durchaus zentraler Blickfang im Schaufenster eines gehobenen kunsthandwerklichen Geschäfts hätten sein können. Gestochen feine, farblich aufeinander abgestimmte Stick- und Häkelarbeiten waren reine Kunstwerke. Kochen und Backen feinster Patisserien rundeten ihren Geschmackssinn im engeren und weiteren Sinne ab.

Alles Fähigkeiten und Vorlieben, die ihr später im Beruf der Erzieherin zugutekamen.

Über ihre Berufswahl hatte es auch nie Diskussionen gegeben. Ganz selbstverständlich schien es ihr im Rückblick, dass sie Anfang der 50er-Jahre ein Fröbelseminar besuchte. Hegen und Pflegen lagen ihr nun mal. Sie selbst hatte seinerzeit auch keinerlei Gedanken an irgendeine andere Berufstätigkeit verloren – Sekretärin, Verkäuferin oder Lehrerin oder sonstwas, nein, sie hatte Geborgenheit gesucht, keinen Wettbewerb, keine harten Konfrontationen, kein scharfes „Nein“ sagen müssen. Die Außenwelt, die Mitmenschen wollte sie nur so einschätzen, wie die Mutter sie ihr angeboten hatte: hilfsbedürftig und mit kleinen schönen Liebenswürdigkeiten zu erfreuen.

Näher wollte sie die Welt außerhalb ihres unmittelbaren Lebensbereichs auch nicht kennenlernen. Sie war nicht neugierig, nicht wissbegierig darauf, die Kehrseite der Medaille zu entdecken. Ein Anderssein, Zweifel oder auch brennende Wünsche oder Sehnsüchte, die das Zeug zu Konflikten gehabt hätten, drangen nicht weiter zu ihr vor. Hierunter fiel auch das Thema Mann, Heirat und Ehe. Romantische Gefühle glaubte sie selten verspürt zu haben. Liebesfilme schaute sie sich sowieso nicht an. Merkwürdig, nicht einmal den Wunsch nach einer eigenen Familie, eigenen Kindern verspürte sie. Sie fühlte sich ausgefüllt mit der Erziehung der fremden Kleinen und der Liebe zu ihrer Mutter.

Außerdem suchte sie keinen Kontakt zu Gleichaltrigen. Durch eine periodisch auftretende Hautkrankheit, die ihr Gesicht und einzelne Körperpartien etwas entstellte, hatte sie sich immer zurückgehalten. Sie wollte nicht anecken oder sich schämen für den Fall, dass sie von anderen gemieden würde. Insgeheim war sie auch froh darüber, einen offiziellen Grund zu haben, eventuell tiefer gehenden Kontaktwünschen, die mehr als Bekanntschaften waren, nachzugeben. In der elterlichen Aura fühlte sie sich einfach sicher.

Auch konnte sie so das Auskommen der Eltern miteinander im Auge behalten. Sie beobachtete weiter, wie die Mutter trotz allen Bemühens, ein heiteres Gesicht zu zeigen, unter der kargen Zuwendung ihres Mannes litt. Hin und wieder setzte sie an, die Mutter zu ermutigen, sich zu trennen. Die Mutter verwarf solch Ansinnen von vornherein recht brüsk. Aber auch Sibylle war sich ihrer Sache nicht so sicher. Sie schreckte selbst davor zurück. Sie hatte geahnt, dass dieser Schritt die Mutter sehr hilflos und unsicher machen würde, und sie selbst wollte auch keine gebrochene Familie haben. So war und blieb ihr klar, dass sie die Mutter weiter stützen musste. Alles musste, durfte beim Alten bleiben. Auf diese Weise war sie nicht in Versuchung geraten zu schwanken, abenteuerliche Neugier zu entwickeln, Fragen zu stellen. Sie hatte sich bis zum Zusammenbruch mit vorgegebenen Antworten begnügt. Deren Ursprüngen hatte sie nie nachgeforscht, sie blieben ihr im Dunkeln.

Sibylle Marquardt gähnte. Die Selbsterforschung machte sie jetzt müde. Sie wandte den Kopf. Ihr Blick fiel auf ihr Bett: cremefarbener hochgewölbter Überwurf, über dem Bett ein längsformatiges Bild. Es zeigte eine Fotografie von einem Wiesengrund vor einem Bergsee, an dessen Ufer ein blauweißer Kahn angebunden war. Jeden Abend vor dem Zubettgehen vertiefte sie sich für ein paar Sekunden in den Anblick. So konnte sie sich immer vom

Tag verabschieden und in eine namenlose Stille gleiten. Doch an diesem Abend gelang es ihr nicht, zur Ruhe zu kommen.

Stille Wasser, die sind tief. Leise summte der Sinnspruch in ihrem Hinterkopf.

Sie kam nicht aus dem Sinnieren. Gleichwohl stieß sie gegen einen gewissen Widerstand. Er richtete sich gegen ein weiteres Vortasten zu sich selbst. Bei einer Rückschau auf ihre ersten Berufsjahre wurde sie unruhig. Sie fühlte sich gefordert, tiefer in sich einzudringen. Doch sie wollte sich dort nicht länger aufhalten, aber auch nicht sofort zu nächsten Stationen ihres Lebens hinforteilen. Sie fühlte sich unbehaglich. Ihr Gedächtnis streikte. Traurigkeit kroch hoch. Diese legte sich wie Lehm um ihre Erkenntniswurzeln. Pendelnd zwischen Unruhe und Traurigkeit fiel es ihr schwer, die Herkunft ihrer trüben Stimmung zu orten. Ängstlich zurückweichend hatte sie der erste frische Mut zu sich selbst verlassen.

Erkenntnisse, insbesonders Selbsterkenntnisse rufen nach Konsequenz, nach Anwendung, nach Realisierung. Das war ihr klar. Aber was, wenn sie auch erkennen müsste, dass ihr mögliches Aufdecken andere Menschen in ihrem Umfeld auch in ein schiefes Licht setzen könnte? Neue Enttäuschungen? Neue Gefühle, nicht nur Traurigkeit, auch Wut? Das war das Gefühl, vor dem ihr am meisten graute. Sie ahnte dessen Sprengkraft. Nein, das wollte sie auf keinen Fall. Bevor sie dieses Salz auf ihrer nun aufgescheuerten Haut überhaupt erst brennen fühlte, gestand sie sich ein, dass sie Angst vor allzu großer Ehrlichkeit hatte. Sie wollte sich nicht nackt sehen, nicht sich oder andere beschämen. Zu dieser Disziplin,

sich in allen züngelnden Gefühlen und gedanklichen Turbulenzen auszuhalten, wollte, konnte sie sich noch nicht aufraffen.
„Hab ich nicht bereits genug ausgehalten?“ fragte sie sich in einem fast koketten Anflug. „Jeder ist doch mal feige in seinem Leben, jeder braucht doch Schutz!“, beschwichtigte sie sich, so, als wollte sie den Chor der feigen Mehrheit als ihre Schutzmacht tönen lassen. Der Schwindel klappte. Sie konnte ihre Füße wieder fest aufsetzen, konnte weitermachen mit ihrer Geschichtsschreibung.

Mühelos knüpfte ihre Erinnerung jetzt an die Zeit der Krankheit ihrer Mutter an. Zu ihrem Maulwurfsleben gleichsam berufen fühlte sich Sibylle, als feststand, dass die Mutter an multipler Sklerose erkrankt war und sie auf absehbare Zeit zum Pflegefall würde.
Da der Vater tagsüber in der Bank war, fühlte sie sich verpflichtet, der Mutter in jeder freien Minute zu Diensten zu sein. Die Mutter nahm die Fürsorge ihrer Tochter mit sonnigem Lächeln unerwidert in Anspruch.
Die Tochter bewunderte ihre Mutter, wie diese auch mit zunehmender Lähmung und oftmals wundem Rücken für jeden in der Familie ein aufmunterndes Wort hatte, niemals klagte, niemals haderte, auch ihren düsteren, mürrisch trockenen Mann versuchte aufzuheitern.
Erstaunlicherweise widmete sich der Vater ihrer Mutter auf einmal mehr als in ihren gesunden Zeiten. Ja, an Sonntagen holte er sie sogar zum Essen ins Wohnzimmer, schüttelte ihr das Kissen auf und war hilfreich beim Wenden im Bett, was diese zunehmend weniger selbst machen konnte. Seine Tochter war über diesen Einsatz verwundert. Ein solch barmherziges Tun hatte sie ihm

nicht zugetraut. Sie nahm sich vor, ihn nachsichtiger zu betrachten.
Allerdings wortkarg blieb er weiterhin, ein Umstand, der für Mutter und Tochter ihrer beider Gespräche, wenn auch zunehmend weniger und von kürzerer Dauer, noch wertvoller machte und sie wie ein inniges Band umschlang.

Schüchtern hatte der Vater Sibylle seinen Dank für ihr aufopferndes Pflegen zu verstehen gegeben. Er murmelte etwas in seinen Bart und steckte ihr hin und wieder einen 50-Mark-Schein zu. Diese Anerkennung hatte ihr wohl gutgetan, dennoch konnte sie kein Lächeln der Mutter aufwiegen. Aber es stärkte ihr moralisch den Rücken. Bekam sie doch durch die väterliche Geste deutlich gezeigt, dass ihr Vater eine gewisse Anerkennung zollte und sie damit den familiären Frieden sichern half.

„Daneben“ hatte sie sich mit Inbrunst ihrer Aufgabe als Kindergartenleiterin bis zu ihrer frühzeitigen Pensionierung hingegeben. Ihr Rückblick auf diese Zeit versöhnte sie mit der vorher erlebten Verunsicherung. Wieder übersah sie dabei beim Schauen ihres Erinnerungsfilms, dass ihr Übereifer, ihre Betulichkeit, ihre übertriebene Ordnungsliebe den Kolleginnen auch schon mal zu viel geworden waren. Ihre üblicherweise allzeit bereite Freundlichkeit konnte nämlich auch spröde werden, wenn die Kolleginnen sich den überzogenen Ansprüchen der Chefin trotzig widersetzten. Dann konnte sie schon hochfahren. Aber das zählte nicht für sie. Die Erinnerung daran blieb eher blass. Ihr waren die Beziehungen zu den Kolleginnen nicht sonderlich wichtig.

Eine Beziehung zu einer höher gestellten Kollegin war es doch. Es war die Leiterin der Abteilung ‚Kindertagesstätten' im städtischen Amt. Frau Brigitte Schmidt wurde von ihren Kolleginnen und allen anderen Kindergartenleiterinnen in der Stadt gehasst. Sie inspizierte die Räume wie ein Feldwebel, duldete keinen Widerspruch, nicht einmal neue Vorschläge. Deren turnusmäßige Beurteilungen fielen hart aus. Sibylle wurde meist gut beurteilt. Doch vor jedem angekündigten Besuch von Brigitte Schmidt, viermal im Jahr, hatte Sibylle sich in Eifer und Fleiß überschlagen. Das Spielzeug der Kinder hatte sie mit einem Desinfektionsmittel abgerieben, die Böden gewienert, bis sie glänzten, die Kinder standen da wie kleine Zinnsoldaten, wenn Frau „Beißzange", wie die Kolleginnen sie nannten, den Kindergarten betrat. Der „putzige" Anblick der Kinder entzückte die Kindertagestättenleiterin. Sibylle hatte danach in der Regel eine Migräne geplagt, die von heftigen Selbstzweifeln und Schwächegefühlen begleitet war. Das waren die Momente in ihrem Leben, in denen sie alles am liebsten hingeworfen hätte. Da sie aber wusste, dass sie mit ihren Selbstzweifeln nicht ganz allein war – die anderen Kolleginnen gestanden sich diese Unsicherheiten bei den gemeinsamen wöchentlichen Besprechungen ebenfalls ein –, fühlte sich Sibylle wieder gestärkt. Flugs zurrte sie ihren Grundsatz: Aufmucken gilt nicht. Hatte sie diese Hürde genommen, war sie erneut stolz auf sich gewesen. Tapfer und zuverlässig wollte sie sein. Und das war sie wirklich.

Sibylle war wieder in ihr Schlafzimmer zurückgekehrt, hatte in ihrem Kuschelsessel Platz genommen und räkelte sich. Sie holte tief Luft. Es ging ihr jetzt gut. Es beruhigte sie, sich noch einmal ihr Lebensmotto bestätigt zu haben.

Sie genoss auf einmal ihr Zimmer, in dem sie sich bislang wenig außer zum Schlafen aufgehalten hatte. Sie mochte es nicht sehr. Es war ihr immer zu klein gewesen. Ihr Vater hatte nach dem Tod der Mutter jenes Zimmer, das die Jahre als deren Krankenzimmer diente, in kargen verquasteten Worten für sich gefordert. Sibylle hatte widerstrebend ihren Anspruch darauf aufgegeben, sie wollte sich mit ihm nicht anlegen. Aber sie hatte sich schon vorstellen können, wie es ihr gutgetan hätte, ungestört von ihrem Vater ihren Hand- und Bastelarbeiten in dem wesentlich größeren Zimmer nachgehen zu können, wusste sie doch, dass er sich vornehmlich nur im Wohnzimmer aufhielt, wo auch ihr Klavier stand.

Kein eigenes Zimmer mit Raum für ihre Interessen: „Immer muss ich mich nach ihm richten! Verdammt!“ Ihr schlafen gegangener Groll röhrte in ihr hoch. Das störte sie jetzt.

Nein, ihm wollte sie sich jedoch jetzt nicht hingeben. Keine Stimmungstrübung sollte ihr gestärktes Selbstwertgefühl schwächen.

Sie streckte ihre Arme in den Raum. Irgendwie fühlt sie sich freier. Sie spürte die Verbundenheit mit ihrem früheren Leben, es war ihr nah und zugleich etwas weiter weggerückt. Zum ersten Mal konnte sie es sich auf Abstand halten.

Sie ließ ihren Blick im Zimmer schweifen, besser, sie schaute genauer hin: Die Wand ihres Zimmers war geschmückt mit einer zartgelb grundierten Tapete mit kleinen Blümchen, am Fenster stand ihr beigefarbener Sessel.

Ihr Zimmer war etwa zwölf Quadratmeter groß. Darin standen ein großer Kleiderschrank und ein Bett. An dessen Kopfende hockte ein Puppenpaar, ein Junge und ein Mädchen, beide trugen ein Mützchen, er in Blau, es in Rot, selbst genäht. Darüber das Bootsbild, daneben eine kleine Nachtkonsole mit Lämpchen, darüber ein schmales Regal an der Wand, auf dem gerahmte Fotos von ihrer Mutter, ihrer Nichte und ihrem Neffen standen, außerdem ein Foto von ihrem Kindergarten mit der Kindergruppe davor, mit der sie ein Lebkuchenhäuschen gebacken hatte. „Klosterkammer und brave Mädchenstube“, schoss es ihr durch den Kopf. „Ja, ja, das trifft's. So war ich, so bin ich. Bin ich es wirklich immer noch?“ Ihr Blick musterte noch einmal ihre Umgebung. Die Frage blieb offen.

Immerhin, ihre Rückschau fing an, sie zu beleben und auch zu beruhigen. Sie fühlte sich ganz bei sich, und das in der Umgebung, die sie mit geringer Wertschätzung gewählt hatte. Gedanken an Vater, an Mutter, an ihre tugendhaften Selbstverständlichkeiten, an ihre Kindergartenzeit waren nun abwesend. Kein Wunsch, für jemanden jetzt zur Verfügung stehen zu wollen. Sie mochte nur sich. Es fehlte ihr nichts. Ruhe durchströmte sie, wärmende Ruhe. Wohlig räkelte sie sich noch einmal.

Sie verspürte Hunger und entschloss sich, in die Küche zu gehen, da näherten sich die schlurfenden Schritte ihres Vaters. Ihr war nicht bewusst, wie lange sie sich schon in ihrem Zimmer aufgehalten hatte. Damit er sie in Ruhe ließe, hatte sie ihm gesagt, sie lege sich etwas hin, sie habe wieder Kopfschmerzen. Kranksein und Schlaf billigte er als Grund, sich von ihr fernzuhalten. Ansonsten folgte er ihr auf Schritt und Tritt.

Sibylle durchfuhr es: „Nun ist meine Einigkeit mit mir erst mal zu Ende“. Schon wollte sie „Ich komme“ herausrufen, da öffnete er die Tür, wie immer, ohne anzuklopfen:

„Ich wollte mal fragen, wie es dir geht. Du bist so lange weggewesen!“

„Oh, danke, danke. Es geht mir wieder gut“, gab sie kurz angebunden zur Antwort. Sie schaute auf die Uhr: „Wir haben ja schon halb sechs. Ich mach jetzt Abendbrot.“ Sie eilte in die Küche, der Vater hinterher.

Dort öffnete sie eine Küchenschranktür und griff zwei Teller heraus. Beim Abstellen stutzte sie: „Was mache ich denn heute Abend?“ Sie schaute in den Kühlschrank. Ihr Blick sah nicht die Tomaten, den Aufschnitt und sonstige Lebensmittel. Sie schloss die Kühlschranktür und drehte sich zum Tisch. Die zwei Teller waren immer noch leer. „Ach, ich habe meine Gedanken nicht beisammen.“ Ihr Kopf war wie leer. Sie spürte auch keinen Appetit mehr, eher einen faden Geschmack im Mund. In der vertrauten Umgebung fremdelte sie jetzt. Dann riss sie sich zusammen: „Es muss ja sein.“

Wieder öffnete sie die Kühlschranktür, ihr fiel ein, dass der Vater weiche Nahrung aß. Ihm fehlten die Schneidezähne und zwei Backenzähne, die Schneidezähne fehlten schon. Seit Jahren weigerte er sich, zum Zahnarzt zu gehen. Eine kleine Gischt Wut schwappte in ihren Hinterkopf hoch. Sie ärgerte sich über seine Ignoranz der Situation, dass er ihr Bemühen nicht sah.

Sie holte eine mittelgroße Pfanne aus der unteren Schublade, stellte sie auf den Herd, drehte den Elektroschalter auf die höchste Stufe und gab zwei gute Stücke Butter hinzu. Nach kurzer Schmelze schlug sie zwei Eier in die Pfanne, verrührte sie, salzte und pfefferte das Rührei und schnitt noch ein paar weiße Champignons hinein. Für ihren Vater legte sie zwei Scheiben weiches Sauerteigbrot, deren Kanten sie abschnitt, zusammen mit ihren Brotscheiben mit Kanten in ein Körbchen. Sie verringerte die Wärmestufe Während das Rührei fest wurde, deckte sie den Tisch mit Butter, Tomaten und Schnittlauchquark, der vom Vortag noch übrig war. Der Vater stand am Tischrand, schaute ausdruckslos zu. Sie bat ihn, sein Extraset aus einer anderen Schublade zu holen, für sie das normale. Das Extraset hatte eine Wachsschicht im Unterschied zu ihrer, die aus Baumwolle und gerippt war. Er ließ immer wieder Essensreste aus dem Mund fallen oder verkleckerte beim Essen die Unterlage. Sie wollte nicht alle Tage frische Stoffsets auflegen und auch nicht bei jeder Mahlzeit auf das unreine Set gucken müssen. Sie legte Wert auf gepflegte Ess- und Tischkultur. Jetzt bereitete sie noch den Malventee und stellte Tassen auf den Tisch.

Sie aßen.

Nach zehn Minuten hatte sie ihre Butterbrote mit aufgeschnittenen Tomaten und Zwiebelringen gegessen. Er kaute noch an der ersten Brothälfte, auf der ein Teil des Rühreis gelegt war. Dabei rieb er das Brot zwischen den beiden Kiefern hin und her. Speichelschaum saß ihm in den Mundwinkeln. Sie beobachtete ihn. Beinahe rhythmisch ließ er den Mund nach einigem Zermalmen offen stehen, die Unterlippe hängen. Sein rechter Arm fuhr in der Luft herum, die Hand griff kreisend nach dem Teelöffel. Endlich hatte er ihn erwischt. Er rührte wie in einem Schaumbad in der Tasse herum. Der Tee schwappt über, die Untertasse bekam schnell einen braunen Rand. Sie fuhr jäh hoch, schimpfend: „Vater, pass doch auf! Rühr etwas langsamer!“ Ihr Vater duckte den Kopf schuldbewusst: „Entschuldige!“

Sie lief in die Küche, kehrte mit einem Spüllappen zurück, wischte den Unterteller sauber und legte ein kleines Saugtuch darüber.

Der Vater zog die Quarkschüssel näher zu sich heran und schöpfte eine kleine Menge mit seinem Teelöffel daraus. Der Schnittlauchquark landete aber nicht auf, sondern neben dem Teller, nicht auf seinem Set, sondern auf ihrer gestickten Tischdecke. Sibylle schniefte durch die Nase und rollte mit den Augen. Um sich abzulenken, angelte sie nach der Tageszeitung, die neben dem Fernseher auf dem Rollwagen lag. Sie versuchte, den Leitartikel zu lesen.

Dieses Ansinnen missglückte jedoch rasch. Da der Vater das Messer während des ganzen Essens in der Hand hielt und zitternd immer wieder gegen das Porzellan stieß, klingelte das Geräusch fortwährend in ihre Aufmerksamkeit hinein. Es nervte sie. Der Leitartikel war für sie gestorben. Sie legte die Zeitung beiseite und griff nach der Fernsehzeitung in der Hoffnung, dass deren Fotoabbildungen ihr eine leichtere Ablenkung böten. Eine Zeitlang glückte das. Zwischendurch hob sie den Blick, um zu schauen, ob er endlich fertig wäre, damit sie vom Tisch gehen könnte. Aber er mahlte weiter wie immer langsam und bedächtig mit seinen Kiefern die Brotbrocken. Ihr

Blick hängte sich an seinen Mundschlitz. Die Lippen waren um die zahnlückenhaften Kiefer gelegt und in den Mund zusammengezogen. Der Vergleich mit einem Hühnerpopo kam ihr in den Sinn, sie lachte kurz auf. Er schaute irritiert hoch.

Sie mahnte ihn ungeduldig: „Iss doch bitte etwas schneller, das dauert bei dir, mein Gott!"

„Ja, ja, ich bin dir eine Last. Es wird Zeit, dass ich gehe."

„Ach, Vater, das meine ich doch nicht so. Sprich bitte nicht so. Ich meine nur, das Abendbrot dauert bei dir fast eine Dreiviertelstunde. Ich bin in zehn Minuten fertig", monierte sie in einem etwas jauligen Ton.

Er zog den Kopf noch etwas tiefer, änderte aber nicht sein Essverhalten. Sie blätterte die Fernsehzeitung wieder von vorne durch. Jede umgeschlagene Seite schnitt die Luft.

Unkontrolliert, nervös griff sie die Tischdecke an ihrer gehäkelten Kante. Sie rieb Zeigefinger und Daumen an ihr. Dann kniff sie die Zierkante mit beiden Fingern fest. Am liebsten hätte sie dem alten Herrn die Decke mit einem Rutsch weggezogen. Als sie diesen Impuls bemerkte, ließ sie die Hand erschrocken los. Sie rutschte auf ihrem Stuhl hin und her. Aufzustehen und sich auf das Sofa zu setzen oder zumindest nach seiner Genehmigung dafür zu fragen, traute sie sich nicht.

Ihre Finger gaben keine Ruhe, sie drängten nach Bewegung. Unruhig trommelten sie einen Takt auf dem Tisch. Sie spannte ihren Rücken hart und pfeilgerade zu einem Stahlblatt. Drohend wie eine Tarantel zum Sprung kauerte sie auf ihrem Stuhl. Der Vater guckte schräg nach unten auf seinen Teller. Ihn schien ihre verbissene Höflichkeit nicht zu stören.

Schweigend steckte er den Zeigefinger in den Tassenhenkel und reichte ihr wacklig seine Tasse: „Tee! Ich hätte gerne noch etwas Tee“, krächzte er mit trockener Stimme. Sie schenkte ihm mit eckigen Bewegungen ein. Hart setzte sie die Kanne auf den Réchaud auf.

Die Tasse war zu voll geraten. Er schob den Kopf und die Schultern noch weiter nach unten, um in Tassenhöhe den Tee abzuschlürfen. Jäh fuhr er zurück: „Oh, ist der heiß!“ und stieß dabei mit der Hand an die Tasse. Wieder richtete er ein Fußbad auf der Untertasse an. Das kleine Saugtuch wurde überspült. Diesmal wollte sie ihn damit sitzen lassen. Sie brachte es fertig, nicht aufzustehen. Ihren Ärger auf ihn empfand sie plötzlich als lustvoll.

Er legte seine Hände an die Stuhlseiten in der Absicht, aufzustehen, rückte den Stuhl umständlich nach hinten und zog sich langsam, sichtlich etwas mühevoll schwerfällig hoch.

„Was ist?“ fragte sie ungeduldig. „Ich hol einen Lappen“, sagte er. „Nein, bleib sitzen. Ich hol ihn schon“, antwortete sie mit abwehrender Geste und sprang in die Küche, nun doch froh, seinem Anblick für eine Weile entrinnen zu können.

Nach genau einer Dreiviertelstunde war er mit Essen und Trinken fertig. Gemeinsam beide trugen das Geschirr in die Küche. Er half ihr beim Abtrocknen. Dann gingen sie wieder ins Wohnzimmer, stellten den Fernseher an. Er setzte sich auf das gegenüberstehende Sofa und ließ sich von den Werbesendungen berieseln. Sie setzte sich in den dunkelbraunen Sessel neben dem Sofa, so, dass sie dem Fernsehbild ausweichen konnte, und holte eine Handarbeit hervor. Zwischen ihnen fiel kein Wort. Einmal stand er auf, kurz vor den Nachrichten, um ein frisches Taschentuch aus seinem Schlafzimmer zu holen. Sie stellte ihm ein Glas Obstsaft hin, sie selbst trank ein Glas Grauburgunder.

Während der Vater die anschließende Unterhaltungssendung anschaute, die sie wenig interessierte, konnte sie gut abschalten und sich wieder den Bildern ihres unterschwelligen Erinnerungsstroms überlassen. Kinderhändchen streckten sich ihr entgegen, krähende fröhliche Stimmen, die riefen: „Tante Bille, hilf mir mal … Hab ich das nicht schön gemacht? …Der Uwe geht immer an meine Burg ran!“ Sie sah sich glücklich und zufrieden im Stuhlkreis mit den Kindern singen, sah sich durch den Raum schreiten, mal zu dem einen Kind, mal zu einem anderen vornübergebeugt, nachschauend, ob es die Papierfigur genau ausschnitt; sie erlebte sich noch einmal, wie sie das Frühstück für die Kinder in der Küche zubereitete. Ihre Augen wurden feucht. „Ach ja“, seufzte sie. Sie wünschte sich zurück, zurück in ihren Kindergarten. Süße Traurigkeit erfüllte sie, bildete einen dicken Kloß in ihrem Hals. Das Runterschlucken machte ihr Mühe. Die Stickmuster verschwommen vor ihren Augen, herunterrollende Tränen vertieften die Farben. Die Sehnsucht nach der verlorengegangenen Aufgabe schmerzte sie tief. Erst gestern hatte sie eine Mutter auf ihrem Einkaufsweg getroffen, die ihr herzlich versichert hatte, dass ihr Kind immer so gern zu ihr gekommen sei und sie ihm so viel an Anregungen und Lebensfreude vermittelt hätte. Das von ihr zum Großteil selbst gebastelte Spielzeug, wie die herrlichen Kasperlepuppen, hätte den Kindern ungeheuren Spaß gemacht. Jetzt wirke der Kindergarten so steril, die neue Leiterin, eine ganz junge, hätte vor einigen Wochen ihre Spielsachen dem Sperrmüll übergeben. Sie solle gesagt haben, sie seien veraltet, heute hätte man andere Sachen. Sie wolle die Kinder zeitgemäß erziehen.

„Zeitgemäß!", stieß Frau Marquardt mit empörter Stimme hervor.

Der Vater räusperte sich. „Häh, was meinst du?"

„Ach, nichts, ich hab nur so was vor mich hingebrabbelt", erwiderte sie. „Wie bitte?" Er schien nicht verstanden zu haben. In dem Moment ertönte die Tagesschau. „Ach, nichts!" wiederholte sie traurig. Der Vater wandte sich wieder dem Fernseher zu.

Ihr fiel das Gutachten ein: „Vorzeitig gealtert." Der Schmerz bohrte sich noch tiefer. Er brannte die Speiseröhre entlang und stach in den Bauch. Am liebsten hätte sie sich unter dem Wohnzimmertisch zusammengerollt. Sie fühlte sich abgeschoben und für wertlos erklärt. Ihre schönen Kasperlepuppen sollten überholt sein, die holzgeschnitzten Spielzeuge und auch die vielen Puppenkleidchen, die sie genäht hatte, manches Mal bis in die Nacht! Sie konnte es nicht fassen.

Sie legte ihre Handarbeit auf den Tisch und wandte sich dem Fernseher zu. Mit gegenwärtiger Sachlichkeit versuchte sie, den politischen Themen des Tages zu folgen. Aber die Erinnerung zog sie wie ein Magnet zu den kränkenden Bildern der Vergangenheit. Das Gesicht ihrer

Nachfolgerin tauchte vor ihr auf, nicht deutlich mit genauen Gesichtszügen, dafür die von braunen halblangen Haaren gebildeten Umrisse ihres Kopfes mit auf sie gerichtetem kühlem Blick. Frau Marquardt fröstelte. Eiskalte Abneigung durchlief ihre Brust und kristallisierte sich im Nacken.

Wie ignorant die Nachfolgerin sie behandelt hatte, als sie acht Wochen nach ihrem Ausscheiden den Kindergarten besucht hatte! Wehmut hatte sie hingetrieben, Wehmut nach der süß-warmen Luft, die durch „ihre" Räume wehte und die wie ein Parfum an ihr gehangen hatte; Sehnsucht nach dem Ort, an dem sie jemand war, wo jeder in der Umgebung sie kannte, wo sie sich gebraucht und erfolgreich fühlte, einen eigenen Platz hatte, wo sie erwachsen sein durfte, sein musste. Verstand denn niemand ihren Verlust, ihren Verzicht auf ihre Wirkungsstätte?

„Von mir aus wär' ich doch nie gegangen!" rief sie innerlich vor sich hin. „Ihr hättet doch erkennen müssen, dass ich alles hergegeben habe!", klagte sie an, und sie wusste nicht einmal, wem genau sie ihren Vorwurf am liebsten gegen den Kopf geschmissen hätte.

Sie wusste nur eines: Der Blick ihrer Nachfolgerin, deren beiläufige Geste mit dem beiläufigen Satz „Bitte, nehmen Sie Platz!" und dann das Warten von ungefähr zwanzig Minuten in dem Raum, in dem sie die Berichte geschrieben hatte, die Telefonate mit Amt und Eltern geführt hatte und in dem sie jetzt auf dem Wartestühlchen saß, wo sonst schon mal ein Kind gesessen hatte, wenn es etwas ausgefressen hatte – das alles war eine abgrundtiefe Demütigung für sie gewesen. Lächerlich gemacht und verachtet war sie sich vorgekommen. Wäre nicht der fünfjährige Thomas hereingestürmt – laut ausrufend: „Tante Bille! Tante Bille, wie schön, dass du wieder da bist!" – und hätte sie fest mit seinen knackigen Ärmchen umschlungen, sie wäre ohne ein ‚Auf Wiedersehen' aus dem Raum gelaufen. Niemandem hätte sie den Triumph zu entdecken gegönnt, dass ihre Augen feucht glitzerten und ihr Mund zuckte. Der kleine Junge missdeutete ihr Leid als ebenso rührende Anhänglichkeit an ihn und den Kindergarten: „Ach, Tante Bille, bald kommst du ja wieder zu uns und erzählst uns wieder die Geschichte vom Elefanten, der gern nach Hause kommt. Ja?" Er schlang seine Arme noch fester um sie und drückte seinen Rotschopf in ihren Magen. „Musst nicht traurig sein", versuchte er sie zu trösten.

Im Grunde hatte er sie richtig verstanden. Sie war tief gerührt von seinen Worten, seinen gezeigten Gefühlen. Das, was sie gegeben hatte, trug Früchte, wuchs weiter. Es war ja genau das, was ihr zutiefst am Herzen gelegen hatte, Kindern Liebe, Zuversicht, Selbstvertrauen und Lebensfreude zu vermitteln. Auch ohne Nachfolgerin lebten ihre Bemühungen, ihr Einsatz, ihre Liebe in den Kindern fort.

Sibylle streckte die Arme nach oben, lehnte sich auf dem Sofa zurück und ließ den Erinnerungsstrom verebben. Tief atmete sie durch. Ihre Brust wurde wieder durchlässig. Die Tränen trockneten. Ihr fiel die Geschichte vom „Kleinen Prinzen" von Saint-Exupéry ein, der ihn sagen lässt, man sehe nur mit dem Herzen gut.

„Herz – die haben kein Herz", murmelte sie vor sich hin.

„Wie bitte, was meinst du?“ fragte ihr Vater. Sie zuckte zusammen, hatte ihre Umgebung ganz vergessen. Im Fernsehen lief bereits ein Film mit Greta Garbo, auf den sie sich eigentlich gefreut hatte. Gerade war das Gesicht der Garbo in Großaufnahme auf dem Bildschirm, der Kopf leicht schräg nach hinten gebeugt, ihr bekannter verschleierter, ins Weite gerichtete undurchdringlich stählerner Blick in einem marmornen ebenmäßigen Gesicht.

Sibylle schüttelte den Kopf, nein, jetzt wollte sie keine Schönheit sehen, nichts Ästhetisches, nichts, was Anspruch auf Unvergänglichkeit erhob, keine Fassade, kein Verputz.

Ihr Vater rutschte auf dem Sofa hin und her. Er gähnte laut, ohne die Hand vor den Mund zu nehmen. Sie roch seinen etwas verdorbenen Atem. Im Geiste sah sie den zahnlosen mümmelnden Mund ihres Vaters vor sich. So viel Wirklichkeit stank ihr schon. Sie rutschte etwas weiter weg von ihm. Liebend gern wäre sie aus dem Zimmer gelaufen, fort von verbleichenden Idolen und fort von siechenden Realitäten.

Sie nahm wahr und gestand sich ein, dass sie jetzt bissig und streng gegen ihre Umwelt war, aber zum ersten Mal verspürte sie keinen Anflug von Reue. Der Nachmittag in ihrem Zimmer hatte sie gestärkt, selbst wenn er schmerzlich war. Er hatte ihr verloren gegangene oder auch noch nie geweckte wie schwach belebte Teile ihres Selbstbewusstseins zurückgebracht. Ihren Rücken spürte sie nicht mehr hart, nicht mehr wie eine Säule, an die sie gekettet war mit wenigen möglichen ausgreifenden

Bewegungen. Sie fühlte sich biegsamer, kräftiger, wenn auch mit flauem Magen.

Ein Blick auf die Uhr zeigte ihr, dass ihr Vater in ungefähr einer halben Stunde sich zu seiner gewohnten Zubettgehzeit für die Nacht richten würde. So lange wollte sie mit ihm noch ausharren. Dann hätte sie das Wohnzimmer für sich alleine. In ihr kleines Zimmer wollte sie nicht gehen. Sie brauchte jetzt für sich allein größeren Raum.

Ihr Vater saß nun zusammengesunken in der Sofaecke. Er nippte an dem fast leeren Glas. Einmal wandte er den Blick zu ihr. Sie schaute ihn stumm an. Dann sahen beide wieder auf den Bildschirm. Ihm überließen sie die weitere Regie ihrer Gefühle.

Wie sie erwartet hatte, stand der Vater gegen halb zehn auf. „Gute Nacht, ich geh jetzt zu Bett."

„Ja, gute Nacht, Vater", erwiderte sie freundlich. Er konnte sich noch selbst ausziehen und kurz waschen. Darum musste sie sich nicht kümmern.

Tatsächlich hatte sie sich nach ihrer kurzen wehmütigen Erinnerungsreise ganz auf den Film konzentriert und sich dabei entspannt gefühlt. Nachdem der Vater gegangen war, setzte sie sich auf dem Sofa etwas um und legte die Füße hoch. Sie versuchte, es sich gemütlich zu machen. Sie schenkte sich noch ein Glas Wein ein. Dann blätterte sie in der Fernsehzeitung, guckte nach, was es noch Interessantes geben könnte. Ein Reisebericht über Albanien sagte ihr zu. Er kam ihrem latenten Wunsch nach

Ortswechsel nahe. Sie schaltete auf den entsprechenden Sender um.

Bei einem Rundblick über eine Hügellandschaft war sie noch aufmerksam, bei den ersten Aufnahmen der Hauptstadt Tirana schon weniger, als dann der Kommentar über die besondere politische Lage dieses Landes anhob, verlor sie ganz das Interesse. Der Hinweis auf Probleme führte sie wieder zurück zu sich selbst. Schlagartig stand ihr Kindergarten wieder vor ihren Augen. Sie schlug die Hände vor ihr Gesicht.

„Nein, nein“, stammelte sie. „Ich will jetzt nicht schon wieder daran denken. Ich will meine Ruhe!“ Aber es gelang ihr nicht. Sie fing an zu weinen, erst langsam. Ihr Kopf fühlte sich dumpf, leer an. Jetzt waren keine Bilder mehr drin, nur eine traurige, trübe, bittere Stimmung, wo sie nichts greifen konnte. Sie glaubte, einen endlos langen Schacht abzustürzen. Unaufhaltsam überspülte sie ein Tränenstrom. Sie verbarg ihr Gesicht im Kissen und schluchzte es nass, bis keine Träne mehr rollte und sie gänzlich ausgetrocknet war.

Ausgepumpt und müde machte sie sich fertig zum Schlafen. Wider Erwarten schlief sie gleich ein.

Nur zweimal wachte sie auf. Sie glaubte, ein Geräusch gehört zu haben. Sie stand auf, ging auf den Flur und rief halblaut: „Vater, bist du’s?“ Keine Antwort. Sie lauschte an seiner Tür. Wie üblich hörte sie ihn in langen Zügen schnarchen und die Luft wieder einziehen. Beruhigt legte sie sich wieder zu Bett.

Das zweite Mal weckten sie frühmorgen erschreckende Traumbilder. Sie schaute auf ihren Wecker mit den Leuchtziffern: „Erst fünf!“ Sie legte sich wieder zur Seite und sank in einen erleichternden Traum.

Als der Wecker um sieben Uhr klingelte, wäre sie am liebsten im Bett geblieben. Sie sehnte sich nach weiterer Entspannung. Jedoch, sie stand auf und richtete sich. Erstaunt stellte sie fest, dass sie seit langer Zeit endlich einmal wieder gut geschlafen hatte, abgesehen von den zwei nächtlichen Unterbrechungen.

Beim Frühstück mit ihrem Vater schaute sie wieder angeekelt dem zahnlosen Schauspiel zu. Ihre Gedanken schweiften ab. Ihr Blick blieb an einem Brotkrümel hängen, den der Vater auf die Tischdecke hatte fallen lassen. Aber dieses Mal ärgerte er sie nicht. Kein nervöses Magenzucken, keine Unruhe hatte sie von der einen auf die andere Seite geworfen. Lächelnd hob sie den Kopf und atmete tief durch.

Mit Schwung stand sie vom Tisch auf, um die Tageszeitung zu holen. Ihr Vater – morgens eher verschlossener als den Tag über – fuhr erschreckt hoch: „Sibylle, was ist?“

„Ach, Vater, mir geht’s heute nach langer Zeit besser. Ich fühle mich freier und habe weniger Schmerzen.“

„Mhm, mhm“ nickte er bestätigend, „das habe ich bereits gemerkt.“

„Woran?“

„Halt so. Ich merk das eben."

Sibylle sah ihrem Vater nun direkt in die Augen.

„Ja, ja", erwiderte er, „ich weiß schon, ich weiß schon."

Etwas betroffen holte sie die Tageszeitung und kehrte an den Tisch zurück.

Nach zehn Minuten Lektüre blinzelte sie unter ihrer Brille zu ihm hinüber. Seine Reaktion hatte sie ermutigt: „Vater, ich würde gerne einmal meine Freundin Ruth zum Kaffee einladen, zum Beispiel nächsten Dienstag. Könntest du dann … ich meine, wär's dir recht?"

Nun wandte sich der Vater geraden Blickes ihr zu: „Ich denke, du hast keine Freundin!"

„Nun ja, so ganz stimmt das auch nicht. Ich kenne sie noch von der Schule, sie war immer nett. Sie hatte vor ein paar Jahren ihr Enkelkind in meinen Kindergarten und es morgens oft begleitet. Da kamen wir etwas ins Gespräch. Vor ein paar Wochen rief sie mich an, um sich nach mir zu erkundigen. Na ja, da dachte ich, jetzt wo ich mehr Zeit habe, könnte ich mich ja mal um ein paar Kontakte kümmern."

„Ja, und? Lad sie doch ein!"

„Ja, aber ich wäre gerne, äh, äh, allein mit ihr."

„Willst du mich nicht dabeihaben?"

„Nein, ich will mich allein mit ihr treffen.“ Sie warf ihm einen prüfenden Blick zu, erhaschte seine schnell aufgezogene pikierte Miene. „Aber Vater, das geht doch nicht gegen dich. Du warst doch auch mal jung!“

Ihr Vater zog den Kopf ein, drückte den Rücken gegen die Stuhllehne und zog die Oberlippe über die Unterlippe – für sie ein sicheres Zeichen, dass er sich gekränkt fühlte. Sofort reuten sie ihre Sätze. Hastig fischte sie nach beruhigenden Worten: „Ach, Vater, natürlich habe ich dich sonst gerne dabei. Aber – nun sei doch nicht beleidigt, ich will dir doch nicht wehtun. Ich wäre halt nur auch mal gerne mit Menschen in meinem Alter ...Natürlich kann man sich mit dir über alles unterhalten. Darum geht's doch nicht. Also, Vater, ich wollte wirklich nicht...“ Ihre Sätze überschlugen sich. Hilflos ließ sie den letzten Satz unvollendet baumeln.

Ätzend stach der Vater nach: „Du hättest mich wohl gerne aus dem Haus!?“ „Nein, nein“, rief sie schrill aus, „Vater, du weißt, dass ich dir versprochen habe, für dich zu sorgen, dass wir dich brauchen.“

„Ach, ich bin euch, das heißt dir doch nur im Weg. Meinst du, ich wüsste nicht, warum es dir in den letzten Monaten schlechter ergangen ist? Ich falle dir doch nur zur Last. Es wird Zeit, dass ich gehe“, setzte er seufzend nach.

Sibylles Schultern sanken sichtlich ein. Säuerlich hatte sie bei seinen Worten den Mund verzogen. Sie schwankte Halt suchend mit dem Oberkörper leicht hin und her. Noch einmal raffte sie sich zu einer erneuten Klärung ihres Wunsches auf: „Vater, du hast doch ein schönes

Zimmer. Ich meine, nur für die Zeit des Besuches von Ruth könntest du doch für ungefähr zwei Stunden … "
Der Vater blies die Backen auf, hob den Brustkorb und posaunte: „Das ist doch mein S c h l a f z i m m er, nicht mein Wohnzimmer!"

Sie gab auf.

Die nächsten Tage verliefen wie sonst auch. Der Rhythmus war bestimmt von den Mahlzeiten, Sibylles täglichen Einkäufen, von Zeitunglesen, Fernsehen am Abend und auch mal klassische Musik hören. Der Vater liebte besonders Tschaikowsky und Smetana, ab und zu auch Mozart.

Die Musikstunden mit ihm auf dem Sofa waren die Stunden, die sie schätzte. Seine unentrinnbare Allgegenwart schmolz dann in ein verbindendes Band. Für eine Weile vergaß sie seine Ecken und stummen Begleitungen sowie ihren schmorenden Grimm gegen ihn.

Dieser fing jedoch rasch wieder Glut, sobald die Mußestunde zu Ende ging. Stand sie auf, stand er mit auf, folgte ihr in die Küche. Setzte sie sich an den Tisch, um den Einkaufszettel für den nächsten Tag zu schreiben, setzte er sich dazu und schaute ihr auf den Zettel, ergänzte ihn vielleicht noch um ein paar Angaben.

Bei jeder Tätigkeit heftete er sich an ihre Fersen, ob Gang zum Fenster, ob handarbeitend, ob sitzend auf der Couch. Auf Tritt und Schritt suchte er ihre Nähe. Er war ihr Schatten bei Regen und Sonnenschein. Nur nachts ließ er sie in Ruhe. Nachfragen, Bitten von ihr, Aufmunterungen an ihn, doch mal etwas für sich alleine zu tun, beantwortete er mit fahrigen Handbewegungen und murmelnden Worten, er brauche nichts.

Auflockernde Unterbrechungen gab es für Sibylle, wenn ihr Bruder Paul ab und an die Treppe hochkam und sich zum Vater setzte. Dieser bot ihm ein Glas Wein an, das Paul in schnellen Zügen leertrank. Die Unterhaltung zwischen Vater und Sohn verlief in mageren Worten und meist nach gleichem Muster:

„Na, Vater, wie iss es?"

„Na ja. Wie soll's sein?"

Der Bruder schwieg, griff zum Glas. Da es bereits leer war, schenkte der Vater wortlos nach. Von Zeit zu Zeit schaltete Sibylle sich ein: „Meinst du nicht, du trinkst etwas viel und etwas schnell?"

Der Bruder zu ihr: „Nee, das meinst nur du."

Vater zum Bruder: „Haste viel zu tun?"

„Ja, wahnsinnig, der Druck wird immer größer." Kurz führte Paul aus, dass es zu Engpässen in den Lieferungen gekommen sei. Nach den aufgehobenen Wirtschaftssanktionen gegen China käme es zu verstärkten Nachfragen. Er bekäme die Aufträge kaum koordiniert. Der Vater hörte mit offenem Mund zu und meinte, wie froh er sei, jetzt Rentner zu sein.

Hin und wieder kam es vor, dass alle drei sich Gedanken machten über eine fällige Reparatur am Haus oder um die Auswechslung einer kaputt gegangenen Pflanze. Dann hätte ein Außenstehender den Eindruck haben können, hier würde ein Bergsteigerteam den ersten Aufgang planen. Von solch gemeinsamer Wichtigkeit waren sie durchdrungen und so sehr fühlten sie sich aufeinander angewiesen. Doch gegen Ende solcher Besprechungen sandte Frau M. ihrem Bruder bei dessen Verabschiedung misstrauische Blicke hinterher. Zu oft hatte sie erlebt, dass er am übernächsten Tag von gemeinsamen Absprachen nichts mehr wissen wollte. Sie machte für seine Gedächtnislücken und seine Ignoranz einerseits seinen täglichen starken Alkoholkonsum verantwortlich, der ihn ihrer Meinung nach auch schnell gleichgültig werden ließ. Abends trank der Bruder vor dem Fernseher regelmäßig vier Flaschen Bier, nachdem er bereits vorher kurz nach dem Nachhausekommen zwei Cognacs gekippt hatte – einer der Gründe, weshalb Sibylle selten zu „denen da unten“ ging.

Aber noch mehr hegte sie Argwohn mit der Annahme gegen ihn, dass sie und ihr Vater ihm letztlich egal waren. Hierfür machte sie wiederum die Schwägerin verantwortlich. Dunkel stänkerte sie gegen diese mit dem eifersüchtigen Vorwurf, sie habe ihnen ihren Bruder entfremdet. Warum, wieso, weshalb das sein sollte, hätte Sibylle nicht sagen können. Sie mochte ihre Schwägerin von Anfang an nicht so besonders. Sie fand gut, wie herzlich sie mit ihren Kindern umging. Ansonsten schien sie ihr etwas zu attraktiv. Die Schwägerin störte unmerklich den sinnlich stumpfen Mief im Haus.

Die Unzuverlässigkeit ihres Bruders enttäuschte Sibylle schon seit Jahren. Aber da sein lautes und grobes Reden, das sich bis zu unflätigem Brüllen steigern konnte, manches Mal im Hausflur zu hören war, schluckte sie ihr

Missfallen herunter. Zu gut waren ihr ihre Herzrhythmusstörungen nach einem Vorfall in Erinnerung. Vor zwei Jahren hatte sie es gewagt, ihren Bruder deutlich zu kritisieren. In dem damaligen Disput mit ihm hatte sie sich zu einer scharf beleidigenden Rede hinreißen lassen. Sie schämte sich dessen heute noch.

Nach ihrer jüngsten dramatischen Selbsterkenntnis kam ihr zwar der Verdacht, dass ihre ansonsten übliche Zurückhaltung ihm gegenüber ihrem Allgemeinbefinden geschadet haben könnte. Aber sie schreckte letztlich doch noch davor zurück, ihren verzwängten stummen Protest nach diesem einmaligen „Ausrutscher" noch einmal laut werden zu lassen.

Sie ließ es bei kritischen Blicken bewenden und stützte sich auf ihren Vater. Er meinte öfters nach den Besuchen seines Sohnes zu ihr: „Was ist nur mit dem Walter los? Was ist aus ihm geworden? Er hat nichts mehr für dich und mich übrig. Er denkt so wenig nach!"

Auch pflichtete der Vater ihr spontan bei, wenn sie unverrichteter Dinge von „unten nach oben" wieder heraufkam und ihm meldete: „Der Walter wusste von keiner Verabredung mehr. Er will nächste Woche zum Gärtner fahren." Dann tröstete der Vater sie: „Ach, Bille, lass es, wir kommen auch ohne ihn zurecht. Such dir allein etwas aus. Wir lassen die Tanne, oder was du gerade ausgesucht hast, anfahren."

Solche Kontakte mit dem Vater zählte Sibylle zu ihren glücklichsten. Ihr war es, als könnte sie dem Vater in solchen Augenblicken all seine Strenge früherer Tage nachsehen. Sie fühlte sich von ihm voll angenommen, als gleichwertig akzeptiert. Die Spannung in den Schultern fiel dann ab, der Nacken wurde länger, der Kopf drehte sich beweglicher.

Er sprach die Worte, die sie hören wollte, Worte, die sie nicht trennten, sondern miteinander verbanden. Keine Spur mehr von wertender Abstufung zwischen ihm und ihr.

Ohne sich der Tragweite ihrer Sehnsucht bewusst zu sein, wartete sie auf solche Begegnungen mit ihrem Vater. Sie schienen ihr geeignet, die Löcher ihres Kindermantels notdürftig zu flicken. Bloß übersah sie, dass dieser Mantel nicht mehr recht passte. Er war ihr lange schon zu klein. Sie war nicht gerade zu groß für ihn geworden, aber schon längst daraus gewachsen. So saß sie lieber mit ihm auf der Couch, auch wenn es ihr zu langweilig war. Lieber hätte sie gelesen, statt sich seichte Unterhaltungsfilme anzugucken. Bei Naturfilmen lag sie mit ihm wieder auf einer Ebene.

Während sie über ihre dämmernden Erkenntnisse ins Sinnieren kam, wurde ihr klar, dass sie den Kindermantel immer um sich gelegt hatte oder besser, hinter sich hergeschleppt hatte. Sie schickte sich an, genauer in ihrer Erinnerung zu kramen. Sie konnte erkennen, dass, wenn reale Anforderungen, wie etwa einen Elternabend auszurichten, zum Alltagspensum hinzugekommen waren, sich ihre aktuelle Aufgabe zur Bürde aufbaute. Deren Gewicht hatte ihr rational nicht so recht eingeleuchtet und sie unterschwellig immer verwirrt. Diese Verwirrung konnte sich bis zu dem Berg auftürmen, vor dem sie ihr Tun auf der Stelle am liebsten verflucht hätte.

Einerseits hatte sie sich den Anforderungen gewachsen gefühlt, ja, sie hatte sich sogar immer etwas auf die Begegnung mit den Eltern gefreut. Sie hatte sich davon versprochen, etwas über den familiären Hintergrund der Kinder zu erfahren. Umgekehrt bot sich ihr die Chance, den Eltern ihre Kinder etwas verständlicher machen zu können. Andererseits reagierte sie verunsichert mit Versagensängsten, die sich wie Bahnschranken in ihren Arbeitsablauf zu legen drohten und ihn behinderten und unauffällig in die Länge zogen.

Sie horchte in sich hinein.

Es war eine kalte Angst, die damals den Nacken hochgekrochen war und ihr zugeflüstert hatte: „Wie kannst du glauben, die Autorität hierzu zu haben? Du hast doch nicht viel zu sagen. Dafür bist du zu klein! Du kannst nicht einfach machen, was du willst. Du hast dich unterzuordnen!“

Sibylle machte einen Sprung zur Seite. Die kleinen Küchenmesser, die sie gerade aus dem Geschirrspüler herausnehmen und in die obere Küchenschublade legen wollte, fielen ihr gellend aus der Hand auf den Boden. Diese Stimme gehörte doch ihrem Vater!

Sie hob die Messer auf, legte sie ins obere Fach und klappte den Geschirrspüler zu. Nachdenklich legte sie den linken Zeigefinger an den linken Wangenknochen, den Mittelfinger unter ihr Kinn, der Daumen stützte den Kieferknochen. Den rechten Arm winkelte sie an, um den linken Ellbogen darauf aufzustützen. Ihr Nachdenken sollte einen guten, festen Sitz haben. Es war ihr sehr ernst. Langsam schritt sie zum Fenster und schaute hinaus auf die Straße.

„Was hat mir gefehlt, dass ich das unverzüglich tue, was ich wirklich wollte?“ Ihre Augen wanderten den Gehsteig entlang. Ein kleines Mädchen hüpfte auf einem Bein am Rand der Steineinfassung vor sich hin und sang dazu, ruderte mit den Armen und schaute kurz nach hinten, prüfend, ob die Mutter ihm folgte. Diese erschien und folgte ihm lachend dicht auf. Das Mädchen veränderte das Hüpfen in ein kleines Spiel. Es hüpfte auf die Straße, dann mit unterstützenden Schwüngen der angewinkelten Arme wieder auf den Gehsteig, rauf und runter und so fort. Die Mutter schaute prüfend nach hinten, ob auch kein Auto kam. Nach einigen Aufs und Abs hüpfte das Mädchen sichtlich angestrengt von diesem Sport auf den Bürgersteig, wandte sich zu seiner Mutter und fasste ihre linke Hand. Beide spazierten einig weiter.

„Ich hatte kein Selbstvertrauen, und meine Eltern, genauer, mein Vater haben mich nicht unterstützt. Er hat ja sogar der Mama oft im Weg gestanden, wenn sie etwas aus Lebensfreude tun wollte, und auch, wenn sie mich fördern wollte.“ Sibylle lehnte traurig ihre Stirn ans Fenster.

„Wie hätte ich mich gefreut, wenn er einmal ein anerkennendes Wort für mich gehabt hätte, als mich immer einen Kopf kürzer zu machen, mich mit seinem Dominanzgebaren abhängig zu machen!“ Ihre Augen brannten, aber es rollte keine Träne. Zorn loderte in ihr hoch.

„Immer habe ich gedacht, ich genüge nicht“, fauchte sie. „Es liegt an mir, allein an mir, ich muss alles noch besser machen, ich muss tüchtig sein. Dann gewinne ich seine Zuneigung, seine Anerkennung. *Ich* muss die Lücke füllen, ich muss mich anstrengen. Das sitzt mir in Fleisch und Blut."

Trommelnd mit den Fingern auf die Fensterscheibe fuhr sie mit ihrer Selbsterforschung fort.

„Ja", schleuderte sie die Worte von sich, „von den anderen habe ich die Anerkennung bekommen! Aber meine tiefe Unsicherheit, meine Gier nach *seiner* Anerkennung ist ausgeblieben. Ich warte immer noch wie früher. Ich bin immer noch die Tochter, die sich nicht lösen kann!"

Dieses Eingeständnis ließ sie tief Luft holen. Es tat gut, ehrlich zu sein, endlich die verborgene Wahrheit auszustoßen. Denn tief im Innern war ihr all die vielen Jahre klar gewesen, dass es vergebliches Hoffen war. Aber da ihr jeglicher Mut gefehlt hatte, sich ganz auf eigene Beine zu stellen, ohne Erwartung an nachträgliche Erfüllung ihrer Sehnsucht, hatte sie zäh daran festgehalten.

„Tatsächlich habe ich geglaubt", sie setzte sich bei diesen Worten auf die Couch im Wohnzimmer – der Vater hatte sich zum Nickerchen in sein Zimmer aufs Bett gelegt –, „ich hol mir die Anerkennung bei den anderen. Ihre Anerkennung für meine Fürsorge für andere, „meine" Kindern, für die Kindergarteneltern und natürlich für meine eigenen Eltern sollte an die Stelle treten", gestand sie sich ein. „Nicht nur", setzte sie hinzu, „aber doch zu einem großen Teil."

Sie schüttelte ungläubig den Kopf. „Ich habe mir damit so viel, zu viel aufgebürdet. “Sie atmete schwer, der Kopf sank auf die Brust.

Ein aus anderer Richtung kommender Gedanke richtete sie langsam zögerlich wieder auf: „War ich deshalb zusammengebrochen? Konnte ich mich wirklich nur so entlasten?“

Sibylle sprang auf, rannte nervös durch die Wohnung, in die Küche, wieder ins Wohnzimmer, ans Fenster, öffnete es, holte tief Luft, schaute in den stahlblauen Himmel, freute sich kalt bei dessen Anblick, nicht in erwärmender Freude. Sie warf sich auf die Couch, trommelte mit den Fäusten auf die vielen beigefarbenen Kissen und zischte: „Ich Idiotin, ich Idiotin, ich Kindskopf, ich dummes Mädchen.“ Immer dieselben Worte, bis sie wimmerte.

„Natürlich habe ich mich über die Anerkennung der anderen gefreut. Für mich war das die Bestätigung, der Antrieb, weiterzumachen. Ich sah mich auf dem richtigen Weg. Ich wollte mehr davon. Ich wurde nie satt! Ich bin weiter hungrig geblieben … Diese Überlastung hat mir nichts gebracht.“

Wie schwer sie daran getragen hatte, spürte sie jetzt deutlich. Sie erkannte, dass jeder Elternabend oder sonstige Stresssituationen für sie eine Zerreißprobe ihrer widerstrebenden Anstrengungen gewesen war. Das hatte sie zu Boden gedrückt, das war ihr Übergewicht bei den besonderen beruflichen Anforderungen, die sie in Wirklichkeit ausgezehrt und haben mager erscheinen lassen.

Nach ein paar Minuten raffte sie sich auf, erhob sich schwerfällig und wankte langsam ins Bad. Ihr fiel ein, dass die Waschmaschine bereits zwei Stunden lief und jetzt zu Ende sein müsste. Auf dem Weg ins Badezimmer, wo sie die geschleuderte Wäsche aus der Maschine holen wollte, stieß ihr ihr schwerfälliger Gang auf, der nichts von Elan verriet, den sie sich ungeprüft zugeschrieben hatte, da sie glaubte, dass der Umgang mit Kindern sie jung hielte. Spontan fiel ihr wieder das Gutachten ein: „Vorzeitig gealtert." Jetzt spürte sie keine Stiche in der Brust. Plötzlich konnte sie ihren Eindruck, den sie wohl auf andere gemacht hatte, besser verstehen.

Sie entnahm die Frottéetücher und warf sie in den über der Maschine aufgestellten Trockner, dazu kamen Schlafanzüge und etwas Bettwäsche. Sie stellte das Baumwollprogramm an und ging zurück ins Wohnzimmer, um die Pflanzen auf der Fensterbank zu gießen. Auf dem Weg dorthin wurde sie wieder auf ihren etwas schleppenden, leicht stockenden Gang aufmerksam, wohl etwas beschleunigter als vorher, aber nicht fließend.

Zurück im Wohnzimmer sah sie aus dem Fenster auf die Straße. Sie sah ihren Vater. Er war wohl sehr leise aufgestanden, nach unten gegangen. Er machte sich an der Hecke zu schaffen und schien offensichtlich in einen Plausch mit der Nachbarin verwickelt, während er mit der Gartenschere in der Luft fuchtelte wie ein Dirigent beim Antreiben seiner Orchestermitglieder. Die Nachbarin lachte. Sibylle konnte nicht hören, was sie sich erzählten. Sie freute sich an dem lebendigen Bild.

*

Eines Morgens brachte ihr die Post eine Einladung zu einem Klassentreffen. Nach zehn Jahren sollte ein Wiedersehen in ihrer Stadt in einem Café stattfinden, nachmittags um 16 Uhr. Anschließend sollten sich alle in der Wohnung einer ehemaligen Klassenkameradin zu einem Abendimbiss treffen.

Sibylle freute sich darüber ungemein. Kein üblicher Impuls, der sie zurückhielt, zu antworten und nach Ausreden zu suchen, wie sie dieser Einladung ausweichen könnte. Sie verspürte auf einmal Lust auf Kontakt und Gespräche mit anderen. Sie war sogar neugierig darauf, die ehemaligen Mitschülerinnen zu sehen, zu erfahren, wie es ihnen ergangen war, wie sie heute aussahen. Ohne ihren Vater zu informieren, rief sie die Organisatorin des Treffens an und sagte ihr Kommen gleich zu.

Während sie im Flur telefonierte, schlurfte ihr Vater aus dem Wohnzimmer und fragte mit erregter Stimme: „Wo, wo willst du hin?“ Sie fächerte mit dem Arm abwehrend in der Bedeutung, er solle sie jetzt nicht stören. Er stellte sich ganz nahe an sie heran, so dass es ihr zu eng wurde und sie ihn mit dem Ellbogen leicht zur Seite drückte. Er verharrte und sah sie fordernd an. Sie verabschiedete sich von der Klassenkameradin und legte den Hörer auf. Er wiederholte seine Frage. Sie erzählte ihm die Neuigkeit. Er schwieg betroffen, schaute zu Boden. Nach einer kurzen Pause meinte er einschränkend: „Aber zum Abendessen willst du doch nicht hingehen.“ Sie hob erstaunt die Augen, die Stirn runzelnd: „Aber natürlich, Vater.“

„So“, brummte er misslaunig und wandte sich ab, ging ins Wohnzimmer und holte ein Kreuzworträtsel hervor. Sie schüttelte ungläubig den Kopf und ging in die Küche.

Das Abendbrot nahmen sie schweigend ein. Ein dumpfes Schuldgefühl drängte sie, die Stille zu unterbrechen und ihm ihr Vorhaben in kleinen Stücken schmackhaft zu machen: „Vater, findest du es nicht schön, dass ich mich seit Jahren wieder einmal mit meinen Klassenkameradinnen treffen kann?“

Er hielt den Kopf weiter über seinen Teller gebeugt und murmelte: „Warum fragst du mich das? Ich habe doch nichts dagegen! Wann willst du losgehen?“

„Nächsten Mittwoch gegen halb drei fahre ich in die Stadt und mache vorher noch ein paar Erledigungen.“

„Schon so früh? Und dann? Ach ja, du sagtest, dass ihr zu einer nach Hause geht, um zu Abend zu essen.“ Kurze Pause. „Dann bist du aber recht lange weg!“ Ein leicht grollender Ton mischte sich unter seinen Kommentar, dann, als würde er eine störende Fliege mit der Fliegenplatsche ruckig erledigen wollen, fuhr er hoch: „Dann ist es ja schon dunkel, wenn du zurückkommst!“

Verärgert fuhr sie hoch, in ihren Augen blitzten Funken. Schnell nahm sie sich zurück. Angst, vielleicht doch aus der Haut zu fahren oder gegen eine Mauer von Unwillen zu laufen, ließ sie hinter ihrer aufgekeimten Lebensfreude zusammenschrumpfen.

„Ja, aber“, wandte sie hilflos ein, „die Straßen sind doch beleuchtet.“

„Es könnte dir doch etwas passieren!“

Nun war sie bereit, etwas Schärfe in ihre Stimme zu legen: „Meinst du nicht, dass ich mich mit meinen 57 Jahren inzwischen zurechtfinden kann?“

„Hach, du reagierst immer gleich so gereizt, wenn ich mir Sorgen um dich mache.“

„Glaub mir, Vater, ich pass schon auf. Du weißt ja, dass ich von Natur aus vorsichtig bin.“

„Ja, ja, ich mein’ ja nur“, gab er beleidigt zur Antwort. Dabei fielen ihm ein paar Brotkrumen seitwärts aus dem Mundwinkel. Sibylle wandte sich angewidert weg. Abrupt räumte sie den Tisch ab. Er schlurfte wie immer hinter ihr her, ein Teil nach dem anderen in die Küche tragend.

Sie stellte das Geschirr an dem Abend nicht in den Geschirrspüler, sondern bevorzugte es, Teller, Tassen, Schalen und Besteck mit der Hand abzuspülen, so, als wollte sie ihre Beschämung über ihr kleinmütiges Verhalten auf schnelle Weise gleich dem Abfluss überlassen. Nun, sie hatte sich wohl über ihn geärgert. Aber war seine Reaktion verwunderlich? Sie hatte doch erkannt, dass er sie zwar nicht mehr harsch anwies, dafür aber einengte mit seiner nahezu kindlichen Anhänglichkeit, die ihren Wunsch nach Anerkennung paradox auf den Kopf stellte. Er machte sich klein und abhängig von ihr, schubste sie in die Rolle der Autorität, die sie absolut nicht sein wollte. Zugleich hielt er sie gefangen mit der unausgesprochenen Drohung, sich schuldig an ihm zu machen, wenn sie eigene Schritte gehen wollte, die ihm eine Distanzierung von ihm andeutete und ihm damit die heimelige Nähe von Abhängigkeit entzog.

Ihr Ärger wollte jedoch nicht gleich verrauchen, weder der Ärger auf sich selbst noch der Ärger über ihn. Es dämmerte ihr, dass er mit der Autoritätszuweisung an sie ihr auch ihren zählebigen Wunsch nach Abhängigkeit und Unterwürfigkeit streitig machte. Davon wusste er freilich nichts, aber er tat es mit seinem Verhalten.

Sibylle spürte diese Rollenverschränkung, konnte sie aber nicht recht für sich in Worte fassen. Sie war – noch – nicht in der Lage, das Wechselspiel der versetzten gleichen Rollen in ihrer dynamischen gegenseitigen Verstärkung zu durchschauen. Sie spürte nur, was es mit ihr machte: Sie war hilflos, heillos darin verstrickt.

Sie ging ins Bad, schloss die Tür hinter sich, setzte sich auf den Toilettendeckel, stützte die Ellbogen auf die Knie, drückte die Handinnenflächen gegen die Stirn und starrte auf die kleinen Bodenfliesen.

„Kann er mich nicht einmal ohne Murren und Schmollen einfach gehen lassen, mich in Ruhe lassen, ohne mir ein schlechtes Gewissen zu machen? Muss er mir immer Steine in den Weg legen?"

Sie stand auf und tigerte den kurzen Weg zwischen Waschbecken und Toilette hin und her. In bissiger Wut auf ihn machte sie ihm den Vorwurf, eingesperrt zu sein, ihr Leben nicht frei genießen zu können. Dabei dachte sie gar nicht an bestimmte Dinge, die bisher vielleicht brach lagen oder zu kurz gekommen waren. In ihrem Groll stieß sie nur gegen innere harte Bandagen. Sie vermutete lediglich, dass in ihrem Leben „mehr" drin war und gewesen wäre, hätte sie sich nicht immer so leicht kleinkriegen lassen. Und dafür machte sie ihn verantwortlich.

Es lag ihr doch fern, ihn gegen sich aufzubringen. Auch nicht, ihn zu kränken oder gar zu demütigen. Sie wollte nur sein Wohlwollen für ihre Vorhaben. Kein böses Wort, keinen Kampf, keine Auseinandersetzung, keine runzelnden Augenbrauen, keine bösen Blicke, kein stummes Verlassen des Zimmers. Das war ihre Bedingung für ihr Erwachsensein, für ihre Aufgabe der untergeordneten Tochterrolle. *Er* sollte von sich aus die Zeichen auf „Grün“ stellen. Ohne dieses Signal wollte sie ihre Reise zu ihren Zielen nicht antreten. Im Traum wäre ihr nicht eingefallen, ein dauernd rotes Ampellicht als Störung in der Anlage zu verstehen und eigenmächtig ohne irgendeine Fremderlaubnis – mutig der eigenen Wahrnehmung folgend – über die Straße zu schreiten.

Sie wollte erwachsene Freiheit mit seiner väterlichen Erlaubnis, so, als müsse er sagen: „Ich möchte, dass du jetzt eigenverantwortlich entscheidest. Du bist jetzt erwachsen.“ Er sollte gleichzeitig auf dem Sockel bleiben, sie wollte nicht in die Nähe seines Plateaus geraten. Sie wollte sich u n t e r seiner Anweisung frei machen und sich entwickeln. Sie wollte ihn mit ihrer Entwicklung loben, seine Maßstäbe bestätigen, ihn „öffentlich“ ins Recht setzen, seinen Ruf, den er verschandelt hatte, wiederherstellen. Sie wollte einen g u t e n Vater.

Den Vater, der er gewesen war, lastete sie sich an. Sie hatte es nicht geschafft, mit ihrer Anpassung, mit ihrem bisherigen Einsatz ihn in ihrem Sinn zu beeinflussen. Seine jetzige Friedfertigkeit schob sie auf sein Alter mit seinem Kräfteverlust und den Verlust der Mutter zurück. Sie hatte seine Schuld und seine Unfähigkeit getragen. Worauf sie all die Jahre gewartet hatte, war, dass er sie mit uneingeschränkter Zustimmung entbürdete. Jedoch – er tat es nicht.

Wie sollte er?

Mit hängenden Schultern kehrte sie aus dem Badezimmer ins Wohnzimmer zurück. Tränen standen ihr in den Augen. Ihr Vater sah sie nicht. Er saß schon auf dem Sofa und hatte die Nachrichten angestellt. Sie setzte sich dazu, ein paar Zentimeter mehr als gewöhnlich von ihm entfernt.

Jeder ferner von sich, ferner voneinander weg.

Die kommende Woche war ihre Stimmung gedämpft. Sie verrichtete ihren Alltag mit bleierner Routine. Jeden Tag schaute sie auf den Kalender. Das Treffen rückte immer näher. Bei der Vorstellung, dorthin zu gehen, wurde ihr leicht mulmig. Doch, sie hielt an ihrer Zusage fest. Sie wollte ihrem Vater schon zeigen, dass sich ihr Leben von dem seinigen unterschied. Ein bisschen Kämpfen forderte sie von sich. Er sollte ihren Versuch an Selbstbehauptung durchaus spüren.

Als es soweit war, zog sie ein gedecktes Nachmittagskostüm an und die Zuchtperlenkette, die ihr Vater ihr zum Trost über die schmerzliche Trennung vom Kindergarten geschenkt hatte. Sogar die Lippen schminkte sie mit einem leichten Rouge, und sie besprühte sich mit einem Eau de Cologne mit Zitronenduft. Sie freute sich auf das Wiedersehen. Die Aufregung über die bevorstehenden Begegnungen rötete leicht ihre Wangen. Ihre Haut war gespannt, so dass sich ihre Verzehrungsfalten im Gesicht etwas glätteten.

Auf einen Schreibblock neben dem Telefon schrieb sie ihrem Vater die Adresse des Cafés, in dem sie sich treffen wollten, auf. Er schlurfte in den Flur, schaute ihr über die Schulter. Sie hielt ihm die Nummer hin: „Hier – falls etwas sein sollte.“ Er räusperte sich und las Buchstabe für Buchstabe. Seine Lippen formten sie lautlos. Stumm nickte er und verschwand mit schweren Schritten ins Wohnzimmer. Zum Verabschieden ging sie ihm nach: „Also, Vater, ich gehe jetzt. Ich wünsche dir einen schönen Nachmittag. Ich habe dir den Nachmittagskaffee in der Küche zurechtgestellt, auch den Pflaumenkuchen vom Bäcker. Du isst ihn ja so gerne. Die Kaffeemaschine brauchst du nur anstellen. Kaffee ist schon im Filter. Sahne ist im Kühlschrank. Ich denke, dass ich so gegen zehn Uhr zurück bin.“

„Was?“ Er fuhr erschreckt hoch. „So lange willst du mich allein lassen?“

„Ja“, erwiderte sie ungehalten, „ich habe dir doch gesagt, dass ich auch noch den Abend mit meinen Klassenkameradinnen verbringen möchte.“

„Aber davon hast du mir keine Adresse hinterlassen!“

„Aber, Vater, dann sind doch Walter und Ingrid im Haus. Die kannst Du doch rufen, wenn du etwas brauchst“.

„Ja, aber, ich will doch wissen, wo *du* bist, wenn *dir* etwas passieren sollte. Es könnte doch sein, dass du mit dem Auto verunglückst. Dann muss ich doch erfahren, wo und wann man dich zuletzt gesehen hat.“

„Oh, Vater", seufzte sie erschöpft. Aus ihrer Tasche fischte sie einen Kugelschreiber und schrieb die zweite Adresse auf den Zettel.

„Also, Vater, ich gehe jetzt. Bis später. Das Abendbrot – Käse und Wurst sind auch im Kühlschrank – kannst du dir ja wie sonst auch selbst schmieren."

Sie ging auf ihn zu und streckte ihm die Hand zum Abschiedsgruß. Er ergriff sie schlaff. Weitere Körperkontakte pflegten sie beide nicht. Eine Umarmung und einen Kuss gab es nur zum Geburtstag und zu Weihnachten. Beide hielten sie zärtliche Vertrautheitsgesten steif zurück.

Festen Schrittes verließ sie die Wohnung.

Sie betrat das Café mit zitternden Knien. Von Weitem erkannte sie ein paar Gesichter aus der Schulzeit. Mit klopfendem Herzen ging sie auf den geschmückten Tisch zu. Herzlich wurde sie von zwei ehemaligen Mitschülerinnen begrüßt. Nach einer halben Stunde waren fast alle vollzählig. Über den Tisch summte ein Bienenschwarm an Worten, Lachen, Gabel- und Tellergeklapper. Die Damen erzählten und erzählten, gelöst und heiter. Auch Sibylle.

Sie fasste spontanes Vertrauen zu ihrer Sitznachbarin, die ihr aus der Erinnerung eigentlich unsympathisch gewesen war. Nun aber fand sie, dass diese eine warme Ausstrahlung hatte. Sie war Mutter von drei großen Kindern und hatte nach dem Tod ihres Mannes vor fünf Jahren das gemeinsame Dekorationsgeschäft alleine weitergeführt. Sibylle imponierte das. Sie fasste sich ein Herz und teilte ihr ihre Leidensgeschichte mit. Sie tat dies so unbefangen, dass es ihr gar nicht auffiel, wie leicht sie sich ihres Korsetts aus Misstrauen und engen Vorstellungen über korrektes Verhalten entledigen konnte. Sibylle machte die Erfahrung, dass sie sich freier geben konnte, wenn sich ihr Gegenüber locker und aufgeschlossen zeigte, sie nicht mit Erwartungen band, gar in Schach hielt. Der unerwartete angeregte Austausch freute sie. Er unterschied sich so wohltuend von den trockenen Sätzen ihres Vaters.

Während sie sich auch mit anderen Frauen über alle möglichen Themen ungezwungen unterhielt, verging die Zeit im Nu. Dass der Kuchen auch noch lecker war, machte den Genuss rund. Als die Organisatorin zum Aufbruch in ihre Wohnung rief, hielt sie zum ersten Mal inne. Erschreckt schaute sie auf die Uhr. Ein schlechtes Gewissen kniff sie in den Nacken. Schnell überlegte sie, ob sie ihren Vater anrufen sollte, fragen, ob er zurechtkäme. Bevor sie diese Frage überhaupt klärte, lief sie schon zu dem Telefonapparat, der in der Garderobenecke an der Wand hing. Als sie seine Stimme hörte, legte sich ein enges Band um ihre Brust. Sie hörte den hilflosen Vorwurf an seinem Tonfall. Unaufgefordert erklärte sie ihm, dass sie noch ungefähr zwei Stunden mit den anderen verbringen wollte. Er solle aber schon zu seiner gewohnten Zeit zu Bett gehen, wenn sie bis dahin noch nicht zurück sei. Er brummte etwas Unverständliches in die Leitung. Ihr „Auf Wiedersehen“ bekam er nicht mehr mit. Er hatte bereits aufgelegt.

Das bekannte Schuldgefühl ohne Schuld drückte ihre Schultern tief nach unten und ließ sie mehr trottend als gehend zu ihrem Platz zurückkehren. Die Klassenkameradinnen verschwanden für eine Zeitlang hinter einer sich vernebelnden Aufmerksamkeit. Ihre Brust schmerzte. Wie eine gescholtene Schülerin saß sie gesenkten Kopfes auf dem Stuhl.

Jemand rief ihren Vornamen. Mit kleinen eckigen Ruckbewegungen hob sie jäh ihren Kopf in die Höhe, zog die Schultern hoch und zusammen, wie, um geschützt die nächsten Anweisungen zu empfangen. „Sibylle, träumst du?", fragte eine Klassenkameradin sie lachend, „komm, wir gehen jetzt los!"

„Ja, ja, ich komme", erwiderte sie, sich dabei verhaspelnd. Ihre Lockerheit vom Nachmittag war verflogen.

Auf der Straße machten sie untereinander aus, wer wen im Auto mitnehmen könnte. Zu Sibylle stiegen zwei Damen ein, mit denen sie am Nachmittag noch kein Wort gewechselt hatte. Ein Fremdheitsgefühl kräuselte in ihr hoch. Verkrampft saß sie hinter dem Steuer. Plötzlich glaubte sie, ihr kleiner Wagen könnte ihnen zu eng sein, und sie entschuldigte sich, dass sie leider nicht bequemer sitzen könnten. Beide meinten fast im gleichen Atemzug, dass sie das gar nicht bemerken würden, so sehr freuten sie sich, nach so langer Zeit einmal wieder miteinander plaudern zu können.

Als sie bei der Organisatorin vor der Haustür standen, wäre Sibylle am liebsten heimgefahren. Ihre Freude war vorläufig dahin. In ihrer Vorstellung geisterte ihr Vater durch die Wohnung auf der Suche nach ihr, aufgescheucht, ratlos. Sie musste sich von diesen Einbildungen losreißen. Das war ihr klar. Sie mahnte sich, auf dem Teppich zu bleiben und mutiger zu fordern. Einige

Stunden des Alleinseins in der Wohnung konnte sie ihm schon zumuten. Er würde schon nicht durchdrehen.

Während sie so mit sich rang, blieben die anderen in ihrer Aufmerksamkeit weiter im Hintergrund. Stärker als bei anderen Malen andernorts glaubte sie sich fehl am Platz, wie meist in fremder Umgebung überflüssig. Deutlich spürte sie, wie fest sie in ihre häuslich-väterliche Welt eingenistet war. Unsicherheit überfiel sie. Sie fürchtete, dem Abend nicht mehr gewachsen zu sein ohne den vertrauten Boden unter ihren Füßen.

Die Damen gingen, ohne zu zögern, zur Tür hinein. Sibylle hielt etwas Abstand. Die Letzte drehte sich um, hielt ihr die Tür auf und nickte ihr freundlich lächelnd zu. Sibylle war kurz beschämt und fühlte sich gleich wieder verpflichtet.

In der Wohnung angekommen, lebten die Frauen noch mehr auf. Es tat Sibylle gut, mitzuerleben, wie sie ungeniert die Wohnung besichtigten, laut schwatzten und lachten, alles lobten und rundherum froh schienen. Sie aber blieb in etwas abgerückter Distanz zu dem Geschehen.

Erst als sich alle zum Abendimbiss an einen großen runden Tisch setzten und ein Glas Wein in der Hand hielten und einen Toast auf ihr Wiedersehen ausriefen, gesellte sich Sibylle wieder aufgeschlossen zu den anderen.

Die Essensrunde hatte für sie vertraute Anklänge. Sie aß mit großem Appetit. Zwei Gläser Wein, etwas schnell getrunken, hatten die Zunge ihrer Nachbarin gelockert. Sie berichtete ein paar lustige Anekdoten von ihrer erwachsenen Tochter, die seit ihrer Heirat im Ausland lebte, und wie gerne sie so etwas auch gemacht hätte. Sibylle staunte, was die anderen so alles erlebt hatten und noch erlebten. Sie fand ihr Leben dagegen recht bescheiden und hielt sich mit Erzählungen sehr zurück, nicht aus Scham. Sie war neugierig, anderen zuzuhören. Das Neue, das Fremde frohlockte sie jetzt.

Der Abend endete mit gemeinsamen Erinnerungen an die früheren Lehrer, die sie geneckt hatten, was in der damaligen Zeit fast schon verwegen war. Die Damen schüttelten übereinstimmend mit einem traurigen Lächeln im Gesicht den Kopf. Was waren sie doch für treudumme Schafe gewesen, wie selbstbewusst würde dagegen die heutige Jugend auftreten! Eine rief sogar aus tiefer Inbrunst aus: „Hätte ich das freche Maul meiner Enkelin gehabt, ich würde heute eine ganz andere, eine glücklichere Ehe führen können und wahrscheinlich wäre aus mir noch eine erfolgreiche Journalistin geworden!"

„Möglich, möglich, wer weiß", seufzten ein paar alte Klassenkameradinnen unisono und wiegten ihren Kopf nach links und rechts synchron, wie im Ballett einstudiert.

Sibylle geriet angesichts solch lockerer Reden in Nervosität. Wunschfantasien aggressiv zu äußern, die eine Wut auf verpasste Lebenschancen ausdrückten, war sie nicht gewohnt. Sie amüsierten und irritierten sie zugleich. Einerseits gaben die lockeren Aussprüche der ohnehin gelösten Stimmung einen weiteren witzigen Akzent. Andererseits fühlte sie sich auch überfordert, auf das aufgekratzte Ping-Pong aufzuspringen.

Nie wäre ihr eingefallen, sich einen anderen Lebensweg auszumalen als jenen, den sie beschritten hatte, mal abgesehen von ihrem Jugendwunsch, Pianistin zu werden, der sich ja schnell als unrealistisch zerschlagen hatte. Erst recht nicht hatte sie der Wunsch gekitzelt, sich vor anderen offen über unerwünschte oder im Nachhinein über eventuell missglückte Entwicklungen zu beschweren, vor allem nicht über solche, die sie sich möglicherweise selbst noch anlasten müsste. Ihr Bedauern reichte nur bis zu einer Klage über den einschnürenden väterlichen Gurt, dessen eines Ende der Vater längst gelockert hatte, sie das andere aber noch um sich band und nicht aus den Händen gab.

Das Gefühl von Wut hatte bei ihr nur kurze Keimlinge. Es wollte einfach nicht weiter wachsen.

So verstand sie denn auch nicht gänzlich, was die zum Schluss aufgekommenen schärferen Töne, die nach ihrem Geschmack die wohlig heitere Atmosphäre bewölkten, hervorgerufen hatte und was sie bezweckten. Sie fühlte sich wieder etwas befangen. Gleichwohl blieben sie ihr im Ohr hängen und belebten ihre fast vergessene Unruhe, die sie vor einigen Wochen hin- und hergeworfen hatte. Sie rührten an ihr schmerzliches erstes bewusstes Sich-Aufbäumen, das sie Freiheit und Licht hatten ahnen lassen und einige Spangen ihres Alltagskorsetts nach außen verbogen, dieses aber nicht gesprengt hatten.

Diese verschiedenen wechselnden Eindrücke, Gedanken und Gefühle, die sie zwischen Innen- und Außenwelt hin- und herschwimmen ließen, sie mal in kühle, mal in warme Gefühle tauchten, sie den anderen Menschen mal näherbrachten, dann wieder von ihnen wegrückten, mündeten in eine nachdenkliche Stimmung. Sibylle vergaß, auf die Uhr zu sehen, vergaß ihren Vater.

Während sie noch gedankenversunken auf ihrem Stuhl saß – die anderen hatten dies in ihrer Ungezwungenheit nicht beobachtet –, gingen einige Frauen bereits zur Garderobe, um ihre Mäntel zu holen. Für sie war der melancholisch heitere Rückblick abgeschlossen. Sie standen wieder in der Gegenwart. Die Freude über das gelungene Wiedersehen füllte ungetrübt den Raum.

Lachen und lautes Reden, ausgesprochene Wünsche wie „Ich würde mich sehr freuen, wenn du uns mal besuchen kämst“ … „Komm doch mal vorbei“ … „Wann sehen wir uns denn wieder?“ … „Ach, es war ein so schöner Abend, ein schöner Nachmittag“ flogen durch die Luft.

Mit heißen roten Wangen mischte sich Sibylle unter ihre Klassenkameradinnen. Die Fröhlichkeit und die sentimentale Abschiedsstimmung rissen sie aus ihren Gedanken und banden sie ein. Überschwenglich wurde voneinander Abschied genommen und sich bedankt. Sibylle ließ sich sogar von einigen umarmen, was ihr in dem Augenblick guttat.

Mit lockerem Schritt ging sie die Treppen hinunter. Beim Einsteigen in ihren Wagen winkte sie den anderen noch einmal herzlich zu. Dann fuhr sie heim, beschwingt und gestärkt. Die Vorstellung, die Wohnung zu betreten, den Vater schnarchen zu hören, wenn sie zur Tür einträte, waren nun beruhigende, vertraute Bilder, die ihr ein Geborgenheitsgefühl vermittelten. Keinerlei Spur von Widerwillen oder Unmut. Ihre momentanen Gefühle für den Vater waren wohlwollend, wie von Schmutzspuren fast gereinigt. Sie freute sich geradezu darauf, ihm am nächsten Morgen beim Frühstück von ihren erquickenden Erlebnissen zu berichten. Keine Spur von schlechtem Gewissen, ihn so lange allein gelassen zu haben, plagte sie. Sie war sich ihrer ganz sicher. Ihre vorherige Nachdenklichkeit war geschwunden. Der offenherzige Kontakt mit den anderen hatte die Auf- und Abschwünge ihrer Laune geglättet und das Für und Wider ihrer gedanklichen Sperren miteinander versöhnt. Ein Blick auf die Uhr – 23.30 – brachte sie nicht aus der Fassung.

Als sie sich ihrem Haus näherte, rieb sie sich verwundert die Augen. Die Fenster ihrer Wohnung, die zur Straße lagen, waren hell erleuchtet und standen offen. Rasch trat sie auf die Bremse, langsam fuhr sie näher. Vor der offenen Garage, in der ebenfalls hell das Licht brannte, stand ihr Vater im Bademantel mit unten herausguckenden Schlafanzugsbeinen, blau-weiß gestreift, und mit einer riesigen Taschenlampe. Vor Schreck öffnete sie jählings ihren Mund und machte ihn auch bis zu ihrer Ankunft vor dem Haus nicht mehr zu. Der Vater stürzte auf ihre Wagentür, riss sie auf. Die wenigen Strähnen fielen ihm ins Gesicht: „Sybille, was ist los? Wo bleibst du denn? Ich hatte eine solche Angst um dich. Was ist passiert? Hattest du einen Unfall? Bist du krank geworden?“ Er überschüttete sie mit Fragen, dass sie sich nur mit einem harten Griff seines Arms erwehren konnte.

„Vater!“, rief sie schrill. Er hielt ihr den Mund zu. Sie riss den Kopf zur Seite. Ekel vor der Berührung schüttelte sie.

„Bille, nicht so laut! Die anderen schlafen doch schon.“

Sie drängte ihn zur Seite, schloss die Wagentür, fuhr scharf in die offene Garage und stieg aus. Sie verließ die Garage, knipste das Licht aus und ging auf die Haustür zu, in der ihr Vater zitternd stand. Sein jämmerlicher Anblick schoss Wut in ihre Adern. Auf einmal war sie da, die Wut. Unbeherrscht herrschte sie ihn an:

„Bist du wahnsinnig geworden, so ein Feuerwerk abzubrennen, nur weil ich ausnahmsweise außer Haus bin, seit Jahren mich einmal mit anderen Menschen treffe?!“

Ihre geweckte uneingeschränkte Daseinsfreude wollte sie sich nicht schmälern lassen und ließ sie übersehen, dass ihr Vater ihr pulsierendes Freiheitsgefühl im Moment nicht verstehen und deshalb nicht teilen konnte. Er war noch im alten Schema, er kannte seine Tochter nicht anders als auf ihn abgestimmt. Ihre frischen neuen Eindrücke und Gefühle überschwappten ihre sonstige Fähigkeit zur Einfühlung.

Schnaubend stapfte Sibylle die Treppe hoch. Er schlurfte, so schnell er konnte, hinter ihr her. In der Wohnung zog sie mit energischen Bewegungen ihren Mantel aus, führte den Kleiderbügel gezielt und gewandt in die Schulterhöhlen und hing ihn an dem Garderobenhaken auf.

Ihre Wut machte sie ganz stark. So hatte ihr Vater sie noch nie erlebt. Er sah sie mit Angst geweiteten Augen an. Seine Unterlippe hing zitternd herunter. Sein Anblick widerte sie an. Mit einer abschätzigen raschen Bewegung kehrte sie sich von ihm weg und rauschte in die Küche. Er humpelte ihr nach.

„Sibylle“, bettelte er flehentlich, „nun sei doch nicht so aufgebracht. Du hast mir versprochen, Du kämst gegen zehn Uhr zurück. Da liegt es auf der Hand, dass dir etwas zugestoßen sein könnte.“

„Nichts liegt auf der Hand“, zischte sie zurück.

Da – plötzlich machte er einen Buckel wie eine zum Raubsprung ansetzende Katze und fauchte mit schneidender Stimme: „Nun reiß dich zusammen. Du bist ungehörig. So benimmt sich eine Tochter ihrem alten Vater gegenüber nicht!“

Sibylle zuckte erschreckt zusammen und duckte sich. Ihr Vater warf ihr einen bitterbösen Blick zu und ging mit ungewöhnlich stark auftretenden Schritten aus der Küche. Zum ersten Mal in den letzten Jahren hatte er sie beschimpft. Leicht betroffen schaute sie zu Boden.

Ihre Wut hatte einen Dämpfer bekommen. Sie sah sich allein in der Küche. Dieses Mal hatte er sich von ihr getrennt, hatte ihre Nähe ausgeschlagen. Das war neu für sie. Ein spitzer Angstschmerz raste durch ihre Brust. Nun war sie es, die ihm nachlief.

Sie fand ihn auf dem Sofa sitzen, in der Mitte auf der gekerbelten Trennlinie zwischen zwei großen Sitzflächen, auf denen jeder von beiden sonst alleine saß. Er blickte traurig zu Boden. Sie setzte sich neben ihn und fasste seine Hand:

„Entschuldige, Vater, es war nicht bös gemeint. Es war ein so schöner Abend. Ich hatte mich wohlgefühlt, lebendig wie lange nicht mehr. Da habe ich halt die Zeit vergessen. Das tut mir leid. Es tut mir leid, dich beunruhigt zu haben."

„Ja, ja die Hauptsache ist ja –dir ist nichts passiert." Etwas larmoyant setzte er hinzu: „Aber schon auffallend, wie schnell du mich vergessen kannst."

Sie zog etwas leicht gequält die Schultern hoch, um sie schnell wieder schlaff fallen zu lassen, unwissend, was sie darauf antworten sollte.

„Gehen wir zu Bett", meinte er dann, wieder etwas versöhnlich.

„Ja, gehen wir zu Bett. Es war ein aufregender Tag", murmelte sie bestätigend und erhob sich.

Sein verzeihendes „Ja, ja" hatte sie beschwichtigt. Während er in vertrauter Manier in sein Zimmer schlurfte – der feste Schritt von vorhin war in Luft aufgelöst –, sah sie ihm gerührt nach. Sein nach vorn rundlich gebeugter Rücken erhielt in ihrem nachschweifenden Blick die Silhouette eines Pilzes, der mit seinem runden Dach die Erde schützte. Ihr Vater rief ihr leise beim Umdrehen noch zu: "Schlaf gut, ich mach die Lichter schon aus. Geh zu Bett, du brauchst jetzt Ruhe."

Sie strahlte: I h r Vater war auf ihr Wohl bedacht aus ihrem Blickwinkel! Er glaubte zu wissen, was sie brauchte, nicht, was er brauchte oder haben wollte! Er zeigte, nach ihrer Erinnerung, zum ersten Mal wahrnehmbares Verständnis für sie. Glücklich ging sie mit einem verträumten Lächeln in ihr Zimmer. Nachsichtig gerührt schüttelte sie den Kopf: „Nein, ich kann ihn nicht allein lassen. Er braucht mich!“

Der nächste Tag war ein Donnerstag. Am Vormittag wollte sie wie immer noch ein paar Einkäufe fürs Wochenende erledigen. Der Wetterdienst hatte etwas Regen und kühle Winde angesagt. Sie schaute aus dem Fenster. Nichts von alledem, der Himmel zeigte sich strahlend blau. Sie streckte die Hand heraus. Überraschenderweise war auch die Luft mild. Ihr Herz machte ein paar Hüpfer, sie freute sich auf den Tag. Ihr Vater lag noch im Bett, hatte sich noch nicht gezeigt. Sie klopfte an die Tür des Vaters, er antwortete nicht. „Vater, ich geh ein bisschen einkaufen und bring uns noch schöne frische Tulpen mit, bis später!“

Nach anderthalb Stunden kehrte sie heim, suchte zunächst eine passende Vase für den orange-roten Tulpenstrauß und stellte die selbstbewussten Blütenkelche auf den Couchtisch. Ein schräger, gleißender Sonnenstrahl, der durchs Fensterglas drang und sie voll in den Blick rückte, wirkte wie ein Bühnenstrahler.

Die Lebensmittel verstaute Sibylle im Kühlschrank und in den Hochschränken der Küche. Während des Einräumens fiel ihr die Ruhe in der Wohnung auf. Kein Schlurfen, kein Räuspern, keine Rufe nach ihr. Sie beschwichtigte sich mit der Vermutung, der Vater brauche noch etwas Erholung vom gestrigen Abend. Als sie alles verräumt hatte, ging sie zu seiner Tür, klopfte erneut, wieder keine Antwort. Jetzt wollte sie wissen, was mit ihm los war. Sie drückte die Klinke herunter, trat ein.

Der Anblick war ein Schock für sie. Er saß nach hinten, halb eingesunken auf seinem Bett, die Unterschenkel hingen herunter. Er war noch im Schlafanzug, die Unterarme aufgestützt. Seine Bettdecke hatte er sich zu einem Kissen gerollt und diente ihm als Rückenlehne, so dass er nicht flach liegen konnte. Sein Mund stand offen, die Augen starr weit aufgerissen.

„Vater!"

Ihr Schrei blieb im Raum stehen.

Sie lief auf ihn zu, horchte an seinem Mund, ertastete sein Herz. Sein Brustkorb hob und senkte sich nicht mehr. Dann nahm sie ihn in den Arm und legte ihn ins Bett, hob die Unterbeine hoch, drehte sie ins Bett, dann deckte sie ihn zu. Sie beugte sich über ihn. Mit beiden Händen schloss sie seine Lider, der Mund war schon schwieriger zu schließen. Die Kiefer erwiesen sich als etwas sperrig, aber schließlich klappte es doch.

Sie setzte sich auf die Bettkante, faltete die Hände und sprach leise ein Gebet.

Dann ging sie ins Wohnzimmer, ließ sich in die Mitte der Couch fallen und schaute lange vor sich hin. Tränen liefen über ihre Wangen hinab. Sie schaute nach unten in ihren Schoß, dann wieder nach draußen. Der Himmel war immer noch blau. Die Tulpenkelche strahlten. Sie lehnte sich kurz im Sofa zurück und atmete tief durch, ihre Arme streckte sie lange auf der oberen Seite beider Rückenkissen aus.

Schließlich erhob sie sich, öffnete die Wohnzimmertür weit, überquerte den Flur und öffnete Vaters Zimmertür sperrangelweit. Sie lief zu ihrem Klavier, hob den Deckel, nahm den dünnen Filzläufer von der Tastatur und setzte sich auf den Schemel, sank eine Weile in sich zusammen und richtete sich dann kerzengerade auf. Die herunterhängenden Arme winkelte sie an. Einige Momente lauschte sie so in sich hinein. Sie hörte in ihrer Erinnerung die ihr sehr vertraute Einleitung des Orchesters, bis diese den Raum freigab für ihr Klavierspiel. Entschlossen setzte sie die Fingerkuppen auf und spielte.

Sie spielte das ganze Konzert Nr. 3 Es-Dur von Tschaikowsky, Vaters Lieblingskomponisten.

Auswendig. Das erste Mal.

Mein Sofa ruft mich an

Das Telefon klingelt, schreckt mich auf bei meinen verhangenen Blickwanderungen durch unseren kleinen Garten an einem warmen Frühlingsnachmittag. Ich sitze im Wohnzimmer in unserem drehbaren ausschweifend breiten Sessel mit kurvigen, ebenso weit in den Raum schwingenden Ohren vor einer der beiden Terrassentüren. Mein Nickerchen nach dem Essen hat mich schon etwas einsinken lassen. Ich winde mich aus dem Sessel, trabe zum Telefon und nehme den Hörer ans Ohr.

„Ja, bitte, hier …“ Die letzten Schlafsträhnen lassen mich noch zwischen Wachwerden und Schlafen taumeln und meinen Namen nur murmeln.

„Hallo, meine Liebe, ich bin’s, dein Sofa, dein heißgeliebtes Sofa.“

„Wer bitte?“

„Dein altes treues Samtsofa. Du hast mich doch so geliebt und warst all die Jahre verschossen in meine Farben und in meine Formen.“

„Ja, das stimmt“, stottere ich. Schlagartig sehe ich es vor mir mit seinen farbigen Flecken auf marineblauem Untergrund: Dicht auf dicht angesammelte Farbschollen in dunklem Pink, in Pistaziengrün, Hellrosa, Orangerot und Rot. Sie bedecken den stramm gezogenen Samtbezug. Er wölbt sich leicht erhaben über die Sitzfläche und verschwindet fest angespannt in die Ritzen, aus denen die runden Armlehnen wie knuffige feste, schmusige Oberarme aufragen. In die Kurve gehend an beiden Seiten legt sich der Bezug elegant in etwas schmale Falten, um dann den Sofarücken wieder mit einer gewölbten Rückenstütze fest und breitflächig zu bespannen und nach hinten rund auszulaufen. Die braunen Holzbeinchen, auf denen es steht, haben bauchige Oberschenkel und schlanke schmale Fesseln mit zierlichen Füßchen. Die Rückseite ist bespannt mit einem rot-orangefarbenen Samtbezug im Farbton der entsprechenden Farbflecke. Diesen Teil musste ich vor vielen Jahren ersetzen, weil der Rücken verschossen und eine Nachbestellung mit dem ursprünglichen Stoff nicht mehr möglich war. Mit der einfarbigen Neubespannung wählte ich einen Kompromiß. Ich fand die Kombination durchaus gelungen. Die Anschlussseiten am Rückenteil und vorne an der Kante von der Sitzfläche zum breiten Sockel wurden nach diesem neuen Entwurf mit einer roten Kordel paspeliert.

Mit seinen Rundungen und seinem weichen, anschmiegsamen und auch festen Samtbezug war es für mich immer ein weibliches, erotisches und ein mütterliches Sofa.

„Ja, aber“ stammele ich, „Ich habe dich doch weggegeben, du bist doch nicht mehr meins.“

„Ja, das stimmt, aber irgendwie gehöre ich auch noch dir. Ich denke so oft an dich, ja wirklich, ich bin oft wehmütig. Und jetzt nach den ersten Krokussen, die hier im Garten der Ärztin blühen, hat mich eine tiefe Sehnsucht gepackt. Ich dachte, jetzt rufe ich einfach mal an und erkundige mich nach dir. Ja, und auch, weil ich mal wissen will, ob du mich auch ein wenig vermisst.“

„Ja, aber natürlich“, antworte ich mit energischem Wimpernschlag nach unten.

Ich bin sprachlos. Wie kann mein Sofa, das mich über Jahrzehnte begleitet hat, das ich blutenden Herzens vor ein paar Jahren weggeben musste, so locker wieder mit mir Kontakt aufnehmen?

Zugleich steigt in mir eine große Freude auf. Mein Sofa hat mich nicht vergessen! Und ich auch denke so oft an es. Uns haben eine besondere Beziehung, eine besondere Liebe, viele gemeinsame besondere Erlebnisse verbunden. Das Sofa und die Geschichten mit ihm waren einfach besonders, von außen betrachtet vielleicht banal. Die Erfahrungen, in die das Sofa mit hineingespielt hat in irgendeiner Weise, haben wahrscheinlich viele Menschen mit einem ihrer Möbelstücke oder sonstigen Dingen ebenfalls gemacht. Man spricht dann gerne von „daran hängen … Ich hänge an der Lampe, an dem Mantel, an der Kneipe, an meinen Ohrringen“. Für mich war es mehr als ein Hängen. Für mich war es immer so, als hätte mein Sofa mitgedacht, mitgefühlt, zugehört und die Ereignisse mit aufgezeichnet, mitgespeichert. Es war meine Lebensgfährtin. Ja, es war vorwiegend weiblich, wie ich schon betonte. Von einem Mann hätte ich mir diese stabile Treue nicht vorstellen können. Es war keine Couch, sondern ein Sofa. Ein Sofa hat Armlehnen, eine Couch oft nicht. Eine Couch ist sachlicher, zweckmäßiger. Ein Sofa unterstützt, schenkt Geborgenheit. Die Bezeichnung „Couch“ hat den weiblichen Artikel, sie passte grammatikalisch natürlich gut zu der Apposition „Lebensgefährtin“. Ein Gefährte wäre so was wie ein nicht angetrauter Ehemann. Ich empfände ihn als zu einnehmend an meiner Seite. Er wäre ein gleichberechtigter

Partner. Das war mein Sofa für mich nicht. Es hat mich begleitet, war stumm für mich da, hat mich wohl unterstützt, aber nicht bestimmt. Gerade darin lag ihr Wert. Sie war wie eine Freundin.
Eben weib ... na, Sie wissen schon.

Mein Sofa war oft bei mir oder ich respektive auf ihm. Es war Zeugin von Teilen meines Alltags, Zeugin von Schaltstellen in meinem Leben, der Veränderungen, Zeugin neuer Schauplätze. Und … es hat mir bei all den Wechseln immer gefallen, mehr als sechsundvierzig Jahre lang.

Wenn mich eine Freundin besuchte und sie darauf Platz nahm, nachdem sie es bewundert hatte, sagte ich immer ganz andachtsvoll: „Dieses Sofa hat so viel mit mir erlebt und weiß so viel von mir. Wenn das erzählen könnte."

„Ja, hallo, bist du noch da? Du bist jetzt erstaunt, dass ich mich melde?!"

„Ja, natürlich! Ich will wissen, was dich bewogen hat, mich anzurufen."

„Das habe ich doch schon gesagt. Sehnsucht, Verbundenheit! Wenn man so viel miteinander erlebt hat, sich alles erzählt hat, geht man nie so ganz. Du erinnerst dich an das Trude-Herr-Lied."

„Ja, sicher, ‚Niemals geht man so ganz … Irgendwas von mir bleibt hier'."

„Ja, genau."

„Ja, oh mein Gott! Ich freue mich, dass du dich meldest. Danke."

Wir schweigen kurz.

Ich höre, wie mein Sofa sich etwas verlegen räuspert: „Tja, ich muss dir etwas sagen.".

„Ja, was denn?!"

„Ich werde demnächst nach Thüringen umziehen."

„Was, du gehst weiter weg von hier?"

„Ja. Die Ärztin will ihr Haus verkaufen und zu der Tochter ziehen, die inzwischen geheiratet hat und mit ihrem Mann jetzt selbst in eigenem Haus wohnt. Die Mutter will ihre private internistische Praxis – sie ist ja auch schon Mitte/Ende siebzig – aufgeben und ist bereit, in die geräumige Einliegerwohnung der Tochter zu ziehen. Die beiden verstehen sich immer noch gut.

Du weißt ja, die Tochter hat das Sofa gekauft, weil sie mit der Mutter an eurem damaligen Haus vorbei spazieren gegangen war und in eurem Wintergarten das Sofa gesehen und sich auf Anhieb darin verliebt hatte, so wie du damals, als du mich in Köln-Rodenkirchen bei einer Haushaltsauflösung entdeckt und dich auch in mich verschossen hattest. Die Tochter habe geradezu davon geträumt, mich zu besitzen, hatte dir die Mutter erzählt. Sie ist von Hause aus Historikerin, kam die Mutter ein paar Mal im Jahr mehrere Wochen am Stück besuchen, um sich in einem Zimmer ihres großen Hauses mit Gartenblick zurückzuziehen und zu schreiben. Sie schreibt

Science-Fiction-Romane und Märchen für Erwachsene, wie du weißt. Bei einem Besuch von ihr entdeckten die beiden Frauen dein Verkaufsinserat mit der Abbildung des Sofas in der Lokalzeitung. Die Tochter war elektrisiert und ließ ihre Mutter bei dir anrufen. Ihr kanntet euch. Sie eröffnete dir die poetischen Visionen der Tochter, die diese mit dem Sofa verband. Es sollte beim Schreiben in ihrem Rücken stehen und sie inspirieren. Dieser Umstand war dir sympathisch und hat es dir erleichtert, mich an sie abzugeben, weil du sicher warst, ich sei bei der Tochter in guten Händen. Ja, und du hast schweren Herzens auf mich verzichtet, weil ich nach eurem Auszug aus eurem Haus nicht in die Wohnung passte. Ihr musstet euch nämlich räumlich sehr verkleinern."

„Ja, ja, die Veränderungen, die Wechsel, die Umzüge", seufze ich. „Hast du Dich denn dort wohlgefühlt? Wurdest, oder besser, wirst du auch gut behandelt?"

„Oh ja, die Tochter – sie heißt Irene – hat sich jeden Tag auf mich gesetzt, die Beine hochgelegt und sich mit dem Rücken an eine meiner Armlehnen gelehnt, Tee getrunken und Kekse geknabbert, die Tageszeitung gelesen. Wenn sie ein, zwei Seiten geschrieben hatte, rief sie die Mutter zu sich und las ihr die neuesten Werkstückchen vor. Das war immer sehr gemütlich. Ich freute mich, wenn beide währenddessen mich oftmals mit streichelnden Blicken wahrnahmen. Ich hoffe, sie setzen diese Gewohnheit auch in der neuen Umgebung fort. Ganz toll fand ich, dass die Mutter für die Tochter und ihren Schwiegersohn vor der Heirat in Thüringen einen kleinen Empfang im Haus gegeben hat. Sogar der Vater ist von Hamburg angereist – die Eltern sind schon lange geschieden –, dazu noch Freunde des Paares und die Schwiegereltern. Irene, ihr zukünftiger Mann und die Mutter haben Irenes Zimmer, das recht groß ist, zu einer Lounge eingerichtet, und ich saß mittendrin. Alle haben mich bewundert und Irene zu diesem Schatz gratuliert. Stell dir mal vor!"

Mein Sofa guckt mit seinen vielen bunten Augen ganz gerührt auf den Boden. Zwei, drei Tränen tropfen herunter. Das sehe ich, obwohl wir nur miteinander telefonieren. Ich freue mich für mein Sofa, bin aber gleichzeitig traurig, dass es nicht mehr in meiner Nähe sein kann. Früher hatte es *meine* Gäste und meine Klienten im Wartezimmer erfreut. Diese hatten es auch ins Herz geschlossen, waren traurig, dass ich es nach dem Anbau eines Wintergartens dort hingestellt und es ihnen aus dem Wartezimmer „weggenommen" habe, sie sich bis zur Therapiesitzung nicht mehr so behütet vorbereiten konnten. Jeder hatte es gemocht.

„Meine Liebe, sei nicht traurig. Sei froh, dass ich in deinem Sinne weiterlebe."

„Ach, ich würde mich so gern auf dich setzen."

Mein Sofa kümmert meinen Anflug von Traurigkeit und versucht, mich mit heller Stimme zu ermuntern: „Erinnerst du dich, wie du dich auf den Weg gemacht hast? Du hattest gerade deine Lehrtätigkeit in der Fachschule für Sozialpädagogik in Michaelshoven bei Köln begonnen und zum ersten Mal eine eigene Wohnung, eine Zweizimmerwohnung mit kleinem Balkon in Köln-Sülz, bezogen. Du warst ganz aufgeregt und stolz, endlich dein eigenes Leben als Erwachsene nach dem

Psychologiediplom gestalten zu können, froh, dein erstes Monatsgehalt zu bekommen. Du warst begierig darauf, deinen Geschmack zu prüfen und zu entwickeln. Deine erste Wohnung, von der Studentenmansarde der letzten zwei Jahre mal abgesehen, sollte der erste anspruchsvolle Versuch werden. Das hatte seinen Grund."

„Nämlich?" frage ich.

„Der Tod deines Vaters lag nicht mal ein halbes Jahr zurück. Du fühltest dich ein bisschen in seinen Fußstapfen. Du hattest sein Geschäft einer Raumausstattung, das er von zuhause aus betrieb, langsam aufgelöst. Deine Mutter wollte und konnte es selbst nicht weiterführen, und du wolltest als Psychologin arbeiten. Dein Bruder hatte sich schon mit 18 Jahren von zuhause entfernt und lebte in Brüssel, später in Frankreich. Von ihm kamen keine Morsezeichen. Doch hattest du wie deine Eltern Freude an Farben und Formen, an besonderen Stoffen und Einrichtungen. Deinen Freunden hattest du gerne erzählt, wie sehr du es genossen hattest, wenn Kunden zu euch zu einem Beratungsgespräch nach Hause kamen. Sie wollten Vorschläge von deinem Vater zu ihrem neuen Haus oder ihrer neuen Wohnung bekommen. Dein Vater hatte die Einstellung, es reiche nicht, einfach Stoff- oder Tapetenmuster vorzulegen und Ideen für eine passende Möblierung auszubreiten, ohne eine Vorstellung von den Kunden als Mensch mit ihrem Lebensstil und ihren -einstellungen zu haben. Er war im Grunde auch Psychologe. Er wollte sie erst kennenlernen, und so besuchte er sie zuhause und unterhielt sich mit ihnen über ihre Wünsche, ihre Pläne, ihren Beruf, über die Familie, die Kinder. Erst danach wurde ein Besuchstermin bei euch zuhause vereinbart. Diese fürsorgliche, fast familiäre Einstellung legte er natürlich nicht an den Tag, wenn er Aufträge für Sparkassen oder auch mal ein Restaurant hatte. Die waren insgesamt sowieso recht rar.

Dein Vater wollte immer, dass deine Mutter dabei war. Er wusste, dass sie mit ihrer Herzlichkeit Menschen gewinnen konnte und diese bei ihrer Entscheidungsfindung einfühlsam unterstützte. Sie schaffte die entspannte, offene Atmosphäre mit einem hübschen Nachmittagstisch mit Kaffee und Kuchen und wohlriechenden Freesien oder roten prallen Tulpen. Es herrschte eine fröhliche neugierige Stimmung, und dein Vater war in seinem Element. Er breitete mit einer Grandezza Stoffcoupons aus, die er bei namhaften deutschen, französischen und englischen Firmen bestellt hatte. Qualität und künstlerisch anspruchsvolles Design waren ihm wichtig. Dabei hatte er seine inzwischen gewonnenen Eindrücke von dem Kunden in die Couponauswahl einfließen lassen. Sessel, Tische, Sideboards und der Boden in eurem Wohnzimmer waren belegt mit kleinen und großen Musterstoffen. Sie verwandelten es in einen Bühnenraum, in dem alle Stoffe zusammengetragen wurden, wie wenn die Ausstattung der Bühnenbilder und -vorhänge auszuwählen wären. Dein Vater steuerte zu jeder Stoffvorführung fantasievolle Beschreibungen, oder besser: Erzählungen bei, die dem Stoff in einer vorgeschlagenen speziellen Verarbeitung, gefaltet, gerafft, locker aufgereiht, mit und ohne Raffschlaufe, Aufgabe und Sinn in einer neuen Umgebung verschrieben. Er inszenierte in den Köpfen der Besucher ein neues Szenario ihrer Sehnsüchte für ein behagliches oder anregendes Zuhause, wie sie sich fühlen und aufleben würden, zu was die neue Umgebung sie anregen könnte. Seine sinnliche Begabung spielte er voll aus. Hatte er einen Satin mit Zeichnungen von Gräsern und besonderen Pflanzenblättern etwa, schwärmte er davon, wie diese als Vorhang ein Wohnzimmer wie einen Garten anmuten lassen könnten, wie frisch das Gras roch, wie beruhigend die gezeichneten oder gemalten Bienen mit ihrem Summen eine wohlige Atmosphäre schaffen könnten, so als lebten die Bewohner mitten in der grünen Natur. Richtig reinknien konnte sich dein Vater, wenn er französische Stoffe, toll bestickt und schwer, vorstellte. Er erfreute sich an ihnen wie an bedeutungsvollen Kunstwerken, die einem Raum eine Würde verschaffen würden. Die angedachte neue Wohnung rückte bedeutungshaft in die Nähe eines Kirchenraums, wenn er an Gobelins in französischen Schlössern oder Kirchen erinnerte. Die Wangen der Besucher röteten sich, die Augen glänzten und den von Deiner Mutter angebotenen Likör genossen sie in schnellen kleinen Schlucken. Du kamst ab und an dazu, freutest Dich über die Gefühlswallungen der Eltern und der Kunden. Besonders freute dich an dieser Tatsache, dass sich die Eltern für eine Sache gemeinsam einsetzten. So harmonisch, wie ein eingespieltes Team wirkten sie."

„Ja, aber wozu erzählst du mir diese bekannte Story? Was hat das mit unserer Beziehung zu tun?"

„Diese Harmonie bestimmte ja leider nicht den Alltag, wie du weißt." Mein Sofa setzte unbeirrt seine Darstellung der damaligen Familienszenen fort.

„Willst du mir noch die Kehrseite der Medaille erzählen? Die kenne ich doch auch. Ich bin froh, dass ich unter den Traumabildern oder besser: Erfahrungen meiner Familie nicht mehr leiden muss und auch bedeutend weniger an sie denke."

Ich schaue mein Sofa etwas verärgert an. Seine bunten Augen ruhen liebevoll auf mir. Ich werde still und mache ein paar Schritte auf es zu und setze mich auf die festen Sofabacken. Ich bin nicht mal erstaunt, dass das beim Telefonieren möglich ist. Ich gerate ins Nachdenken.

Dann höre ich wieder die freundliche Stimme meines Sofas: „Der Alltag ohne solche Events war sehr von den schwankenden Launen deines Vaters bestimmt. Deine Mutter – sie konnte sich noch besser davon lösen als du – und du, ihr wart immer auf der Hut. Sehr oft behandelte er deine Mutter sehr demütigend mit Worten und vor allem während deiner Schulzeit auch gewalttätig. Du littest sehr darunter. Immer hattest du dich für deine Mutter eingesetzt und ihm auch, als du in der Pubertät warst, mutig die Stirn geboten. Du konntest zwar sicher sein, dass deine Antworten auf seine Denkverbote richtig waren, aber du handeltest dir und deiner Mutter nachträglich den Zorn deines Vaters ein. Er fühlte sich in seiner Autorität angegriffen. Wieder litt deine Mutter darunter. Das tat dir doppelt leid. Doch die warnenden Kniestöße deiner Mutter unter dem Mittagstisch hatten dich nicht abgehalten, ihn zu konfrontieren. Du fandest es auch danach richtig, den Versuch unternommen zu haben, ihn in die Schranken zu weisen."

„Was genau willst du mir mit diesen Rückblicken sagen? Welche Rolle spielst du darin? Zu der Zeit gab es dich doch nicht für mich!"

„Warte ab, gleich wirst du verstehen, was ich dir sagen will. Ich mach mal weiter an der Stelle, bei der ich dich an den zwiespältig verspannten Alltag erinnerte, an die hässliche Seite deines Vaters. Während du vor dem

Kundenbesuch die liebe Tochter spieltest, kamst du dir oft wie vorgeführt vor -denn dein Vater hatte dich gebeten, zwischendurch mal nett „Guten Tag“ zu sagen – und du dich auch von den Stoffmustern ein paar Minuten beeindrucken ließest, schautest du versteckt kritisch auf die Berge von Stoff. Du wusstest, dein Vater würde dich nachher bitten, alles wieder fein säuberlich zusammenzulegen, zu falten und zu stapeln. Diese Aufgabe könnte der nächste Brandherd für den Familienfrieden werden.“

„Wieso?“, frage ich ungläubig zurück.

„Na, hast du’s vergessen? Wenn du nicht sorgfältig die Kanten und die Ecken der Stoffe – hierbei musstest du auch Stoffart und Hersteller unterscheidend sortieren – exakt übereinandergelegt hattest, verlangte er, dass du das Muster neu falten musstest, und er rügte dich mit sehr scharfen Worten. Disziplin und Gehorsam waren sein Gebot. Es dauerte etwa zwei Stunden. Deine Mutter half dir etwas dabei. Zuvor aber, wenn der Besuch weg war, nahm dein Vater dich und deine Mutter in den Arm. Ein heiliger Moment! Dein Vater lobte deine Mutter, wie schön sie alles gemacht habe; der Erfolg – die Kunden hatten bestellt – sei nur ihr zu verdanken. Deine Mutter gab die Komplimente an ihren Mann zurück, er habe alles so vortrefflich vorgeführt und erläutert. Nein, nein, wehrte dein Vater bescheiden ab, die Menschen hätten sich nur durch ihr Dazutun und ihre Anwesenheit so wohlgefühlt.

Nun, soweit mal.

Als dein Vater durch einen streuenden Leberkrebs krank voller Schmerzen zuhause lag und ihr alle wusstet, er

wird noch im nächsten halben Jahr sterben, da wohntest du nicht mehr bei den Eltern und kamst ihn öfters besuchen. Er legte dir ans Herz, sich auf ihn zu beziehen beziehungsweise den Geschäften und Firmen zu sagen, dass du seine Tochter wärst für den Fall, dass du in eine Wohnung ziehen würdest und diese einrichten wollest. Sie kämen dir finanziell bestimmt entgegen.
Tatsächlich war es so. Nach seinem Tod und dem Einzug in deine kleine Mietwohnung wurdest du mit offenen Armen empfangen und die Geschäftsleute schwärmten von deinem Vater. Du warst sprachlos, erschrocken und auch erfreut.
Als du mich bei einer Haushaltsauflösung erstanden hattest, gefiel dir zwar meine Form. Aber mein damaliger Bezug kam für dich nicht infrage. Du wandtest dich an einen Kollegen deines Vaters, der mit seiner Frau mit den Eltern befreundet war und der im Übrigen auch zu seiner Frau ohne Grund gehässig sein konnte. Du mochtest ihn nicht. Er zeigte dir viele Stoffe. Du suchtest Vorhangstoff für dein Schlafzimmer aus. Du hattest einen Narren gefressen an einem schweren Samtsofa und bestelltest gleich. Der gab später auch meinen Bezugsstoff ab. So war dein Schlafzimmer schnell irgendwie perfekt eingerichtet. Sofa und Vorhänge lachten sich von einer Wand zur anderen wie enge Verwandte an."

„Liebes Sofa, so, nun komm mal zum Punkt. Klär mich auf, wozu diese geschichtlichen Pirouetten?"

„Ich will dir aufzeigen, wie viel Geschichte, wie viel Gewicht an mir hängt, insbesondere an meinem Bezugsstoff, welche Dramatik sich dahinter oder in ihm, in mir, deinem Sofa, verbirgt. Du zolltest deinem Vater Respekt und Liebe in dieser Anhänglichkeit, du hättest genauso auch woanders hingehen können, um deinen Vorhangstoff für dein damaliges Schlafzimmer, das auch dein Arbeitszimmer werden sollte, und deinen Bezugsstoff auszusuchen, zumal du diesen Herrn Thielke nicht mochtest. Aber nein, du bliebst der väterlichen Linie treu. Und warst du nicht auch ein bisschen froh darüber?! Wolltest du ihm nicht auch irgendwie nachträglich imponieren und ihn dir in seiner angenehmen, attraktiven Seite am Leben erhalten und bestätigen? Wenigstens so wolltest du deine Verbundenheit trotz aller Enttäuschungen und Traurigkeiten ausdrücken, denn du wolltest nicht sein Geschäft weiterführen, wie er es sich gewünscht hatte. Genau davor hatte es dir gegraut. Er wäre in der Anfangszeit noch dein Chef gewesen. Du warst ja froh, dass er vor deiner Mutter starb."

Alle farbigen Augen meines Sofas mit dem tiefblauen Untergrund schauen mich fordernd an.

„Ja."

„Prima, dass du meine Behauptung so einfach und klar bejahen kannst. Dann kommen wir schneller voran."

Ich bin erneut verwirrt und starre mein Sofa mit leerem Blick an, auch wenn es nicht real da ist, ja, doch gar nicht sein kann.

„Weißt du", fährt mein Sofa in seiner Aufrechnung weiter fort, „natürlich verbinden dich mit mir nicht nur ambivalente Erinnerungen. Ein Foto, das einer deiner Lebensabschnittspartner an deinem 32. Geburtstag von dir gemacht hat, zeigt dich mit langen Haaren, wie du auf mir sitzt, der linke Arm ist aufgestellt, die Hand stützt

deinen Kopf. Vor mir steht ein grün lackiertes Tischchen, das du auf einem Flohmarkt ergattert hattest, und du schaust zum Fenster raus. Das war kurz vor einem Ausflug ins Bergische Land, am Anfang eurer Beziehung. Da war sie noch erfreulich.
Jedenfalls erinnere ich mich, wie du dich an diesem besonderen Tag an den Sonnenstrahlen auf meinem Stoff ergötzt hattest, dein Balkönchen mit den vielen Blumen in den Blumenkästen genossen hattest und dich rundherum wohlfühltest. Wir beide waren an dem Vormittag glücklich miteinander verschmolzen."
Ich versinke ins Träumen und sehe mich dort sitzen, in meinem damaligen Arbeits- und Schlafzimmer. Bilder von elfdreiviertel aufregenden und dramatischen Jahren spulen sich vor meinem Auge ab: neue Freundschaften, glückliche und unglückliche Lieben, zähe Nachmittage und Abende beim Abfassen meiner Dissertation einschließlich dem Abholen der Lochkarten und deren Ausdruck aus dem Rechenzentrum, die verschiedenen beruflichen Erfahrungen als Lehrerin an einer Fachschule für Sozialpädagogik in Köln und später auch in Düsseldorf in einem Ausbildungszentrum, die Hin- und Herfahrten zwischen Düsseldorf und Köln mit langen Staus auf der Autobahn, meine freiberufliche Tätigkeit mit Seminaren, die ich für verschiedene Bildungseinrichtungen in Westdeutschland gab, schließlich die erste Praxisgründung, die für damalige Verhältnisse ein Novum war und die vorbeigehenden Fußgängern ironische Kommentare entlockte.
Mir fällt ein älteres Ehepaar ein, das an meinen offen stehenden Praxisfenstern vorbeiging, die Praxis lag im Souterrain. Die Frau las mein Praxisschild laut, dabei nahm sie sich jeden einzelnen Buchstaben mühselig hervor: „P-s-y-c-h –o-l-o-g-i-s-c-h-e P-r-a-x-i-s". Sie fragte ihren

Mann: „Wat is dat dann? Wozu is dat dan joot? Wer jäht denn do hin?“ „Dat is wat für dä Bekloppten!“ „Wie meinste dat?“ „Jo, wenn de nit janz richtig im Kopp bis oder mi häst als nur dat ärme Dier!“ Am liebsten wäre ich durch die Gitterstäbe meiner Fenster gesprungen und hätte sie aufgeklärt und die sogenannten Bekloppten in Schutz genommen. Mir wurde darüber klar, dass ich in meinem Beruf viele Vorurteile aus dem Weg räumen und ratsuchenden Menschen helfen muss, mehr und differenzierter sich selbst und andere zu verstehen. In meinem Sofa fand ich Trost, Zuversicht.

Gekuschelt in mein Sofa ließ ich Ballett- und Opernbesuche mit Freundinnen nach dem nächtlichen Nachhausekommen nachklingen. Nach den Aufführungen waren wir oft ins „Bepi“ gelaufen, wo wir Spaghetti mit viel Knoblauch und Rotwein in unseren langen Kleidern verdrückten, diskutierten und viel lachten. Der Knoblauchgeruch entwich erst nach rund zwei Tagen aus meinem Schlafzimmer. Aber auch diese Duftwolke hatte mein Sofa gut überstanden.

Mein Sofa war mein sicherer Hafen, in das mein Tagesschiff erschöpft, aufgebracht, ratlos, enttäuscht oder auch heiter und angeregt, hoffnungsvoll, beglückt, fröhlich und beschwingt einfuhr. Seine Farben und seine so anschmiegsame wie elegante Form versetzten mich immer in gute Laune, ich brauchte nichts abzuwägen – wie diplomatisch muss ich sein, was kann ich, was darf ich sagen, denn manche Kollegen, Schüler, Freundinnen waren schon „speziell“, wie man heute gequält taktvoll sagt, früher „zickig“ genannt. Besonders Kollegen und Chefs beziehungsweise Chefinnen in der neuen Berufswelt, deren Art mir teilweise fremd war, waren manipulativ bis

mobbend. Ich legte in meinem Sofa die Beine hoch, schnappte mir meine „Zeit“, mein Wochenblatt seit meiner Schulzeit. Ich genoss es, bei mir zu sein. Ganz einfach, es war die Erholung von krummen, schief gelaufenen Klimmzügen in der Liebe, von der Arbeit und auch von mir selbst. Mein Sofa bot mir immer seine stabilen Rücken- und Armlehnen. Ich fühlte mich geborgen und sicher, kurz, daheim in meinem Intimraum.
Diesen Raum konnten mir die zwei Sofas mit cremefarbenem Wollbezug im Wohnzimmer nicht bieten. Sie waren für mich gleichsam offiziell. Hier hatte ich Besuch, hier hörte ich meine Schallplatten mit klassischer Musik oder sah fern.
Ja, mein Sofa gab mir Sicherheit und wirkte auf mich entspannend. Es versöhnte die traurigen Ereignisse mit den erfreulichen. Es gab auch lustige Erlebnisse auf ihm. Wie war das nochmal mit dem Ingenieur aus einem wohlhabenden Kölner Vorort? Der hing doch so an seiner Mutter.

„Hallo, liebes Sofa, kannst du mir weiterhelfen? Weißt du noch, wie er hieß?“

Mein Sofa räuspert sich etwas lachend. „Nein, das weiß ich auch nicht mehr. Wolfgang hätte er gut heißen können, er wirkte so brav, gehemmt, höflich und deutsch!“

„Na“, mokiere ich mich rasch, „Goethe und Mozart hießen auch Wolfgang, zumindest einer ihrer Vornamen, waren aber alles andere als gehemmt.“

„Ach ja, richtig. Lassen wir die denkbaren Vornamen weg. Ich erinnere mich, er war ein Mann mittleren Alters, eigentlich ganz gutaussehend, gepflegt, von Hause aus Ingenieur, etwas steif im Auftreten."

„Woher kannte ich ihn?"

„Du hattest viel gearbeitet, kamst spät von auswärts gegebenen Seminaren nach Hause, auch deine Diss wartete auf ihren Abschluss. Du hattest keine Zeit, keine Gelegenheit für die Chance einer festen Beziehung und sorgtest dich um deine private Zukunft. Du glaubtest nach den diversen erotischen Lustbarkeiten und beziehungsmäßigen Pannen müsstest du mal ganz rational die Sache angehen. Du hattest zwar nicht viel Geld, aber doch etwas gespart. Dieses Geld stecktest du in eine Partnerschaftsvermittlung. Du bekamst Zuschriften von verschiedenen Herren, die auf deine Selbstbeschreibung nach Auswahl der Agentur zu dir hätten passen sollen. Eine davon war er. Ihr hattet euch bei der ersten Begegnung in der Stadt in einem Café etwas gequält unterhalten. Doch irgendetwas sympathisch Offenes hatte er an sich, so dass du das Interesse an ihm nicht ganz begraben hattest, an anderen Bekanntschaften wohl. Er hatte im Unterschied zu den anderen Kandidaten nicht von den gerade Verflossenen geschwärmt. So nannten Du und deine Freundinnen die ehemaligen Freundinnen der Männer.

An dem Abend war er das erste Mal bei dir zu Besuch. Er erzählte viel von seiner Mutter, die in den fünfziger Jahren ein Modemagazin – ich glaube, es hieß ‚Madame' oder ‚Die Dame' oder so ähnlich – gegründet hatte, das aber in den sechziger Jahren kaum mehr Umsatz gemacht hatte und eingestellt werden musste."

Mein Sofa gerät ins Plaudern: „Damals machte Aenne Burda Furore mit ihren Kleiderschnittmustern, die sie ihrem gegründeten Magazin ‚Burda Moden‘ beigegeben hatte. Die deutschen Frauen wollten nicht nur von Mode und Schönheit schwärmen. Sie wollten den Krieg vergessen und mit wenig Geld durch Selbernähen sich wieder schick einkleiden. Es kann sein, dass das Magazin heute wieder auf dem Markt ist.
Na gut, das war jetzt ein thematischer Nebenschlenker. Jedenfalls legte seine Erzählweise die Annahme nahe, dass seine Mutter ihm sehr wichtig war und er auch viel für sie tat. Seine Schwester strengte sich beileibe nicht so an. Sie war schon nach Hamburg geflohen.
Nachdem euer Gespräch nach einem Glas Wein miteinander abebbte, du noch auf ein persönliches erotisches Schmankerl hofftest, er aber weiter steif auf mir, deinem schönen Sofa, neben dir – natürlich mit Abstand hockte –, versuchtest du dich ihm mit Fragen nach seinen Wünschen und Vorstellungen über seine nahe Zukunft und vor allem nach einer möglichen Bindung und Familie zu nähern. Er reagierte noch abständiger, wenngleich nicht unfreundlich. Er behielt Contenance. „Madame“ dirigierte im Hintergrund.
Er hatte schon angekündigt, dass er am frühen Morgen, so gegen 8.30 Uhr, seine Mutter zum Flughafen fahren müsse und er auch nicht länger als höchstens noch eine halbe Stunde bleiben wolle. Du schlugst ihm ein Schachspiel an dem grünen Tischchen vor. Er war einverstanden. Nachdem er gewonnen hatte, nestelte er ein bisschen an seinem Hals herum. Du nähertest dich ihm unverdächtig und hattest dabei etwas die Arme ausgebreitet. Das war wohl nicht so geschickt von dir. Er setzte sich sprunghaft auf mir, deinem Sofa, zurück und meinte leicht indigniert: „Dafür ist es doch wohl noch zu früh!“

Er stieß sich an meiner Armlehne und stammelte: „Jetzt muss ich gehen, sonst bin ich morgen nicht ausgeschlafen. Meine Mutter darf nicht zu spät kommen.“ Kein Kuss, keine Umarmung. Pech.
„Natürlich“, pflichtetest du ihm schnittig bei, sprangst auf und liefst zur Tür. Ebenso schnell war seine Verabschiedung und du hast ihn nie mehr wiedergesehen.

Am übernächsten Morgen stand ein Strauß Blumen per Fleurop vor der Tür mit einer Karte, auf der stand: „Alles Gute für dich, Entschuldigung!“ Das war noch Anstand!“

Mein Sofa gluckst lachend.

„Ja, ja“, ich grinse, „dieser Agentur hatte ich nicht nur wegen diesem Flop kurz darauf gekündigt. Die wenigen erotisch gemeinten Verabredungen waren so strohig wie eine in einer Schublade lange Zeit offen gelagerte Zigarette. Ich konzentrierte mich wieder auf meine Arbeit.“

Mein Sofa und ich schweigen miteinander, hängen diversen Erinnerungen nach, ohne sie beim Namen zu nennen. Ich gähne etwas, würde eigentlich gerne wieder einschlafen, da reißt mich mein Sofa wieder zurück.
„Jetzt nicht kneifen! Welche Rolle habe ich bei dir in deiner Leinfeldener Zeit gespielt? Neben deinem Schlafzimmerschrank war ich das zweite, aber das wichtigste Heimatstück. Nicht wahr? Dort erst recht war ich dir ein Anker, ein Rückhalt in der weitestgehend unglücklichen Ehe. Ich durfte sogar in eurem Wohnzimmer an der Seite stehen. Dein ewig eifersüchtiger, misstrauischer Mann ließ mich dort sogar unbehelligt sein. Er saß selten auf mir, bevorzugte seinen großen Sessel, in dem er vorwiegend den Pudel kraulte, nicht dich. Er hatte den Tod

seiner Frau noch nicht verwunden, und der Pudel soll sehr an seiner früheren Frau gehangen haben. Du solltest ihm eigentlich nur über seine mögliche Einsamkeit hinweghelfen. Diese Deutung benutzte sogar sein Sohn später bei der Beerdigungsrede."

„Oh, erinnere mich nicht daran", rufe ich mit einem leicht fluchenden Ton in der Stimme.

„Doch, doch, das will ich aber."

„Du willst das, deshalb rufst du mich eigentlich an?"

„Weißt du, meine Liebe, jetzt, wo ich weiter wegziehe, du mich nicht mehr in der Nähe weißt, möchte ich dir helfen, deine Lebenserfahrungen endgültig zu verabschieden, nicht zu vergessen, ihnen aber den Stachel zu ziehen. Sie sollen dich nicht mehr schmerzen, dich nicht mehr in deinen letzten Lebensjahren behindern. Der Rest von Trauer und Wut darf verklingen. Natürlich will ich sie nicht in dir ungeschehen machen. Sie haben wohl Bedeutung für dich gehabt und dein Leben mitgeprägt, aber sie sind vorbei und ein möglicher Rest von Scham und Reue darfst du ebenso dem Zug der Zeit, dem Zug der Vergänglichkeit, aufpacken. Es bleibt kein Rest von unerledigten Aufgaben oder auch noch erfüllbaren Hoffnungen."

„Aber das weiß ich ja. Ich bemühe mich doch, mich auf das Hier und Jetzt zu konzentrieren. Ich habe die Geschehnisse eingeordnet. Sie beeinflussen mich nicht mehr unterschwellig."

„Ich glaube dir, dass du das glaubst. Aber du bleibst mir manches Mal verdächtig lang daran kleben."

Mein Sofa schweigt und lässt seine großen Fleckenaugen fragend auf mir ruhen.
Ich fühle mich etwas in die Enge gedrängt.

„Na ja, vielleicht ereifere ich mich nur, weil die Wunden oder besser die Narben immer noch schmerzen, wenn ich daran rühre."

So richtig macht mich meine eigene Antwort nicht satt. Mein Sofa merkt das und springt ein:

„Kann es sein, dass du die Enttäuschungen, Verluste oder Kränkungen so ganz immer noch nicht wahrhabenwillst? Kann es sein, dass du denkst, du hast ein Detail übersehen, mit dem du möglicherweise die damals verletzende Person oder auch dich entlasten könntest?"

Ich nicke innerlich bewegt.

„Ja, ich würde so gerne meinen Vater zum Beispiel weniger schuldig sehen. Da ist der Krieg, der die Männer verroht und enttäuscht hat. Ich weiß, er hat sehr unter der Trennung von seiner Frau, die er gerade geheiratet hatte und die ein paar Monate vor Kriegsbeginn seinen Sohn geboren hatte, gelitten. Am 1.9.39 wurde er eingezogen. Aber irgendwie entschuldigt das sein Verhalten nicht ganz."

Jetzt nickt mein Sofa.

„Ich grübele über die alten Familiengeschichten auch nach, wenn ich heute irgendeine Enttäuschung erlebe, die mich an die alten Wunden erinnern. Dann kommt der alte Mist in mir hoch und ich bleibe daran hängen. Mist!
Und dann gibt es neue Enttäuschungen, die sich mit den alten Erinnerungsbildern verpappen."

In meinen provisorischen Erklärungen gerate ich ins Schwimmen.

„Wird der Schmerz dadurch weniger?"

„Nee."

„Verändert sich sonst was dadurch?"

Ich denke nach, dann weiß ich es, ich bin erschrocken:

„Ich fühle mich hinterher schlaffer und trauriger… Ach, wie blöd!"

Mein Sofa schweigt, schaut wie ich vor sich hin, lässt mich nach Lösungen suchen.

Langsam hebe ich den Kopf und schaue meinem Sofa in die Farbaugen:

„Du hast Recht. Ich kann an dem früheren Geschehen nichts mehr ändern. Auch eine theoretisch neue Sicht der Dinge ändert nichts an den Fakten. Nicht mal eine mögliche Nachsicht macht mir meinen Vater oder wen auch immer, nicht mal mich selber, sympathischer, nichts ändert irgendetwas an einem schuldigen Verhalten. Jetzt

kann neues Verständnis nicht mehr die Vergangenheit beeinflussen.
Es war so. Punkt."

Mein Sofa nickt mit all seinen Farbflecken.

Entschlossen ziehe ich das Fazit:
„Genug getrauert. Zu viel davon. Darin zu verharren und im Schmerz zu puhlen verschenkt die Gegenwart. Sie wird nicht genutzt, nicht weiter neu, anders gelebt. Dann steht bald der nächste Selbstvorwurf ins Haus."
Ich richte mich wieder auf, fühle mich gestärkt, erleichtert, dass die Klärung ein Ende findet.

„Vielleicht", so zwinkert mir mein altes Sofa zu, „kann man diese Einsicht noch mit einer Teflonhaut überziehen."

Fragend schaue ich es an.

So langsam wird es mir zu viel. Ich presse leicht die Lippen aufeinander und ziehe die Stirn hoch, den Mund quer. Doch mein Sofa, das meine schwere Atmung wohl bemerkt haben muss, lässt sich von meinem leichten Genervt sein nicht ablenken:

„Weißt du, Vergangenes, Gelebtes ad acta zu legen wird mitunter schwergemacht durch die Dinge, die an sie erinnern, an denen man noch hängt. Sie sind gute Aufbewahrungsschachteln, richtige Tupperware-Dosen, wenig durchlässig, wenig porös, nachhaltig, von langer Dauer. Sie sind Archive unserer Geschichte. Ich war es besonders für dich."

Auch jetzt guckt mich mein Sofa liebevoll an. Ich möchte es am liebsten streicheln. Aber das geht leider nicht so ohne weiteres durchs Telefon. Dabei sehe ich es direkt vor mir, auch durch meine Tränen, in denen meine Augen schwimmen. Komisch.

Mein Sofa setzt seinen Monolog weiter fort: „Ja, die Dinge können treue Begleiter sein, wunderschön. Doch gibt es Veränderungen im Leben, bei denen sie behindern, im Wege stehen, dich unnötig in deiner Entwicklung festhalten, wie du es eben ja selbst formuliert hast. Das war nach deinem Umzug der Fall. Du hast mich zwar weggegeben, aber deine Herzensfäden zurren doch versteckt noch an mir. Du hast ja erst neulich auf deinem Laptop per Zufall ein Foto von mir als Hintergrundbild gesehen. Da wurdest du wieder wehmütig."

„Ja, das stimmt", bestätige ich. „Ich habe sofort die Wandfarbe in meinem neuen Büro mit deinem Bezug verglichen. Du solltest ja ursprünglich dort stehen. So hatte ich das beim Umzug vorgesehen. Aber dafür stellte sich der Raum als zu klein dar. Auch im Nachhinein gilt das noch. Ja, leider."

„Na ja, jedenfalls habe ich deine heftige Erinnerung gemerkt und dein inneres Surren gespürt, das war *dein* Anruf bei mir. Drum habe ich mich gemeldet."

Ich sehe, wie mein Sofa spitzbübisch lächelt. Die Farbaugen ziehen sich rautenhaft zu den Seiten.
„Du Schlitzohr!" rufe ich aus.

„Erst, wenn du dich nicht mehr in der Erinnerung an mich alarmiert fühlst, kommst du zur Ruhe und bist offen für Neues.“

„Schön gesagt. Wie kann ich ihnen aus dem Weg gehen?“

„Eben genauso, aus dem Weg gehen. Ich mache es dir leicht. Ich gehe. Verstehst du? Das ist meine Hilfe, von der ich am Anfang unseres Telefonats sprach.“

„Aha.“ Ich denke nach. Dabei beobachtet mich mein Sofa aufmerksam.

„Und wenn ich doch wehmütig an dich denke?“

„Das darfst du, das bringt dich nicht ins Schlingern. Da steckt Dankbarkeit und auch noch eine gewisse Anhänglichkeit drin. Das ist in Ordnung. Wenn du kein Verlangen mehr spürst, mich zurückholen zu wollen, bist du über den Berg.“

„Mein Gott, das kling ja schwer nach Weisheit und Abgeklärtheit! Aber auch darin hast Du Recht. Eigentlich will ich Dich tatsächlich gar nicht mehr zurück haben!“

„Prima, das freut mich. Ich merke genau, wie ich in Bewegung komme. Jetzt kann ich mich auch von dir lösen. Guck mich an. Ich merke genau, jetzt, während wir miteinander sprechen und wir beide dabei sind, alten Ballast abzuwerfen, lebe ich richtig auf. Meine braunen Beinchen werden lebendig. Ich tanze!“
In der Tat, mein Sofa steht nicht mehr gerade vor mir, obwohl ich es durch das Telefon nicht so genau sehen

kann. Die vorderen Beine schwenken zur Seite über Kreuz, die zwei hinteren tun es versetzt ebenso, zwei Schritte nach rechts, zwei nach links. Dabei lacht mein Sofa breit und winkt mir mit seinen roten Paspeln, die sich für den Tanz freihändig gelöst haben, fröhlich zu. Wirklich ansteckend, ich bekomme gute Laune und mache ihm gegenüber spiegelbildlich mit. Ich komme sogar etwas außer Atem, dabei habe ich mich mit meinem Mittagsschläfchen doch etwas erholt.

Ich horche auf: „Wir sind dabei, Ballast abzuwerfen? Wir? Ich denke, du sprachst nur von meinem Ballast!“

Mein Sofa zieht laut Luft durch seine unsichtbaren Nasenlöcher:
„Na ja, auch ich trage noch Ballast, vor allem den Ballast einer bestimmten Nacht. Auch an mir ist einiges hängengeblieben.“

Wieder irritiert, schüttele ich ungläubig den Kopf. Was mein Sofa so alles aufdeckt!
„Ich denke mir“, fuhr mein Sofa ernst und bestimmt fort, „wir beide können auch dieses schwere Gewicht so langsam von unseren Schultern werfen.“

Ich runzele die Stirn.

Nach einer Pause stellt mir mein Sofa die markante Frage: „Weißt du noch das Sterbedatum deiner Mutter?“

„Ja, natürlich! Mittwoch, 6. Juni 1990, 12.06 Uhr!“

Die Erinnerung fährt mir wie ein Schreck in die Glieder. Meine Müdigkeit ist weg. Auf der Stelle sehe ich sie vor mir in ihrer letzten Nacht in meinem damaligen Wohnzimmer: meine Mutter seit drei Wochen in einem Wasserbett liegend, ein schmales Gerippe unter einem Bettlaken, das Gesicht eingefallen gleich einem verhungerten kleinen Vogel, der Mund steht offen. Sie röchelt, wimmert, fiept, weint, ruft unverständliche Laute, dann schwillt die Stimme sirenenhaft an, wird immer lauter. Unruhig wirft sie den Kopf hin und her. Ich stehe neben ihr, spreche leise und beruhigend auf sie ein. Sie scheint mich nicht zu hören, reagiert überhaupt nicht auf meine Anwesenheit. Ich bin allein mit ihr. Mein früherer Mann ist längst ausgezogen, mein zukünftiger Mann, wartet auf mich in einem Markgräfler Badeort, wohin wir demnächst zusammen ziehen wollen.

Ich versuche, meine Mutter etwas aufzurichten. Sie lässt es widerstrebend zu, ich lege die Schnabeltasse an ihren Mund. Doch sie dreht den Kopf zur Seite. Sie will nicht trinken, seit drei Wochen schon nichts mehr essen. Ich merke, dass ihre Schmerzen ihr furchtbar zusetzen, frage sie, ob ich ihr noch eine halbe Morphiumtablette auflösen darf. Sie schüttelt den Kopf. Dann reagiert sie gar nicht mehr. Sie stöhnt.

Ich will an jenem Abend eigentlich etwas früher zu Bett gehen. Die letzten Nächte hatte ich wenig geschlafen. Daraus wird aber nichts. Mein Schlafzimmer befindet sich oberhalb des Wohnzimmers auf einer Galerie, zu der eine Treppe führt. Meine Mutter liegt im Wohnzimmer in einem Wasserbett, das ich für sie gerichtet hatte. Meine Sorge um sie treibt mich immer wieder nach unten zu ihr. Ihr jammervoller Anblick, ihre stöhnenden Laute, ihr Ringen um Luft und Schmerzfreiheit erbarmen mich

zutiefst. Nach ein paar Mal Rauf- und Runterlaufen entscheide ich mich, nahe bei ihr die Nacht zu verbringen.
Über Eck steht mein buntes Sofa. Ich rolle mich mit dem Rücken an die Rückenlehne, ziehe die Beine an, denn die Sitzfläche ist nicht länger als ungefähr ein Meter dreißig. Ein Kissen schiebe ich mir unter den Kopf oder besser in die Halskuhle, um nicht den Nacken zu verspannen, meine Mutter fest im Blick.
Meine Mutter stöhnt, wimmert, ruft unverständliche Laute, dann schreit sie auf. Es müssen rasende Schmerzen sein. Ich springe auf, beuge mich über ihr Bett, versuche, ihre Hand zu greifen, sie entzieht sich und schreit und schreit und schreit. Ich stehe ratlos daneben, schaue in ihr verzerrtes kleines Gesicht, sehe, wie sie weit weg von mir, von dem Raum, von allem ist. In das Schreien mischen sich gurrende, krächzende Laute, Atemringen, glucksende Schluckgeräusche.
Aus meiner Kindseele stolpern hilflose Worte: „Hab keine Angst, ich bin bei dir, liebe Mammi, ich weiß, es ist schlimm für dich, bald ist es vorbei, ich würde dich so gerne erlösen, ich versteh' dich nicht, sag mir ein Wort, liebe Mammi, es tut mir so leid, dass du auch noch in den letzten Stunden deines Lebens so leiden musst, wenn ich dir nur helfen könnte, liebe, liebe Mammi …"

Meine Mutter schreit und schreit und schreit.

Ich weiß nicht, wie lange das Schreien geht. Ich bin erschöpft, furchtbar müde, kann mich kaum noch auf den Beinen halten, erlaube mir, zu meinem Sofa zu schleichen, sie auf zwei Meter Distanz allein zu lassen, während ich mich in mein Sofa krümme. Ich spüre seinen vertrauten Schutz, erschöpft sinke ich in einen Kurzschlaf. Ich weiß nicht, wie lange ich abgetaucht bin, ich werde wach, ihr Schreien weckt mich, sie muss wohl vorher etwas Ruhe gegeben haben. Ich springe wieder auf, schaue nach ihr. Nein, sie sieht, erkennt mich nicht. Sie ist ganz in ihrem Sterbenskampf. Noch einmal strecke ich meine Hand nach ihr aus. Sie nimmt nichts mehr an. Mir erscheint es sinnlos, ihr noch mal etwas Wasser einzuflößen. Sie ist nur mit ihrem qualvollen Entwinden aus der Welt, aus ihrem Leben beschäftigt. Ich summe eine Melodie, ihre unruhigen Augäpfel unter den geschlossenen Lidern werden ruhiger. Sie schreit etwas weniger. Ich lege mich wieder hin. Mein Herz pocht bis zum Adamsapfel. Mein Körper bebt, steht unter Strom. Hinter meiner Stirn toben alle möglichen Bilder der letzten Tage, wie ich sie mit meinem späteren Mann vom Flughafen in Stuttgart nach der letzten OP abhole, begleitet von einer Stewardess, gebrechlich, schmal, matt. Bilder aus früheren Tagen sprengseln sich dazwischen – mein Vater, meine Mutter, wie sie lacht und singend im Wohnzimmer die Vorhänge morgens aufzieht, wie sie von oben, der zweiten Etage, ins Treppenhaus nach unten ruft, wenn ich nach der Schule heimkam: „Nati, bist du's?" Wie sie erschreckt ihren Mann, meinen Vater, anguckt, der mit Schreien und Drohungen sie einzuschüchtern versucht.

Meine liebe, fröhliche, gedemütigte Mutter!

Warum darf sie nicht wenigstens ohne Pein friedvoll sterben?

Ich drücke mich in mein Sofa, bin froh, dass es mich trägt, wenngleich meine Glieder durch die gekrümmte Lage auch schmerzen. Ich versinke plötzlich in einen tiefen Schlaf, schrecke bald wieder auf, fühle mich bleischwer, meine Mutter schreit noch immer, inzwischen

mit heiserer Stimme, sie liegt immer noch auf dem Rücken. Ein wimmernder, krächzender kleiner Vogel. Ich schlafe wieder ein, werde wach, stehe mit krummem Rücken auf, beuge mich wieder über sie, das kleine Gesicht ist noch mehr in sich verschrumpelt. Ich streichele ihre kleinen Bäckchen, raune ihr wieder tröstende Worte zu, danke ihr für ihre Liebe, die sie mir gegeben hat. Sie ist weit weg. Ich lege mich wieder hin.
So geht es bis zum frühen Morgen. Einmal nachts sage ich auf meinem Sofa mehr zu mir als zu ihr: „Liebe Mutti, ich kann dir leider nicht helfen. Ich muss mich legen, ich bin völlig fertig. Bitte entschuldige mich."

Mein Sofa lässt mich ruhen, auch wenn alle Glieder wehtun. Ich bin ihm dankbar, dass es mir zur Seite steht. Die kurze Liegefläche ist zwar nicht so weich wie meine Matratze. Kurz ärgert mich das. Ich hätte mich so gerne mal gestreckt. Aber seine farbigen Augen ruhen gleichsam wachend schützend auf mir. Seine starken Farben vitalisieren mich, wie wenn sie mir zuraunen würden: „Du lebst, auch wenn deine Mutter dabei ist zu sterben, das Leben geht weiter."
Mein Sofa hatte mich in dieser schweren Nacht so treu getragen und mit mir in den bitteren zermürbenden Stunden ausgeharrt. Ich hatte mich wirklich aufgehoben gefühlt bei aller Trauer.

Wie aus Trance erwacht, wende ich mich ihm zu. Es hat meiner inneren Erzählung die ganze Zeit gelauscht. Mich trifft derselbe Blick wie in meiner Erinnerung der letzten Nacht.
Mit den Worten „Ja, ich weiß, das war eine schwere Zeit für dich, auch die Zeit, die danach kam" meldet es sich zurück.

„Nochmals danke, das war gut.“ Ich lächele ihm zu. Wir machen eine kleine wache Pause.

„Ja, du hast Recht. Es ist vorbei. Es belastet mich nicht mehr. Ich bin nicht mehr traurig. Diese Geschichte gehört zu meinem Leben. Ich mache nicht mehr daran rum, und du darfst auch unbeschwert nach Thüringen ziehen.“

„Halt“, ruft mein Sofa, „noch ein kleiner erfreulicher Abschluss, an dem ich erheblich mitgewirkt habe.“

„Ja, was denn?“, frage ich neugierig.

„Dein zukünftiger Mann wollte, dass ihr es euch in eurem ersten gemeinsamen Domizil besonders schön machen solltet. Dass du mich mitnehmen wolltest, stand für dich außer Frage. Er war jedoch auf mich nicht „angesprungen“, wie man so sagt. Ihm war die Ausstrahlung zu opernhaft, zu dramatisch. Er hätte mich ohne weiteres abgeben können. Du warst schon ganz betrübt gewesen.
Ihr hattet euch in einigen Möbelhäusern umgesehen. Unter anderem in einem in Esslingen. Von den dortigen Ausstellungsstücken auf mehreren Etagen in einem alten Haus, dessen Zwischenwände alte Mauern waren, wart ihr begeistert. Ihr kamt mit dem Chef des Hauses ins Gespräch. Er besuchte mit seiner Frau seit vielen Jahren Badenweiler. Dein Mann wollte, dass er einen Vorschlag für eure neue Wohnung machen sollte. Er sollte sich einen Eindruck von ihr mit dem riesigen Wohnzimmer und den großen Fenstern zum Garten machen und ebenso von dem Leinfeldener Zuhause. Vielleicht hätte er eine Idee, wie man eure unterschiedlichen Geschmacksvorlieben einen könnte, besser noch, so hoffte dein Mann, er würde mit ganz anderen Vorschlägen aufwarten.

Du warst enttäuscht, dass dein zukünftiger Mann dir geschmacklich nicht so ganz über den Weg traute. Er gab sehr den Ton an. Du spürtest, er wollte das Zepter eurer Ehe und eures neuen gemeinsamen Lebens in der Hand halten.
Du kanntest diese Ouvertüre schon von deinem ersten Mann. Reste eines überholten männlichen Selbstverständnisses, wogegen du dich anfangs auch mit Kämpfen behaupten musstest. Deinem zweiten Mann hattest du ein solches restriktives oder dominantes Verhalten nicht zugetraut. Er wirkte so offen und feinfühlig. Aber du fandest es auch bedauerlich, dass ihr die neue Einrichtung nicht Schritt für Schritt gemeinsam wähltet. Sie einem Fremden zu überlassen, fandest du daher befremdlich.

Der Möbelhausbesitzer stimmte zu. Er besuchte dich im Leinfeldener Haus und brach in Begeisterung aus, als er mich sah und rief: „Das Sofa ist ja toll. Woher haben Sie das denn? Das müssen Sie unbedingt mitnehmen. Es wird der Blickpunkt in dem dortigen Wohnzimmer sein. Es strahlt so viel Atmosphäre aus. Es wird die übrige Einrichtung organisieren. Der Teppichboden muss einen blau-violetten Ton erhalten, die Vorhänge weiß mit einem tiefen Rosé."
Du trautest deinen Ohren nicht. Du hattest schon damit gerechnet, dass dieser erfahrene Herr in das Horn deines zweiten Mannes stoßen würde. Das tat er aber nicht.

Dein zukünftiger Mann gab klein bei. Er akzeptierte den Vorschlag des Einrichters: „Lassen Sie Ihre Frau mal machen. Die kann das schon."

„Nun, kurz und gut, ich machte den Umzug mit. Du hattest gewonnen."

Der Ton am anderen Ende wird schwächer. Mein Sofa spricht noch ein paar Worte, die ich nicht verstehen kann. Das Telefonat hat sehr lange gedauert. Es knackt in der Leitung. Irgendwelche Stimmen quasseln auf einmal. Ich rufe laut in den Hörer: „Mach's gut, liebes Sofa, vielen Dank für deine aufbauenden Worte, danke für deine jahrzehntelange Unterstützung!"

Mein Radiowecker spricht die ersten Worte, besser der Moderator im Interview mit Politiker XY. Es folgt der Programmtipp. Noch verträumt im Kopf wache ich auf. Die Sieben-Uhr-Nachrichten holen mich in den Tag. Ich strecke und räkele mich, brauche eine gute Weile, um mich zu orientieren.

Langsam bewege ich mich in den Tag. Ich habe die Geschichte geträumt! Das wird mir ganz schnell klar. Die Traumbilder verschwinden und verwischen sich im Denknebel. Inhalt und Sinn bleiben mahnend stehen.

Einzigartig – Erkenntnisse im Schlaf! Auf dem Weg ins Bad murmele ich: „Wie beschrieb ich mein Sofa zu Anfang? Weiblich, mütterlich, erotisch!
Frauen sind auf ihre Art durchsetzungsfähig. Wozu Angst vor einem Mann? Mein Vater? Mein Vater beherrscht mich nicht mehr, kein Mann! Das bin ich meiner Mutter schuldig!"

Reise mit Freundin

Unter der Reklame- und Rechnungspost fand sich eine bebilderte Postkarte. Sie zeigte ein Messinggestell, das filigran gearbeitet eine halbnackte Frau in floraler Umgebung abbildete, offensichtlich gedacht als Kamingitter. Die kurvige Linienführung des Frauenkörpers im Blütenrock mutete mich nostalgisch an, erinnerte mich an Jugendstil. Kleingeschrieben auf der Rückseite fand ich die Bestätigung: Wiener Werkstätten, um 1920.

Ich wendete die Karte und sah die vertraute Handschrift meiner einst besten Freundin Monika aus der Gymnasialzeit in Köln. Sie habe an mich gedacht, als ihr beim Aufräumen ein Foto in die Hände gefallen sei, schrieb sie. Es zeige mich mit einer uns gemeinsamen Schulfreundin auf einer Bank sitzend in Wien. Die gemeinsame Freundin und ich hatten die Einladung bekommen, deren Großmutter in Wien zu besuchen und bei ihr für drei Wochen kostenfrei zu übernachten. Es war kurz nach unserem Abitur, und ich hatte mich mächtig über dieses Angebot gefreut, war es doch eine überraschende Gelegenheit, einen meiner Wünsche für das Erwachsenwerden angehen zu können, nämlich zu reisen, ganz ohne Eltern. Die Gunst lag für mich vor allem darin, dass die Reise kaum etwas kostete, denn ich oder besser meine Eltern hatten nicht viel Geld.
Auf dem Foto lächle ich die Freundin von der Seite beinahe mütterlich-wohlwollend an. Diese lacht kess mit ihren langen Zähnen in die Kamera und hält die Finger ihrer linken Hand an den Kopf, ein Haarbüschel zwischen Zeige- und Mittelfinger zwirbelnd. Eine typische Gepflogenheit von ihr. Ich erinnerte mich – sie trug schon damals ein künstliches Haarteil am Hinterkopf, das sie mit

einem schmalen roten Samtband und einem Schleifchen an der Seite so geschickt umbunden hatte, dass der Eindruck entstand, es sei ihr eigenes Haar, so gleich war es im dunkelbraunen Farbton und in der Haarstruktur.
Die Freundin hieß damals noch Erika, später wollte sie nur mit Elena angesprochen werden. Mir war diese Umstellung immer schwergefallen, was sie naserümpfend missbilligte. Für mich soll sie in dieser Geschichte Erika bleiben. Erika wollte immer besonders sein und mir und anderen zu verstehen geben, dass sie den genauen Durchblick habe und genau wisse, wie der Hase laufe, insbesondere bei Männern und solchen, die sich dazu anschickten, welche zu sein. Ihre erotische Ausstrahlung war Erika enorm wichtig. Sie trat immer etwas hochmütig grinsend auf, und wenn Männer in ihrer Nähe waren – darunter zählte auch unser Mathelehrer –, warf sie ihnen heiß lächelnde Blicke zu, wie Angler ihre Angelrouten in einem weiten Bogen ins Wasser auswerfen. Die Haken schlugen auch ein. Die Wangen von Dr. Grabbert röteten sich leicht, seine Lippen wurden voller und hingen etwas herunter, und er tat sich schwer, sich auf das Unterrichten zu konzentrieren.
Später raunte uns Erika auf dem Pausenhof zu, er habe sie auf dem Heimweg angesprochen und gefragt, ob er ihr Nachhilfe geben könne. Er würde sie dann zuhause besuchen. Monika und ich konnten uns dieses geschilderte Verhalten von ihm nicht vorstellen. Dr. Grabbert wirkte linkisch, nicht wie ein erfahrener Mann, der ohne Scheu erotische Abenteuer anging, erst recht nicht im schulischen Milieu. Oder sollte er gerade, weil er schüchtern war, sich ein unbekümmertes frivoles Spiel mit seiner kessen Schülerin versprechen?

Noch öfters machte ich die Erfahrung, dass Erika gerne Märchen über sich verbreitete. Immer erlebte sie angeblich aufregende Dinge, bei denen sie in Gefahr war und ein Mann, der unsterblich in sie verliebt war, sie mit großem Einsatz rettete. Andere Klassenkameradinnen machte sie gerne etwas runter, wie Monika und ich ihre Abwertungsbemühungen nannten, vor allem jene aus betuchtem Hause. Erika kritisierte sie wegen einer angeblichen biederen Angepasstheit, sie würden sich niemals mit irgendeinem Lehrer anlegen oder auf eigene Faust mal etwas wagen. Was sie dabei im Auge hatte, war mir nicht so recht klar. Sie ärgere sich über sie, erklärte Erika, weil sie glaubte, dass diese Mitschülerinnen mit ihr nichts zu tun haben wollten. Denn sie sei ja unehelich, so hatte sie ihre Projektion begründet. Dabei hatte ich immer den Eindruck, dass den Mitschülerinnen das einerseits gar nicht bekannt war und falls doch, auch niemanden beschäftigte. Für Monika und mich spielte das überhaupt keine Rolle. Erikas Vater, der angeblich Schriftsteller war, hatte sich früh von ihrer Mutter getrennt und sich wenig um beide gekümmert. Die Mutter, gebürtige Wienerin, hatte für ihren gemeinsamen Lebensunterhalt viel gearbeitet. Sie mussten sich knapphalten. Dieser Umstand trenne sie auch von den begüterten höheren Töchtern, meinte Erika immer. Sie war meist alleine zuhause gewesen. Ihre Mutter sei nicht so umsorgend wie meine, erwähnte sie öfters in einem traurigen Ton, weshalb sie gerne zu mir kam und mich immer wieder mahnte, ich solle doch netter zu meiner Mutter sein, solle froh sein, so eine Mutter zu haben. Meine Mutter brachte uns immer leckere Schnittchen, mal mit Pflaumenmarmelade, abends mit Tomatenscheiben und Zwiebelringen obendrauf oder mit Leberwurst und schmal geschnittenen Gürkchen. Das fand sie ganz toll.

Wenn Erika und ich einmal Nachmittage bei ihr oder bei mir zuhause verbrachten, hatten wir viel Spaß miteinander. Sie lachte gerne und verwöhnte mich mit Schokolade. Wir zerpflückten die Lehrer, erzählten uns unsere Träume von unseren späteren möglichen Berufen, Reisen, Kleidern oder Wohnungseinrichtungen. Auch lasen wir uns Gedichte vor. Dann war sie sehr lieb und entspannt. Ihr hochgespielter Sexappeal war verdunstet.
Immer hatte ich etwas Sorge um sie. Mich irritierte die Rückseite ihrer spöttischen Pose. Sobald Erika Vertrauen gefasst hatte und längere Zeit mit anderen in Kontakt war, reagierte sie überraschenderweise oft naiv, albern und kindlich. Das war zum Beispiel so, wenn sie mit mir und meinem ersten Freund und dessen Freund, der natürlich in sie verschossen war und der ihr mit seinem philosophischen Wissen imponieren wollte und seinerseits zu ironisierender Verunsicherung neigte, einen Ausflug machte. Das gab dem verliebten Freund Oberwasser und er schloss sie in die Arme. Seine theatralisch vorgebrachten Heidegger-Zitate – „das Seiende will Platz greifen" – ließ er dann endlich auch in der Schublade.
Beim Betrachten der Postkarte erinnerte ich mich, wie wir damals im Frühling 1965 in Grinzing nahe Wien in ein Weinlokal einkehrten und sich bald zwei junge Männer zu uns an den Tisch gesellten und uns in ein Gespräch verwickelten. Wir antworteten auf ihre Fragen offen und ehrlich, bis mir Zweifel kamen. Einer der beiden Männer sprach in maliziösen Formulierungen etwas wirr über österreichische Schriftsteller mit deren Hang zu melancholisch düsteren Sichtweisen, der andere prahlte mit seinen vielen Reisen. Sie amüsierten sich über ihren Wiener Schmäh, den Deutsche nicht verstehen würden. Sie wollten sich mit uns am Abend in Grinzing noch einmal verabreden. Erika sagte spontan zu. Ich zögerte und lehnte

dann unter einem Vorwand ab, ebenso deren Angebot, uns nach Hause zu begleiten. Ich gab Erika unter dem Tisch einen leichten Fußtritt. Wir zahlten schnell und gingen. Anschließend besuchten wir den weitläufigen wunderschönen Burggarten, wo wir uns auf eine Parkbank setzten und einen vorbeigehenden Fußgänger baten, uns zu fotografieren. Dieses Foto war Monika in die Hände gefallen. Mein leicht mütterlicher Blick auf dem Foto pointierte diese Erfahrung.

Unsere Wege gingen mit der Zeit auseinander. Bei späteren Treffen in verschiedener Geselligkeit fiel Erika nicht nur mir unangenehm auf. Ich war jedes Mal verdattert, in welch kurzer Zeit sie es unverfänglich wagte, mich vor anderen mit anzüglichen Unterstellungen zu beschämen. Die anderen reagierten gar nicht darauf oder sie nahmen Erikas Pöbeleien lachhaft aufs Korn, gingen der Sache aber nicht weiter nach. Ich glaube, sie verstanden die boshaften Anspielungen nicht, weil die Behauptungen überhaupt nicht zu mir passten. Ich brauchte ein paar Mal diese Erfahrung, um zu durchschauen, was Erika mit solchen Manövern bezweckte. Es war ihr Neid, der sie zum Versuch einer Demontage von mir anfachte.
Ihrer Aufforderung, mich doch mal bei ihr zu melden, bin ich kein einziges Mal mehr nachgekommen.

Mir war klar geworden, dass sie mir eigentlich nie richtig gelegen hatte. Ihr erotisches Gefallgebahren, ihr stichelnder Neid, ihre Wichtigtuerei hatten mir immer missfallen und ich habe mich in ihrer Gegenwart trotz ihrer zeitweiligen Nettigkeit unwohl gefühlt. Weshalb ich den Kontakt nach der Schulzeit doch noch eine Zeitlang sporadisch aufrecht gehalten habe, war Mitleid. Uns hatte im Grunde nicht viel verbunden.

Warum ich die Reise mit ihr gemacht hatte, lag an meiner Reiselust und, wie schon erwähnt, an meinem knappen Portemonnaie. Dafür wollte ich Erika seinerzeit aushalten. Eine zweite Reise mit ihr war mir nie mehr in den Sinn gekommen.

Die Geschichte mit meiner einst besten Freundin lief anders. Uns hatte sehr viel verbunden. Aber zunächst die Frage: Warum hatte Monika mir nach unserer letzten Begegnung vor zwölf Jahren, als sie mich das erste Mal für eine Woche besuchte, diese Karte außerhalb der gewöhnlichen Geburtstagsgrüße und zeitweiligen Briefen mit nostalgischer Infopost geschickt? Also, kein Brief mit Zeitungsausschnitten über bestimmte gemeinsame geschichtsträchtige Orte und kulturelle Bauten wie Museen, Theater, Oper oder Kirchen. Sie schilderte keine Erfahrungen mit Musikern, Künstlern aller Art, die uns fasziniert hatten, und mit denen etwas Besonderes in meiner Abwesenheit von Köln geschehen war. Keine Kommentare über irgendetwas, was sie entweder erschüttert, empört oder gefreut hatte. Die Ausschnitte versah Monika gewöhnlich mit Notizen, Kommentaren, die auf unsere Vergangenheit anspielten und die ihre wehmütige Anhänglichkeit dokumentierten.

Ich las auf der Karte allein: „Wie wär's, wenn wir auch einmal nach all den Jahren eine kleine Reise, vielleicht sogar eine Schiffsreise, miteinander machen würden?" Ich war erstaunt. Nanu, dachte ich, wendet sich Monika nun der Gegenwart zu? Ihr Vorschlag deckte sich nicht mit meinem Bild von ihr, das ich während ihres Besuchs bei mir und auch beim gemeinsamen Besuch einer Jahresfeier unserer Schule viele Jahre davor von ihr gewonnen hatte. Dort hatten wir uns rund 25 Jahren seit unserer

letzten zufälligen Begegnung auf einem Kölner Flohmarkt das erste Mal wiedergesehen. Auf dem Markt hatte es damals einen kleinen zwistigen Wortwechsel zwischen uns gegeben, den ich nicht so recht verstanden hatte und der dazu führte, dass wir keinen Kontakt mehr miteinander pflegten, obwohl wir einige Jahre noch in derselben Stadt wohnten, in der wir groß geworden und zur Schule gegangen waren.
Meine Verheiratungen hatten mich später in den Südwesten Deutschlands verschlagen. Monika zog in den ersten Jahren nach ihrem Studium weiter in den Nordosten Deutschlands und kehrte später nach Köln zurück. Sie arbeitete als Grundschullehrerin, wurde stellvertretende Rektorin und war mit knapp 50 Jahren vorzeitig in Rente gegangen. Das hatte ich von einer anderen Freundin schon vor unserer Wiederbegegnung erfahren.

Sie hatte sich überarbeitet – Burnout. Hinzu waren Schmerzen durch einen Sportunfall beim Jazztanz gekommen, eine Hüfte machte ihr dauerhaft zu schaffen. Eine OP hätte nichts gebracht, und so ließ sie sich vorzeitig berenten. Ich konnte mir das gar nicht recht vorstellen, dass Monika ohne verantwortungsvolle Aufgabe leben konnte. Irgendetwas hätte sie doch machen können. Sie war an so vielem interessiert, intelligent, belesen und einfallsreich gewesen! Ich habe früher ihre Disziplin und ihren Humor bewundert. Was haben wir nicht viel gelacht! Wir lieferten uns richtige Wortgefechte. Es war oft zum Brüllen, vor allem, wenn uns die Spiellaune packte. Wir setzten unsere Einfälle auf dem Dachboden in ihrem Mehrfamilienhaus aus der Gründerzeit in kleine Sketche um. Hatte Monika ihre Begabungen an den Garderobenhaken gehängt? Bei vorhandenen Fähigkeiten drängen diese doch auf Anwendung und Lebenserhaltung. Ja, sie

sind doch bei aller Arbeit und Fleiß, die für die Umsetzung notwendig sind, auch eine Alltagsressource!
Dass Monika ihre demente Mutter bis zu deren Tod mehrmals in der Woche im Pflegeheim besuchte, leuchtete mir auch nicht als verstehbarer Grund für ihren Rückzug ins ausschließlich Private ein. Sicher, eine solche Betreuung war sehr anstrengend, die Mutter war wohl auch oft böse zu den Pflegerinnen und zu ihr. In den Telefonaten mit mir nach unserem Wiedersehen klagte Monika viel und häufig hierüber. Sie habe Jahre gebraucht, um sich davon zu erholen. Der viele Stress mit der Mutter habe ihren Darm kaputt gemacht, und sie müsse seitdem eine besondere Diät essen. Aber der Mutter, dachte ich, stand sie doch sowieso nicht wirklich nahe! Sie mochte sie doch gar nicht. Es war eine Pflichtverbindung zwischen ihnen, so hatte sie ihre Beziehung zu mir gegenüber angedeutet.

Natürlich hatte auch ich manche Nackenschläge und Krankheiten durchgemacht, aber ich wollte nie aufgeben. Zum Zeitpunkt unseres Wiedersehens war ich noch voll in die Arbeit als Psychotherapeutin in eigener Praxis eingebunden, gab Seminare und hielt Vorträge, versorgte ein großes Haus, vermietete Wohnungen darin, die ich zum Teil selbst eingerichtet hatte, und pflegte einen großen Garten rund ums Haus. Mein Mann war noch als Internist und Badearzt sowie gesundheitspolitisch an unserem Wohnort tätig. Nach seiner vorzeitigen Kündigung widmete er sich zehn Jahre lang der Ausbildung von Hospizhelfern und war intensiv engagiert in spiritueller Fortbildung. Wir machten interessante Reisen. Andere Bekannte und Kolleginnen waren noch aktiver als wir. Ich fand das wohl imponierend, aber mir reichte mein Pensum.

Warum also hatte Monika sich so zurückgezogen? Auch sie hatte vor ihrem Burnout viele spannende Reisen gemacht, allein und mit Freundinnen. Aber nach ihrem gesundheitlichen und beruflichen Einbruch entwickelte sie keine neuen Aktivitäten.

Auf der Schulfeier hatten Monika und ich uns trotz unserer ungefähr fünfundzwanzigjährigen Kontaktpause und der damaligen Unstimmigkeit zwischen uns überraschenderweise spontan gefreut, uns wiederzusehen. Wir hatten Spaß an dem Auftritt der Urkölner Band „Bläck Fööß" und sangen fröhlich mit.
Während der heiteren Jubiläumsveranstaltung, bei der wir auch andere Ehemalige und unsere Klassenlehrerin trafen, erlebte ich, wie Monika aufblühte und sich wie ein Schneekönig freute, als ihr eine vierköpfige Familie über den Weg lief. Es waren zwei ehemalige Schüler, die ihr voller Stolz ihre kleinen Kinder zeigten. Monika sprudelte alle möglichen Erinnerungen hervor, die sie mit ihnen verband. Alle lachten herzlich. Ich konnte lebhaft spüren, wie gerne sie Lehrerin gewesen war. Auch später bei ihr zuhause kam das Gespräch darauf. Sie hatte sich immer sehr für ihre Schüler engagiert. Demokratische Wertevermittlung stand bei ihr ganz oben. Auch moderne Unterrichtsmethoden anzuwenden und Kontakt zu halten mit den Eltern waren ihr wichtige Anliegen.

Nach ihrem Zusammenbruch hatte sie sich den Anforderungen, vor allem den bürokratischen, nicht mehr gewachsen gefühlt. Ich verstand und verstand doch nicht, wollte aber nicht weiter in sie eindringen.
Ich freute mich, dass Monika mir eine Übernachtung bei sich gewährte. Ich hatte nämlich noch kein Hotel gebucht, wollte auch nicht spät in der Nacht heimfahren.

Sie ließ mich in ihrem Wohnzimmer schlafen. Ich merkte, wie es ihr etwas schwerfiel, ihre Couch für mich zu räumen. Auch in anderen kleinen Dingen, etwa, welche Lappen im Badezimmer für was zu gebrauchen seien, brauchte sie ihre eigene feste Ordnung, die wenig Verrücken oder irgendeine Änderung zuließen.
Beim Betreten ihrer Wohnung schaute ich in einen langen engen schlauchartigen Flur, auf beiden Seiten bespickt mit zahlreichen Fotos und Bildern. Ich war fast erschrocken. Gesichter, lachende und ernste, schauten mich an. Irgendwie stummes totes Leben. Der lange Flur führte vorbei an einer kleinen sehr sauberen, aufgeräumten Küche in ihr großes Wohnzimmer.

Zunächst zögerte Monika, zügig fortzuschreiten. Ihr Blick berührte die vielen Fotos, die an den Wänden hingen. „Das sind alles ehemalige Freunde und Freundinnen von mir“, erläuterte sie, „mit ihnen habe ich jahrelang in engem Austausch gestanden und manche gemeinsame Reise gemacht.“

Von den Freundinnen kannte ich einige von früher. Eine, Birgit, ein paar Jahre jünger als wir, war ihr wohl sehr ans Herz gewachsen. Diese hatte schon während der Schulzeit nach dem Unterricht auf sie gewartet, ihr die Tasche getragen beim gemeinsamen gleichen Heimweg. Monika erzählte ihre Beziehungsgeschichte. Birgit habe sie in jeder Lebenslage angerufen, um Rat gefragt. Als Birgit sich als lesbisch outete und längst mit einer Frau verbandelt war, habe Monika kein Wort, keinen Anruf, keinen Brief mehr von ihr erhalten. Sie könne das bis heute nicht begreifen.
Es waren an die zwölf bis fünfzehn Fotos, die im Flur hingen. Teils waren Familien mit abgebildet, ein paar

Männer waren darunter, auch Fotos mit interessanten Begegnungen aus der Kölner Kunst- und Straßenszene. Sie waren alle tot, die meisten an Krebs gestorben.
Als ich im Einzelnen nachfragte, wer, wann und was sie mit ihnen zu tun hatte, beschrieb sie mit ihrer Altstimme deren Besonderheit, was diese Menschen gearbeitet und wie sie gelebt hatten, wie oft sie sie besucht hatte. Sie nannte auch, je nachdem, wen sie vorstellte, seine beziehungsweise ihre aufreizende Kühle oder wärmende Herzlichkeit. Sie schilderte alle als sehr interessant. Die meisten hätten vor einer Wende in ihrem Leben gestanden. Für die Umsetzung ihrer Pläne, sei es Ortswechsel, neue Partner, neue Berufstätigkeiten, hätten sie keine Kraft mehr gehabt. Mit einigen, so mit zwei homosexuellen Männern, die sie ins Theater begleitet hätten, hätte sie eine sehr vertrauensvolle innige Beziehung gepflegt. Sie habe mit ihnen gebangt und gehofft auf ihre baldige Genesung. „Ach ja", seufzte Monika nach jeder Widmung im rezitierenden Ton einer alternden Schauspielerin, was sie im Übrigen auch gerne geworden wäre. Mein Gott, dachte ich, alle tot?!

Die Bilder von den Gästen ihrer Geburtstage zeigten Menschen lachend, trinkend, im Gespräch miteinander. Auf einigen war auch Monika abgebildet, mit charmantem Lachen, schlank und attraktiv. Ich schaute sie unauffällig von der Seite an. Die jetzige Monika war rundlich, mit schwarz gefärbter Pagenfrisur, umbunden mit einem breiten Tuch um den Kopf. Der Pony fiel ihr fast in die Augen. Sie trug ein weinrotes Cape, einen langen schwarzweiß gestreiften schwingenden Rock; ein duftiger rötlicher langer Schal lag um ihre Schultern, an den Ohrläppchen baumelten lange gewundene Ohrringe mit weinroten Steinen. Ihre Erscheinung war eine Mischung

aus Asta Nielsen und Hanna Schygulla. Von der leichtfüßigen zierlichen Monika keine Spur mehr. Kein Taillenumfang von 50 Zentimetern mehr wie damals in unseren Teenagerzeiten, in denen wir Brigitte Bardot diesbezüglich nacheiferten. Es sei ihrer Darmerkrankung geschuldet, erklärte sie später. Sie esse wenig. Wieso ist sie denn so „auseinandergegangen"? Wieder etwas, was ich nicht ganz begriff.
Ein Bild von einem Mann fiel mir angenehm auf. In ihrem Arbeitszimmer entdeckte ich später noch eines von ihm mit ihr zusammen, beide auf einer Mauer sitzend. Er wirkte auf mich sehr sympathisch. Ich fragte nach ihm. Ja, sie hätten kurz vor der Heirat gestanden. Die Einladungen zur Hochzeit waren schon gedruckt. Sie sei vorher abgesprungen. Beim besten Willen habe sie sich nicht vorstellen können, von einem Mann abhängig zu sein. Irritiert und zugleich bewundernd über so viel Unabhängigkeitsstreben – das hatte mir vor meiner ersten Ehe gefehlt, schade – wanderte ich weiter die Fotogalerie entlang.
Das größte Foto in Schwarzweiß, zudem gerahmt, zeigte einen älteren Mann mit schwarzem gescheiteltem Haar und freundlich unterkühltem Lächeln, der rechte Mundwinkel leicht nach oben gezogen: ihren Vater.

Mich befiel eine vertraute Befremdlichkeit. Ich mochte ihn und ich mochte ihn nicht. Monikas Vater besaß einen kühlen Humor, auf den ich damals gerne parierte. Er hatte das bei mir gebilligt. Das machte mich ein bisschen stolz, denn ich wusste ja, dass er sehr autoritär war und von Monika und seinen beiden Frauen strengen Gehorsam forderte. Ja, in der Tat, dieser kleine Mann, gerade 1,60 Meter groß, führte sich auf wie ein Napoleon. Die beiden Frauen waren Monikas Mutter und seine Freundin.

Jedenfalls, wenn sie seine Anweisungen nicht befolgten, oder nach seinem Dafürhalten auch nur unzureichend, konnte er sehr ungemütlich werden. Er erstach sie mit seinen Blicken und scharfen Worten und ließ sie seine Miss- und auch Nichtbeachtung eiskalt spüren. Monika selbst rammte er gerne mit Worten in den Boden. Am erträglichsten fand Monika noch seine langen Gardinenpredigten. Wenn er dunklen Verdacht schöpfte, sie hätte sich mit Jungen eingelassen oder sich zu frivol angezogen oder sie habe ihm zu scharfe Widerworte gegeben, konnte es passieren, dass er seine Tochter sogar aus der Wohnung aussperrte. Sie musste dann etwa zwei Stunden vor der Tür ausharren.

Tante Ellie, so nannte Monika die Vaters- oder besser Familienfreundin, wohnte auf derselben Etage in derselben Wohnung wie Monika und ihre Eltern, nur zwei Zimmer weiter. Sie betrieb in der Südstadt ein Juweliergeschäft. Wenn sie am frühen Abend heimkam, zog Monikas Vater über den langen Flur zu ihr, aß bei ihr zu Abend und schaute fern. Viele rätselten, ob sie sonst noch etwas miteinander machten. Dagegen sprach das bescheidene biedere Verhalten von Tante Ellie. Monikas Mutter bereitete derweil die Frühstücksbrote für den nächsten Tag für alle vor. Sie zeigte immer ein freundliches dümmliches Gesicht mit einer dicken langen Nase, nahm alles hin, hinterfragte nichts, sorgte stumm für alle. Ihr Lohn war stete Gesundheit, auch im Alter und während ihrer schweren Demenz. Der Vater hatte Monikas Mutter geheiratet, weil er ihre hübschere aufgewecktere Schwester, in die er ursprünglich verliebt gewesen sein soll, nicht haben konnte. Diese wollte jemand anderen. Monikas Vater wurde von seiner Umgebung zu der Heirat mit Monikas Mutter gedrängt. Er kam aus äußerst ärmlichen

Verhältnissen. In der Lehrzeit hatte er einen Lehrvater, der seine ungeschulte Intelligenz entdeckte und seinen Ehrgeiz anfachte, mehr im Leben erreichen zu wollen. So wurde Monikas fleißiger Vater Maschinenbaumeister. Er fand eine langjährige Anstellung in einer renommierten mittelständischen Maschinenbaufirma, in der er bis zur Berentung blieb.
Wir gingen ins Wohnzimmer und setzten uns gegenüber, Monika in einen etwas abgenutzten Sessel, ich in die Kuhle der Couch. Über ihrem weiter weg stehenden Arbeitstisch aus dunklem Eichenholz hingen wieder jede Menge Bilder von Freunden und Bekannten, auch überwiegend tot. Es roch neutral in der Wohnung, aber sie sah so aus, als röche sie ranzig.
Monika genau wie ich wollte unausgesprochen die Gelegenheit nutzen, unsere jahrzehntelange Kontaktpause zu verstehen, verletzende Missverständnisse aus der Übergangszeit vom Teenager zur jungen Frau auszuräumen. Wir konnten sie nicht ganz befriedigend klären, ihnen aber immerhin das Zündpulver entziehen.
Wir kamen als erstes ins Gespräch über unsere letzten Schuljahre, genauer über unsere Beziehung vor dem Bruch unseres Kontakts auf dem Flohmarkt. Sie hatte schon vorher zu zerrinnen begonnen.

„Ja“, hob Monika an, „du warst bis kurz vor dem Abitur merkwürdig geworden, warst sehr verschlossen, wurdest mir fremd. Irgendwie kam ich nicht mehr an dich ran.“

„Ah ja? Das habe ich nicht gewusst, dass ich so gewirkt haben muss.“

Ich zögerte weiter zu erzählen. Diese Jahre, auf die Monika anspielte, waren bei mir familiär sehr überschattet und für mich enorm belastend. Nur so viel wollte ich verraten: „Weißt du, finanziell ging es uns nicht gut und ich musste meinem Vater im Geschäft helfen. Außerdem hatte mein Vater ein bedrohliches Verhalten an den Tag gelegt. Nicht nur, dass er mich von der Schule zu nehmen drohte, damit ich mit für den Lebensunterhalt hätte sorgen können, sondern in seiner Verzweiflung wurde er auch sehr aggressiv.“

„Was meinst du damit?“

„Das möchte ich eigentlich jetzt nicht so genau erzählen. Er versuchte uns, meine Mutter und mich, einzuschüchtern. Wir wehrten uns heftig dagegen. Das trieb ihn in die Enge.“

Ich war froh, dass Monika nicht weiter nachfragte.

„Na ja, du hast recht, ich habe mich geschockt zurückgezogen, “ bestätigte ich sie.

Monika legte ihre Stirn in gedankenvolle Querfalten. „Na ja, ich habe mir dann eine andere Freundin gesucht. Ich war ja, du erinnerst dich, in der Parallelklasse noch in einer Deutsch-AG, wo ich mich der Rita angeschlossen hatte. Die war wie ich versessen auf Literatur. Wir haben viel gelesen und uns ausgetauscht.“

„Ja, das konnte ich in den Unterrichtspausen auf dem Schulhof beobachten. Du lebtest richtig auf, wenn ihr die Köpfe zusammenstecktet. Ihr redetet viel über Luise Rinser, die war bei euch hoch im Kurs. Das erzähltest du mir einmal. Ich hatte gar keine Zeit zum Lesen. Ich fühlte mich abgeschrieben, uninteressant für dich. Ich musste meinen Vater bei seinen Dekorationsmontagen begleiten oder sonstwas zuhause machen. Das war keine besonders schöne Zeit für mich."

„Och, du Arme, das ist mir entgangen." Monika zuckte mit den Achseln.

Sie lenkte das Gespräch auf ihre derzeitigen Leseinteressen. Ich hörte nur noch gefiltert zu. Dabei spulte sich eine Filmrolle an Erinnerungen mit Gefühlen von Traurigkeit und Einsamkeit rasch durch meinen Kopf ab.
Traurig hatte mich seinerzeit auch gemacht zu erfahren, dass es ihr über damalige Schulfestkontakte gelungen war, in die Theatergruppe des nahe gelegenen Jungengymnasiums hineinzukommen. Monika erhielt sogar die Hauptrolle in Wolfgang Hildesheimers Theaterstück „Die Eroberung der Prinzessin Turandot". Die Aufführung hatte ich mir natürlich angesehen. Ich fand sie und Monika in ihrem Spiel ausgezeichnet. Gleichzeitig blutete mir das Herz. Zu gerne hätte ich auch mitgemacht. Konnte Monika ihre damals doch noch mit Sicherheit wachen Erinnerungen an unsere Kabarettstückchen, deren Sketche ich geschrieben hatte, einfach unter den Tisch fallen lassen? Wir hatten doch immer alles gemeinsam gemacht. Wieso konnte sie mich nicht mitnehmen? Wir waren doch mal beste Freundinnen, die alles miteinander teilten und sich mitteilten! Nein, wir waren es nicht mehr. Ich war damals tieftraurig. Unsere Kontakte wurden immer dünner und sporadischer.

Diese hochschießenden Erinnerungen teilte ich Monika bei unserem ersten Beisammensein nicht mit. Ich wollte unseren frischen Kontakt nicht mit Schwermut belasten.

Der endgültige Trennungsgrund für unsere Freundschaft seinerzeit bot jedoch Monikas Eifersucht, die sich erst richtig während meiner Studienzeit zeigte. Sie hatte einen Freund, namens Walter, der beim WDR als Toningenieur arbeitete. Ich fand ihn sehr nett, hatte jedoch nicht im Geringsten damit geliebäugelt, ihn für mich zu gewinnen. Er war der Freund meiner besten Freundin. Basta. Wie man so sagt, war er auch nicht mein Typ.

Als ich ihr das sagte, schaute sie mich etwas irritiert an, so, als könne sie mit meinen Worten nichts Rechtes anfangen. Es ließ sie augenscheinlich kühl.
Ich hätte es toll gefunden, ergänzte ich meine Erinnerungsschnipsel im Geplauder mit ihr, wie sie ihre Beziehung kultiviert hätten. Er hatte eine Ente gefahren, einen 2CV. Mir habe imponiert, wie sie auf dem ausklappbaren Vorderfach Kerzen aufstellten, wenn sie, da Monika ihn nicht mit nach Hause bringen durfte, sich im Freien trafen und es sich im Winter gemütlich machten.

Ohne es ihr gegenüber ausdrücklich zu erwähnen, erinnerte ich mich, dass ich ihn bezüglich elektronischer Musik interviewt hatte, nachdem ich mir hierzu vorher die Zustimmung von ihr geholt hatte. Er arbeitete mit Herbert Eimert, einem Mitbegründer der elektronischen Musik, und auch mit Karlheinz Stockhausen zusammen. Ich brauchte ein paar Informationen über diese Musikart für meine Vordiplomarbeit in Psychologie an der Kölner Universität. Ich schrieb über das „Erleben von elektronischer Musik“ – ein schwieriges Unterfangen, musikalisches Erleben in Worte zu fassen, insbesondere diese ungewohnten Klangbilder. Hierzu hatte ich zahlreiche Interviews mit sogenannten Probanden geführt. Ich explorierte ihr Erleben nach deren Anhören von fünf

unterschiedlichen Musikstücken. Ich war daher froh, jemanden zur Hand zu haben, der mir über diese neue Klangwelt, deren Entstehungsgeschichte und die Technik der Herstellung etwas erzählen konnte. Leider hatte es nicht mit einem Besuch im Studio geklappt.
Monika glaubte dann irrtümlich – ich weiß nicht, wie es zu diesem schiefen Eindruck kommen konnte –, dass ihr Freund und ich auf einer Fete miteinander Händchen gehalten hätten, was ich wirklich nicht getan hatte, und er mir angeblich sehnsuchtsvolle Blicke nachgeschickt hätte. Oh, meine Güte! Von alledem hatte ich nichts gewusst, weder getan noch geahnt.
Aber das Schlimmste muss für sie gewesen sein, dass ihr Vater mich ihr zum Vorbild vorgehalten hatte. Das, so Monika bei unserem Wiedersehen, habe sie sehr gekränkt. Was er damals dabei ins Feld geführt hatte, konnte sie mir nicht sagen. Immerhin, sie fühlte sich dadurch von ihm nicht voll akzeptiert, wie sie war. Nachvollziehbar wurde für mich dadurch, dass sich ihre Beziehung zu mir stark ambivalent entwickelte. Nicht nur, dass ich davon erst recht keine Ahnung hatte, auch konnte ich mir bei unserem Wiedersehen beim besten Willen nicht vorstellen, was ihr Vater dabei im Kopf hatte. Oder – mich beschlich ein dunkler Verdacht – war er vielleicht eifersüchtig auf unsere innige Verbindung? Hatte er mich als Konkurrenz gesehen? Einmal, als ich bei Monika zu Besuch war, stand er Knall auf Fall im Wohnzimmer und schaute mit spießendem Blick auf unser enges Beieinandersitzen. Monika und ich hielten uns an den Händen. Er machte eine anzügliche Bemerkung, die ich nicht verstand. Von Lesbentum hatte ich zu jenem Zeitpunkt überhaupt keine Ahnung. Wir saßen eng aneinandergeschmiegt, hatten uns auch zwischendurch mal gestreichelt. Auf diese Weise trösteten wir uns in unseren

problematischen Familiensituationen. Wann immer wir Gelegenheit hatten, teilten wir uns unseren Kummer mit. Ja, zur Bewältigung unserer Familientraumata brauchten wir uns.
Monikas Vater war versessen auf seine bildhübsche Tochter. Er wollte sie beherrschen, kontrollieren und unempfänglich machen für andere Menschen, gleichsam teflonresistent gegenüber ermutigenden Einflüssen, die sie selbstbewusster und damit unabhängiger hätten machen können. Er hielt sie an der Leine mit bösen, Unheil verkündenden Blicken.

Doch wurde ich auch Zeugin, wie Monika mit ruhiger, fester Stimme ihrem Vater ihre Sicht der Dinge erklärte und seinen Vorwürfen entschieden widersprach. Sie zeigte ihm, dass sie nicht bereit war, sich einschüchtern zu lassen. Auch bekannte sie ihm gegenüber mutig, dass sie es später einmal anders machen würde als er. Sie wolle eine große Wohnung haben, geschmackvoll eingerichtet und nicht so spießig wie in ihrem elterlichen Zuhause. Je selbstbewusster, entschlossener sie ihm gegenüber aufgetreten sei, so berichtete sie mir, desto mehr habe er sich zurückgenommen. Monika erwähnte später häufiger, sie sei froh, meine Familie kennengelernt zu haben. Bei uns habe sie angefangen, Geschmack zu entwickeln für Kleidung und Einrichtung. Mein Vater hatte sich Ende der 1950er-Jahre selbständig gemacht und ein kleines Inneneinrichtungsgeschäft mit Dekorationen eröffnet. Er betrieb es von zuhause aus. Daher experimentierte er auch viel bei uns. Alle paar Jahre gab er unserem Wohnzimmer andere Akzente mit neuen Vorhängen oder kleineren Einrichtungsgegenständen oder er stellte die ganze Wohnung um. Mein Bruder trug mit seinem handwerklichen Geschick, solange er noch bei uns wohnte, mit dazu bei. Licht und Farbe ließen unsere Altbauwohnung, die in der Nachkriegszeit zuerst nur aus einem Zimmer bestand, dann nach jedem Auszug von fremden Mitbewohnern – ein Umstand der Nachkriegszeit - Ende der 60er-Jahre um zwei, drei Zimmer mehr wuchs, trotz der Familiendramen komfortabel und fröhlich erscheinen. So lernte ich gleichsam nebenher, dass ein hübsches und behagliches Zuhause auch ohne viel Geld möglich ist.

Monikas elterliche Wohnung war beige und grau, kleinbürgerliches Sofa, eine Kücheneinrichtung aus den 30er-Jahren. Alles bei ihr zuhause war eng und klein. Eine muffige Ausstrahlung; die kleine Wohnung war nicht dreckig, dennoch wirkte sie verstaubt. Ich hatte mich dort nie wohlgefühlt.
Ich fragte mich: Warum sprechen Menschen erst so spät von ihren Ängsten, wie viel Zeit braucht Scham, um überwunden zu werden? Wie gelingt es der Unwissenheit, die Oberhand zu behalten, wenn unterschwellige Zweifel an die Decke klopfen? Was zählen die ebenso vitalen Erfahrungen von gemeinsamem Spaß, gemeinsamer Sinnsuche, gemeinsamem Schicksal? Gibt es Sättigungsgrenzen? Wo laufen die weiteren Wahrnehmungen und Erlebnisse hin, wenn sie nicht mehr als Erfahrungen bearbeitet und verbucht werden sollen? Was ist so gefährlich daran, umzudenken, neu zu lernen, sich zu korrigieren, sich auch mit anderen über Irrtümer und Fehler auszutauschen? Das ist doch Leben! Das Leben muss gelebt werden, Veränderungen müssen zugelassen werden. Leben darf man nicht unterschlagen! Ansonsten ist man schon halbtot!
Nun gut, Monika und ich hatten uns annähernd ausgesprochen und festgestellt, dass noch ein Flämmchen der

Neugier nach all den Jahren des Irrglaubens füreinander loderte.
Bis in die Nacht unterhielten wir uns nach jener Feier, besser, ich hörte ihr lange zu. Sie erzählte von der Vergangenheit, ausschließlich von vergangenen Beziehungen, den Kränkungen in ihrer Schule, ihren Schmerzen in der Hüfte. Sie schilderte die anstrengenden Besuche bei ihrer Mutter im Altersheim. Diese muss ihr früheres freundliches Gesicht gänzlich verloren haben. Sie habe nur rumgekeift, den Pflegerinnen ihren Stock nachgeworfen, diese übelst beschimpft, so dass diese sich geweigert hätten, ihr Zimmer zu betreten. Monika musste einspringen und an deren Stelle die Mutter versorgen. Jeden zweiten Tag war sie bei ihr, zweieinhalb Jahre lang. Verständlich, dass sie lange Zeit wie gerädert war. Sie tat mir schon leid.

Im selben Heim war auch ihre Tante untergebracht. Die Frauen besuchten sich jedoch nicht gegenseitig. Sie hätten sich aufgrund ihrer Demenz nicht wiedererkannt, meinte Monika. Nach dem Tod der Mutter wiederholten sich bei Tante Ellie die gleichen lauten Szenen.
Die Auflösung der Haushalte beider alten Frauen hatte Monika auch weitestgehend alleine gemacht. Gott sei Dank sei das Juweliergeschäft schon verkauft gewesen. Sie habe nur ein paar Goldsachen geerbt.
Monikas Erzählweise war rhythmisch. Die Fakten trug sie mit Gewicht vor, ihre Anstrengungen, mit denen sie die emotionalen Belastungen versucht hatte zu bewältigen, beschrieb sie in verästelnden Kurven, durchsetzt von Seufzern, starren Blicken nach unten, wie wenn sie Kanäle in die Erde bohren und den Gefühlsschmutz dort ganz tief vergraben wollte. Kurze Sprechpausen füllte sie mit langen Atemzügen, die ihre Schultern hochhoben.

Sie bildeten die getragene Last ab. Ihre Lebensjahre modellierte sie so zu emotionalen Plastiken.
Ich war in Bann und zugleich in Schach gehalten. Einerseits schauerten mich ihre Schilderungen, mehr noch lähmte mich eine gewisse Faszination. Monika zwang mich mit ihrem mir frontal zugewandten Gesicht, sie anzuschauen. Ihr Gesicht kalkweiß, keine mimischen Regungen, ihre großen braunen Augen ohne Glanz. Ihre Stimme, kalt und hart, forderte mich, wie man einen Hund anwies: „Sitz, nimm Platz!"
Monika sprach nuanciert und spröde über die bitterbösen Beschimpfungen der Mutter und später auch von der sog. Tante. Sie berichtete, als würde sie ein Stück von Brecht zitieren. Helene Weigel aus Köln. Dabei richtete sie ihren Blick in die Ferne, ohne mich zu streifen. Er fiel auf eine mir unsichtbarer Leinwand. In ihrer Fixierung erschien Monika mir statuenhaft erstarrt. Die Kommunikation zwischen uns war eingefroren. An Echo schien sie nicht interessiert. Ich sollte nur Zuhörerin sein. Die Vergangenheit wurde wie ein Felsblock zwischen uns gestellt, wie eine Theaterinszenierung vorgeführt.

Ein gewisses Unbehagen kroch in mir hoch. Stimme und Gesichtsausdruck empfand ich als etwas unnatürlich. Meine Freundin schien mir der Wirklichkeit entrückt, eingesponnen in ein verschlossenes Theater, zu dem nur sie Zugang mit eigenem Schlüssel hatte.
Rational war mir klar, dass gravierende Erlebnisse zu Einfrieren der Gefühle führen können. Aber bei ihr glaubte ich auch einen gewissen lasziven Genuss zu spüren über die Größe ihrer damaligen heroisch getragenen Belastung. Sie wollte meine Bewunderung.
Wieder war ich verwirrt.

Zwischendurch fragte ich mal schüchtern, ob ich etwas zu trinken haben könnte. Sie wusste nichts Rechtes darauf zu antworten. Meine Frage passte nicht zur Stimmung ihrer Vergangenheitsschilderung. Sie hielt irritiert inne, ihr Blick öffnete sich ein wenig.

„Ich kann dir einen Tee machen."

„Nein, danke, hättest du vielleicht ein Glas Rotwein?"

„Rotwein? ... Ich weiß nicht. Ich trinke selten Wein."

„Na dann, macht nichts. Dann trinke ich ein Mineralwasser."

Monika ging in die Küche, kehrte zurück mit einer Flasche Rotwein.

„Ich habe noch einen Rest von, von … ach, ich weiß nicht, woher. Ich glaube, als Rita mich mit ihren Kindern besuchte. Das war vor circa 14 Tagen."

Ich schluckte. Der Rest war nicht mehr als ein Achtel. Er schmeckte sehr sauer.

Monika kauerte sich wieder in ihren Sessel, zog die Füße hoch auf die Sesselkante, umschlang ihre Knie und setzte ihr Kinn darauf ab. Sie bohrte jetzt ihren Blick in den Teppich, die Augen flirrten von rechts nach links und zurück. Dann hatte sie gefunden, was sie suchte.

„Weißt du, was mir geholfen hat in all den Jahren?"

„Ich weiß nicht. Was?"

„Ich habe nach jedem Besuch der Mutter und der Tante Tagebuch geschrieben. Ich habe alles aufgeschrieben, alles festgehalten, wie ich überhaupt seit meiner Schulzeit viel Tagebuch geschrieben habe. Du doch auch?“

„Nein, nur manchmal“ erwiderte ich. „Ich habe mehr Briefe geschrieben, aber auch nur in bestimmten Situationen.“

Bewundernswert, ihre Disziplin.
„Ja, Briefe habe ich auch viel geschrieben“, meinte Monika.

„Ja, das stimmt, sie waren immer sehr reflektiert und sehr persönlich.“

„Ich lese häufig diese Aufzeichnungen, sie halten mein Leben fest.“

„Da hast du recht. Toll finde ich das.“

Wir schwiegen.

„Die Vergangenheit bleibt mir so lebendig“, fuhr Monika fort. „Ich brauche diese Bestätigung, dass meine Erinnerungen mich nicht trügen.“

Wieder schwiegen wir.

Sie knüpfte dann nochmal an die Zeit ihrer Besuche im Altersheim an. Aber ich konnte nicht mehr aufmerksam zuhören. Sie erzählte von ihrem verkauften VW und diversen Freundschaftsbeziehungen.
Spät gingen wir zu Bett. Ich war hundemüde

Nach einem spartanischen Frühstück am nächsten Morgen brach ich früh auf. Mit leicht zusammengezogenen Schultern ging ich an der Fotogalerie vorbei, vorsichtig einen letzten Blick auf den toten Vater werfend. Da berührte sie mich am Ärmel.

„Ach, übrigens, nach seinem Tod bin ich bei der Auflösung seines Nachlasses auf Notizzettel und Kalender gestoßen, aus denen hervorging, dass er mehrere Verhältnisse gehabt haben muss. Die hat er nach der Arbeit besucht. Unter anderem hatte er auch eines mit einer ganz jungen Freundin von mir gehabt! Das hat sie mir Jahre später erzählt."

Ich guckte Monika entgeistert an: „Wie bitte?"

„Ja, so war er. Er hat eine Art Doppelleben geführt, sieht man mal von der öffentlichen Beziehung zu Tante Ellie ab." Sie lächelte kühl.

Unwillkürlich musste ich an eine gemeinsame Bootsfahrt mit ihm auf dem Lago Maggiore denken. Ich war mit Monika, ihren Eltern und Tante Ellie im Tessin in Urlaub. Ich war 17 Jahre alt, zu der Zeit schon recht fraulich entwickelt. Monika und ihre Mutter waren an Land geblieben. Monikas Vater ruderte und schaute mich immer wieder mit schleckigen Blicken von der Seite an, um dann mitten auf dem See mit einem kecken Lachen zu bemerken: „Wir zwei hier allein, da könnten wir einiges machen. Das wär was!"

Ich suchte krampfhaft nach einer humorigen Antwort, um den schlüpfrigen Ton umzudeuten. Mir fiel aber nichts Gescheites ein. Bei der Vorstellung, er könnte mich

sexuell berühren, entschloss ich mich, schnell ins Wasser zu springen und fortzuschwimmen. Aber er grinste nur und ruderte weiter, ich blieb im Boot.
Endlich legten wir an. Auch damals war ich verstört.

Bei all seinem tyrannischen Gehabe hatte Monika ihren Vater dennoch geliebt. Ein großes Foto bezeugte das. Es hing auch an der Wand, aber nicht bei den Toten, sondern bei ihr im Schlafzimmer. Ich kannte es. Darauf lacht sie strahlend, während sie ihn von hinten innig umarmt. Er lächelt verschämt stolz und glücklich, während sein Blick zum Fenster geht. Ein hereinfallender Sonnenstrahl erhellt beide in einem schmalen Winkeleinfall.
Ich verabschiedete mich von Monika und verließ das Haus mit leicht zittrigen Knien. Auf dem Weg zur Straßenbahn, die mich zum Bahnhof bringen sollte, murmelte ich: „Etwas ist faul im Staate Dänemark."

Sieben Jahre später besuchte mich Monika im Markgräflerland, wo ich mit meinem Mann seit 1990 lebe. Monika selbst hatte eine besondere Beziehung zu dem Badeort, in dem wir wohnten. Anfang der 80er-Jahre war sie hier zur Kur gewesen. Schon vor dem großen einschneidenden Burnout hatte sie öfters Erschöpfungszustände. Bei ihrem Besuch bei mir berichtete sie von der Ärztin, von der sie sich sehr verstanden fühlte. Es habe auch eine kurzzeitige Liebesbeziehung mit einem Mann aus der Umgebung gegeben, der sie wohl auch am liebsten geheiratet hätte, der für sie aber nicht infrage kam. Nicht zuletzt, weil ihr seine Mutter zu dominant schien.
Während ich tagsüber bis auf die Mittagszeit meine Therapiesitzungen im oberen Stockwerk abhielt, war sie unten in der Wohnung, frühstückte mit meinem Mann und fragte nach Fotoalben, um über die Vergangenheit von

meinem Mann und mir etwas zu erfahren. Mein Mann zeigte ihr einige Reisebilder. Wenn ich zwischenzeitlich mal nach unten ging, waren Monikas Wangen gerötet, ihre Augen ganz lebendig.

Gemeinsame Spaziergänge mit ihr in die Umgebung waren immer Kurztrips in die Vergangenheit. Sie sprach nur von Ereignissen, Beziehungen und Personen, die vor vielen Jahren mal eine Bedeutung hatten. Sie zitierte ulkige Bemerkungen von XY, manchmal auch von solchen Menschen, die ich überhaupt nicht kannte. Ich konnte lediglich abnicken. Es waren fertige Geschichten, keine offenen, deren Ausgang unklar war und die sie in Spannung hielten, keine, die ihr eine Frage aufdrängte und welche Antworten sie darauf geben könnte oder welche Entscheidungen sie diesbezüglich noch zu treffen hätte, keine einzige, zu der sie etwa meine Meinung hören wollte, um ihrer Sicht auf die Dinge eventuell eine andere Farbe hinzuzufügen. Sie fragte nicht nach mir, etwa, was ich in meinem Beruf machte, was er mir bedeutete, welches meine heutigen Interessen waren, auch nicht, was für eine Vergangenheit ich hatte. Ich hatte manchmal das Gefühl von Schimmel auf der Zunge und auf der Haut, eine Art Belag, unter dem ich mich modrig fühlte.
Immerhin hatte ich mehr Gelegenheit, ihr Fragen zu stellen, so nach ihrer Lieblingsschauspielerin Romy Schneider. Ja, sie war an Romys Grab.
An einem Abend saßen wir in der „Klemmbachmühle“ zusammen, einem mit dunklem Holz ausgekleideten Lokal an einem gurgelnden Bach, urromantisch eingerichtet mit frisch gepflückten kleinen Blumensträußen in kleinen Weinkrügen und kleingemusterten Blumendecken auf dem Tisch, Holzbänken und Holzstühlen und alten Bildern. Mein Mann und ich hatten vorsorglich ein Spiel

mitgenommen, für den Fall, dass uns der Gesprächsstoff ausgehen sollte oder wir eine spielerische Abwechslung bräuchten. Zu der damaligen Zeit hatten wir gerade das Spiel „Scrabble“ am Wickel.
Monika spielte anfangs ein paar Runden mit. Dann lehnte sie eine weitere Beteiligung indigniert ab. Das Spiel sei ihr zu blöd. Wir spielten zu zweit ohne sie noch eine Runde weiter. Schließlich zahlten wir.

So richtig nahe waren wir uns in dieser Woche, die sie bei uns war, nicht gekommen.
Ich vermisste bei ihr den Aufsprung in die Gegenwart. Einmal konnte ich sie überreden, uns morgens am Wochenende zum Joggen in den Wald zu begleiten. Sie blieb am Ausgangspunkt unseres Laufs und wartete auf uns. Als wir unsere Runde gelaufen waren, stand sie dort und fotografierte unsere Ankunft. Für *dieses* Foto bin ich Monika dankbar. Eine Erinnerung an eine gemeinsame Aktivität meines Mannes mit mir.
Als sie abreiste, fragte ich mich, ob ich mit ihr einmal verreisen könnte, um gemeinsam neue Länder oder Ausstellungen zu besuchen. Nein, das konnte ich mir nicht vorstellen. Wir hatten nicht mehr die gemeinsame Entdeckerlust oder Spaß daran, zu fantasieren und unbeschwert zu lachen.
Die Jahre darauf schrieben wir uns in immer größer werdenden Abständen. Immer hatte sie Zeitungsausschnitte beigefügt, etwa über den Zusammensturz des Kölner Stadtarchivs, das nahe unserer Schule steht, Feuilletonartikel, die den Zeitgeist aufs Korn nahmen. Alle Kommentare waren versehen mit dem Bedauern über verflossene Zeiten, verflossene Werte oder sonstwie nostalgisch. Das war mir zu viel.

Als ich Monika dann viele Jahre später ein zweites Mal in Köln besuchte - sie war inzwischen in eine andere, Gott sei Dank, hellere Wohnung gezogen – hingen auch dort wieder viele Bilder von Verstorbenen und von ein paar Lebenden, inzwischen waren noch einige Fotos dazugekommen. Monika war noch unbeweglicher, dicker, kompromissloser und unbarmherziger geworden.
Bei einem Bummel durch die Stadt, auf den ich mich gefreut hatte, entschied sie sehr scharf, ihn nach 20 Minuten abzubrechen, da ihre rechte Hüfte zu sehr schmerzte, ebenso ihre Beine. Sie hätte sich vorgenommen, nicht unnötig leiden zu wollen, erklärte sie mir. Für solche Erleichterungen gebe sie auch gerne Geld aus. Sie rief nach einem Taxi, das uns zu ihr bringen sollte. Ich verstand das. Alleine den Stadtbummel fortzusetzen, fand ich auch zu schade, denn ich wollte ja mit ihr zusammen sein. Ich hatte nur anderthalb Tage für meinen Besuch bei ihr eingeplant. Am nächsten Tag wollte ich mich mit einer anderen Freundin treffen. Sie war wie ich Psychotherapeutin und nun Rentnerin.
Es wunderte mich aber doch, dass Monika von sich aus mir nicht die Alternative anbot, allein durch die Innenstadt zu bummeln.

Im Taxi fuhr sie den Fahrer an, der ihr angegebenes Fahrtziel nicht recht verstanden hatte, er solle gefälligst genau hinhören. Ich zuckte erschrocken zusammen. „Er ist doch Ausländer, er kann noch nicht so gut Deutsch“, flüsterte ich ihr zu. „Dann soll er erst einmal gescheit Deutsch lernen oder sich mit etwas anderem sein Geld verdienen“, raunte sie unwirsch zurück.

An dem Abend konnte ich sie überreden, mit mir zusammen die Übertragung des besonderen Fußballspiels

Deutschland gegen Brasilien anzuschauen. Die Fußballweltmeisterschaft 2014 fand zu dem Zeitpunkt meines Besuchs statt. Ja, Monika hatte sogar eine Flasche Rotwein gekauft.
Wir saßen auf dem Sofa und ließen uns von den sieben Toren Deutschlands mitreißen – also, zumindest ich.
Das Frühstück, das sie mir am Morgen bot, waren zwei alte Weißbrote, etwas Honig, Margarine und einen Kräutertee und einen bereits etwas angeschrumpelten Apfel. Den schälte ich mir. Gut, dass ich morgens in der Regel sowieso nicht viel esse, dachte ich.
Dann, kurz bevor ich aufbrechen wollte zu meiner nächsten Freundinnenverabredung, stellte sie mir aus heiterem Himmel die erste gezielte persönliche Frage: „Du hast doch sicher mit mehr als zwölf Männern geschlafen, oder?“
Beinahe hätte ich mich an einem trockenen Apfelstückchen verschluckt.
Dann fragte ich nur lapidar zurück: „Wieso zwölf?“, um schnell ironisch zu ergänzen: „Ha, vielleicht waren es noch viel mehr!“

Monika schob die nächste beißende Bemerkung über den Tisch: „Erika erzählte mir beim letzten Klassentreffen, wo du ja nicht warst, der Bernd – er war meine erste große Liebe und jahrelanger Freund von mir, wir studierten dasselbe Fach – hätte dir die Doktorarbeit geschrieben! Stimmt das?“
Ich reagierte wie aus der Pistole geschossen: „Wir hatten doch längst keinen Kontakt mehr! Was soll der Quatsch?!“
Ich verabschiedete mich schnell mit der zutreffenden Begründung, ich müsste gehen, sonst verpasste ich Anne in der Stadt. Ich stürzte hinaus.

Der Kontakt mit Anne war Medizin. Sie war so offen, lustig, ungezwungen, vorbehaltlos auf den Augenblick ausgerichtet. Sie hatte gerade einen Workshop für ihre Clown Ausbildung besucht. Wir kamen sofort miteinander ins Gespräch. Ich ließ mir berichten, welch fulminante Selbsterfahrung sie durch diese Auseinandersetzung mit einer anderen Rolle in Begegnungen und Übungen mit anderen Ausbildungsteilnehmern mache. Voller Staunen stellte ich fest, wie überzeugt, unerschrocken und frei von jeglichen Selbstzweifeln sie diese Ausbildung anging. Raus aus der therapeutischen Deckung ins Rampenlicht! Diesen Zug kannte ich nicht an ihr, im Gegenteil. Sie lachte zwar gerne ausgiebig und zeigte ihre Freude, wenn sie mit anderen zusammen war, aber nie hatte ich bei ihr erlebt, dass sie sich besonders darstellte oder nach vorne drängte. Eher schon, dass sie sich etwas verschämt und aufgeregt gewunden hatte, hervorzutreten, etwa, wenn sie ein Referat halten sollte. Wir hatten zusammen studiert und die politisch aufregenden 60er-Jahre miteinander erlebt, diskutiert und für die Prüfungen gemeinsam in einer Studiengruppe gelernt. Im Unterschied zu mir hatte sie einen klaren Trennungsstrich unter ihr Berufsleben gezogen. Das imponierte mir. Hinter ihr lagen eine Scheidung, zwei erwachsene Söhne aus ihrer Ehe und eine Tochter aus einer ungekrönten Beziehung, deren Studium in Budapest sie allein unterstützt hatte. Für sie war das Leben nach ihrer aktiven Zeit nicht verkrümelt. Im Gegenteil – sie hatte sogar noch ein Clown Ausbildung begonnen.

Ich liebte sie noch immer, auch wenn wir uns wenig sahen oder miteinander telefonierten. Nach wie vor, da war ich sicher, konnte man mit ihr Pferde stehlen.

In den Jahren nach meinem Besuch korrespondierten Monika und ich in lockeren Abständen miteinander, regelmäßig zu unseren Geburtstagen und auch zu Weihnachten. Einmal wagte ich eine kritische Anmerkung. Mir fiel auf, schrieb ich, sie lebte vornehmlich in der Vergangenheit. Ich favorisierte hingegen die Gegenwart. Monika konterte: „Nicht in, mit der Vergangenheit lebe ich, ich leugne sie nicht.“
Eine andere gemeinsame Freundin von uns, die vor vielen Jahren mit ihr eine Schiffsreise zu den Spitzbergen gemacht hatte, meinte: „Monika ist ein waschechter Single. Der Zug ist abgefahren. Da kann man nichts machen!“

Wirklich?

In den Jahren darauf änderte sich auf einmal der Ton. In Telefonaten und Briefen registrierte ich zunehmend mehr Interesse von ihr an meinem Leben. Monika ging sehr anteilnehmend auf meine speziellen Situationen ein. Auch erzählte sie mir von Konzertbesuchen mit neuen Bekannten und von einer Tessinreise mit ihrer sogenannten „Familie“. Die Familie waren eine ehemalige Schülerin mit zwei Kindern und Mann, die Monika zur Ersatzgroßmutter erkoren hatten. Ich hatte den Eindruck, diese Anbindung tat ihr gut.
Ihre Stimme am Telefon wurde heller. Es war nicht mehr die raumfüllende Altstimme, die immer leise-dunkel daherkam und das Zuhören erschwerte. Nein, sie wirkte nicht mehr düster verquält. Im Gegenteil – locker, hell, fröhlich. „Ja, mir geht’s gut“, gab sie mehrfach zur Antwort, wenn ich nach ihrem Befinden fragte. Sie freute sich an der aufgegangenen Passionsblume auf ihrem schmalen Balkon, an ihrem gemütlichen Daheim. Sie sei

zufrieden. Auch gesundheitliche Beschwernisse erwähnte sie wohl, aber ohne zu klagen. Sie wog schon ab, ob und zu welchem Arzt sie je nach Schmerzort gehen sollte. Sie nahm an, was passierte, und suchte sich zu arrangieren. Die Schilderungen über Nachbarn ergingen sich nicht in Lästerungen und Schwarzmalerei. Monika ließ alle anderen in Ruhe leben, las viel, berichtete mir begeistert von einer großen Humboldt-Biografie, dachte nach und schrieb natürlich weiter Tagebuch. Ab und an erwähnte sie nochmal ihre Mutter, Tante Ellie und ihren Vater, mit denen sie viel Kummer und Ärger gehabt hätte, aber diese Erwähnungen dienten nur als Messlatte zum Verstehen der Sorgen anderer. Eine ausgeglichene Monika. Wer hätte das gedacht?

Ich konnte diese schleichende Wandlung nicht ganz glauben. Noch immer verband ich mit ihr eine Rückwärtsgewandtheit. Und nun ihre Anfrage in die nahe Zukunft! Konnte ich mir das wirklich vorstellen – für etwa acht bis vierzehn Tage mit ihr eine Reise zu unternehmen? Nach unserem ersten Wiedersehen nach unserer fast fünfundzwanzigjährigen Kontaktpause hatte ich ja eine solche Perspektive ausgeschlossen. Auch jetzt zögerte ich. Mir fiel sofort ein, wie bedingungsvoll sie an jede Mahlzeitvorbereitung herangegangen war. Vieles konnte sie nicht vertragen. Aber auch in anderen Dingen war sie kompliziert, oft für mich überraschend, so, dass ich sie im Einzelnen jetzt gar nicht mal benennen könnte, was es alles war. Ich glaube, ich hatte sie vergessen, weil sie mit einem schneidigen „Nein“ immer in einem harten rauen Ton blitzartig meine Anfragen oder Vorschläge, dies oder jenes mal zu unternehmen, stoppte, so dass ich schnell zurückzuckte, als hätte ich aus Versehen eine

heiße Herdplatte berührt, und ähnliche Ansinnen rasch unter den Tisch fallen ließ.
Was stellte sie sich unter einer gemeinsamen Reise vor? Sie hatte mir unlängst berichtet, was Claudia, eine frühere Klassenkameradin von uns, ihr über sich erzählt hatte, könnte sie nie über sich bringen. Nämlich zu riskieren, eine Reisegruppe aufzuhalten, weil sie plötzlich müsse oder etwa die Hose vollgemacht habe. Das könne ihr nämlich auch passieren. Ich hatte darauf erwidert, es gebe doch genug verschiedene Pants, auch für Erwachsene. Nein, das wollte sie überhaupt nicht.
War sie in der Lage, sich mit mir Sehenswürdigkeiten anzugucken oder gar einen längeren Spaziergang zu machen? Der knapp halbstündige Spaziergang durch Köln war ihr ja schon zu viel gewesen.
Was machten ihr Rücken, die Hüfte und schließlich die Beine? Außerdem war sie auch nicht gerade spendabel. Warum jetzt mit mir etwas unternehmen?

Ich rief sie an.

Ihre Reisewünsche wanderten nach Nordamerika. Karibik? Monika sprach von einer Schiffsreise dorthin. Oje, das kam für mich überraschend. Ein Schiff sei für sie praktisch, weil sie dort nicht unbedingt viel laufen müsse und noch so viel Kraft zur Besichtigung der diversen Landeplätze aufbringen könne, welche unter Führung stattfinden sollten. Mich irritierte die Vorstellung, die Reisezeit in einer engen Kabine mit ihr zu verbringen. Ich wollte mir auf jeden Fall eine Rückzugsmöglichkeit sichern. Könnte ich das Geld für eine Einzelkabine aufbringen? Der Gedanke, ich könnte mit der gewandelten heiteren Monika etwas unternehmen, lockte mich schon. Vielleicht könnten wir ähnlichen Spaß haben, Gespräche

führen wie in alten jungen Zeiten, natürlich eingeschränkter, aber immerhin.
Und wir würden etwas Neues erleben, etwas Neues, das uns neu verbindet. Das wäre doch schön!
Einige Tage rang ich mit mir. Dann rief Monika mich an: „Stell dir vor, im Aldi habe ich einen Reiseprospekt gefunden mit genau einer solchen Karibikreise, 14 Tage zu einem Spottpreis! Die Auflage ist, bis zu 14 Tagen gilt dieser Preis noch. Danach ist er um das Doppelte erhöht."

Wir sagten zu, für jede eine Einzelkabine mit Balkon. Das war auch ihr Wunsch. Unsere Kabinen lagen sogar nebeneinander! Dem waren mehrere Telefonate vorausgegangen. Jede von uns bekam ein Doppelzimmer mit kleinem Balkon bei abgespecktem Preis für eine Einzelperson. Ich konnte es kaum fassen.
Die geführten Ausflüge konnte man vorher oder auch noch an Bord buchen. Alles andere war „all inclusive"!
Unsere Reise startete am 10. Dezember in Frankfurt. Wir trafen uns tatsächlich wie verabredet am Gate. Monika hatte sich zu einer lachenden, Rock schwingenden Hanna Schygulla entwickelt, Asta Nielsen war out. Aufgeregt und entschlossen zugleich erledigten wir das Check-in und die Gepäckabgabe. Unsere Verständigung, wer, wo, auf wen wartet, wer auf welches Gepäckstück aufpasste, während die andere eine Toilette suchte, oder sonstige kleinen organisatorischen Regelungen, klappte wie eingeübt. Endlich stiegen wir nach zweieinhalb Stunden Wartezeit in den Flieger. Wir hatten im Vorhinein dafür gesorgt, dass wir in der Mitte des Flugzeugs nebeneinandersaßen, abwechselnd möglich, mal die eine, mal die andere am Fenster sitzend. Der Flieger war fast voll. Die Fluggäste waren in allen Altersklassen vertreten. Kinder lachten, riefen und weinten. Nach einiger Zeit hatten sich

die meisten beruhigt. Die Erwachsenen verhielten sich weitgehend maßvoll. Es herrschte eine gespannt summende Stimmung. Die Versorgung war gut. Wir genossen den 15-Stunden-Flug, der uns mit Umstieg über Amsterdam führte, voller Erwartung der Reise zu den Kleinen Antillen.
Monika hatte ein dickes Buch über die Karibik auf den Knien, in das sie immer wieder reinguckte, wenn sie nicht einnickte. Sie war gut gelaunt, wir erzählten uns allerlei, lachten und waren friedlich miteinander. Ich hatte ein dünnes Buch über die Antillen dabei und den „Spiegel". Der Nachtflug machte uns beiden etwas zu schaffen. Die Plätze waren eng. Wir konnten unsere Beine eher verknoten als ausstrecken.

Gerädert und hundemüde trafen wir in Bridgetown, der Hauptstadt von Barbados, um Mitternacht ein. Lange Warteschlangen bildeten sich vor der Brücke zu einem blauen Riesenschiff, 450 Meter lang. Es wurde Musik mit Bongorhythmen gespielt. Ich kam gleich in Schwung und machte ein paar Tänzelschritte. Auch Monika wiegte die Hüften. Ich sah sie verstohlen von der Seite an und freute mich über ihr lachendes Gesicht. Im Stillen war ich erleichtert zu sehen, dass ihre Laune nicht sank, sie nichts zu mäkeln hatte. In einiger Entfernung erspähten wir einen langen Tisch, weiß eingedeckt, mit hohen Sektgläsern und kleinen Schalen, in denen Gebäck oder kleine Früchte lagen. Jeder durfte sich ein Glas nehmen. Es war kein Sekt, sondern Sprudel mit gepresstem Zitronensaft. Vorab reichten uns befrackte junge Männer und Frauen noch heiße feuchte Baumwolltücher, mit denen wir uns Hände und Gesicht säubern konnten.

Dann ging es weiter Richtung Schiffsteig. Auf dem Weg dorthin sprang uns eine junge Frau in einer Schiffsuniform entgegen und winkte uns hastig weiterzugehen: „Stellen Sie sich vor den aufgehängten weißen Rettungsanker mit dem Schiffsnamen! Wir machen zwei Fotos von Ihnen!“

Monika wehrte ab: „Ich will auf kein Foto!“

Ich gab ihr einen Stups: „Komm, später freuen wir uns über diese Erinnerung!“ und zog sie mit vor den Anker. Ein junger Mann nahm Stellung, hielt das Kamerastativ und rief uns zu: „Lächeln, rechten Ellbogen hochheben und den Daumen hoch!“ Ich befolgte, Monika ließ den Arm hängen.

Noch ein Foto, jetzt ohne Daumen.
Dann konnten wir die Reling betreten. Im Schiff gab es den nächsten Stopp. Wir mussten unser Handgepäck durchleuchten lassen, unseren Ausweis zeigen, und es wurde eine Art Passfoto von uns gemacht. Dann wurden uns die Kabinen zugeteilt, verbunden mit der Erklärung, über welche Stockwerke und Gänge wir dorthin gelangten.

Um uns herum ein Gewusel, Gedränge, Rufen:
„Hans, nach links“, „Wir müssen Etage vier.“ „Wo ist Brigitte?“ „Hast du meine Tasche noch?“ „Ja, wo bleibt ihr denn?“ „Guten Abend, besser, gute Nacht, nein, wir sind schon die zweite Woche auf dem Schiff, wir kommen aus der Bar.“ „Ach, Sie sind das erste Mal auf so einem Schiff, wir schon das siebte Mal, es gibt nichts Schöneres!“

Nach der Erschöpfung durch die Flugreise hatte die Begrüßung Monika und mich ganz schnell wieder wachgemacht. Aber nun sehnten wir uns doch nach einem Bett. Wir erreichten unsere Kabinen auf dem neunten Stock, Kabine 9014 und 9016.
Wir waren angenehm überrascht. Wohl schmale Kabinen, aber alles war vorhanden, was man brauchte, clever und ebenso das Bad perfekt mit optimaler Raumnutzung eingerichtet. Das Doppelbett breit, jede Seite mit einem Nachttischlämpchen ausgestattet und seitwärts ein kleiner Nachttisch mit Schubladen, an der Wand ein großer Kleiderschrank, gegenüber dem Bett ein Fernseher an der Wand, darunter ein Sofa mit Regal darüber, kleiner Vase, einem Sideboard. Der Balkon war schmal, reichte für zwei aufgestellte Stühle und eine Klappliege. Ein letzter Blick in den Hafen und auf die Lichter der Stadt, dann nur schnell ins Bett. Die Koffer wurden gebracht. Ich holte mein Nachtzeug hervor, reinigte mein Gesicht, putzte die Zähne und … ab in das breite Bett!

Der erste Tag auf See war Kennenlerntag. Morgens gegen neun Uhr klopfte ich bei Monika an der Tür. Sie machte gleich auf. In einem naturfarbenen Leinenanzug mit weiten Beinen begrüßte sie mich: „Ich habe sehr gut geschlafen. Gehen wir erstmal frühstücken?“
Den Koffer hatte sie wie ich schon ausgepackt und ihre Sachen eingeräumt. Wir machten uns auf den Weg. Tatsächlich liefen wir über ellenlange Flure, ich immer etwas voraus, sie langsam, leicht hinkend hinter mir her. Wir fuhren mit dem Aufzug in den zwölften Stock, in die sogenannte Backstube. Es roch nach frischen Backwaren und Kaffee. Es war ein riesiges Deck, unterteilt in mehrere Sitzräumlichkeiten. Menschen liefen mit Tabletts und ohne hin und her, stieren Blickes auf die vielen

Auslagen hinter Glasscheiben und auf Rondellen, auf denen verschiedene Wurst- und Käseplatten ausgebreitet waren. Es gab nichts, was es nicht gab. Unsere Münder blieben erst mal lange offenstehen. Von allen möglichen kleinen Teigwaren über verschiedene aufgeschnittene Obstsorten, Äpfel, Mangos, Ananas, Papaya, Melonen, Orangen bis hin zu Büfetts mit Eierspeisen, Müslis, Kuchen, kleinen warmen Gerichten, ja, auch Sekt und Fruchtsäfte war alles aufgetischt. Es gab Extraecken für Kaffee und Tee, den man sich holen konnte. Man durfte von allem so viel nehmen, wie man wollte und wie in den Bauch reinging. Für Kinder gab es ein eigenes niedrigeres Buffet. Hier halfen natürlich auch Mütter und Väter. Mit dem Besucherandrang wurde es immer lauter, das Geschirr- und Gabel-Messer-Geklapper immer schriller. So richtig gemütlich fanden wir es nicht. Für den nächsten Tag wollten wir ein anderes Lokal aufsuchen. Denn davon gab es genug.

„Nee“, meinte Monika am Tisch, den wir nach längerer Suche an einem Fenster entdeckt hatten, „das ist ja unruhig hier. So viele Leute, da geht ja die Erholung baden.“

„Wart mal ab“, erwiderte ich, während ich die Ananasstücke genoss, „wir werden gleich das Schiff erkunden und uns die Ecken aussuchen, die uns ansprechen.“

„Um halb elf gibt es eine Führung, daran würde ich gerne teilnehmen“, meinte Monika.

„Ja, das machen wir.“
Ich schaute nach draußen auf das ruhig dahinfließende Meer und ließ die anderen Menschen um mich herum hinter mir.

Nach dem Frühstück gingen wir uns nach unten zum Info-Desk, fragten nach der Führung. Die hatte schon begonnen.
„In welche Richtung müssen wir laufen?"

Die junge Dame deutete nach rechts. Wir tappten los. Nach ein paar Umwegen stießen wir auf die Führung zu den verschiedenen Restaurants.
Beeindruckt und angeregt von den verschiedenen Speisemöglichkeiten und Restauranteinrichtungen kehrten wir zu Deck 4 zurück, um die Landausflüge zu buchen. Auch hier machten wir beide alles zusammen, fanden die aufgestellten Monitore auf den Bistrotischen mit Vorstellung der Reiserouten und verschiedenen Ausflugsangeboten, die man interaktiv bedienen und buchen konnte, sehr interessant. Bei Fragen konnte man sich an die im Raum befindlichen Hostessen wenden. Wir trafen unsere Wahl, auch hier Übereinstimmung.
Inzwischen war es Mittagszeit, aber wir hatten keinen Hunger. Monika wollte aufs Zimmer, ich mir die Sportabteilung anschauen, sowie die Himmel-und-Meer-Lounge mit den Schwimmbecken. Dort gab es viele Liegestühle, auf denen die schmalen und Nana-Grazien der Nicki-de-St.-Phalle und die bäuchigen Herren mit den jüngeren Sixpacks die Meeresbrise genossen. Die meisten lasen ein Buch oder in ihren Tablets.
Ich ging zur Sportabteilung auf demselben Deck. Von dem dortigen Angebot war ich ebenfalls sehr angetan, sowohl, was die Trainingskurse anbelangte wie auch die individuellen Trainingsmöglichkeiten.
Für mich war klar, solange der deutsche Trainer seinen Yoga-Kurs morgens um zehn Uhr anbot, wollte ich daran teilnehmen und vorher um acht Uhr das Schwimmtraining mitmachen.

Monika, der ich mein Vorhaben berichtete, verzichtete auf solche Aktivitäten, nahm es mir allerdings auch nicht übel, meinen eigenen Interessen nachzugehen. Ihr Hauptweigerungsgrund war, dass sie sich nicht in ihren ausgedehnten Rundungen zeigen wollte, ein wichtiger Grund auch für sie, nicht am morgendlichen Schwimmtraining teilzunehmen. Ich bedauerte das sehr, hielt mich aber mit meinen Ermunterungen zurück. Ich wollte keinerlei Druck ausüben. Im Gegenteil, wenn unsere Beziehung wieder so aufleben sollte, wie sie in Teenagerzeiten war, dann sollte sich das ungezwungen entwickeln, so dass wir sicher sein konnten, dass jede es ehrlich meinte. Meine Hoffnungen auf eine Wiederbelebung unserer früheren so besonderen Beziehung wollte ich daher nicht zum Steuerimpuls meines Verhaltens benutzen. Irgendwie merkwürdig, ich spürte auch keine deutliche Versuchung hierzu. Ein Wiederfinden, eine neue vertrauensvolle Beziehung konnte nach meinem Dafürhalten nur geschehen, wenn der erneuerten Beziehung ein unabhängiger Kern an übereinstimmenden Interessen und Lebenseinstellungen zugrundeläge wie früher, natürlich geschichtlich anders gerahmt und reifer. Ein Verheddern mit den früheren Gefühlen und Problemen schien mir ausgeschlossen. Die Vergangenheit war vergangen. Wir hatten unsere Enttäuschungen und die Fragezeichen der Trennung aufgedeckt und überwunden. Letztlich war unsere Reise auf Monikas Initiative hin freiwillig zustande gekommen, und diese musste ihrem Sinneswandel entsprungen sein, vermutete ich. Was es im Einzelnen auf sich hatte, war mir noch verschlossen.
Mein Wunsch nach Wiederbelebung oder besser nach neuer Formung unserer Beziehung stand für mich nicht im Widerspruch zu meinem Offenlassen des gemeinsamen Erlebensraums und der Entscheidungen, die jede

unabhängig von der anderen treffen sollte. Unsere Schiffsreise betrachtete ich daher als Chance, ehrlich und unmanipulativ einander zu begegnen, miteinander auszukommen oder nicht. Mit eigenen Regeln forderte diese Reise als umgrenzte kleine Welt unsere Wachsamkeit für den Augenblick, nicht den Rückblick in die Vergangenheit als Anker.

Gut so? Gut so!

Ein gemeinsames Frühstück wurde dadurch zum Würfelspiel, ob, wie und vielleicht auch wo wir uns träfen. Wir beide wollten frei sein und nicht aufeinander hocken. Wir hatten ja die Möglichkeit, uns schnell zu verständigen. Den Nachmittag verbrachten wir beide teils in unseren Zimmern oder auf dem Balkon, wo wir uns kurze Nachrichten in gesprochenem Wort oder auf Zetteln geschrieben über die Trennwand hin- und herwarfen. Es war erholsam für uns beide. Dieses Ballspiel der Nachrichten hatte etwas von dem früheren unbekümmerten Austausch.

Die erste Insel, die auf dem Plan stand, war Guadeloupe mit der Hauptstadt Pointe-à-Pître. Die eigentliche Hauptstadt ist Paris, denn Guadeloupe ist Teil der Französischen Revolution. Wie Martinique ist es in fast allen Bereichen von Frankreich abhängig, fühlt sich jedoch vom Mutterland vernachlässigt. Auf das Wiedersehen war ich schon gespannt. Denn vor fast zwanzig Jahren hatte ich dort mit meinem Mann schon einmal Urlaub verbracht. Ich konnte mich gut an den riesigen Gewürzmarkt erinnern, aber auch an die ärmliche Umgebung. Ein Besuch des Regenwalds war mehr als beeindruckend gewesen. Ganz feucht waren wir damals zurückgekehrt.

Monika wollte mit aussteigen. Wir hatten drei Stunden Zeit, die Insel auf eigene Faust zu erkunden. Wir trafen auf dem besagten Gewürzmarkt ein. Er war wesentlich kleiner als in meiner Erinnerung. Die Marktfrauen waren gerade dabei, ihre Sachen einzupacken. Um über den Platz und die Straßen unfallfrei gehen zu können, hätten wir besser vorher ein Achtsamkeitstraining absolvieren sollen. Die Gehsteige waren ein Hürdengang über große herumliegende Pflastersteine, Gipsabbrüche, Sand, Geröll, herausgerissene Eisenstangen und viele Löcher. Monika stöhnte nach einer Viertelstunde, sie sah sich bereits in Gefahr. Ein paar schwarze Einheimische liefen herum, riefen und lachten laut. Die Frauen, in der Regel sehr dick, trugen lange bunte Röcke und Kleider, meist in den landestypischen orange-rotgelb karierten Mustern. Später haben wir uns sagen lassen, dass dicke Frauen die größten erotischen Chancen haben. Die Männer fühlten sich dadurch schnell erregt. Die Sexualität sei ohnehin die größte Freizeitbeschäftigung.

„Monika, hier hättest du Chancen!"

„Ach, was bist du wieder so nett zu mir!"

„Du weißt doch, was sich liebt, das neckt sich."

Die Häuser um uns herum machten einen sehr heruntergekommenen baufälligen Eindruck. Alles sehr ungepflegt, ein paar Straßen hatten grelle Reklamen und billige kleine enge Läden. Metallklingende Reggae-Musik schepperte durch die Gassen.
So war es nicht verwunderlich, dass das Museum von Victor Schoelcher, einem gebürtigen Pariser, 1804 geboren und lange wohnhaft im französischen Elsass, auch

sehr vernachlässigt wirkte. Man konnte es nicht betreten. Ein Bauzaun und ein rotweißer langer Plastikstreifen signalisierten „Betreten verboten". Wir hatten es nicht sogleich entdeckt, obwohl an vielen Ecken im Ort Hinweisschilder auf sein Museum angebracht waren. Die Wirklichkeit widersprach meiner Erwartung. Schade.
Schoelcher wird auf den karibischen Inseln sehr verehrt, besonders auf Martinique. Er hatte sich in Frankreich stark und erfolgreich für die Abschaffung des Sklaventums eingesetzt. Sein ganzes geerbtes Geld hatte er in politische Aktivitäten zur Befreiung der Schwarzen verwendet. Seine Bemühungen mündeten im französischen Dekret 1848, das den Schwarzen die rechtliche Gleichstellung mit der weißen Bevölkerung zubilligte.

Dann machten Monika und ich uns auf den Weg zum Museum zu Ehren von St.-John Perse in Pointe-à-Pître, der kleinen Hauptstadt von Guadeloupe. Er war dort als Alexis Leger geboren. Später ging er nach Paris zurück, um eine brillante Diplomatenkarriere zu starten. Als es zu einem Bruch mit der französischen Regierung kam, verließ er Frankreich, lüftete seinen bis dahin geheim gehaltenen Künstlernamen St.-John Perse und ging für immer nach Amerika. Unter diesem Namen hatte er während seiner diplomatischen Auslandsreisen seine Gedichte veröffentlicht.
Zum Ende der Schulzeit hatte ich einige Gedichte von ihm gelesen, die mir sehr gefallen hatten. Sie waren nicht leicht verständlich. Aber je länger man sich auf sie einließ, desto mehr offenbarten sie einem den Zusammenhang paradoxer Wirklichkeiten, sehr abstrakt, geführt von einer Sehnsucht nach zeitlos Gültigem. Sie hatten eine zauberische Dichte. 1960 bekam er den Nobel-Literaturpreis.

Monika hatte auch einige Gedichte von ihm gelesen, war etwas weniger von ihnen angetan als ich.
Nach ein paar Irrungen landeten wir schließlich vor dem Eingangstor eines formidablen Kolonialhauses. Wir klingelten, warteten, wollten schon umdrehen, weil sich nichts regte. Dann öffnete sich die große Eingangstür. Eine üppige, mürrisch dreinblickende schwarze Lady in landestypischer Kleidung stieg gemächlich die Treppe herunter. Sie kam mit einem großen Schlüssel, fragte nach unserem Anliegen und musterte uns dabei von oben bis unten. Wir durften rein. Sie schloss das Eisentor für uns auf.
Wir betraten einen sehr großen rechtwinkligen Raum und fanden eine Aufstellung von Puppen in landestypischer Kleidung mit Kärtchen, die die Geschichten dazu berichteten.
Die Etage darüber bot unter Glasvitrinen Dokumente der Niederschriften von Perse. Mit seinen handschriftlichen Zeilen rückte er uns näher. Ein besonderer Moment.
Monika erging es ebenso. Wir waren dankbar. Hier hatte unsere Schulzeit eine Steilvorlage in die Gegenwart geboten.
Wir legten die Arme um unsere Schultern und gingen einträchtig die Stufen zum Tor hinaus. Ein Moment spontaner Innigkeit. Fast hätte ich ihn nicht bemerkt.

Monika wollte jetzt zum Schiff zurück, ich nicht. Ich wollte noch mehr sehen. Karin traute sich den Rückweg zu Fuß zu und ging allein. Mich ließ der Gedanke nicht los, irgendwo müsse diese kleine ärmliche verwahrloste Stadt doch ein paar grüne hübsche Ecken haben. Ach, da oben ragte eine Kirchturmspitze heraus, zu der eine aufgeräumtere Straße zu führen schien. Oh ja, diese Straße sah etwas weniger gefährlich aus. Vielleicht würde ich von dort einen schönen Rundblick auf die Stadt, den Hafen, das Meer haben? Ein Blick auf die Uhr zeigte mir, wenn ich zügig lief, würde ich rechtzeitig wieder auf dem Schiff sein. Ich legte los. Nach ein paar Minuten – ich glaubte mich die Zeit über allein auf der Straße – hörte ich ein tiefes Atmen hinter mir. Ich drehte mich um. Ziemlich nah folgte mir ein schwarzer Mann, er tat, als habe er nichts im Sinn. Sicherheitshalber wechselte ich die Straßenseite. Er stoppte, beschleunigte seinen Schritt und drehte sich um zu mir, raunte mir ein paar französisch klingende Worte zu, die ich nicht verstand. An der nächsten Ecke bog ich in eine breitere Straße ein. Dort war ich nicht mehr allein, es gab etwas Autoverkehr. Nun konnte ich auch wieder die Kirchturmspitze sehen. Der Mann war weg. Erleichtert setzte ich einen Fuß vor den anderen. Es waren nur ein paar Schritte, als auf der gegenüber liegenden Straßenseite eine junge blonde Frau mit Pferdeschwanz auftauchte und mir ein paar französische Worte in einem warnenden Ton zurief. Ich hielt inne, vergewisserte mich, ob sie mich meinte.

„Oui, vous êtes touriste?“

„Oui, pourquoi me demandez–vous ça?“
Ich fand ihre Nachfrage etwas zu neugierig. Dann verstand ich aber und war ihr sehr dankbar. Sie warnte mich, den Weg nach oben zu gehen. Die Einheimischen würden mich als Touristin erkennen, und es könnte mir passieren, überfallen und ausgeraubt zu werden, erklärte sie mir. Die Menschen hier wären sehr arm und würden um ihr Überleben kämpfen. Es gäbe kaum Arbeit für sie. Die Touristen wären neben der Rumherstellung durch Anbau von Zuckerrohr die wenigen Einnahmequellen. Dort

oben würde auch mit Drogen gehandelt. Damit würden sie auch die Touristen ködern.
Was sie denn hier machte, fragte ich sie, sie wäre doch bestimmt nicht von hier. Sie käme aus Paris, erwiderte sie, und wohnte momentan hier mit ihren Eltern, die wollten sie auch gleich abholen, aber sie würde bald wieder zurückkehren und in Paris studieren. Leider hatte ich keine Zeit, um Genaueres zu erfragen. Ihre Eltern kamen gerade herangefahren. Sie verabschiedete sich und lief zu ihnen.
Ich schaute noch einmal zur Kirchturmspitze, den hübschen Weg nach oben. Erschrocken und traurig machte ich kehrt.
Ich kam noch rechtzeitig an. Monika war auf ihrem Zimmer und ich berichtete ihr von meinen Erlebnissen. Sie war erschrocken und wurde hellhörig. Wir aßen zu Abend ein wunderbares Fischgericht auf Deck 12 in der zum Meer offenen Gosch-Sylt-Bar. Die Meeresbrise tat uns gut. Doch die Bilder von den schmuddeligen und auch aufgerissenen Straßen, den baufälligen Häusern, dem herumliegenden Unrat und das wilde Geschrei mancher Einheimischen, unterlegt von lauter hämmernder Musik, gingen uns nicht aus dem Kopf. Unsere Stippvisite hatte uns beschämt, nicht nur, dass wir uns privilegiert sahen, mehr noch durch die Tatsache, wie abgrundtief die Kolonialmächte die schwarzen Menschen bis Mitte des 19. Jahrhunderts hemmungslos unterdrückt und missbraucht und ihnen nur erbärmlich niedrige Lebensrechte gewährt hatten. Die Spuren reichten bis in die heutige Zeit. Die dumpfe Lethargie, die sich in den Bewegungen der Einheimischen eingenistet hatte, spiegelte diese Einflüsse. Dies bekamen wir später noch durch die geschichtlichen Erläuterungen bei unseren einzelnen Rundtouren auf den weiteren Inseln zu hören. Alle

Antilleninseln hatten eine wechselvolle Geschichte durchlaufen. Mal waren es die Engländer, mal die Franzosen, dann die Portugiesen, mal die Holländer, die die Inseln wechselweise kriegerisch für sich eroberten und die Menschen von ihnen abhängig machten. Die Kolonialmächte fühlten sich getrieben, weltweit zu christianisieren und den königlichen Wohlstand zu vermehren. Die indigene Bevölkerung war ganz schnell ausgerottet worden, kaum dass die Europäer den Fuß auf ihren Boden setzten und ihn für sich beanspruchten.

Nach dem Abendessen besuchten wir auf Deck 4 den Vortrag „Die Befreiung der Sklaven“. Wir erfuhren, dass es der Widerstand der Sklaven selbst gewesen sei, der zur Abschaffung des Menschenhandels geführt haben soll.
Monika und ich diskutierten noch lange auf Deck in der großen Bar mit Blick aufs Meer über die Abgründe der Menschheit, die sich eben auch in dem Geschichtskapitel des Sklaventums zeigten. Wir spannten den Bogen von den Rassenunruhen in Amerika über die Apartheidpolitik in Afrika und die Ausrottung der Armenier in Vorderasien bis zu den Deutschen in Namibia im letzten Jahrhundert. Wir zählten noch weitere Kolonialisierungen, Menschenhandel und Vereinnahmungen auf dieser Welt auf. Wie weltumspannend dieser menschliche Missbrauch war, hatten wir uns noch nicht so klar gemacht. Was für ein mangelnder Respekt vor den anderen Menschen! Respektlos, nur weil sie sich von unserer Kultur unterschieden, egal wodurch bedingt. Hinzu kommt eine angestachelte Gier nach Besitz von Bodenschätzen und Beherrschen, Gier nach Unterwerfen des anderen unter den fremden Willen.
Die Erschütterung war uns beiden ins Gesicht geschrieben.

Das Stichwort „Unterwerfen unter einen fremden Willen bzw. Beherrschen des anderen“ führte uns natürlich wieder zu unseren Vätern. Monika seufzte tiefgründig, ohne ihre Lebensenttäuschung, wie sie es vor Jahren mit schwerer Stimme und blutleerem Gesicht getan hatte, plakativ in den Boden tropfen zu lassen:
„Furchtbar, dieser Beherrschungsvirus. Alle sind davon infiziert bis in die privatesten, bis in familiäre Verbindungen!“

Ich nickte heftig. Hier war sie wieder – unsere moralische Übereinstimmung.

Nach ein paar Minuten des Schweigens, während wir unsere Blicke im Raum und auf das schwarze Meer schweifen ließen, die sanfte Jazzmusik im Hintergrund wie im Kino unser Erleben begleitete, tauchte Monika aus dem Meeresdunkel mit weicher dunkler Stimme auf:

„Ja, Nati, wer hätte das vor ein paar Jahren gedacht, dass wir solch eine besondere Schiffsreise mal zusammen machen würden und miteinander sprechen würden wie in jungen Tagen?“
Ich nickte zweimal, lächelte sie mit samtenem Blick an. Auf einen Absacker verzichtete ich. Monika auch.

Der nächste Tag ließ uns in Dominica, der Hauptstadt von Roseau, landen. Dort besichtigten wir Wasserfälle und die botanischen Gärten mit tropischen Pflanzen, Blüten in den kräftigsten Farben, winzig kleine und große Kelche, Grünpflanzen in allen Schattierungen, tausende Arten von Blattformen. Einfach eine Pracht.
Am Abend machten wir beide einen Ladenbummel über Deck 4. Von bildhübschem echten bis hin zu

Modeschmuck gab es in verschiedenen Läden genügend Auswahl, ebenso an Textilien, Sportkleidung, Kosmetika, Parfums, Geschenken. Man konnte promenieren wie in einer Großstadt.
Was mich besonders angenehm überrascht hatte, waren die Infoposten auf Deck 4, wo es Leseecken mit Zeitungen und eine kleine Bibliothek mitsamt Nespresso-Bar gab, große Teller mit feinstem Gebäck auf kleinen Tischen, an denen man sich nach Herzenslust bedienen konnte. Ich vertraute auf meinen morgendlichen Sport, dass er mich nicht selbst zu einem XXL-Vanillekipferl oder Zimtstern werden ließ.
Anlass für diese zusätzliche Verwöhnung war der Advent. Es wurde ein riesiger Weihnachtsbaum auf Deck 4 neben einer gläsernen Wendeltreppe aufgestellt, der bis an die Decke von Deck 5 ragte, geschmackvoll geschmückt. Alle Tische hatten auch gefällige Adventsgestecke ohne Kitsch.
Müde vom Tag ging jede von uns in ihr Zimmer, um zu entspannen, zu lesen, zu schreiben oder Nachrichten aus Deutschland zu sehen.

Am nächsten Tag landeten wir auf St. Lucia, in der Inselhauptstadt Castries. Es gehört heute noch zum Commonwealth. Wir nahmen nach dem Frühstück an einer Busfahrt mit Führung über die Insel teil. Sie führte uns durch dicht bewaldete Berge, vorbei an Kakao- und Bananenplantagen und Schwefelquellen bis zu einer weiträumigen Umfahrung zweier markanter erloschener Vulkankegel, den „Pitons“. Sattes Grün und exotische Blumenfülle auf der einen Seite, bettelnde Einheimische, Frauen, die mit hochgehobenen Händen Plastikflaschen mit Mineralwasser am Straßenrand teuer anboten, auf der anderen

Seite. Bei einem Fotostopp kaufte ich einer Frau eine kleine Flasche für drei Euro ab.
In welchem Luxus lebten wir in Deutschland!
„Belebte Straßen zum gemütlichen Flanieren", wie sie im Prospekt angekündigt waren, hatten wir bei der Durchfahrt nicht gesehen. Es gab nur wenige enge Straßen mit den üblichen Souvenirshops, auch solche mit den ebenso angekündigten Batiktüchern. Wir beide verspürten keine Lust, bei eventuell noch vorhandener Zeit nach der Busfahrt, den Fuß nochmal dahin zu setzen. Zeit, um die reich verzierte Kathedrale von Castries zu besichtigen, war leider nicht mehr drin.
Monika wollte sowieso zurück zum Schiff. Ihr tat die Hüfte weh, sie jammerte aber nicht.
Am Abend wurde im Theater, das mehr als 1500 Zuschauer fassen konnte, eine Show geboten. Am Nachmittag hatte ich schon mal bei den Proben zugeschaut. Ich war neugierig. Monika wusste noch nicht, ob sie ich begleiten wollte. Leichte Unterhaltung lehnte sie sowieso gerne ab.
Wir verabredeten uns zu einem kleinen Imbiss im italienischen Lokal mit Blick auf die glitzernde Hafenmole.
Monika gab sich schließlich sichtbar einen Ruck und begleitete mich ins Theater. Ein bisschen hat sie sich wohl von meiner Neugier und meiner Entschlossenheit angesteckt. Wieder staunten wir nur so, was solch ein Passagierschiff alles in sich vereinte, ohne unterzugehen.
Man konnte es nicht anders sagen: Die Show war eine Wucht. Gekonnt einstudierte Musicalszenen, sängerisch und tänzerisch gut, nette erfrischende Sketche und unglaubliche Akrobatiknummern, dazu eine mitreißende Musik. Das Publikum konnte sich kaum auf den Sitzen halten und sang bekannte Lieder mit. Was für eine Stimmung! Mehrere Zugaben, dann zum Schluss der

Haussong, mit dem man begrüßt und verabschiedet wurde, der immer abends laut tönte, wenn wir aufbrechen zur Nachtreise zum nächsten Zielort:

„Ooohhh, große Freiheit, ich hab mich nach dir gesehnt … Du hast dich in mein Herz geträumt, es ist schön, dich wiederzusehen!"

Man kann sich der männlichen rauhen Stimme nicht entziehen, der Schmalz, ob man wollte oder nicht, ging unter die Haut. Die Geigen zogen einen hinaus aufs Meer.
Monika hatte rote Wangen, immer wieder murmelte sie laut: „Toll, toll!"
Beschwingt steuerten wir unsere Kabinen an, ließen alle Angebote auf weiteren Decks außer Acht, wie Teilnahme an verschiedenen Gemeinschaftsspielen, Flippern in einem Extraraum, Besuch einer Disco oder die stille Lounge auf Deck 12, auf der man hinter einem riesigen Rundfenster auf Récamièren mit einem Cocktail in der Hand die Fahrt beobachten konnte.
Das wurde uns schnell klar. Man musste seine Vorlieben rasch für sich klären, sonst vertat man die Zeit auf dem Schiff und verlor sich nur im Erhaschen flüchtiger Augenblicke oder ihrem Nachlaufen. Auch in diesem Punkt gab es zwischen uns keine störenden Differenzen. Wir beide neigten dazu, uns selbst Ziele zu setzen und sich nicht in den Anreizen zu verlieren.
Außerdem galt es, je nach Thema oder Ziel auch lange Gänge zu laufen, Treppe rauf und runter, auf den Aufzug warten, wissen, in welche Richtung man laufen muss. Nicht selten waren wir die ellenlangen Gänge wieder zurückgelaufen – das Theater, das Lokal XY lag genau in der anderen Richtung. Bei diesem Hin und Her

summierte sich auch die Zeit. Monika wie ich wollten sie aber nicht nur rieseln lassen.

Am nächsten Tag steuerten wir in der Früh Grenade mit der Hauptstadt St. George an. Sie hatte den Ruf einer Gewürzinsel. Die Stadt mit ihren malerischen Kaipromenaden und den Häusern im Kolonialstil auf hügeligem Grund und ihren wunderhübschen Privathäfen mit tollen kleinen Jachten, Segelbooten und Katamaranen war sehr pittoresk. Sie wand sich in Buchten um das Meer. Wir fuhren mit einer Gruppe zu den Allendale-Wasserfällen. Vorher durchstreiften wir verwinkeltes Buschwerk, bis wir an den Wasserfall gelangten, wo ein junger farbiger Mann mit Rastalocken in gelb-rot-blau gestreiften Bermudas zum Ergötzen der Besucher von einem 15 Meter hohen Felsen, umrankt von vielen großen Farnen, ins Wasser tauchte. Wir warfen ihm Münzstücke zu.
Während unseres Zuschauens wurde mir deutlich, dass meine Freundin brav alles mitgemacht hatte, sie wirklich mit offenen Augen und Ohren alles aufnahm, dem wir begegneten. Zwischendurch kein Gemeckere und kaum Rückgriffe in ihre Lebensgeschichte oder unsere gemeinsame Schulzeit. Die Aufteilung in „jede für sich und gemeinsam“ schien uns beiden sehr gut zu bekommen. Das freute mich. Alles lief problemlos. Keine war der anderen wegen irgendetwas böse, misstrauisch oder beleidigt. Wir erlebten eine neue gemeinsame Zeit, entspannt und unbelastet. Unsere Nähe war nicht mehr symbiotisch wie früher, sie war elastisch.
Wenn etwas passt, stimmig ist, bedarf es nicht vieler Worte. Die Zeit war gefüllt mit der Hingabe und der vollen sinnlichen und mentalen Aufnahme von dem, was der Augenblick und die Situation uns schenkten. So einfach war das. Einfach einfach.

Anschließend ging es weiter zu einem Lokal im Landesinnern, wo die Gruppe ein kleiner Imbiss und ein typisches Getränk erwarteten. Der Imbiss waren sogenannte Bakes, frittierte Bällchen aus Kabeljau, Thunfisch und Käse, recht lecker. Dazu wurde ein Früchtepunsch mit ein bisschen Rum geboten, alternativ gab es auch Zitronenwasser. Das in mehrere Räume allein durch hohe Holzpfosten locker unterteilte Restaurant strahlte karibisches Flair aus, lebensfroh, Tischdecken und Markisen in warmen Farben. Sonnenstrahlen fielen durch die leicht geöffneten Jalousielamellen und zeichneten weiße diagonale Streifen auf die farbige Umgebung. Kardinalrote Bougainville umrankte die Holzbalken. Die warme Luft streichelte unsere nackten Beine und Arme.
Auf zwei Treppenstufen saß eine junge Frau. Auffallend ihr dunkelbraunes gelocktes Haar, um das sie einen orange-roten Turban geschlungen hatte, der oben mit einem dicken runden Knoten keck festgehalten wurde. Das weiß gestreifte kurze Kleidchen saß ihr straff um den festen rundlichen Körper. Sie war noch halb Kind, schon halb Frau mit langen quietschrosafarbenen Fingernägeln. Ihr offenes Lachen mit riesenweißen Zähnen wirkte ansteckend. In den Händen hielt sie ein Handy. Was sie las, musste sie erfreut haben.
Diese Bilder musste ich fotografieren. Sie waren einfach so stimmungsvoll. Auch Monika ließ bei ihrem Schlendern durch die Räumlichkeiten ihre Augen sehr wach, beinahe protokollierend spazieren und hielt manchen Blickwinkel mit ihrer Kamera fest. Wir verständigten uns mit Blicken über diese einmaligen realen Bilder. Unwillkürlich durchzuckte mich eine Erinnerung. Ich sah uns auf einer Klassenfahrt in der Obersekunda. Wir, d.h. unsere Schulkasse, hatten mit zwei Lehrerinnen eine Domfahrt durch Deutschland gemacht. Während wir durch die

Kirchenräume gingen und die Erläuterungen der Lehrerinnen hörten, verständigten wir uns auch häufig mit Blicken darüber, ob wir das Gehörte und Gesehen mochten, fragwürdig fanden oder auch ablehnten. An manchen Stellen mokierten wir uns über die Lehrerinnen und verfielen gerne in einen Lachkrampf. Wir konnten ihn kaum unterdrücken, hielten uns die Münder, um leiser zu lachen. Wir waren richtige Teenager, die sich durch Albern verbunden fühlten.
Hier bei der Schiffsreise waren keine albernen Momente dabei. Hier galten die Blickzuwürfe einer stummen Verständigung über gleichen Geschmack und gleicher Wertschätzung künstlerisch anmutender Situationen.
„Hier könnte der Wenders doch mal einen Film drehen, der Ort ist so inspirierend", meinte Monika dann auch prompt. Das Gleiche hatte ich auch gedacht.

Danach ging es zurück zum Schiff. Monika wollte Tagebuch schreiben, ich ein wenig auf meinem Balkon liegen und schlafen.
Es war ein so besonderer Tag.
Jede gestaltete auf eigenen, auch hier wieder übereinstimmenden beiderseitigen Wunsch den Abend für sich. Ich entdeckte das Kreativstudio für mich und schaute mir die von Passagieren, auch von Kindern selbst gemalten Bilder an den Wänden an. Ich sah eine Frau an einem großen Tisch sitzen mit einer Kursleiterin, die ihr half, Perlen auf Drähte aufzuziehen und zu verknoten, um daraus Ohrringe entstehen zu lassen. Die Passagierin strahlte, sie freute sich über ihren eigenen Entwurf. Es bitzelte in mir. Auf dem Tisch stand ein riesiger Kasten mit unzähligen verschiedenen Perlen in allen Formen, Größen und Farben. Oh, das lockte mich. Ich schloss mich an. Nach einer Stunde ging ich stolz mit

Brokatohrringen, selbst entworfen und mit fremder Hilfe fertiggestellt, auf mein Zimmer. Selig schlief ich ein.

Der nächste Tag war wieder Seetag, Entspannungstag. Wir ließen es uns mit kleinen Mahlzeiten, Lesen, Schlafen, zeitweiligem Sonnen auf Deck gutgehen. Wir hatten Unterhaltung, nur wir zwei und auch mit anderen Gästen da und dort. Wir hatten den Eindruck, dass alle Menschen an Bord zufrieden waren, jeder ließ den anderen sein. Für jeden war Raum für sich. Manchmal hätte ich mir gerne weniger Menschen gewünscht. Aber es entstand keinerlei Bedrängnis.
Monika wirkte auch ganz bei sich. Ich dachte mir, jetzt wäre der Augenblick gekommen, mal nachzufragen, was bei ihr die Wende gebracht hätte. Von der einst verbitterten, in die Vergangenheit verbissenen Monika war fast nichts mehr zu sehen und zu hören.
Freundlich und offen begegnete sie mir und anderen Menschen. Wie war es zu dieser Wandlung gekommen? Ich bemühte mich, mich ihr auf sanften Pfoten zu nähern.
„Ich freue mich über unsere Reise. Das war eine tolle Idee von dir."

„Ja, danke, vor vier, fünf Jahren hätte ich das auch nicht gedacht."

„Ich war schon etwas traurig, oder besser gesagt, besorgt, dass du dich zu sehr vor der Welt verschließt."

„Wie kommst du denn darauf?"
„Du wirktest bei den Erzählungen über dich, über dein Leben, wenn wir uns in den früheren Jahren trafen, recht bitter, vergrämt. Überhaupt fiel mir auf, du redetest fast nur über Vergangenes. Die Gegenwart hatte für dich bis

auf vereinzelte Konzert- und Arztbesuche nichts mehr zu bieten, so hatte ich jedenfalls den Eindruck."

„Och ja?"

„Ja. War dir das nicht so bewusst?"

Sie schaute auf den Boden, überlegte: „Na ja, ich habe viel Bitteres erlebt. Viele Verluste."

„Ja, das stimmt." Zögerlich führte ich aus: „Mir schien halt nur, du weiltest in deinen Gedanken vornehmlich in der Vergangenheit, so, als könnte dort dein Leben von damals noch weiter stattfinden und du dich in der Rückschau noch einmal lebendiger, jünger erleben mit all den entglittenen Chancen als heute. So, als hätte dein Leben danach, jetzt, nicht mehr so viel Sinn."

„Du hast Recht, da ist was dran. Ich fühlte mich um mein Leben gebracht. Ich war auch wütend auf meine Eltern, auf meinen Vater, auf meine Mutter. Wenn ich andere in meinem Alter sah, dachte ich, alle hatten mehr Glück als ich, ich wäre benachteiligt."

„Tja, das verstehe ich" antwortete ich, „solche Anwandlungen hatte ich früher auch ab und an. Ich hab manches Mal vor mich hingemurmelt: Wenn ich doch nur solche Startbedingungen gehabt hätte wie sie, vor allem mehr Unterstützung, egal von wem, dann könnte ich jetzt ganz woanders stehen. Ich hätte keine Hemmungen oder Selbstzweifel, die mich in meinem Fortkommen bremsen."

„Denkst du dabei an bestimmte Ereignisse, und wie bist du mit diesen herunterziehenden Gedanken und Gefühlen umgegangen?“, fragte Monika interessiert.

„Ja, zum Beispiel wenn jemand gut Klavier spielen konnte und zuhause für sich oder auch mal vor Publikum spielte, haderte ich schon mal gerne mit meiner Herkunft. Du erinnerst dich, mein Vater hatte mir ja von jetzt auf gleich das Klavierspielen bei meiner sehr katholischen, kinderlosen Tante, die meine Klavierlehrerin war, verboten. Sie hatte meinen evangelischen Vater mit Worten angegriffen. Er hatte befürchtet, dass sie mich für sich haben und der Familie entfremden wollte. Sie wohnte mit ihrem Mann auf der gegenüberliegenden Etage auf demselben Stockwerk. Später hatte ich seine Gekränktheit wohl verstanden, aber ich fühlte mich dabei völlig übersehen. Nun, kurz und gut, ich gestand mir mit der Zeit ein, dass ich mit dem ewigen Hadern nicht weiterkam. Ich gefiel mir so auch nicht, fühlte mich in mir nicht wohl. Ich war mies gestimmt, wurde lustlos. Das kann es auch nicht sein, dachte ich und riss mich am Riemen: Ich habe die Voraussetzungen, die andere mitbekommen haben, halt nicht. Dann schaff ich das, was ich heute will, ohne dem. Fertig.“

„Hmmm.“
Mein Bekenntnis schien Monika nicht zufriedenzustellen. Also nahm ich nochmal Anlauf.
„Ich hinterfragte meine irrationalen Wünsche. Stimmt das wirklich, kann ich ungeprüft davon ausgehen, dass ich im Leben mehr Chancen gehabt hätte, erfolgreicher gewesen wäre, wenn ich mehr Unterstützung von meinen Eltern bekommen hätte? Vielleicht, vielleicht auch nicht. Alles spekulativ, Fantasiererei.“

Monika nickte, schaute in die Runde, dann wieder zu mir. Ihr Blick verriet, dass sie auf weitere Erläuterungen wartete. Ich fuhr fort:
„Ich habe mir gesagt: Ich kann nicht tauschen, nichts rückgängig machen. Es ist, wie es ist. Mir sind die Eltern als Aufgabe gegeben, ich bin mir ebenso als Aufgabe gegeben mit meinen Begabungen, mit meinen Schwächen und Fehlern. Ich will damit fertig werden, ihnen nicht aus dem Weg gehen. Sie würden mich wieder einholen. Anderen erfolgreichen Menschen nachzuschlagen kann nichts bringen. Mit Sicherheit käme da Murks raus, denn ich kann meine eigene Denkweise und meine Art, mich zu bewegen, nicht einfach verändern. Es gäbe ein Mischmasch, der sicherlich unnatürlich wirken würde. Also, meine hilflos-wütenden Wunschfantasien legte ich als untauglich beiseite. Und wer weiß, ob eine gelungene Verhaltenskopie wirklich ein Erfolgsjoker wäre, wenn ich die situativen Umstände nicht vorausschauen könnte, denn die Situation spielt ihrerseits eine erhebliche Rolle beim Gelingen oder Misslingen."

Monika nickte: „Da hast du recht. Davon halte ich auch nichts."

„Und schließlich" setzte ich unbekümmert fort, „letztlich ist der andere oder das andere nur deshalb so begehrenswert, weil ich mich als unzureichend betrachte. Ich schau den anderen oder die ungelebte Alternative nur mit meinen Augen an. Ich habe keinen freien unabhängigen Blick. In der Psychologie spricht man dabei von ‚kognitiver Verzerrung'. Ich nehme nur die Abweichung von meiner jetzigen Realität wahr. Wie wäre die Abweichung mit einem anderen Blick, den ich ja nicht haben kann, denn dieser ist geschichtlich und emotional ganz anders unterlegt. Nein, bei mir kenne ich mich aus. Was soll ich mir mit Neid oder Missgunst mein Leben auch noch zusätzlich schwermachen? Wenn es möglich wäre, mir bestimmte Fähigkeiten anzueignen, okay, dann bemühe ich mich darum. Dann bin ich ehrgeizig. Aber was nicht geht, oder was ich nicht nachholen kann, ist eben mein Schicksal, meine Aufgabe."

„Na", hakt Monika ein, „das klingt recht abgeklärt. Denkst du echt so oder sprichst du als Psychologin?"

„Beides. Natürlich haben mir die eigenen Erfahrungen und auch die Klientenkontakte weitergeholfen. Aber ich denke auch wirklich so.
Ich will aber noch etwas hinzufügen. Es war nicht alles Mist. Ich mach jetzt mal mit meinem Leben weiter, wie ich es für richtig halte, habe ich mir gesagt. Ich gebe mir Mühe und werde ich nachlässig sein, dann werde ich mich auch wieder aufrappeln. Ich spüre mir gegenüber einfach eine Verpflichtung."

Ich hörte Monika tief Atem holen, ließ ihr Zeit, eigene Gedanken beizusteuern.
„Ja, eigentlich" meinte sie zögerlich „entwickele ich meinen Ehrgeiz ja erst aus meinen ungünstigen Bedingungen heraus, und mit denen bin ich ja engstens verbunden, bin damit identifiziert, könnte mich gar nicht so schnell davon lösen."

„Eben" bestätigte ich sie „und dann noch etwas, es kann nicht jeder eine Koryphäe oder ein Glückspilz sein. Wenn ich mittelmäßig bin oder noch weniger, dann bin ich es eben. Dann liegt mein Beitrag darin, die sogenannte breite Masse mit zu bilden. Sie ist der Bauch unserer Gesellschaft."

„Du nimmst dein Leben an?"

„Ja, sicher, ich habe ja nur das eine. An Wiedergeburt glaube ich nicht. Das ist nur ein billiger Trost, das Wissen, um unsere Endlichkeit zu verschleppen."

„Hmmm." Monika klang nicht überzeugt.

„Glaubst Du an ein Leben im Jenseits?", fragte ich. „Etwa sogar als Belohnung, wenn du auf Erden nur Gutes getan haben solltest?"

„Na ja, eine Milchmädchenrechnung habe ich auch nicht gemacht. Und ein Leben nach dem Tode, wie es die katholische Kirche verspricht, kann ich mir auch nicht so recht vorstellen."

„Die Sprache", setzte ich fast leidenschaftlich fort, „in der diese Verheißungen gemacht werden, setzt ein Erleben voraus, wie wir es aus unserem jetzigen Dasein kennen und erleben. Aber damit ist es ja mit dem Tod vorbei. Mit solchen Tröstungen beißt man sich nur in den Schwanz. Ich kann nichts versprechen, was ich nicht kenne oder was mir in seiner Eigenart unbekannt und fremd ist, kann keine Verträge mit Mr. Unbekannt abschließen. Für mich ist der Tod das Ende unseres körperlichen und seelisch-bewussten Lebens. Jetzt, so lange wir leben, erscheint die Vorstellung vom sicheren Tod für die meisten von uns furchtbar, sicherlich kränkend, schmerzend, furchterregend."

„Warum eigentlich“ fragte Monika etwas ungeduldig dazwischen, „wir wissen doch alle, dass wir sterben. In den Nachrichten ist diese Meldung in irgendeiner Form unser täglich geistiges Brot. Natürlich schaudert es mich, wenn ich sehen muss, wie ein Naturereignis oder ein gewaltsamer Tod Leben löscht, Menschen auseinanderreißt. Dann tun mir die Hinterbliebenen sehr leid. Oder ich stelle mir vor, wie sehr die Menschen im Todeskampf, etwa bei dem Tsunami 2011, gelitten haben müssen. Das finde ich furchtbar.“

„Ja, natürlich“, pflichtete ich ihr bei. „Mitgefühl für das Sterben, besser für die Sterbenden selbst können wir aufbringen. Dieses Gefühl und die Vorstellungen oder gar Erfahrungen damit sind uns noch griffig, aber der Tod selbst - wenn kein Leiden, kein Atmen, kein Schmerz mehr stattfindet, kein Organ mehr arbeitet, wenn Stillstand ist - entzieht sich unserer Vorstellung.“
Monika und ich schauten still auf den Boden. Nach ein paar Sekunden schüttelte Monika ihre Schultern.
„Mich schaudert’s gerade. Das ist irgendwie unheimlich.... Das ist so eine unbestimmte Leere, diese Ungewissheit macht auch Angst.“

„Genau, du sagst es, weiße Taube. Wir sind mit der größten sicheren Ungewissheit unseres Daseins konfrontiert, nämlich die über den Ausgang unseres Daseins. Das ist für uns Menschen schwer erträglich.“

„Was genau ist so schier unerträglich?“ Monikas Stirn legte sich in runzelnde Falten.
„Die Angst. Du hast es eben selbst bestätigt. Ungewissheit macht Angst. Angst ist das dämlichste aller Gefühle, wir sind ihm ausgeliefert. Es macht uns nackt, angreifbar

von allen Seiten. Insbesondere unsere Angst vor dem Sterben macht uns ohnmächtig. Wir haben keine Waffe in der Hand, kein Schlupfloch zum Verschwinden, auf den Schrei nach Hilfe kommt keiner herbeigelaufen. Jeder andere ist ähnlich hilflos, er hat die gleiche Angst."

„Au Backe", wirft Monika ein.

„Bei den eher irdischen Problemen, möchte ich mal sagen, ist es anders, einfacher. Wir müssen nach neuen Perspektiven suchen, die in unsere Realität passen, müssen uns was einfallen lassen. Wir basteln ein neues Mosaik so, dass ein sinnvoller Ausweg, ein neuer Sinn sich abzeichnet. Dabei gehen wir davon aus, dass das Leben irgendwie weitergeht. Natürlich ist das schwierig und nicht selten mit Tränen verbunden."

„Nicht zuletzt auch anstrengend" ergänzte Monika.

„Nein, wenn der Tod eintritt, ist der Ofen einfach aus." Ich bemühte mich, die Stimmung etwas aufzulockern.

„Ja, so ist es. Wenn ich dieses Wissen so richtig mal an mich ranlasse…", Monika schloss die Augen, verharrte in ihrer Sitzposition und schwieg, dabei atmete sie in gleichmäßigen Zügen, entspannte ihre Schultern, öffnete nach ein, zwei Minuten die Augen und sprach gelassen ihren Satz zu Ende: „…dann werde ich ganz ruhig. Das große Loch von Nichts, das ich mir nicht vorstellen kann, sondern mehr in irdischen Worten umschreibe, lässt jetzt meine Angst vor dem Sterben schwinden."
Monika lauschte ihren eigenen Worten nach, lachte plötzlich auf:

„Also zumindest jetzt. Ich bin sicher, sie wird mich auch wieder einholen. Da bin ich sicher."

„Ich auch. So ähnlich geht es mir auch", stimmte ich ihr zu.
Monika schaute mal zu mir, mal aufs Meer, dann auf den Boden, wieder zu mir. Sie schürzte die Lippen.
„Was denkst du jetzt?" fragte ich sie.

„Ich erinnere mich an unsere Gespräche auf dem Dachboden unseres Hauses. Da haben wir auch oft herumphilosphiert… wozu leben …. gibt es einen Gott … was ist denn der Heilige Geist … kann ich von Gott wirklich Hilfe in Not erwarten und so weiter. Allerdings über Gefühle haben wir weniger gesprochen. Komisch, dabei machen sie doch so viel von unserem Erleben aus."

„Das stimmt. Gefühle sind sehr mächtig… An unsere Dachbodengespräche erinnere ich mich auch sehr gut…"

„Mit der Angst vor dem Sterben hatten wir uns eigentlich nicht beschäftigt", meinte Monika, „aber ist ja auch verständlich. Unsere Fragen gingen letztlich mehr in Richtung, wie komme ich mit dem Leben, das vor mir steht, klar."

„Ja, ja, wir waren jünger, waren in einem früheren Lebensabschnitt mit einem anderen Blick aufs Leben als heute." Ich nickte versonnen.

Wir beide schwiegen wieder. Monika stand auf und holte uns an der Bar ein Mineralwasser.
Sie kehrte rasch zurück und setzte sich wieder auf ihre Liege. Wir tranken ein paar Schlucke.

Monika atmete schwer und wanderte den Rand ihrer Liege in kleinen Blickschritten ab, so als verspräche ihr das, etwas sicheren Tritt zu fassen. Ich merkte, unser Gespräch war schwerer Tobak für sie. Ich ließ meine eigenen Worte in mir selbst nachklingen und spürte den kühlen Wind der Einsamkeit, der im Näherrücken an die letzten Fragen unseres Seins mir entgegenwehte.

„Ja, meinst du", Monika richtete nach ein paar Sekunden ihren Blick wieder konzentriert auf mich, „die Sterbensangst oder besser, die Todesangst ist anders zu lösen als die Lebensangst? Man sagt doch immer, die Angst vor dem Sterben sei eigentlich die Angst vor dem Leben?"

„Ja, Letzteres stimmt, wenn Menschen diese Angst vorschieben, um Anforderungen im Leben auszuweichen. Dann fantasieren sie gern das Schlimmste, nämlich das Sterben, das Ende ihres Lebens, als verunglücktes Ergebnis ihres Wagnisses." Ich schüttelte den Kopf. „Nein, die vertrauten Rahmenbedingungen fallen bei der Sterbens- oder Todesangst völlig weg. Physikalisches, theologisches, spirituelles Wissen mag uns Steigbügel an die Hand geben, wie wir loslassen können. Wir können es nicht trainieren. Sterben ist einmalig und individuell. Eine einmalig neue Situation für jeden einzelnen Menschen auf dieser Welt in einer bestimmten unvorhersehbaren Weise."

„Da hast du recht … Ja, was bleibt dann zu tun?"

„Ja, was bleibt uns dann zu tun? ... Nichts."

„Wie nichts?"

„Nichts. Wenn wir wirklich nichts Neues oder sonst wie Kreatives tun können – und dazu haben wir ja am Ende unserer Tage kaum mehr Kraft –, dann, dann müssen wir uns ergeben. Ergeben in Demut."

„Ja, was heißt jetzt schon wieder Demut?"

„Demut fußt auf der Erkenntnis: So ist es. Genau so: Annehmen, was ist. Hier hilft kein Wünschen oder Beten, es möge anders kommen. Gelassen, dankbar annehmen, was geschieht."

„Das hört sich wieder so locker an. Ja, ja, ich weiß, das Einfachste ist das Schwierigste" stöhnte Monika laut.

„Wenn ich tief im Innern akzeptiere", fuhr ich mit ruhiger Stimme fort, „dass ich alle Bindungen an mein Leben, an meine mir nah stehenden Menschen, an meine Umgebung, alles, was mich ausmacht und für mich gezählt hat, loslassen muss und kann, weil der Tod diese Trennung vollzieht, „todsicher", dann nehme ich ihn an.
Dann habe ich ihn mir erst richtig bewusst gemacht."

„Ich sehe, ich muss mich darauf einlassen." Monikas Stimme bekam Tiefe, nicht wie früher, wo sie mir theatralisch vorkam. Jetzt neigte sich ihr Kopf. Früher hatte sie starr den Blick aufrecht gehalten.
Nach einer Pause setzte ich hinzu: „Wir erreichen ein neues Bewusstsein. Ein Bewusstsein ohne Angst. Nach dieser Bewusstwerdung ist Umkehr nicht mehr möglich. Tröstlich ist natürlich, wenn man diesen Bewusstseinsschritt in Vertrauen verwandeln kann wie im christlichen Glauben: ‚Herr, in deine Hände lege ich mein Leben.'

Aber diese religiöse Ausleuchtung ist jedem selbst überlassen."

„Heilig's Blechle!" Monika sprach auf einmal Schwäbisch. Sie schaute wieder auf den Boden. Ich hatte den Wunsch nach einer weiteren Erfrischung und holte mir an der Alsterbar einen gekühlten Cidre. Monika wollte nichts. Sie wollte ungestört weiter nachdenken.
Mit dem Glas in der Hand ich mich wieder zu ihr. Die Sonne schien angenehm warm, nicht zu heiß, die Menschen auf den Liegen um uns herum lasen, dösten, unterhielten sich leise oder schliefen. Einige schwammen durchs große Becken. Das Meer bot eine tiefblaue, ebene Fläche, am Himmel nur ein paar weiße Wölkchen. Eine Traumurlaubskulisse.

Monika hob den Kopf: „Ja, wozu war dann mein Leben da? Wir sind wieder bei den Fragen, die wir uns in der Jugend gestellt haben. Damals stocherten wir schon in der Sinnsuche herum. Meinst du dann, alles ist umsonst, alles, was wir machen, verrinnt im Sande, ist gleichsam umsonst, ohne Wert?"

„Nein, das meine ich nicht. Die Gewissheit des Todes hilft uns vielleicht, uns zu disziplinieren, alles in wacher Bewusstheit und in Verantwortung zu tun."

„Ja, für was und für wen?"

„Es sind unsere Spuren und unsere Werke, die wir hinterlassen für unsere Kinder, unsere Enkel, für die Menschen, mit denen wir in Kontakt waren. Wir alle – jeder hat Werke vollbracht, nicht nur die großen Architekten und Ingenieure mit besonderen Brücken oder Flughäfen,

Wissenschaftler und Künstler mit ihren sinnbildlichen Werken, nicht allein Politiker mit folgenreichen Weichenstellungen, nein, wir alle mit unseren Alltagsentscheidungen, die das Leben auf diesem Globus erhalten in Konstanz und Veränderung. Wir alle wirken auf irgendeine Weise und geben unsere Erkenntnisse und unsere Haltungen, unsere Liebe füreinander und für eine Sache im Miteinander unmittelbar weiter."

„Das ist **alles**?"

„Das **ist** alles. Ist das nicht eine Menge?"

Ich lächelte Monika verschmitzt an: „Du erinnerst dich doch bestimmt noch an Fontanes Gedicht ‚Herr von Ribbeck auf Ribbeck im Havelland', das wir in der Schule auswendig lernen mussten?"

Sie ergänzte spontan: „So spendet Segen noch immer die Hand des von Ribbeck auf Ribbeck im Havelland" und lächelte tiefsinnig, schaute mich stumm an, kratzte sich am Kopf. Sie holte wieder tief Luft.

Mit großen Augen fragte sie mich: „Begleitet dich diese Einstellung jeden Tag? Oder anders gefragt: Heißt das, du bist andauernd zufrieden und rufst dem Schicksal zu: Allez hopp?"

Ich lachte. „Natürlich nicht, alle struppigen und ängstigenden Gefühle streifen mich auch immer wieder. Ich bin auch manches Mal am Ende meines Lateins. Ich ruf mich dann zur Räson und bete den Rosenkranz von vorne."
„Rosenkranz?" Monika runzelte zweifelnd die Stirn.

„Ich meine das symbolisch“, erwiderte ich. „Ich bespreche mit mir selbst die Verführung, in Zweifel, Selbstmitleid oder Auflehnung zu geraten, wie ich es am Anfang unseres Gesprächs geschildert habe, immer wieder, bis die Furchtgedanken blasser und blasser werden und ich wieder zur Ruhe komme.“
Wir schauten uns ernst und offen in die Augen.
„So, jetzt bist aber du dran, mir zu erzählen, wie es dazu kam, dass sich bei dir das Blatt gewendet hat. Bevor ich mir deine Geschichte anhöre, spring ich erst mal ins Wasser.“

Ich drehte ein paar Runden im Schwimmbecken. Monika bevorzugte noch ein Nickerchen auf der Liege.

Während ich mich mit dem Handtuch nach dem Schwimmen trocken rubbelte, fragte ich sie, ob sie bereit sei, unsere Unterhaltung fortzusetzen. Sie war.

„Ich hatte gar nicht vorgehabt“, begann ich, „so weit auszuholen. Also, was hat bei dir die Wende gebracht?“

„Tja“, Monika sinnierte vor sich hin, „ich glaube, es war vor etwa vier Jahren. Ich war in der Stadt und stand vor einem Schaufenster und schaute mir die Schaufensterpuppen mit neuen Kleidern an. Nicht weit weg von mir stand eine junge Frau mit einem Mädchen an der Hand, etwa sieben bis acht Jahre, so alt wie ich auf dem Foto, das ich dir mal geschickt hatte, mit meiner Mutter und Tante Ellie. Du weißt, auf dem Bild gucken die Frauen unglücklich - gehemmt und zurückgenommen Tante Ellie, meine Mutter unzufrieden und desinteressiert. Ich lache offen und freundlich zum Fotografen hin. Sicher war es mein Vater, der fotografierte. Also, das Mädchen in

der Stadt munterte seine Mutter auf: ‚Guck mal, Mama, was für ein schönes Kleid! So eins möchte ich später auch mal tragen. Aber erst du, du kannst es tragen. Du sollst auch schön aussehen.“'
Ich schaute mir die Mutter an. Sie war eigentlich hübsch, guckte aber verkniffen vor sich hin und erwiderte in einem fast tadelnden Ton: ‚Ach, lass, das brauch ich nicht!“'
‚Warum nicht?‘ ‚Ich hab eh‘ kein Geld und von deinem Vater bekomme ich keinen Cent! Und außerdem ist der Zug abgefahren.“
„Welcher Zug?‘
‚Das sagt man, wenn man etwas nicht mehr machen kann, worauf man sich gefreut hat...Für was, für wen soll ich mich denn hübsch machen?‘
‚Für mich!‘, rief das Mädchen aufgeregt und sprang dabei von einem Bein auf das andere, ‚für mich!‘ Die Mutter guckte verdutzt auf ihre kleine Tochter herab, streichelte ihr die Wange und drückte sie an sich, rieb sich mit der linken Hand über die Augen und zog sie dann an ihrem kleinen Händchen ins Geschäft.“

Monika verstummte, setzte sich aufrecht, drehte den Kopf zur Seite. Ihr weit sich ausstreckender Blick glitt über die glatten Meereswellen.
„Und welche Rolle spielst du in der Geschichte?“
Monika wandte sich mir wieder zu: „Die beiden hatten mich sehr berührt. Ich studierte sie. Die im Grunde hübsche Mutter passte nicht so recht zu der quicklebendigen Tochter, oder besser, ihr griesgrämiger Ausdruck passte nicht. Ich wünschte, ich hätte so eine liebe Kleine gehabt, hatte ich so für mich gedacht.“

„Ja, und?"

„Dieser Widerspruch entflammte mich. Ich schreckte heiß zusammen. Die Mutter spiegelte mir meine bittere Verdrießlichkeit. Ich war genauso negativ wie sie. Ich zuckte vor mir selbst zurück. Nein, so wollte ich nun doch nicht durch die Gegend gehen."

„Ahaa. Prima." Kurz machte ich eine Pause. „Was hast du dann gedacht?"

„Ja, was habe ich dann gedacht?" überlegte Monika laut wie auf der Stelle stehen bleibend, als wenn sie ihre heruntergefallene Brille im Sand suchte. „Ja, dann habe ich mir erst mal die kleine wache Tochter angeguckt. Die hatte so ein liebes forschendes Gesichtchen. So war ich ja auch mal, blitzte es in mir auf. Wo ist meine Kindseele geblieben? Meine unbefangene Neugier, meine spontane Freude, wenn ich irgendetwas plötzlich entdeckt, wiedergefunden oder verstanden hatte? Ja, und dann habe ich mich auch in der kleinen Tochter gesehen. Ich erkannte, dass ich diese unschuldige frohe Seite in mir völlig vernachlässigt hatte. Ich war richtig bestürzt darüber." Monika lachte kurz auf. „Ja, ich habe gespürt, ich bin beide, die kleine liebevolle Tochter und die verbiesterte Mutter in einem. Beide sind nicht mehr in Kontakt. Die Kleine hat mir das richtig vor Augen geführt. Ich wurde hellwach."
Monika schaute mich aufgerüttelt aus ihren großen braunen Augen an. Ich streckte auch gleich meinen Rücken auf der Liege in die Höhe.
„Ja, und wie ging's weiter?"
Monika fuhr nach einer Weile des Schweigens fort: „Nun, kurz überlegte ich, ob ich weitergehen sollte – ich

wollte natürlich nicht, dass sie merkten, dass ich Zeugin ihrer Szene geworden war. Ich verdrückte mich daher ein paar Meter weiter, so, als wollte ich mir die nächsten Schaufenster angucken. Ab und zu warf ich Blicke hinüber, und da sah ich sie nach 20 Minuten zur Tür heraustreten. Die Mutter hatte auf einmal einen leicht beschwingten Schritt, wirkte um ein paar Jahre jünger mit einem entspannten lächelnden Gesicht. Sie hielt ihre fröhlich hüpfende Tochter an der linken Hand, in der rechten Hand eine große Einkaufstüte.
Mir wurde warm ums Herz, auch mein Gesicht entspannte sich und ich holte tief Luft, fühlte mich wie befreit. In dem Moment entschloss ich mich, meinen Griesgram in den Rhein zu kippen und …“ Monika machte eine Pause, „und … ich fasste einen zweiten Entschluss.“

„Nämlich?“

„Diese offenherzige Seite, diese Kinderseele wollte ich wieder in mir lebendig machen … Also, wie habe ich das gemacht?“

„Du hast ja richtig an dir gearbeitet!“

„Ja, klar. Ich bekam auf einmal Sehnsucht nach mir selbst, nach der Leichtigkeit, mit der ich früher an neue Situationen herangegangen war. Ich beschloss, genauer auf mich zu achten, wenn ich mit anderen Menschen in Kontakt kam, war es beim Einkaufen, mit den Nachbarn, bei Konzertbesuchen, egal wo. Ich kontrollierte meine ersten Gedanken und Gefühle, die mir durch den Kopf schossen, wenn ich auf etwas aufmerksam wurde. Landete ich bei der Vergangenheit, und allem, was mir entgangen ist, wo ich mich um was gebracht fühlte, sagte ich mir: Halt, stopp, was ist jetzt, wie findest du XY wirklich? Guck, was jetzt zählt, nimm an, wie es ist, was es ist und demontier nicht den Moment. Klatsch nicht deine Wut, deine Trauer als Dreckschleuder gegen den anderen oder auch gegen dich selbst. Bilde dir nicht ein, du weißt alles besser, flüchte dich nicht in Hochnäsigkeit. Mach dich nicht klein. Bleib auf dem Teppich. Lass dem anderen seine Sicht, er hat seine Gründe, seine Geschichte. Und ich hab meine. Bis hierhin habe ich auch etwas geschafft. Guck, was dir Freude macht. Was möchtest du jetzt tun? Tu es, mach, wie du denkst!“

Kurz ließ Monika ein glucksendes Lachen los:
„Du wirst lachen, ich habe teils so gedacht, d.h., ich denke auch jetzt immer noch so, wie du selbst es vorhin formuliert hast.“

„Mensch, Monika, das ist unglaublich, was du an selbstkritischer Arbeit geleistet hast.“ Ich war sprachlos. Ihre Offenheit mir gegenüber und ihre Disziplin, ihre Kraft, sich umzukrempeln, imponierten mir ungemein.

„Ja, ich glaube auch. Natürlich brauchte ich dazu einige Zeit.“

„Das alles hast du ohne Therapeuten gemacht?“

„Ja. Ich erinnerte mich natürlich an Therapiestunden von vor vielen Jahren, etwa, welche Brückenfragen zu meinem Innersten mir die Therapeutin damals gestellt hatte. Ich war jetzt meine eigene Therapeutin. Aber an Therapie hatte ich auch gar nicht gedacht. Man kann ja auch selbst seine Irrtümer entdecken und sich ändern wollen. Klar, dass die Selbsterkenntnisse und die Aufräumarbeiten nicht fließend vonstatten gingen. Sehr oft hatte ich Rückfälle. Aber das Bild von dem kleinen Mädchen, das seiner Mutter emphatisch zuruft: Für mich, für mich! – das blieb mein Zugpferd … Ja, ich hab's für mich getan."

„Chapeau! Wie geht's dir heute damit?"

„Du siehst, ich bin jetzt sogar mit dir hier auf dem Oberdeck, wo ich anfangs gar nicht hinwollte. Noch Fragen?"

Ihre kesse Lippe ließ mich schmunzeln. Von ihrer Wandlung war ich tief berührt. Monika lachte mir unbefangen ins Gesicht. Freude pur.
Unwillkürlich musste ich schlucken und schickte drei Gebete gen Himmel. Wunderbar, welche Einsichten uns die Realität selbst bietet, wenn wir nur wach sind und uns verbinden mit dem, was uns umgibt. Dann entsteht Neues.

Ich strahlte Monika an.
Sie strahlte zurück.
Ich nahm sie in den Arm.

Wir hatten wieder eine Tiefe in unserem Gespräch, wie früher, nur anders, erfahrungsreicher.

Für den Abend hatte der Kapitän über Lautsprecher eine Adventsfeier auf der großen gläsernen Wendeltreppe angekündigt. Es durften sich alle Gäste, wenn sie Lust hatten, drum herum gesellen. Monika und ich wollten zusammen dorthin gehen. Die Wendeltreppe erstreckte sich von unten nach oben über zwei Stockwerke, die jeweils mindestens neun bis zehn Meter hoch waren. Es wurden Blätter mit Gesangstexten verteilt, so dass jeder mitsingen konnte, auch die fremdländischen Lieder. Denn unter den Interpreten der Lieder waren einige vom Personal, Philippinen, Chinesen, Inder, Afrikaner, Thailänder, Engländer, Franzosen, verschiedene andere Europäer, die Liedgut aus ihrem Heimatland vorbereitet hatten und vorsingen wollten und sich dabei um die schöne Treppe gruppierten. Unten auf dem vierten Deck, wo Rezeption und Leseecke waren, stand ein Flügel mit einem Pianisten, direkt neben dem Tischchen mit dem feinen Gebäck.

Der erste Offizier stellte sich in die Mitte der großen Treppe und sprach in launig-feierlichem Ton:
„Liebe Gäste, auch wenn wir uns in der warmen Karibik befinden, wollen wir doch nicht vergessen, dass jetzt auf der ganzen Welt Adventszeit ist. Wahrscheinlich fällt uns hier die adventliche Besinnlichkeit etwas schwer, aber ein bisschen wollen wir es mit gemeinsamem Singen versuchen. Wir sind ja eine internationale Mannschaft, und da haben wir gedacht, es könnte auch interessant sein, Weihnachtslieder aus anderen Ländern in anderer Sprache zu hören. Ein Teil der Crew hat einige Lieder mit Chor und Tanz vorbereitet. Ein anderer Teil ist oben auf Deck und richtet rund um das große Schwimmbad einen Weihnachtsbasar mit Geschenkartikeln verschiedenster Art, von Kosmetik und Kleidung und kleinen Aufmerksamkeiten über Basteleien und viele Leckereien bis hin zu Salaten und Snacks ein. Gegen 22 Uhr wird eine Tanzgruppe oben auftreten und Ihnen südamerikanische Tänze in Kostümen vorführen. Anschließend ist das Parkett frei für Sie zu tanzen. Unser Pianist stimmt als erstes Adventslied ‚Es ist ein Ros' entsprungen' an. Bitte haben Sie Mut, mitzusingen. Die Texte stehen in den Flyern. Ich wünsche einen besinnlichen und frohen Abend."

Zögerlich stimmten wir alle ein, bis es kräftig tönte. Es folgten weitere Lieder. Uns gegenüber standen Kinder und Erwachsene verschiedenen Alters. Wir hörten um uns deutschsprachige und fremdländische Artikulation beim Singen der abgelesenen Texte. Es war, wie wenn wir eine einzige riesige internationale Familie wären. In dem Moment spürten wir nicht mehr die Konsumwelt des Schiffs, sondern tatsächlich nur Verbundenheit mit den vielen fremden Menschen. Für mich waren das die menschlich wärmsten Momente dieser Reise, sehe ich mal von den offenbarenden Worten meiner Freundin ab.
Die Lieder der anderen Nationen waren eher lustig und wirkten fremd, aber nicht verschreckend. Sie ließen eine unbeschwert schwingende Empfänglichkeit für das sich wiederholende Weihnachtsgeschehen erahnen.
Zum Schluss sangen wir dann alle das international bekannteste Weihnachtslied ‚Stille Nacht'.
Oh, es rieselte mir den Rücken runter. Ich wollte doch dem ganzen Weihnachtsklimbim entfliehen. Jetzt holte er mich hier wieder ein.
Egal, ob ein Glaube aktiv dahintersteht oder nicht, tief wurzelnde emotionale Bindungen, die zudem religiös begründet sind, reagieren über Jahre auf den vertrauten Klang, wenn er angeschlagen wird.
Auch Monika schien gerührt. Die frühere herbe bis eckige Ausstrahlung war einer weichen Zeichnung gewichen. Es war nicht ganz die alte Monika, die neben mir lief. Die Nähe von einst war variiert, erweitert und realistisch. Monika war reifer, fraulicher, offener und dem Geschehen gegenüber aufgeschlossen. Das freute mich sehr. Ich fühlte mich ihr näher als die Jahre zuvor und zugleich sehr unabhängig.
Wir verabredeten uns für acht Uhr am Abend zum Besuch des Weihnachtsmarkts und gingen beschwingt und

nachdenklich nach dem Nachmittag der offenen Worte und des sentimentalen Ausklangs auf unsere Zimmer, um uns zu sammeln, jede für sich.

Kurz vor acht klopfte Monika bei mir an der Tür. Ich machte auf. Vor mir stand meine Freundin in einem weinroten langen Kleid mit ausgestelltem Rock, um den Kopf ein ebenso weinrotes breites Band gewunden, schwarze Ohrringe und sehr gut geschminkt.
„Wow", entfuhr es mir. Sie lächelte geschmeichelt.
Ich schlug vor, die drei Stockwerke zu Fuß hochzugehen. „Komm, wir machen uns fit für den Abend, es gibt sicherlich leckere Sachen, die wollen wir uns nicht entgehen lassen, dann sinken sie besser, und wir machen uns ein wenig beweglich. Wir wollen doch ein bisschen tanzen, oder?"
Sie guckte mich etwas schräg von der Seite an und meinte dann auf einmal wieder zögerlich: „Du vielleicht, bei mir weiß ich es noch nicht."

„Ach geh, jetzt ist nicht der Augenblick für Rückfälle!"
Sie lächelte wissend.
Als wir oben ankamen, fanden wir einen wunderschön dekorierten Platz vor, der rund um das große Schwimmbecken mit lauter kleinen Weihnachtsbuden umgeben war. Wieder staunten wir, was dieses Schiff alles bot, wie schnell das Personal arbeitete. In Windeseile hatte es Holzbuden zusammengezimmert und künstliches Tannengrün daran genagelt, verziert mit bunten Weihnachtskugeln und -sternen, Lebkuchen, weißer Watte als Schneeimitation und Goldgirlanden. Man kam sich vor wie auf einem richtigen deutschen Weihnachtsmarkt. Es gab jede Menge verschiedener Verwöhnungen zu essen und zu trinken, auch Glühwein, und Showeffekte wie

Schlitten, die von Pferden gezogen wurden, als Eisskulpturen. Auf den Budentischen waren viele Produkte ausgebreitet oder auf Bügeln gehängt, wie sie auch in den Geschäften der Verkaufspassage angeboten wurden. Manche schon hübsch weihnachtlich verpackt als fertige Geschenke.
Wir schlenderten dahin, naschten dort, spazierten zu jener Bude, blieben bei einer anderen stehen. Monika kaufte sich ein Paar hübsche Ohrringe, ich erstand eine fein duftende Köperlotion. Advents- und Weihnachtsmusik erklang wie in Europa aus Lautsprechern, größtenteils amerikanische. Das war auch fast wie in Deutschland. Monika und ich suchten uns einen Platz nahe der Bühne. Mit einem Teller mit warmen Leckereien und einem Glas Sekt wurschtelten wir uns durch das Gewühl an Menschen. Denn gleich sollte die Tanzshow losgehen. Der Kapitän bat vorher noch um die Aufmerksamkeit für die Preisverleihung an die Kinder, die sich nachmittags bei einem Schwimmwettbewerb und einem Quiz erfolgreich geschlagen hatten. Es gab lautes Hallo, Lachen und Rufen. Die Kinder waren ganz stolz, wenn ihr Name aufgerufen wurde und ihnen ein kleiner Preis, zum Beispiel eine Sonnenkappe, ein Ball oder ein Kartenspiel, verliehen wurde, und alle klatschten. Der große Preis war ein Besuch beim Kapitän auf der Brücke, bei dem der Gewinner ein paar Minuten das Steuer halten durfte. Es war ein kleiner hellblonder holländischer Junge, vielleicht vier Jahre alt, natürlich mit Namen Piet, der einen lauten Juchzer ausstieß und dem Kapitän glattweg vor Freude in die Arme lief.
Kurz darauf verdunkelte sich die Bühne. Ein letzter Schluck aus dem Glas. Dann schossen Scheinwerfer strahlendes Licht auf sie. Fünf Paare wirbelten bei feuriger Musik über das Parkett, völlig synchron, perfekt im

Timing. Sie drehten sich im Rausch wirbelnder schwarz-roter Flamenco-Kostüme, wechselten von der erotisch-besinnlichen Rumba über feurigen disziplinierten Flamenco bis hin zum beschwipsten Jive. Das Publikum geriet in Fahrt, klatschte und schwang selbst mit den Hüften. Karnevalsstimmung in der Karibik zur Adventszeit! Dazu die frische Meeresbrise, lachende frohe Menschen. Monika strahlte über das ganze Gesicht, trank ihren Rest Sekt in einem Zug leer, intonierte den Rhythmus mit schwingenden Ellenbogen wie mit ausgebreiteten Flügeln. Ihr weiter Rock schwenkte nach links und rechts. Keine Spur von Bitterkeit, Zurückhaltung oder Verächtlichkeit. Sie war wie neugeboren. Das kleine Mädchen vor dem Schaufenster war zu einer lebensbejahenden lebensfrohen älteren Frau geworden, die den Augenblick genoss und sich ihm hingab. Was für eine Wandlung!
Riesenbeifall für die 20-minütige Show, eine Zugabe. Verbeugung der Tänzer, letzter Beifall. Das Bühnenlicht verdimmte. Das Licht wurde auf die große frei gewordene Fläche vor dem Schwimmbecken für die Gäste gerichtet. Nach kurzer Pause erklang vom Band erst mal ein schleppender Foxtrott. Nach ein paar Minuten wagten sich die ersten Paare auf die Tanzfläche. Sie wurden nicht besonders beäugt. Drumherum brodelte Gesprächsgemurmel. Offensichtlich fühlten sich alle frei, gerade das zu tun, wonach ihnen im Moment zumute war.
Das ermunterte mich, mich auch auf die Tanzfläche zu wagen. Monika wollte noch nicht so recht mitmachen, ich gab mir einen Stoß, ging zu einem noch freien Platz in der Mitte und legte los. Ich schwang meinen Körper nach dem Impuls durch den musikalischen Rhythmus und die Klangqualität der Musik, drehte Pirouetten, durchschritt den Raum, ganz nach meinem Gusto. Was sollte ich anderes machen? Ich hatte keinen Partner,

keine Partnerin, mit der oder dem ich klassischen Paartanz hätte machen können. Einerseits bedauerte ich das, andererseits gewährte ich mir meine Lust zum freien Ausdruck. Monika schaute noch in die Runde, genoss die besondere durchwachsene Atmosphäre von adventlicher und „Traumschiff"-Umgebung, den nachtblauen Himmel, nippte an einem weiteren Glas Sekt, das sie sich geholt hatte. Ich winkte ihr zwischendurch zu. Sie winkte fröhlich zurück.
Ich überlegte, ob ich zu ihr zurückgehen sollte, da setzte die Musik mit einem Oldie aus meiner Studentenzeit ein – „Satisfaction" von den Rolling Stones. Da gab's kein Halten mehr. Die Tanzfläche füllte sich. Alle räkelten sich lasziv und ruckartig. Ich stampfte bei den Bässen mit den Füßen, links und rechts abwechselnd, die Arme hoch und im Schwung nach unten und zurück. Dann wieder eine Drehung und plötzlich hörte ich, wie eine männliche Stimme neben mir meinen früheren Kosenamen laut ausrief: „Nati!"
Ich landete in den Armen eines langen älteren Herren mit weißen Haaren. Wie vom Blitz getroffen erfror ich auf der Stelle und blickte in ein lachendes freundliches Gesicht. Wer war dieser Mann? Irgendwie bekannt? Woher kannte er meinen Namen? Wieso begegnete ich ihm hier, jetzt?
„Erkennst du mich nicht mehr? Ich bin Walter, Monikas erster Freund!"
Ich befreite mich schnell aus seiner Umarmung, starrte ihn an und suchte nach mir bekannten Spuren in seinem Gesicht. Ja, tatsächlich, ich erkannte ihn wieder. Der kleine Bart um sein Kinn war weg, die lockigen schwarzen Haare von einst waren kleine weiße Kringellocken geworden, die eine Glatze umkränzten. Sein Gesicht war

ein wenig faltig, der Mund etwas schmaler und leicht nach unten gezogen, der Rücken leicht gekrümmt.
„Ja, Walter, was für eine Überraschung. Ich kann's nicht fassen. Es ist Jahrzehnte her. Ich habe dich bisher noch nicht auf dem Schiff gesehen."

„Bist du allein hier?"

„Nein, Monika ist auch hier. Sie sitzt da drüben."

„Nee, wirklich?"

„Ja, doch, mein Gott, was für ein Zufall!"
Ich winkte Monika zu mir heran. Zuerst reagierte sie nicht. Ich zog Walter in ihre Richtung. Je näher wir kamen, desto mehr weiteten sich ihre Augen, sie stand auf, stieß einen spitzen Schrei aus: „Das kann doch nicht wahr sein!"
Dann lagen sich beide auch schon in den Armen.
Ich hielt Abstand und schaute dem Wiedersehen diskret zu.
Die Musik spielte noch immer, jetzt etwas Langsameres, was mir nicht bekannt war, aber recht angenehm klang. Walter umfasste meine Freundin und führte sie behutsam über das Parkett. Ich verdrückte mich nach hinten und setzte mich auf einen frei gewordenen Stuhl, melancholisch froh.
Kurz darauf kamen die zwei zu mir. Walter erzählte, dass er mit seiner Frau auch auf dem Schiff wäre, auch für sie beide das erste Mal. Sie seien sehr zufrieden, aber demnächst wollten sie wieder einen eigenen ganz individuellen Urlaub machen.
Inzwischen tauchte seine Frau auf, eine schlanke sympathische Erscheinung, fast so groß wie er.

„Ach, hier bist du“, lachte sie und setzte hinzu „bei netten Damen“. Er klärte sie auf, und sie reagierte auch ganz erstaunt.
Wir erzählten uns wechselseitig ein paar Happen aus unseren Lebensläufen, wie Beruf, Familienbildung, Wohnort. Mehr ließ der Geräuschpegel auf dem Schiff auch nicht zu. Aber es bestand auch offensichtlich auf beiden Seiten kein allzu großer Mitteilungsbedarf. Und – es gab keine alten Rechnungen zu begleichen. Jeder war in seinem Leben angekommen. Sowohl mich als auch erst recht nicht Monika reizten neue Anknüpfungspunkte. Sie legte keinerlei Neugier an den Tag. Das verwunderte mich ein bisschen. Der frühere Lebensabschnitt war für sie offensichtlich abgeschlossen. Alles lief so friedlich ab, wie selbstverständlich, so unaufgeregt. Die Wiederbegegnung mit ihrer ersten Liebe hatte sie nicht aus der Balance gebracht. Wieder ein Hinweis für mich auf ihre innere Disziplin.
Ich wusste auch nichts über den Ausgang ihrer Beziehung, warum sie nicht beieinander geblieben waren. In der stimmungsvollen Umgebung wollte ich auch nicht näher nachfragen. Monika schien mir in ihrer Handlungsweise sehr sicher.
Walter und seine Frau verabschiedeten sich mit dem lockeren Zuruf: „Man sieht sich bestimmt noch!“
„Bestimmt“, riefen wir beide wie aus einem Munde.
Wir winkten ihnen nach, dann verschwanden sie in der Menge.

„Komm, Monika, wir legen noch mal eine Sohle aufs Parkett.“
Ich packte sie bei der Hand. Sie widersetzte sich nicht. Die ersten Schritte bewegten wir uns noch gemeinsam. Dann löste sich jede von der anderen und tanzte auf ihre

Weise das Lied zu Ende. Wir schlenderten ein letztes Mal durch die Reihen, guckten zum Abschluss nochmal in einzelne Buden hinein und trudelten gemächlich über den Gang zum Aufzug. Monika gähnte, und ich freute mich auch auf meine Koje.
Der Tag war voll gewesen, tiefsinnig, interessant und aufschlussreich, gleichwohl unterhaltsam, überraschend mit ruhigem Ausgang.

Wer hätte das gedacht?!

Es folgten drei Tage hintereinander mit Stippvisiten auf den sogenannten ABC-Inseln: Aruba – Bonaire – Curaçao. Alle drei waren ehemalige niederländische Kolonien gewesen. Sie zeigten in ihrer Städtearchitektur das europäischste Gesicht. Die Inseln näher zu erkunden hätten wir beide gerne vorgezogen, als nur jeweils einen Ausflug zu ein paar ausgesuchten Plätzen zu machen, denn sie wirkten putzig, farbenfroh und einladend. Immerhin – einige besondere Begebenheiten versprachen Erinnerungswert.
Die erste Insel war Curaçao. Wir besuchten mit der Reisegruppe eine Fabrik, die die weltbekannten Liköre herstellt. Allerdings haben sie nichts mit unserem Likör „Blue Curaçao" zu tun. Die Liköre werden aus den Schalen von Bitterorangen, die dort wachsen, gewonnen. Die Schalen werden mazeriert, also in Alkohol gelegt und eingeweicht, durch dessen Wirkung sich die Bitterstoffe von den Fasern trennen und an den Alkohol binden. Wir durften natürlich mehrere Kostproben an Likören in verschiedenen Farben genießen. Darüber hinaus wurde uns ein Bitterschalenwasser ans Herz gelegt, das man sich auf schmerzende Rückenstellen reiben kann. Ich erstand eine

kleine Flasche für mich und eine für meine kranke Nachbarin zuhause.
Die Hauptstadt Willemstad imponierte uns durch zauberhafte schmale, verschieden farbig gemalte Häuser im Kolonialstil, renovierte Häuser aus drei Jahrhunderten. Die Innenstadt gehört zum UNESCO-Weltkulturerbe.
Das Beeindruckendste war jedoch eine ganz besondere Brücke, 1888 erbaut, 1939 und 2006 komplett renoviert. Die Brücke hat keine feste Uferverbindung. Sie verbindet übers Wasser die Stadtteile Punch und Ottraband und ist nach einer früheren holländischen Königin „Königin-Emma-Potonbrücke" benannt. Sie öffnet und schließt zu bestimmten Zeiten, so dass das Wasser nicht durchgehend überquert werden kann. Das Schauspiel der sich öffnenden und sich schließenden Brückenarme hatte uns sehr fasziniert. Nach unserem Bummel durch die weihnachtlich geschmückte Altstadt mussten wir uns sputen, zur angegebenen Zeit am Übergang zu sein, denn auf der anderen Seite lag unser Schiff. Sonst hätten wir bis zum nächsten Übergang mehrere Stunden warten müssen, und unser Schiff wäre ohne uns abgefahren.
Von den im Flyer angekündigten reizvollen Strandbuchten und weitläufigen Korallenriffen hatten wir nichts gesehen. Dazu fehlte die Zeit. Auch Monika fand das bedauerlich.

Der nächste Tag führte uns zu der Insel Bonaire mit der Hauptstadt Kralendijk, etwa 30 Kilometer von Venezuela entfernt. Sie ist eine besondere Gemeinde der Niederlande. Die Bürger haben einen niederländischen Pass und sind EU-Bürgern gleichgestellt, auch wenn Bonaire nicht zum Gebiet der EU gehört. Diese Insel hatte ich ins Herz geschlossen. Von ihr ging ein bestimmter Zauber aus, obwohl auch hier bis ins 19. Jahrhundert Sklaventum herrschte. Sie strahlte Ruhe und Weitläufigkeit aus, vor allem, wenn man sich entlang der Küste bewegte. Wir fuhren dort mit einer kleinen Gruppe und einer sehr sachkundigen holländischen Führerin in einem Bus über eine gut ausgebaute Landstraße – im Innern der Insel sollen mehr Schotterpisten sein –, genossen den nicht enden wollenden Weitblick über das Meer, vereinzelt ein paar Menschen auf Rädern, die vom Strand kamen, insgesamt wenig Verkehr. Hier herrschte kein quellender Tourismus. Wir fuhren an Mangrovengebieten vorbei, die typisch für Bonaire sind, und landeten nahe einem großen Algengebiet, um Flamingos, eine weitere Sehenswürdigkeit der Insel, zu sichten. Leider gab es zum Zeitpunkt unseres Ausflugs nur wenige Einzelexemplare.

Der Hauptschatz der Insel ist die traditionsreiche Gewinnung von Salz, das „weiße Gold", wie die Niederländer es nannten. Das war vor Jahrhunderten sehr schwer in Europa zu bekommen. Monika und ich erfuhren hierzu interessante Informationen. Im salzhaltigen Wasser der Salinenbecken wachsen Algen, die Leckerbissen für kleine Krebse sind und die es daher schwarmartig hinzieht. Diese ernähren wiederum die Flamingos, im wahrsten Sinne ein gefundenes Fressen, was zu einer großen Vermehrung der Flamingos führt. Es gibt ganze Flamingokolonien. Die Krebse verleihen Flamingos ihre Lachsfarbe. Das wussten wir vorher nicht und fanden es recht spannend.

Danach fuhren wir zu der einen übrig gebliebenen großen Saline auf der ganzen Südspitze, die noch in Betrieb war und die die Arbeit durch Sklaven abgelöst hatte. Heute sind die Arbeitsprozesse automatisiert, und riesige Maschinen bewirtschaften die Salzfelder.

Uns beide schmerzte es zu hören, wie unzählige Sklaven aus Westafrika verschleppt und zur Arbeit auf den Salzfeldern gezwungen wurden. Direkt neben ihren Arbeitsstätten wurden sie bis zu zwölf Personen in einfachen offenen Steinhütten, sehr klein und niedrig, zur Übernachtung untergebracht. Wir sahen uns diese Hüttchen an. Vom Augenschein her betrachtet sahen sie mit ihren weiß gekälkten Mauern und Dächern niedlich aus. Aber ihre dunkle Geschichte machte uns dieses traurig-romantische Idyll auch unheimlich. Letztendlich waren wir mal wieder geschockt.
Monika und ich waren in unserem Leben bisher noch nicht mit den Spuren des Kolonialismus konfrontiert gewesen. Sie stimmten uns sehr nachdenklich.

„Bonbini“ heißt „Willkommen“ in der Kreolsprache Papiamento, einem Mix aus portugiesischen, spanischen, holländischen, englischen, afrikanischen und indischen Wörtern. So wurden wir in Oranjestad auf Aruba, der letzten der ABC-Inseln, empfangen.
Aruba ist autonom innerhalb des niederländischen Königreichs, hat eine eigene Regierung, eine eigene Währung und Verfassung.
Die Insel vereint eine vielfältige Kultur, die sich in 90 Nationen begründet. Die durchschnittliche Tagestemperatur ist 27 Grad. Die Insel liegt kurz vor der venezolanischen Küste, südlich des Hurrican-Gürtels und hat daher kaum tropische Wirbelstürme.
Beim Anlegen im Hafen stachen uns von Weitem mehrere Juweliergeschäfte ins Auge. Riesengroße Banderolen kündigten günstige Einkäufe von Diamantschmuck an. Damit war uns klar, dass hier das Geld regierte. Bei unserem Streifzug über die Main Street kamen wir an zahlreichen Geschäften und Einkaufszentren mit

internationalen Luxusmarken vorbei. Kein Wunder, dass Amerikaner die häufigsten Touristen sind. Einst war Aruba ein Zielort für Goldsucher, hier ging diese Ära zu Ende. An die Stelle von Gold trat das Öl. Damit und mit Tourismus hat diese Insel den höchsten Lebensstandard auf den Westindischen Inseln erreicht.

Merkwürdig, Monika wie ich, wir fühlten uns nicht recht wohl. Auch nicht, als wir mit der kostenlosen Touristentram, die lustig bunt bemalt war, durch das Zentrum mit den farbig gestrichenen Kaufmannshäusern im niederländischen Kolonialstil fuhren. Das, was wir gesehen hatten, kam amerikanisch-kitschiger Konsumwelt nahe. Sicher war das nicht das allein Prägende der Insel. Auch hier fehlte die Zeit zum Besuch von Naturschönheiten wie der Natural Bridge, einer der größten natürlichen Brücken der Welt, und sicherlich gab es noch interessante Kalksteinküsten. Möglich, dass die Radfahrausflügler dies alles gesehen hatten. Aber wir wollten da nicht mitmachen. Ich war auch etwas abgeschreckt von den Berichten anderer Touristen, die bereits an vorherigen Radausflügen teilgenommen hatten. Sie fanden die Ausflüge sehr anstrengend. Ganz abgesehen von den Stürzen, die einige erlebt hatten.

Schließlich war wieder Seetag, also Entspannungstag.

Monika wollte sich nach den vielen Eindrücken ausruhen und sortieren. Sie blieb länger in ihrer Kabine und auf dem Balkon und verzichtete auf das Frühstück. Ich ging nach meiner Morgengymnastik in den Frühstücksraum rauf und aß genussvoll einen Teller mit vielen Früchten. Als der Himmel sich etwas zuzog, ging ich in die Himmel-und-Meer-Lounge, in der man in bequemen Sesseln

sitzen und durch eine große schräg ausgestellte Panoramascheibe aufs Meer gucken und etwas jazzige Musik leise im Hintergrund hören konnte. Wenn eine Récamière frei war, konnte man sich dort hinlegen und so den Blick schweifen lassen. Ich nahm ein spannendes Buch mit, in das ich mich weitgehend ungestört geistig hineinrollte. Luxus pur.
Den Abend wollten Monika und ich wieder gemeinsam verbringen. Wir verabredeten uns zum Essen im italienischen Restaurant.
Wir tauschten unsere Eindrücke, Gefühle und Gedanken aus. Wieder stimmten wir darin überein, dass die Schiffsreise uns auf sehr bequeme Art und Weise, sehr verwöhnend, einen kleinen Teil unserer Welt vorführte, von dem wir nur über Schulwissen und die Regenbogenpresse etwas wussten. Uns war bewusster geworden, wie sehr Europa, aber auch Afrika und Asien mit Indien die karibische Welt beeinflusst hatten. Den europäischen Anteil fanden wir in den architektonischen Spuren sehr schön, die Bedingungen, unter dem er stattgefunden hatte, sehr schuldhaft und damit beschämend. Wir diskutierten darüber, wie nachhaltig Geschichte sei und man keine Gegenwart erleben könne ohne das Wirken der Vergangenheit.

Monika lachte mich verschmitzt an: „Siehste, ich habe dir gesagt, ich lebe *mit* der Vergangenheit!“

Ich erwiderte: „Und jetzt lebst du mit der Vergangenheit in der Gegenwart. Und“, setzte ich hinzu, „mir fällt auf, du sprichst kaum von deiner oder unserer Vergangenheit. Deine Kommentare beziehen sich überwiegend auf unsere momentanen Reiseerlebnisse.“

„Wirklich? Habe ich so viel von der Vergangenheit gesprochen?“

„Ja, und weißt du, was das Schönste dabei ist?“

„Na?“

„Du wirkst viel lebendiger und jünger!“
Monika hob ihre Serviette und drückte sie gegen den Mund: „Ja, ich bin sehr froh, dass wir diese Reise zusammen gemacht haben.“

Ich fiel ihr ins Wort: „Noch machen.“

Monika fuhr fort: „Ja, ich bin wirklich froh, neue Einblicke gewonnen zu haben. Man sieht sich und seine Gesellschaftskultur doch noch mal anders.“
Wir führten unsere Gespräche noch lange bis in die Nacht fort, bis wir beide auf einmal hochschreckten.

„Mein Gott, ist es schon so spät? Morgen früh geht's doch in die Dominikanische Republik! Wir treffen uns unten auf Deck 3 vor dem Atlantik-Restaurant um 8.30 Uhr.“
Wir schätzten den Aufzug. Er brachte uns von der vierten in die neunte Etage, wo unsere Kabinen lagen. Aber bis dahin mussten wir, inzwischen schon daran gewöhnt, noch einen langen Korridor laufen.

„Schade, dass wir nur so kurze Zeit für den Besuch der vorletzten Insel La Romana hatten. Ich hätte mir die älteste Stadt der Karibik La Domingo gern länger angeguckt“, bedauerte Monika zum Abschluss unseres Ausflugs. So viel Geschichte hatten wir nicht erwartet, sie hatte uns einfach neugierig gemacht. So hatte uns der Besuch des Alcázar de Colón, einem um 1512 errichteten Palast mit Stilelementen der Gotik und der Renaissance, den Christoph Kolumbus' Sohn Diego mit seiner Frau María de Toledo, der Nichte des spanischen Königs, für den Vizekönig hatte bauen lassen, sehr beeindruckt. Er grenzte an die Plaza de España und auf der gegenüberliegenden Seite an den breiten Strom Ozama. Wir konnten uns an dem Ausblick unter den Arkaden nicht sattsehen. Dieser Palast ist der älteste Wohnsitz eines Vizekönigs und zugleich der erste befestigte Palast Amerikas. Wir besuchten ihn jedoch als Museum. Uns wurden Möbel, Kunstdokumente, Musikinstrumente und Waffen aus dem 16. Jahrhundert gezeigt. Die gut erhaltenen Schlafräume des königlichen Ehepaares konnten wir über den Zugang über eine Wendeltreppe besichtigen, ebenso den prächtigen Empfangssaal, an dessen Decken funkelnde Kronleuchter hängen.

Die angeblich sterblichen Überreste von Columbus hüteten die Einwohner in einem stufenförmigen nüchternen Betonbau in der Silhouette zweier Pyramiden. Allerdings sollen überprüft ermaßen die mehrheitlichen Skelette in Sevilla in Spanien ruhen. Sie gelten auch als Weltkulturerbe.
Die Kathedrale von Santo Domingo, dem wichtigsten Wahrzeichen der Stadt, gefiel uns weit besser. Der Bau ist aus goldfarbenem Korallenkalkstein mit gotischen und barocken Stilelementen. Er wirkt schlicht, doch strahlt dieses wuchtige Gotteshaus Geschichte aus.
Viele Ereignisse hatten hier stattgefunden. Der englische Seefahrer Sir Francis Drake hatte vor lauter Wut auf die Spanier die Stadt verwüstet und beinahe auch die Kathedrale kurz und klein geschlagen. Lediglich das erhaltene

hochwertige und massive Mahagoni-Mobiliar und der Silberaltar lassen erkennen, welche Schätze die Kathedrale einst besessen hat. Noch ein Kulturerbe, ebenso die ganze Altstadt.

Mittlerweile war es Mittag geworden. Wir hatten zwei Stunden noch für uns bis zur Rückkehr zum Schiff.
Monika und ich beschlossen, den mit hohen Bäumen und kleinen Grünanlagen versehenen Platz vor der Kathedrale, den Parque de Colón, zu überqueren und in die anknüpfende Fußgängerzone Calle El Conde zu gehen. Wir waren sicher, ein kleines Restaurant zu finden, in dem wir gemütlich sitzen und das Treiben beobachten konnten. Wir liefen an Shops vorbei, die billige T-Shirts und allerlei Krimskrams anboten. Die Straße war teilweise dreckig, ein Straßenmusiker fidelte etwas unbeholfen auf seiner Geige. Alles war nicht sehr einladend. Diese Erfahrung stand im Kontrast zu denen der Bauwerke. Nein, es fand sich keine einzige Einkehrmöglichkeit, sah man von einer Cola- und Hamburger-Bude ab.

Wir liefen wieder zurück und setzten uns gleich in das Restaurant an der Ecke des Parque de Colón, von wo aus wir noch einen Blick auf die Kathedrale hatten, und bestellten zwei Gemüsegerichte. Als ein Saxophonist vor dem offenen Lokal unter freiem Himmel noch Lieder von Gershwin spielte, war der Zauber perfekt.
Ein kurzer Bummel gemeinsam mit unserer Reisegruppe durch die romantische Altstadt mit Trauben von Bougainville an den Wänden führte uns zum Schiff zurück.
Den Abend verbrachten wir in der Alsterbar auf Deck 14 unter freiem Himmel mit einem leckeren Fischgericht, dazu wieder ein Glas Sekt. Frauen lieben Sekt.

Der nächste Tag war der letzte Seetag, unser letzter Entspannungstag.
Wir nutzten ihn wieder zum Lesen, Bummeln, Schlafen, Quatschen.
Abends sahen wir uns ein Theaterstück im Studio an. Ich weiß noch, es war gut, Musik kam auch darin vor. Aber ich weiß nicht mehr, worum es ging. Denn ich war vollgefuttert von den vielen sprunghaften Eindrücken und wollte wohl offensichtlich nicht mehr viel aufnehmen.
Der Besuch der letzten Insel Martinique stand uns ja noch bevor. Wie fast jeden Abend schauten Monika und ich uns noch gemeinsam die „Heute"-Nachrichten oder Tagesthemen im Fernsehen auf unseren Zimmern an. Wir waren überrascht zu hören, dass ein neuer Virus der Coronakette Menschen in der Stadt Wuhan in China befallen hätte. Er löse Atemwegserkrankungen aus, wurde berichtet. Einige Tote habe es auch schon gegeben. Ein chinesischer Arzt warnte vor einer Ausbreitung. Er hatte als Erster diese Virusart entdeckt und wurde jetzt von der Regierung als Ruhestörer der Gesellschaft bezichtigt. Monika und mich befremdeten diese Nachrichten, meinten dann nur, wie gut, dass China weit weg sei und wir in Europa lebten.

Die Ankunft in Fort-de-France, der Hauptstadt von Martinique, am frühen Morgen war musikalisch. Draußen am Kai begrüßte uns eine Gruppe von Frauen in kreolischer Kleidung – knöchellange Kleider mit beblümtem oder gewürfeltem Stoffmuster, darunter viele Unterröcke, so dass die Röcke sehr bauschig und weit beim Tanze schwangen. Um den Kopf trugen die Frauen gewundene Turbane aus demselben Stoff. Sie tanzten in schwarzen Ballerinen mit ausladenden Bewegungen stampfend zu der rhythmischen Musik. Diese machten ein paar Männer

am Rand auf Gitarre, Bongos und mit Rasseln. Ab und zu stießen sie ein paar gutturale Laute aus und klatschten in die Hände. Die gute Laune wirkte ansteckend.
Martinique ist ein Überseedepartment von Frankreich und gehört auch zur Europäischen Union, daher kann man dort auch mit Euros zahlen. Die Insel ist geprägt von westindischer und französischer Kultur.
Kolumbus war der erste Europäer, der sie bei seiner vierten Reise entdeckte. Die Insel hat viele Gefechte durchgestanden, vor allem von Engländern, Franzosen und Niederländern. Bereits 1660 war die ganze Insel ausgerottet. Die erste europäische Besiedlung geschah durch die Franzosen 1635.
Bis zu unserem Ausflug am späten Mittag hatten wir die Möglichkeit, auf eigene Faust an Land zu gehen und uns in der Stadt ein wenig umzusehen. Das taten wir. Vorbei an für die Touristen aufgestellten Ständen und Tische schlenderten wir den Kai entlang in die nah gelegene Innenstadt. Natürlich hatten wir uns das eine oder andere bildhübsche florale Textil angeguckt, weite Kleider anprobiert und das südfranzösische Flair der Hafenstadt genossen. Als wir in der Innenstadt ankamen, zeigte sich die Stadt recht gemischt mit farbenfrohen Hausfassaden und zusammengefallenen Häusern, die Straßen mit häufig aufgebrochenem Pflaster, einer Kathedrale, ein bisschen im Zuckerbäckerstil, die leider geschlossen war, ein nach außen hin gepflegt wirkendes Krankenhaus und europäisch anmutende Geschäfte. Wir schlenderten an einem wunderschönen Haus vorbei, das man stilistisch dem Historismus zuordnet, um 1865 erbaut, und heute die Bibliothek Victor Schoelchers enthält, die er der Stadt nach seinem Tod vermacht hat. In einem Park steht auch ein Denkmal von ihm. Wie auf Guadeloupe war die Bibliothek auch leider geschlossen.

Ihr gegenüber befindet sich der kleine erholsame Parque la Savane. Wir stießen bei unserer Stippvisite auf das Denkmal der ersten Gemahlin Napoleons, Joséphine de Beauharnais, die auf Martinique geboren war als Tochter eines gut situierten Zuckerrohrplantagenbesitzers. Warum fehlte ihr der Kopf? Den hatten ihr ehemalige Freiheitskämpfer Anfang der 90er-Jahre abgeschlagen. Joséphine hatte ihren Mann, den Kaiser, gebeten, den Sklavenhandel wieder einzuführen. Dieser war im Zuge der Revolution 1794 abgeschafft worden. Ohne Sklaven konnte jedoch ihr Vater seine Plantage nicht weiter am Leben erhalten. Er hatte ursprünglich immerhin 150 auf seiner Plantage gehabt. Joséphine hatte ihrem Vater helfen wollen.
Was uns weiter erstaunte, war, dass sie um die Hüften mit einer gelben Weste umwickelt war. Ja, es war noch eine „gilet jaune" aus der Protestbewegung in Frankreich 2018/19.
Wir schauten auf die Uhr und eilten zum Schiff zurück.
„Überall verfolgt uns Geschichte. Siehst Du Nati, die Vergangenheit lässt hier die Menschen auch nicht los."
Ich nickte traurig.

Ein Bus holte uns ab zur Küstenfahrt. Martinique ist ein erloschener Vulkan mit dicht bewachsenen Gebirgsketten, tropischen Palmen, herrlich goldweißen Stränden im tropischen Norden. In kleinen Buchten fanden sich vereinzelt schwarze Strände, Reste des erloschenen Vulkans. Der Süden ist etwas trockener, er wird von Touristen bevorzugt. Wir hatten herrliche Blicke auf diese einmalig vielfältige Natur. Im Bus hörten wir viele bewundernde Ahs und Ohs und unentwegte Klicks von Kameras und Handys. Auch Monika hielt viele Eindrücke mit ihrer Kamera fest. Sie war ganz begeistert.

Unter anderem machten wir einen Fotostopp in Höhe des Diamantfelsens, nahe der Küste und dem Ort Diamant. Der Felsen besteht aus Basalt und ragt wirklich wie ein noch ungeschliffener Diamant aus dem Meer. Die Assoziation mit einem Diamanten wird je nach Sonneneinstrahlung noch eindrücklicher, wenn die Fläche vom Wasser reflektiert wird.
Der Fels wurde 1804 von den Briten besetzt und zu einer Festung ausgebaut und bewährte sich während der Napoleonischen Kriege. Nach 17 Monaten wurde die kleine Insel von einer französisch-spanischen Flotte von 16 Schiffen angegriffen, und die Engländer mussten sich ergeben.
Ein paar Kilometer weiter wurden wir zum Denkmal Cap 110, Gedenkstätte in Anse Cafford, geführt. Sie gehört zur Gemeinde Diamant. Von dort kann man nochmal einen Blick auf den Diamantfelsen werfen.

Diese Gedenkstätte hat sowohl mich wie auch Monika tief angerührt, ja sogar getroffen. Sie zeigt auf einem kleinen Abhang 15 mal 2,5 Meter große Büsten aus weißem Sand aus Trinidad. Der einheimische Bildhauer Laurent Valère erbaute sie zur Gedenkfeier der Abschaffung von Sklaverei Anfang der 1990-Jahre in der Anordnung eines Dreiecks. Die Farbe Weiß ist die Trauerfarbe in Afrika. Die Skulpturen erinnern an ein Schiffsunglück, bei dem vor mehr als 150 Jahren viele schwarze Sklaven bei der Überfahrt von Afrika nach Martinique ums Leben kamen. Weil sie angekettet waren, konnten sie sich bei hohem Seegang selbst nicht retten. Die Statuen stehen gramgebeugt mit Blickrichtung Afrika, ihrer Heimat.
Aufgewühlt über die schuldhafte Verflochtenheit von uns Europäern mit den Einheimischen der anderen Kontinente stellten sich Monika und ich ohne irgendein

Zeichen der Verständigung in gebührendem Abstand vor die Sklaven aus Stein und falteten unwillkürlich unsere Hände, als betrauerten wir einen Verstorbenen an seinem Grab und baten um Vergebung.
Nachdenklich stiegen wir wieder in den Bus. Er brachte uns an einen der schönsten Strände: den Grand Anse des Salines. Wir hatten einen gut einstündigen Aufenthalt. Wer wollte, konnte baden und sich sonnen. Ich tat es, Monika ruhte sich im Sand aus. Das Wasser war leider nicht so sauber wie angekündigt. Aber die Bewegung tat mir gut. Wir verzehrten in einer nah gelegenen Bude eine Schale knuspriger Fritten.
Um uns herum waren einige Familien, weiße und schwarze, deren Kleinkinder munter im Sand spielten. Es war für mich, als wenn ich bei uns im Freibad wäre. Kinder wie bei uns, Eltern und Freunde im Anhang, auch wie bei uns. Sie achteten darauf, nachdem die Kinder aus dem Wasser kamen und, wenn die Familie nach Hause aufbrach, dass sich alle noch mal unter einer Dusche abwuschen. Auch wie bei uns.
Alles so vertraut, nur ein paar tausend Kilometer von Deutschland entfernt. Wir sind uns alle so ähnlich. Dies zu beobachten und zu empfinden, berührte mich warm. Natürlich war mir klar, dass diese Feststellung banal war. Aber im Zusammenhang mit der Konfrontation der Sklavengeschichte stieß diese mir nochmal umso bitterer auf. Warum müssen Menschen nur so danach trachten, einander zu beherrschen?
Mit welchem Recht glauben Menschen, sich wertvoller, wichtiger und berechtigt zu fühlen, sich über andere zu erheben, sie zu missbrauchen und zu unterdrücken? Wissen sie wirklich nicht, dass Verschieden-Sein nicht weniger zu sein beziehungsweise sondern mehr zu sein, mehr an reicherer Vielfalt und Inspiration bedeutet?

Zurück auf dem Schiff nahmen wir noch einen kleinen Imbiss ein. Die Stimmung an Bord hatte sich geändert, das spürten wir gleich beim Betreten des Schiffes. Die Vorbereitungen für den Weihnachtsabend, für ein großes festliches Weihnachtsessen für die neuen Gäste an Bord ab Bridgetown, waren im Gange.
Wir besuchten noch einen Abschiedsabend im Theater mit kleinen Darbietungen und der Verabschiedung des Kapitäns, der eine statistische Übersicht über den Verbrauch unseres Lebensmittelkonsums und die ganze Organisation auf kritische und humorige Weise gab. Auch hier setzte sich bei uns kein reines Gewissen fest bei der Erinnerung an unseren Aufenthalt auf dem Schiff, die Ausflüge und die kulinarischen Verwöhnungen. Eine solche Schiffsreise „all inclusive" machte im doppelten Sinne makaber deutlich, dass die Rückseite des sorglosen und üppigen Reisens verschwenderischer Umgang mit Lebensmitteln bedeutete. Bei jedem Hafenwechsel wurden Tonnen an nicht gebrauchtem Lebensmittelgut und Abfall gewechselt gegen frische Ware. Die Aufführung von Mengen an Mehl, Eiern, Früchten, Gemüsesorten, Fleisch und Fisch tat in den Ohren weh und verursachte fast Übelkeit. Auf humorvolle, aber nicht verschleiernde Weise spielte der Kapitän auf die männlichen Bäuche an. Das Publikum raunte ertappt und wohlwollend zurück.
Eindeutig erfreulich war die musikalisch untermalte Vorstellung beziehungsweise Verabschiedung der rund 1400 Angestellten, die für unser Wohl gesorgt hatten. Es sollten Menschen aus nahezu allen Regionen der Welt gewesen sein. Sie traten in einzelnen Gruppen mit ihren Nationalflaggen auf die Bühne. Wir beklatschten sie ausgiebig. Der Kapitän betonte, dass der Ablauf nur deshalb so gut war, weil sich alle untereinander respektierten und sich gegenseitig unterstützten. Ich schaute mich

verstohlen um und sah, dass nicht nur ich, sondern auch die anderen Gäste feuchte Augen bekommen hatten und heftig zu den Worten des Kapitäns nickten und den Beifall verstärkten.
Ich blickte Monika von der Seite an und sah bei ihr die gleiche Reaktion. Wir nickten uns zu und drückten uns die Arme, die nebeneinander auf den Lehnen lagen.

Wie der Schluss der Verabschiedung war? Natürlich mit dem Lied der großen Freiheit, dass ein Koch anstimmte, und das Publikum sang mit oder schwenkte die Arme im Takt.
Dann machten wir uns auf und packten unsere Koffer. Denn bis 7.30 Uhr am nächsten Morgen sollten sie im Flur stehen, mit ausgefüllten Fragebögen und Kennnummern versehen. Dann würden sie abgeholt und in die Halle gebracht, wo wir sie später abholen könnten und den Bussen entsprechend zugeteilt würden, die uns zum Flughafen in Bridgetown auf Barbados fahren würden.
Wir stellten unsere Koffer, die wir schnell fertig gepackt hatten, schon in der Nacht auf den Flur, und gingen zu Bett. Das Schiff ließ den Freiheitssong mit der rauchigen Stimme des Sängers vom Band erklingen. Das Schiffshorn tutete dröhnend ein letztes Mal für uns. Wir verließen Martinique und nahmen Kurs auf Barbados, Ankunfts- und Abfahrtsinsel.

Am frühen Morgen gingen Monika und ich in die kleine Lounge, die Tag und Nacht geöffnet war, um ein letztes Frühstück miteinander einzunehmen.
Wir rechneten noch mit etwa dreistündigem Aufenthalt bis zur Abholung. Den wollte ich für eine Kurzbesichtigung von Bridgetown und ein paar Erledigungen in der

Stadt nutzen. Monika wollte nur am Kai und den Ständen entlangbummeln und denen “Auf Wiedersehen“ sagen.
Ich lief also bei 30 Grad und in Winterkleidung, gerüstet für die Rückkehr ins kalte winterliche Deutschland, los in die Innenstadt. Auf dem längeren Weg dorthin wurde es mir bei der Hitze öfters mulmig; schwitzend erreichte ich die City. Sie war laut, Motorräder und Autos hupten wie wild, eine heftige Aufregung wehte durch die Straßen, laute amerikanische Weihnachtsmusik füllte Plätze und Gassen, die mit viel künstlichem Tannengrün, Weihnachtskugeln, Girlanden und überkitschigen Tannenbäumen überbordend geschmückt waren, es wimmelte nur so von Menschen, vorwiegend Schwarzen, bunt und sexy gekleidet. Sie strömten in die eine und in die entgegengesetzte Richtung. Die Geschäfte waren voll, es wurde gekauft und gekauft.
Es war der 24. Dezember. Ich fragte mich: War es bei uns in Deutschland wirklich anders?
Ich spähte nach Bäumen, einem kleinen Park, um mal kurz durchzuatmen. Tatsächlich gelangte ich ein paar Ecken weiter an so eine kleine Oase. Ein paar Büsche umringten ein hochragendes Nelson-Denkmal. Auch dieser Admiral hatte der Insel einen Besuch abgestattet.
Da ich die Umgebung nicht genau kannte, entschloss ich mich, zum Schiff zurückzukehren. Nach ein paar Irrwegen fand ich aus der Stadt heraus und wählte den ruhigen Rückweg entlang der Küste.

Monika und ich hatten uns dieses Mal nicht präzise verabredet. Ich suchte sie auf ein paar Decks, bis ich den Riecher hatte, nach ihr in der Himmel-und-Meer-Lounge zu spähen. Da lag sie auf einer der Récamièren und schaute spazierend übers Meer. Es ging ihr gut, sie war zufrieden und bereit für den Abschied von unserer großartigen eindrucksvollen Schiffsreise. Wir machten uns auf den Weg.

Auschecken aus dem Schiff, Fahrt zum Flughafen, Einchecken verliefen nach Plan. Im Flieger hatten wir dieselben Plätze wie beim Hinflug.
Die ersten zwei Stunden waren wir still, jede bei sich, gähnend, dösend, nachdenkend, zwischendurch ein paar Worte der Erinnerung an einzelne Erlebnisse und Aufenthalte.
Dann nickten wir beide wie Zwillinge nebeneinander ein. Monika wachte als Erste auf. Sie bahnte sich einen Weg zur Toilette. Als sie zurückkehrte, wurde uns ein warmes Essen serviert.
„Na, was sagste jetzt, hat es mit uns nach all den Jahren doch gut geklappt oder nicht?“ fragte sie forsch.

„Was fragst du?! Ich muss gestehen, ich hatte Bammel vor der Reise. Ich hätte nicht gedacht, dass unser Miteinander so problemlos verlaufen würde. Denn so ist es gewesen.“

„Ja, das finde ich auch. Im Vordergrund stand wirklich nur die Reise, kein Beziehungsorakel.“

„Herrlich“, stimmte ich zu. „Unsere Freundschaft steht heute auf erwachsenen Beinen. Wir haben uns nicht deshalb gut verstanden, weil wir beide ein ähnliches Schicksal zu meistern hatten wie früher, als wir jung waren, wir mussten uns nicht trösten oder aneinander festhalten, nicht aneinanderkleben. Jetzt haben wir uns miteinander wohlgefühlt, weil wir ungezwungen, aus reinem Interesse an der Sache vielfach übereingestimmt haben.“

„Ja, und", ergänzte Monika, „jede von uns konnte auch die Dinge tun, die sie gerade wollte und die andere nicht." Sie lachte mich offen an. „Wir sind älter und reifer geworden. Das hat was. Und, das muss ich schon hervorheben: es war eine sehr schöne interessante Reise, wir haben viel gemeinsam erlebt und erfahren, was uns vorher nicht so bewusst war, insbesondere die schlimmen Sklavenspuren, die unzureichenden Schuldbekenntnisse der Kolonialstaaten."

„Ja, genau das finde ich auch, das arbeitet auch noch in mir. Mit dieser Reise haben wir etwas neues Gemeinsames erlebt. Von Vorteil war dabei sicher auch, dass wir uns um keinen Alltag und keine Organisation und Zeitpläne kümmern mussten. Es war alles gemacht, wir mussten nur auswählen, ob und was wir essen wollten, bummeln oder lesen oder sonstwas. Wie gesagt, es war auch sehr verwöhnend….
Ach, übrigens, hast du Walter mit seiner Frau nochmal gesehen? Ich nämlich nicht mehr. Komisch, bei ca. 3500 Passagieren an Bord kann man sich schon aus den Augen verlieren. Aber trotzdem …"

„Ja, als du in Bridgetown warst, bin ich beiden vor den Aufzügen begegnet. Sie lassen dich grüßen."
Ich schaute Monika fragend an.
„Ja, wie war das für dich? Ich bin erstaunt, wie wenig du über euer Wiedersehen sagst, so, als seist du deinem Bäcker um die Ecke begegnet."

„Nun, unsere Beziehung ist schon lange zu Ende."

„Ja, aber Monika, andere Beziehungen hängen dir doch lange nach. Was war mit Walter?"

Kurz schaute Monika suchend auf den Boden:
„Ach, weißt du, die Beziehung mit ihm war für mich am Ende fade. Er verstand nicht, warum ich so gerne Lehrerin sein wollte. Ich bin dann ja auch nach Hagen an eine Schule gegangen. Er kam mich nur einmal besuchen. Wie ich später erfuhr, hatte er sich längst für eine Studentin erwärmt, die evangelische Theologie studierte. Du erinnerst dich vielleicht, er kam aus einer evangelischen Pfarrersfamilie. Er wirkte zwar offen, war aber nicht bereit oder fähig, Dinge zu hinterfragen. Er stand lange unter dem Pantoffel seiner bigotten Mutter, die eine fünfköpfige Kinderschar streng aufzog. Der Vater hatte nicht viel zu verkamellen."

„So ganz verstehe ich das nicht. Ihr wirktet auf mich damals so harmonisch."

„Tja, das war anfangs auch so. Ich war froh, jemanden zu haben, der mich mochte, mir vielleicht eine neue Welt öffnen konnte, weg von zuhause, weg von meinem eifersüchtigen strengen Vater. Aber es ging mit Walter nicht weiter. Er kam auch aus einer engen Welt…Nein, nein, ich trauere ihm nicht nach, mich verbindet nichts mehr mit ihm."

Wie zu Beginn unserer ersten Wiedersehen nach Jahren war ich irritiert, verstand meine Freundin nicht so ganz. Gelingt es, einen Menschen zu verstehen? Muss man einen Menschen ganz verstehen? fragte ich mich.
Eine Tatsache blieb fraglos. Monika war freundlicher, menschlicher, lockerer geworden. Wir hatten uns auf der Reise gut verstanden. Ich ließ es erst mal dabei.

Wir kamen mit etwas Verspätung in Frankfurt am ersten Weihnachtsfeiertag an, müde und von den unbequemen Sitzen etwas verspannt.
Wir verabschiedeten uns auf dem Bahnsteig hinter dem Flughafen. Monika fuhr nach Köln, ich nach Freiburg. Herzlich und mit ein paar Tränen in den Augen umarmten wir uns, drückten uns mehrere Male, und eine wie die andere sagte „Danke“.
Zuhause angekommen, riefen wir uns kurz an: „Alles hat geklappt, alles prima!“ Ein paar Tage später telefonierten wir noch ein paar Mal. Monika wollte mir einige Fotos schicken. Dann klinkte sich jede wieder in ihren Alltag ein.
Nach ein paar Wochen erhielt ich einen Anruf aus Köln. Am Apparat war eine Frauenstimme. Sie stellte sich als enge Freundin mit Familie vor, die Monika als ihre Ersatzfamilie bezeichnet hatte.

„Ich muss Ihnen etwas Trauriges mitteilen. Monika liegt seit gestern im Krankenhaus auf der Intensivstation Sie hat sich höchstwahrscheinlich den Covid-19-Virus eingefangen. Sie kriegt kaum Luft, muss künstlich beatmet werden. Sie hat Fieber. Es geht ihr sehr schlecht.“
Ich stammelte nur noch: „Danke für die Nachricht, Bitte richten Sie ihr alle guten Wünsche aus.“ Nach ein paar Schocksekunden stotterte ich weiter in den Hörer: „Sobald sie außer Gefahr ist, werde ich sie besuchen.“

Da hatte die junge Frau schon aufgelegt.

Herr von Ribbeck auf Ribbeck im Havelland

Ein Birnbaum in seinem Garten stand,
Und kam die goldene Herbsteszeit

Und die Birnen leuchteten weit und breit,
Da stopfte, wenn's Mittag vom Turme scholl,
Der von Ribbeck sich beide Taschen voll,
Und kam in Pantinen ein Junge daher,
So rief er: „Junge, wiste 'ne Beer?'
Und kam ein Mädel, so rief er laut: „Lütt Dirn,
Kumm man röver, ick hebb 'ne Birn."

So ging es viel Jahre, bis lobesam
Der von Ribbeck auf Ribbeck zu sterben kam.

Er fühlte sein Ende, 's war Herbsteszeit,
Wieder lachten die Birnen weit und breit;
Da sagte von Ribbeck: „Ich scheide nun ab.
Legt mir eine Birne mit ins Grab."

Und die Jahre gingen wohl auf und ab,
Längst wölbt sich ein Birnbaum über dem Grab,
Und in der goldenen Herbsteszeit
Leuchtet's wieder weit und breit.
Und kommt ein Jung' übern Kirchhof her,
So flüstert's im Baume: Wiste 'ne Beer?"
Und kommt ein Mädel, so flüstert's: „Lütt Dirn,
Kumm man röwer, ick gew' di 'ne Birn."

So spendet Segen noch immer die Hand
Des von Ribbeck auf Ribbeck im Havelland.

Theodor Fontane

Niemandsland

Peter war am Morgen schon etwas lustlos zur Firma gefahren. Nicht so, wie es jeder tut, wenn ihn der Berufsalltag mal langweilt, weil man vom Vortag noch müde ist oder gerne mal zuhause bleibt, um sich auf dem Sofa zu räkeln oder im Garten zu werkeln, ein Buch zu lesen oder wenn ein Ehekrach einen geschwächt hat. Nein, Peters seelische Müdigkeit hatte einen tieferen Grund. Er konnte sie nicht so recht deuten. Seine sich dahinschleppende Lebensfreude und seine mäßige Arbeitslaune in jüngster Zeit ließen ihn nicht mehr so recht in seinem Leben Tritt fassen.

Vielleicht will ich es auch nicht, grübelte er vor sich hin. Und genau darüber bin ich mir nicht im Klaren.

Seine Lust, sein wissenschaftliches Interesse an der Entwicklung neuer Medikamente in seinem Unternehmen, einer Weltfirma in der Schweiz, war deutlich gesunken. Das wunderte ihn, denn als Chemiker hatte er sich die letzten zwölf Jahre, die er dort bereits arbeitete, am richtigen Platz gefühlt. Er konnte die Wirkung neuer Stoffe erproben und darüber veröffentlichen. Er hatte die Möglichkeit, sich mit Kollegen auszutauschen. Gerade das hatte er so fruchtbar gefunden. Die Beurteilungen von seinem obersten Chef fielen all die Jahre durchweg positiv aus. Er wurde mehrfach befördert und stand seinerseits wachsend größeren Abteilungen vor. Auch als Leiter und mit seinen Beurteilungen seiner Mitarbeiter gab es keine nennenswerten Probleme.
In letzter Zeit allerdings bemerkte er bei sich ein kleines Zögern beim Betreten des Raums, in dem Matthias, sein nächster Vorgesetzter, saß. Dieser hatte ihn, was

durchaus üblich war, zu sich gebeten. Peter ahnte schon, worum es ging. Doch wollte er dessen Anliegen erst einmal von ihm selbst hören.
„Sag mal, Peter, ich hatte schon letzte Woche danach gefragt: Wieso bekommen wir von Amerika kein grünes Licht für die nächste Erprobungsstufe unseres Hypertonie-Präparats? Hat Mr. Cormick aus L.A. wirklich noch nicht geantwortet? Weißt du, wo es hakt?“

Peter räusperte sich wie immer, wenn er sich gefordert fühlte. Mit etwas blasser Miene antwortete er, während er im Türrahmen stehenblieb, die linke Hand auf der Türklinke, so, als wolle er sich gleich wieder zurückziehen:
„Ja, also, ehrlich gesagt, ich hatte ihm vor zwei Wochen gemailt, dass ich die Daten doch noch einmal überprüfen möchte. Irgendwie schienen sie mir nicht so astrein. Ich hatte eine höhere Signifikanz erwartet.“

„Na, da bin ich gespannt“, meinte Matthias. „Guck, dass du schnell Mr. Cormick Bescheid gibst. Ich habe schon Nachfragen aus Deutschland von relevanten Magazinen und Ärztezeitungen, die unser Präparat ankündigen wollen.“

„Ja, ja, sicher. Ich bleibe am Ball.“
Während dieser Worte kräuselten Peter Selbstzweifel an. Sein ihm jahrelang vertrauter Motor, sein Ehrgeiz, immer der Beste sein zu wollen und es auch meist zu sein, stockte. Er verspürte nur lasche Motivation: „Mir geht mein Sprit aus“, grinste er selbstironisch vor sich hin.
Er lief über den Flur zurück zu seinem Büro. Seine in den letzten Monaten zunehmenden Bauchkrämpfe tauchten nach dem kurzen Gespräch wieder auf und zwangen ihn, sich schnell auf die Toilette zu flüchten. Er wollte nicht

gesehen werden, wie er sich krümmte. Er hielt die Hände unter einen Wasserstrahl, verschränkte seine Finger gegeneinander und ließ in den Fingerkanal Wasser laufen, stellte ihn schräg und schluckte das herunterfließende Wasser. Mit einem Papierhandtuch wischte er Mund und Hände trocken. Die Krämpfe ließen nach.
Er richtete sich wieder auf und ging in sein Büro, das am Ende eines Großraumbüros lag, an drei Seiten mit durchsichtigen Glasscheiben abgeschirmt, eine vierte Seite offen zum großen Raum, in dem seine ihm direkt zuarbeitenden zwölf Mitarbeiter an ihren Bildschirmen saßen. Gerade wollte Peter sich über ausgebreitete Papiere beugen, als ein Mitarbeiter an die Glaswand klopfte:
„Stör ich? Kann ich dir was mitteilen?"
Peter guckte hoch, der Nacken schmerzte: „Ja, bitte, was gibt's?"

„Ich habe die Berechnungen für Mr. Cormick. Bei der erneuten Untersuchung habe ich die gleichen Daten gefunden wie vor zwei Monaten auf dem gleichen Signifikanzniveau von fünf Prozent wie zuletzt – es bleibt also bei dem gleichen Level, ist ja auch nicht schlecht. Die Untersuchungsreihen sind korrekt durchgeführt worden, und es haben sich jeweils die gleichen Wirkungen gezeigt wie schon vor zwei Monaten. Vielleicht wirfst du noch mal einen Blick drauf. Ansonsten würde ich sie ihm schicken."

„Ach ja, das ist ja gut", antwortete Peter mit teilnahmsloser Stimme. Freude kam in ihm nicht auf. Sein Mitarbeiter forschte einen kurzen Moment in seinem Gesicht. Da weiter keine Reaktion kam, ging er wieder weg.
Peter griff nach den Unterlagen, warf nur einen flüchtigen Blick darauf und wandte sich wieder den anderen vor

ihm liegenden Papieren zu. Aber auch diese fesselten nicht sein Augenmerk und setzten sein Gehirn nicht in Bewegung.

Er schaute zum Fenster heraus, kaute an seinem Kuli, dachte an Ulla, seine Frau, seine zwei Kinder, das Mädchen neun Jahre, der Junge viereinhalb Jahre alt. In seinem Kopf lief unaufgefordert ein Film über die vergangenen Jahre seines Lebens ab. Er schaute gebannt zu, vergaß seine geschäftliche Umgebung.
Er mochte sie alle drei, den Sohn am meisten, aber er glaubte, wenn sie nicht wären, würde ihm nichts fehlen. Wie im Schnellsuchlauf flitzten vor seinem inneren Auge die Bilder vorbei.
Er hatte sein Ehe- und sein Familienleben als wenig inspirierend gefunden. Innerlich hatte er sich von Ulla schon lange zuvor zurückgezogen. Er war sich ziemlich sicher, dass diese Entwicklung nach der schwierigen Geburt der Tochter ihren Anfang genommen hatte, zunächst unauffällig, dann immer deutlicher. Es gab zwischendurch auch wieder Aufschwünge in der Beziehung. Aber tief im Innern war er nicht so recht überzeugt von seinen Gefühlen zu seiner Frau. Er und Ulla hatten vier Wochen vor der Niederkunft der Tochter noch zwei Wochen auf Amrum verbracht. Es war eine unbeschwerte Zeit, sie hatten sich prächtig verstanden, viel gelacht, lange Spaziergänge gemacht, sich Dinge aus ihrem Leben erzählt, die sie beide vorher noch nicht voneinander wussten. Ulla war ausgeglichen und verzichtete auf ihre zeitweiligen Spitzen gegen ihn. Er schaute ihr offen ins Gesicht, wenn sie miteinander sprachen. Zuhause gab er sich oft verhüllt. Es war ein neues beschwingtes Kennenlernen. Die Freude auf das erste Kind und die neuen Rollen, Vater und Mutter zu werden, verursachten ihnen

Lampenfieber. Schon während der Heimreise fühlte sich Ulla nicht so recht wohl. Nur drei Tage nach der Rückkehr setzten die Wehen ein. Die Tochter kündigte sich vorzeitig an. Er war bei der Geburt dabei und war von dem Anblick des verkabelten Fötus, dessen krebsrotem Köpfchen und seinem fiependen Schreien befremdet bis entsetzt. Auf der Stelle konnte er dieses wurmende Etwas, das seine Tochter war, nicht annehmen. Die Fremdheit zwischen ihnen wich erst in den letzten Jahren, nachdem seine Tochter in der Schule mit überdurchschnittlich guten Leistungen aufgefallen war. Es freute, aber beunruhigte ihn auch gleichzeitig. Er wollte nicht, dass sie ihm nachschlug mit seinem Leistungsehrgeiz, der ihm einen ungezwungenen menschlichen Kontakt erschwert hatte.
Jedenfalls hatte er sich kurz nach deren Geburt wie das fünfte Rad am Wagen gefühlt. Ulla war nur für die Tochter da und veränderte sich. Er fühlte sich vernachlässigt und prompt fing er ein paar Wochen nach der Geburt eine kurze Affäre mit einer jungen Kollegin an. Er erzählte Ulla nichts davon. Gleichzeitig begann er zu lügen, etwa, wenn er vorgab, noch länger zu arbeiten und in Wirklichkeit mit der jungen Frau am Rhein rumknutschte. So richtig wohl hatte er sich dabei nicht gefühlt, aber diese Kurzzeitaffäre lenkte ihn von seiner inneren Leere ab.
Ihm wurde eine Stelle in Los Angeles für zwei Jahre angeboten. Er sollte dort neue chemische Stoffe auffinden und optimieren. Ulla wollte nicht mit nach Amerika. Für ihn wäre es ein schönes Wiedersehen gewesen. Zu Amerika hatte er eine besondere Beziehung. Der Kontakt mit den Menschen während seines dortigen Studiums hatte ihm sehr gefallen. Alle waren so ungezwungen und freundschaftlich miteinander. Leistung war natürlich sehr gefragt. Aber der Weg dorthin schien ihm weniger verbissen als in Deutschland.

Um seinem gefühlsarmen, verspannten Elternhaus zu entfliehen, war Peter seinerzeit mit Billigung der Eltern nach einem glänzenden Abitur nach Berkeley in Kalifornien, der dortigen Spitzenuniversität in Chemie weltweit, gleichsam geflohen. Er machte seinen Bachelor, kehrte zurück nach Deutschland. Seine Mutter hatte ihn darum gebeten, da es so aussah, als würde der Vater nach einem Schlaganfall nicht mehr lange leben. Peter blieb in Deutschland und promovierte in München, wo er geboren, aufgewachsen und zur Schule gegangen war. Der Vater kam wieder zu sich, für den Sohn eine zweischneidige Erleichterung.

Als das Angebot von der Firma kam, war er enttäuscht, dass Ulla auf die Möglichkeit eines neuen Lebensabschnitts kaum reagierte. Er versprach sich von dem Ortswechsel Bereicherung und Belebung für alle drei. Dieses melancholische Gefühlsgemisch verleidete ihm auch die ansonsten von ihm geschätzten Diskussionen und Auseinandersetzungen mit den Kollegen. Ulla wollte nach den acht Wochen Mutterschutz wieder arbeiten, wieder zurück in die Uniklinik als medizinisch-technisch-radiologische Assistentin in der nahe gelegenen Universität in Freiburg. Sie brauchte den Kontakt zu den Kolleginnen, die für sie wie Freundinnen waren. Allein wollte Peter nun auch nicht nach Amerika, auch wenn er ab und zu „rüberkäme". Er sah auch ein, dass er sie nicht allein lassen konnte. Er war durcheinander. Sich bei der Arbeit zu konzentrieren, fiel ihm in dieser Zeit schwer.

Das war vor neun Jahren. Er ging zum Arzt, der gab ihm ein paar Beruhigungstabletten und riet ihm zu mediterraner Ernährung. Das war kein Problem für ihn, denn in der Firma gab es exzellentes Essen und vierfache Wahlmöglichkeit. Darunter war bereits mediterrane Kost.

Das Einzige, was er die Zeit nach der Geburt der Tochter gerne tat, waren Spaziergänge mit ihrem Golden Retriever. Der war sein Kumpel.
Mit der Zeit raffte Peter sich wieder auf. Sein trainiertes Pflichtgefühl zog ihn zurück an die Oberfläche. Auch mit Ulla fand er wieder Anschlussstellen. Er schlief wieder gerne mit ihr. An den Wochenenden unternahmen sie öfter Wanderungen mit Freunden. Ulla pflegte den Kontakt zu ihnen, nicht er. Wenn sie hin und wieder mit der Tochter zu ihren Eltern nach Hamburg fuhr, bevorzugte er, im Haus zu bleiben. Wohl mochte er seine Schwiegereltern, diese auch ihn. Sie nahmen ihm seine nur zeitweiligen Besuche bei ihnen nicht krumm. Sein Leben daheim ohne Frau und Kinder genoss er, ja, er brauchte es geradezu. Er blieb an diesen freien Tagen länger im Bett, schaute bis in die Nacht fern und las am Wochenende fast ein ganzes Buch – weniger Belletristik, mehr zog es ihn zu philosophischer Literatur oder zur Lektüre über neueste pharmazeutische Abhandlungen.

Gut vier Jahre nach der Geburt der Tochter, kam sein Sohn Sebastian zur Welt genau zum errechneten Termin. Diesmal war die Geburt problemlos. Dieses Mal empfand er richtige Freude.
Ulla klagte kurz darauf über heftigen Schwankschwindel und Angstzustände. Er wusste ihr nicht zu helfen und zog sich wieder zurück. Sie fühlte sich wieder alleingelassen. Nach einem Jahr suchte sie eine Psychotherapeutin auf. Mit der Zeit stabilisierte sich die häusliche Situation erneut.
Er schickte sich in die Rolle des sorgenden Ehemanns und Vaters. Darunter verstand er vornehmlich, wenn er abends heimkam, Nachfragen zu stellen, ob alles am Tag gut gelaufen war, ob zum Beispiel die bestellten

Handwerker die ausgefallene Heizung wieder in Gang gesetzt hätten. Seine Tochter fragte er, ob sie ihre schulischen Hausaufgaben und ihre Klavierübungen gemacht hätte. Mit diesen Kontrollfragen, glaubte er, hätte er sein Soll erfüllt. Seine Mutter hatte ihm von klein auf beigebracht, dass er als älterer Bruder seine vier Jahre jüngere Schwester und überhaupt Schwächere schützen müsste. Darunter fielen für ihn auch Frau und Kinder.
Seine Schwester, von Beruf Immobilienmaklerin, verheiratet mit einem Rechtsanwalt in Berlin, keine Kinder, war recht lebens- und geschäftstüchtig, für Peter eine Vertrauensperson, der er in Abständen telefonisch seine seelischen Virulenzen anvertraute. Sie verstand es, ihn aufzumuntern. Gleichwohl war sie ihm gegenüber auch offen. Sie erzählte ihm vor allem von dem heißen Berliner Immobilienmarkt und gelegentlichen ehelichen Zwistigkeiten. Sie waren wie Freunde. Ihr gegenüber fühlte er sich nicht mehr berufen, sie zu schützen. Sie war die Ausnahme.
Ulla, die nach dem Mutterschutz wieder halbtags in der Uniklinik arbeitete, schien die stabile Familiensituation gutzutun. Ihr Schwankschwindel ließ nach, auch wichen ihre Angstzustände. Er erkannte sie wieder. Sie glich wieder der Ulla, in die er sich verliebt hatte, als sie sich bei einer Gruppenwanderung in den Voralpen kennengelernt hatten: kommunikativ, unkompliziert. Ihre spontanen Reaktionen waren für ihn und andere ansteckend. Er hatte sich von ihrer wesentlich emotional offeneren Art als seiner eigenen eine Ergänzung und Stütze für sich versprochen.
Peter wusste, dass er im Umgang mit anderen oftmals etwas eckig und spröde war. Sein ironischer Humor war nicht jedermanns Sache. Seine kommunikative Steifigkeit teilte er körperlich mit zusammengezogenen

Schultern mit, die den oberen Rücken umklammerten und nach vorne beugten und zur Erde hin abrundeten. Seinen Nacken streckte er nach vorne, die Nase vorneweg als Spürhund.
Sein Anblick ließ vermuten, er krümmte sich nur, um sich zu verkleinern und ohne Anstoßen durch die Tür zu kommen. Sein kahler Kopf war wirklich ein Egghead. Sein häufiges Räuspern während des Sprechens weckte in seinem Gegenüber die Erwartung, dass er zu wichtiger Rede ansetzen wollte. Aber es folgte kein Sprachlaut hinterher. Es brauchte in der Regel länger, bis er sich zu ein, zwei Worten oder gar einem Satz durchringen konnte.
Manchmal waren ihm Ullas frei flottierende Emotionen allerdings etwas zu stark. Er fühlte sich von ihnen überfordert. Er wurde dann einsilbig bis stumm, was Ulla als aufreizend empfand und zu Gegenmaßnahmen anspornte. Mit schriller Stimme stellte sie Fragen und verlangte Antworten. Wenn sich der kommunikative Spagat breiter verspannte, drehte Peter ihr abrupt den Rücken zu und verließ den gemeinsamen Raum unter starkem Räuspern und Husten. Manchmal lief sie hinterher und forderte ihn zum Duell. Sie machte ihm Angst mit ihren langen Beinen, mit denen sie wie eine Giraffe hinter ihm in großen Schritten hinterherstakste. Sie war ihrerseits sehr groß, 1,84Meter, schmal wie er. Er fühlte sich von ihr verfolgt. Bevor sie ihn am Hemd festhalten konnte, entwischte er in sein Zimmer und verschloss die Tür. Sie schnaubte, lief zurück ins Wohnzimmer und knallte die Tür zu. Dann war Ruhe.
Trotz und mit diesen Aufs und Abs war er mit Ulla einverstanden. Grundsätzlich fand er, habe er die richtige Wahl getroffen. Ein wichtiges Qalitätskriterium war für ihn ihre „Alltagstauglichkeit“. Im Gegensatz zu seiner peniblen Mutter nahm sie es mit Sauberkeit und Ordnung

im Haushalt nicht so genau. Darunter fiel auch ihr unbekümmerter Umgang mit Socken von vorgestern in der Badewanne oder mit der Staubschicht auf den Vorderkanten von Bücherregalen. Ulla las lieber oder quatschte lange mit Nachbarn, die sie auf der Straße traf. Zum anderen bot sie ihm mit ihrer großzügigen Nachlässigkeit auch die Möglichkeit, sich mit ihrer Billigung zurückzuziehen. Denn ihr war es lästig bis peinlich, wenn er wie ein abgestellter langer Schirm mit seinen knapp zwei Meter Größe neben ihr stand, ohne eine Miene zu verziehen, während sie sich ihrem Smalltalk hingab.
Dergleichen passierte, wenn sie mal gemeinsam einen Sonntagsspaziergang mit Hund entlang des Eichwalds machten. Er löste sich von ihr und den Begegnungen und ging einfach für sich weiter. Sie lächelte ihm verständnisvoll nach, die Nachbarin oder wer auch immer nickte beruhigend. Er hing dann seinen Gedanken nach. Die Plaudereien mit den spontanen Begegnungen halfen Ulla, ihre Enttäuschung über seine mäßige Aufmerksamkeit für ihre lebhaften Schilderungen über die Nachbarschaft oder ihren menschlich anregenden Begegnungen und mitgeteilten Schicksalswendungen ihrer Patienten leichter wegzustecken.
So gönnte jeder dem anderen das Seine mit einem minenfreien Freiheitsgürtel um den eigenen seelischen Intimbereich. Im Großen und Ganzen hatten sie sich mit ihren ehelichen Wellen aneinander gewöhnt.
Peter erlaubte sich daher kein Meckern. Im Gegenteil – Ulla erschien ihm im Unterschied zu seiner Mutter wie eine Urlaubsoase. Das Einzige, was ihn wirklich nervte, war ihre weitausholende Erzählweise, ihre endlos langen Sätze, in die sie alle ihr zur Verfügung stehenden Kenntnisse über Person X oder Y reinpackte, einschließlich früherer Begebenheiten mit dieser Person, so dass man

am Ende oft nicht wusste, was sie eigentlich mitteilen wollte.
Seine Mutter hatte ihm gegenüber mal spitz erwähnt, so unordentlich wie Ulla ihren Haushalt führte, redete sie auch. Das fand er übertrieben. Aber er hielt diese Parallele für sehr bemerkenswert.
Seiner Mutter wäre die Vernachlässigung des Haushalts ein unerträglicher Gräuel gewesen. Sie hatte einen Sauberkeits- und Ordnungszwang, der alle in der Familie in Habachtstellung gefangen hielt. Auch Peters Vater, der seinerseits mit seinem anspruchsvollen Leistungsdenken die Kinder gefordert hatte, stöhnte manches Mal unter dem mütterlichen Diktat. Immer musste man sich in Acht nehmen, Hände waschen, besondere Hygiene einhalten. Körperliche Berührungen gab es selten. Zärtlichkeiten, wie eine Umarmung, gab es nur an Feiertagen und zum Geburtstag. Besondere Aufmerksamkeit und Zuwendung erhielt Peter nur für gute Leistung. Für ihn also klar, sich immer anzustrengen und, wo immer möglich, der Beste zu sein – diese Gesinnung trieb ihn an wie eine Peitsche. Das war seiner Schwester ganz abgegangen. Sie hatte sich von zuhause frühzeitig abgesetzt, war so oft wie möglich bei ihren Freundinnen und orientierte sich an deren ungezwungeneren Umgang miteinander in deren Familien.

Er hingegen sei schon als Junge und angehender Mann ein „Workaholic“ gewesen, so erzählte Peter es einmal seinem Tennispartner bei einem Bier in der Halle im Anschluss an ihr regelmäßiges Spiel am Samstagvormittag. Selbst diesen sportlichen Ausgleich betrieb Peter zäh. Er gönnte dem anderen schon einen Sieg, aber sich selbst kein Schlappsein, keine Schwäche. Locker, vielleicht mit kleinen Slapsticks versehen zu spielen, wie er es im

Nachbarfeld an dem Spiel zweier Eheleute beobachtete, wo sie die Chaplin-Rolle übernommen hatte, der Ehemann aber zwischen Lachen und Ärger schwankte, wäre ihm nie in den Sinn gekommen.
Zuhause lief sein Alltag mit Ulla und den Kindern im Großen und Ganzen in geordneten Bahnen, das beruhigte ihn. Er widmete sich ganz seinen beruflichen Aufgaben. Dabei nahm er seine innerliche Austrocknung kaum wahr.
Kurz, Peter glaubte sich nach diesen überstandenen Hochs und Tiefs familiär sattelfest.

Doch der von außen anmutende familiäre Gleichklang geriet wieder aus dem Takt, als Peter und Ulla Freunde mit ihren Kindern an einem Sommerabend zum Grillen in den Garten eingeladen hatten. Darunter war auch Hanni aus München, eine langjährige Freundin aus seiner Studienzeit. Er hatte sie damals in der Mensa kennengelernt. Sie studierte Germanistik und Literaturwissenschaften.

Hanni hatte die Familie schon einmal ein paar Wochen nach der Geburt der Tochter auf ihrer damaligen Durchreise von München ins Burgund bei einem Abstecher bei ihnen besucht. Der Tochter, genannt Lissy, hatte sie ein niedliches Strampelhöschen geschenkt. Ulla war darüber entzückt und fand sie sehr nett.
Nun wollte die Freundin Hanni die Familie wieder auf dem Umweg zu einer weiteren Reise, diesmal zu den Loîre-Schlössern, aufsuchen. Sie wollte sich von der Trennung einer langjährigen Beziehung erholen, genauer von dem Schock, als ihr ehemaliger Partner ihr seine verheimlichte sexuelle Beziehung mit seinem Chef gestanden hatte.

Peter war an dem Abend in etwas launiger Stimmung und fühlte sich von ihrer witzig-spritzigen Art spontan angezogen, mehr als früher. Sie rührte mit ihrem frischen sorglosen Verhalten an seinen tiefer liegenden Wunsch nach innerer Freiheit. Peter kam durch ihren quirligen Erzählton gar nicht dazu, in seine übliche Gewohnheit des kühlen Abwägens von möglichen intelligenten Fragen und Antworten zu verfallen. So steckte sie ihn mit ihrem lockeren flinken Umgangsstil an.
Im Lauf des Abends bemerkte er, dass auch sie auf ihn neugieriger reagierte als in früheren Zeiten. Seine Laune fing an zu tänzeln. Peter und Hanni mischten sich unter die muntere Gesellschaft und bewirteten sich gegenseitig mit Grillfleisch und Salat. Sie schoben sich Happen in den Mund, eine erste vorsichtige sinnliche Annäherung. Ihre Blicken saugten sich dabei fest. Dann lösten sie sich abrupt voneinander, um sich nicht vor den anderen zu verraten, und wechselten mit den anderen Gästen ein paar belanglose spaßige Worte, lachten und gaben sich ungezwungen. Immer wieder ließen sie zu, dass ihre Blicke sich begegnen konnten. Dabei stellten sich beide geschickt an. Entweder tupfte sich der eine beim Smalltalk mit einer Serviette den Mund frei von Essensresten und warf kurze unbefangene Blicke zum anderen. Der andere redete mit den Kindern oder holte eine weitere Salatschüssel aus der Küche für das Buffet auf der Terrasse.
Die flirrenden Glühfäden zwischen den beiden an jenem Abend schien Ulla nicht bemerkt zu haben. Peter spähte nach ihr aus. Sie lachte mit den Freunden, schien ihn nicht zu vermissen. Er fühlte sich sicher und ermutigt, auf sein pochendes Herz zu hören.
Peter und Hanni verständigten sich per Blick, sich eine kurze Zeit von dem fröhlichen Kreis der anderen abzusetzen. Sie gingen auf die umliegende Seite des Hauses.

Vor ihren Augen breitete sich der 300 Meter entfernte Eichwald in kurvigem Verlauf aus. Beide ließen ihre Blicke schweifen, Ruhe suchend, um ihre laut schlagenden Herzen zu dämpfen. Doch im Gegenteil – sie schlugen nur lauter und ließen sich nicht mehr überhören. Für sie beide gab es kein Stück Sicherheit und Rechtfertigung mehr für das, wonach sie sich sehnten. Es blieb ihnen nichts anderes übrig, als sich die Sehnsucht zu erfüllen. Sie umschlangen einander. In der Aufregung fanden ihre Münder nicht sogleich zueinander. Umso heißer bedeckten sie ihre Gesichter mit kleinen, weichen, innigen und heftigen Küssen.
Ihre Körper drängten zueinander. Ihre Unterleiber tanzten kreisend nach vorne und nach hinten wie in einem verlangsamten Tango. Er streichelte ihre Haare, sie seinen Rücken, bis sie fragte: „Was ist los mit uns?“ Samten lächelte er sie an.
Sie flüsterte: „Das darf doch nicht wahr sein … Komm, wir gehen zurück.“ Sie schüttelte ungläubig den Kopf, er hielt ihn fest, schaute ihr tief in die Augen: „Doch, es ist wahr, ich hab mich in dich verschossen.“ Er gluckste, war ganz locker. Sie schaute ihn schräg, leicht misstrauisch bis keck von der Seite an.
Ein wenig kichernd summte sie: „Tausendmal berührt, tausendmal ist nichts passiert, tausend und eine Nacht, und es hat Zoom gemacht!“ Beide lachten froh und glücklich.
Dann zog sie ihn mit beiden Händen stürmisch weiter ans Hausende, wo sie ihn an die Wand drückte, sich an ihn presste, sein Hemd öffnete und seine offene Brust mit Küssen bedeckte. Er stöhnte ein wenig.

Plötzlich hörte Peter Ulla rufen: „Hanni, Peter, wo seid ihr? Wir gehen jetzt rein, es wird kühl.“

Ulla trat um die Ecke und entdeckte die Gesuchten als inniges Liebespärchen.
Sie schrie auf: „Das darf nicht wahr sein!“
Hanni löste sich hastig aus Peters Armen, Peter blieb wie angewurzelt stehen. Ulla lief ins Haus. Peter und Hanni hörten ihr Schreien, wütend, kreischend, aufheulend. Inzwischen hatten sich Peter und Hanni gefangen und gingen unverdächtig nebeneinander, ohne sich zu berühren, Richtung Hauseingang.

Zwei Freunde, Thomas und Uwe, stürzten nach draußen zu ihnen.
„Was ist denn passiert?“ fragte Thomas aufgeregt, Uwe schaute Peter kritisch an: „Na, Peterle, hat's dich erwischt?“
Peter nickte.
„Ulla tobt, sie ist momentan nicht zu beruhigen. Ich glaub‘, sie braucht noch eine Weile, bis man mit ihr sprechen kann. Ich glaube, der Abend ist für heute hin.“
Wieder nickte Peter. Hanni guckte verschämt zu Boden, dann riss sie den Kopf hoch und meinte trotzig: „Ich geh jetzt zu ihr und werde mich entschuldigen.“ Schon wollte sie reingehen, da stürzte Ulla zur Tür heraus, schoss auf die beiden zu und heischte Hanni mit zum Gartentor zeigenden ausgestreckten Zeigefingermit schneidender Stimme an: „Raus hier, verschwinde und lass dich ja nicht wieder blicken!“
Peter ging auf seine Frau zu: „Ulla, jetzt mach mal einen Punkt. Wir werden darüber sprechen, aber nicht jetzt. Komm, wir setzen uns alle nochmal zusammen und...“

„Du hast wohl einen Vogel“, kam Ulla ihm rabiat dazwischen. „Alle haben es mitbekommen. Das ist ein mieses Spiel. Du kannst deine Sachen ebenfalls packen.“

„Ulla, jetzt reiß dich mal zusammen“, rief Peter inzwischen selbst voller Zorn, ungeachtet seiner eigenen Inszenierung dieses Eclats, und packte Ulla am Arm. Sie riss sich los. Dabei stolperte sie gegen Thomas’ angewinkelten rechten Arm. Mit der rechten Hand wollte er gerade ein volles Glas Bier zum Mund hin ansetzen. Das Bier ergoss sich über seinen Kopf und sein Hemd.
Thomas sprang zur Seite und meinte lapidar: „Jetzt habe ich auch keinen Durst mehr, danke für den Abend und das leckere Grillfleisch. Ich gehe jetzt nach Hause.“ Er rief nach seiner Frau. Die schnappte ihre Handtasche. Die restlichen Gäste taten es ihnen nach.

Übrig blieben Ulla, Peter und Hanni.

Ulla hielt plötzlich erschrocken inne: „Wo sind die Kinder?“

„Irene hat sie schnell nach oben in ihre Zimmer gebracht. Die sind bestimmt schon im Bett“, rief Thomas, der ihre Worte noch im Weggehen aufgeschnappt hatte und sich dabei umdrehte. Mit schüttelndem Kopf legte er den Arm um seine Frau und verließ den häuslichen Brutkessel.

Peter hielt den Erinnerungsfilm an. Der Schrecken über den damals entstandenen Wirbel für alle Beteiligten, einschließlich für die Freunde, fuhr ihm nochmal in die Glieder. Er wusste nicht, wie lange er in seine Rückschau versunken war. Sein Kollege Stefan, mit dem Peter einmal eine Wanderung zu zweit durch die Vogesen gemacht hatte, schaute im Vorbeigehen zu ihm durch die Glasscheibe, suchte seinen Blick, traute sich in Peters Zimmer und fragte: „Ist alles in Ordnung, Peter? Du schaust so traurig, so unglücklich.“

Peter schaute irritierte hoch: „Wieso fragst du? Ja, ja natürlich. Ich habe nur nachgedacht."

„Na ja, das schien mir aber bedeutungsvoller als nur Nachdenken", meinte Stefan mit skeptischem Ton.
Peter schaute ihm lange in die Augen ohne weitere Antwort. Stefan schaute verständnislos, zuckte mit den Schultern und ging.
Peter fühlte sich allein, er konnte mit den angedeuteten Hilfsangeboten nichts anfangen. Ständige Schuldgefühle strangulierten ihn, Ratlosigkeit ließ ihn wächsern werden. Wie ein Meteorit sauste in ihn zusätzlich die Erinnerung an ein schmachvolles Verhalten von ihm vor etwa vierzehn Jahren. Er arbeitete damals in einer Frankfurter Firma, seine erste Stelle als wissenschaftlicher Mitarbeiter nach dem Studium. Bis zur Halskrause war er ehrgeizig. Er war aber nicht der Einzige, der nach oben strebte. Außer ihm gab es noch zwei andere junge Kollegen, die es wissen wollten.
Einer der beiden musste sein Scheuklappen-Streben wohl erahnt haben und lancierte die Kontakte mit Peter so, dass er in die Gespräche ab und an kleine Gehässigkeiten über den anderen Kollegen reinträufelte. Peter fragte ihn damals, weshalb. Der Kollege antwortete ihm, er müsse das unbedingt bei dem gemeinsamen Meeting mit den Projektleitern und dem Firmenchef erwähnte Großprojekt haben, und zwar zusammen mit ihm. Er traue ihm und sich diese anspruchsvolle Aufgabe zu. Er brauche einen Erfolg in der Firma. Nur so könne er vor seinem reichen Schwiegervater bestehen. Der hätte ihm in Aussicht gestellt: Wenn er Karriere machen würde, würde er ihm und nicht seinem Sohn, der in seinen Augen ein Tunichtgut war, die Firma vermachen. Der andere Konkurrent müsse aus dem Rennen geworfen werden, er, Peter, solle ihm

dabei helfen. Peter war damals völlig irritiert, war spontan dagegen. Ein paar Tage später hatte er sich umentschieden. Er beteiligte sich an den Mobbingaktivitäten. Der Konkurrent stolperte über die ausgelegten Fallen, verlor an Ansehen bei den Chefs, und Peter und der Anstifter erhielten das Projekt. Sie entwickelten tatsächlich eine neue chemische Kombination, die in der Pharmaindustrie großen Anklang fand. Peter erhielt Extra-Belohnungen von der Firma. Tief im Innern fühlte er sich miserabel. Er war von sich tief enttäuscht und schimpfte sich einen Schuft. Er hielt seinen Judasmakel nicht lange aus und bewarb sich erfolgreich in die Schweizer Firma, in der er heute noch angestellt ist.
Peter ekelte sich bei dem Gedanken an seinen Verrat. Er fühlte einen Berg an Schuld auf seinen Schultern. „Wenn jetzt doch Hanni da wäre“, seufzte er vor sich hin, „sie nähme mich, wie ich bin, auch mit dem schwarzen Fleck.“

Zugleich sehnte er sich nach einem sicheren Ort, einem vertrauten Zuhause. So paradox ihm seine zwiegespaltene Sehnsucht auch vorkam, am liebsten wäre er jetzt heimgegangen in sein Haus mit Ulla und den Kindern. Aber nach dem Eklat vor rund sechs Wochen und dem Rausschmiss von Ulla hatte er kurzentschlossen ein Ein-Zimmer-Appartement in Lörrach bezogen. Nur wenige Sachen von zuhause hatte er mitgenommen. Ulla hatte ihm sogar beim Umzug geholfen. Zweimal hatten sie außerdem vernünftige Gespräche miteinander geführt, er war versucht, die Anmietung rückgängig zu machen. Aber er wusste, dass eine Ehepause vonnöten war.
Er fand die kleine Wohnung ungemütlich, den auf der Straße vorbeiziehenden Lkw-Lärm ätzend. Nach dem dramatischen Grillabend war die Beziehung zwischen

ihm und ihr weiter eskaliert. Ulla hatte dekompensiert, drohte mit Suizid. Er brachte sie in die Notaufnahme, rief ihre Eltern mit der Bitte an, herzukommen und sich um die Kinder zu kümmern. Die reagierten ihrerseits fassungslos, die Schwiegermutter kam aber dann am übernächsten Tag. Ulla blieb eine ganze Woche in der Klinik. Medikamente halfen ihr fürs Erste wieder auf die Beine. Peter lief noch gebückter herum als sonst. Ulla bestand auf seinem Auszug. Die Kinder verhielten sich sehr still und ebenfalls recht geduckt, gingen ihren Eltern aus dem Weg.
Peter sehnte sich nach Hanni, mit ihr hatte er ein paar Mal telefoniert. Sie war wieder zurück in München und bekräftigte ihn, in der Familie zu bleiben. Er sagte, er wisse nicht, ob er das tun könne, müsse oder solle. Er wolle sie in jedem Fall wiedersehen. Als die Schwiegermutter wieder abgereist war, wandte er sich an eine Freundin von Ulla mit der Bitte, die nächste Woche ein paar Mal nach ihr zu schauen. Er sei für acht Tage verreist. Ulla sagte er dieses Mal die Wahrheit: Er fahre zu Hanni – bei deren Namen schrie sie auf –, er wollte sich Klarheit verschaffen. Sie vereiste im Gesicht, nickte dann mechanisch zustimmend. Er hatte eine wundervolle Woche mit Hanni, voll mit Gesprächen, gemeinsamen Unternehmungen und viel Liebe.

An der Stelle brach Peter abrupt seine Rückschau ab. Der Punkt war zu schmerzlich für ihn.
Er stürzte sich auf die auf dem Tisch liegenden Papiere, zwang sich zur Konzentration. Auch wieder hochziehende Nackenschmerzen ignorierte er. Nach einer Stunde der Prüfung der überarbeiteten Daten am Rechner, die ihm sein Mitarbeiter für L.A. vorgelegt hatte, wurde er

ruhiger. Er fand die Ergebnisse überzeugend und schickte eine entsprechende Mail an Mr. Cormick.
Mit dieser Sicherheit ging er zu seinem Vorgesetzten.

Wieder war dieser überrascht und meinte: „Hoppla, das geht jetzt aber schnell! Wie kommt das? Du meintest doch, es brauche noch etwas Zeit, hast nochmal die Überprüfung angeordnet, und jetzt ist das Ergebnis schon da.“
„Na ja“, meinte Peter etwas keck, „ich habe halt gute Leute.“ Matthias schnalzte anerkennend mit der Zunge.

Peter erledigte noch einige Arbeiten. Erstaunt stellte er fest, wie flott sie ihm von der Hand gingen.
Er fieberte dem Feierabend entgegen.

Als es soweit war, konnte er nicht schnell genug in sein kleines, von Lkw-Lärmbrummendes Appartement kommen. Er wollte mit Hanni telefonieren. Er war fest entschlossen, sie wieder für eine Woche zu besuchen. Wieder hatte er unbezahlten Urlaub eingereicht und genehmigt bekommen. Seine Sehnsucht nach ihr quoll zu allen Poren heraus. Bis in die Haarwurzeln und Fußzehen spürte er, wie sie ihn magnetisierte. Er fühlte ihren weichen, leicht molligen Körper auf seinem Bauch und seiner Brust, so ganz anders als der von Ulla, die eher einen androgynen Körper hatte. Er roch Hannis leicht süßlichen Duft unter ihren lockigen dunklen Haaren am Nacken. Blitzschnell tauchte ihr sprudelndes Lachen in sein Ohr. Die Erinnerung an die Zeit vor ein paar Wochen bei seinem ersten Besuch bei ihr durchglühte sein Herz. Sie hatten gemeinsam in ihrer Wohnung gekocht, Wanderungen in den nahe gelegenen Bergen gemacht, Museen besucht und viel miteinander gesprochen und sich geliebt. In ihrer Gegenwart fühlte er sich wohl, locker, entspannt, einfach

frei und ungezwungen. Kein Leistungsehrgeiz, der seine Sinne unterdrückte.
Er glaubte, sich noch nie so glücklich gefühlt zu haben. Ja, glücklich fühlte er sich. Er war erstaunt über sich, dass er diesen Zustand so beschreiben konnte. Die Beschreibung passte.
„Endlich komme ich bei mir an", sprach er laut vor sich hin. Seine eigene Stimme so klar und ohne Räuspern zu hören, machte ihn zusätzlich selbstbewusst.
Er packte noch ein paar Unterlagen für den Abend ein. Im Appartement angekommen, wusch er sich die Hände und das Gesicht. Er wollte sich ganz frisch fühlen, wenn er mit ihr sprach. Dann stärkte er sich noch mit einem Stück Pizza, das vom Vortag übriggeblieben war und das er in die Mikrowelle schob, schenkte sich ein Glas Chardonnay ein, setzte sich auf die kleine Couch und wählte Hannis Nummer.

Sie hob gleich ab. Ein Freudenjauchzer am anderen Ende, nur knapp ihre Frage: „Wann? Wann kommst du?"

„Am Samstag mit dem Zug. Ich schreib dir eine SMS, wann ich ankomme. Ich bin völlig besoffen von Sehnsucht nach dir."

„Ich auch. Alles andere klären wir vor Ort. Ich küsse dich."

Ihre bündige Art gefiel Peter. Sie entsprach ihm. Er war sich ihrer Liebe ebenso sicher, da mussten nicht viele Worte gemacht werden. Für ihn zählte nur, sie zu sehen, über ihr lockiges Haar zu streichen, ihr in die braunen Augen zu schauen, mit ihr zu lachen, wenn sie auf seine innigen schmelzenden Blicke hin etwas schamhaftverspielt ihre langen Wimpern herunterschlug. Er liebte es, mit ihr im Vis-à-vis zu sprechen, sich auszutauschen. Er fieberte danach, sie zu berühren, zu umarmen, an sich zu drücken, sie zu küssen, ihren weichen rundlichen Körper mit seinen Fingern zu ertasten, sie zu streicheln, mit ihr in der Liebe zu verschmelzen und zum Höhepunkt zu kommen. Die Vorstellungen machten ihn ganz schwindlig.

Seine Vorfreude auf das Wiedersehen gab ihm Schwung, sich die mitgenommene Arbeit schnell vorzunehmen. Nach einer Stunde war er fertig. Zufrieden ging er ins Bad, wusch Gesicht und Hände, putzte sich die Zähne, machte sich fertig für die Nacht. Diese Alltagshygiene genoss er fast. Sie gab ihm ein Gerüst für den nächsten Tag und für die aufregende Woche mit Hanni. Sie bot ihm auch Halt für seine Veränderung, den Auszug aus seinem Haus, weg von der Familie. Ulla vermisste er nicht, nicht mal den Hund. Allein seine Kinder fehlten ihm abends etwas. Überrascht hatte ihn diese Rührung; schon nach zwei Wochen hatte sie sich bei ihm deutlich wachsend gezeigt. Er rief sie alle zwei Tage an. Wenn Ulla am Apparat war, hielt er den Kontakt kurz und kühl, fragte nur nach, ob alles im Haus in Ordnung sei. Sie bejahte jedes Mal lakonisch. Es interessierte ihn nicht, wie es ihr ging. Er wusste ja, dass sie viele sogenannte Freundinnen hatte, denen sie ihr Leid klagen konnte und die sie trösteten. Er wollte jegliches Jammern oder sonstiges Theater mit ihr vermeiden. Sie ihrerseits erkundigte sich auch nicht nach ihm. Für sie war Hanni immer noch in der Luft. Sie hatte ihm verboten, ihren Namen zu erwähnen.
Die Kinder freuten sich über seinen Anruf, bubbelten ein bisschen über ihre Tageserlebnisse. Die Tochter

berichtete stolz über gute Klassenarbeiten und dass sie eine neue Freundin habe, die genau wie sie gerne lese. Sie könnten sich so toll über ihre Bücher unterhalten. Der Kleine brabbelte etwas in kleinen Sprachbrocken über seine Plastikautos und dass er im Garten Fußball gespielt hätte mit dem Nachbarjungen. Immer wieder fragte er: „Papa, wann kommst du nach Hause?“ Peter übersprang die Frage und leitete gleich über zum Gutenachtgruß.
An diesem Abend verzichtete Peter auf einen Anruf bei seinen Kindern. In seine Vorfreude auf Hanni sollte kein anderes Gefühl dazwischenkommen.

Die Tage bis zur Abreise flossen keineswegs zäh dahin. Es waren nur drei. Die feste Aussicht, Hanni wiederzusehen, verlieh ihm Flügel und Konzentration auf seine Arbeit. Sie flutschte ihm von der Hand. Die Kollegen waren ihm wohlgesonnen und kooperativ. Eine bessere Unterstützung für seine neue Liebe hätte er sich nicht wünschen können.
Seine Mitarbeiter schauten ihn mehrmals erstaunt an, fragten ihn, jeder auf seine Weise, ob er sich wieder berappelt hätte und was ihn plötzlich so energievoll habe werden lassen. Sie fänden es schön, das sei ansteckend.
Peter freute sich. In den Mittagspausen setzte er sich mit einigen Kollegen zusammen, was nicht ohne Weiteres üblich war, wenn es einmal nicht um berufliche Fragen ging. Privates zu erfahren oder selbst zu erzählen war seine Sache nicht. Er fühlte sich dabei unsicher. So etwas hatte er immer Ulla überlassen. Jetzt hörte er ihren Gesprächen aufmerksam zu und steuerte spontane Einfälle bei. Er genoss die lebendige Atmosphäre. „Vor Hanni“ hatte er dergleichen nicht registriert.
Wie ärztlich verordnet aß er mediterran. Er genoss gebratene Auberginen, gedünstet in Olivenöl und Knoblauch,

mit Tomatensoße, dünne Spinat-Spaghetti, dazu gab es Crevetten, gleichfalls in Knoblauch angebraten und mit Rosmarin gewürzt. Er war stolz, in einer solch feinen Weltfirma arbeiten zu können.

Am folgenden Samstag traf Peter gegen halb zwei mittags in München ein. Er hatte Hanni in dem Gewühl der Menschen auf dem Bahnsteig nicht erkannt. Auf einmal flog ein brauner Lockenkopf mit roter Jacke und dunkelblauer Hose auf ihn zu. Sie nahmen sich selig in die Arme.

Ohne Umschweife gingen sie gleich zu ihr. Hanni hatte ein Pastagericht vorgekocht. Sie aßen bei ihr auf dem Balkon. Es war Ende Juni, angenehm warm. Hanni hatte diese Wohnung nach Zusammenbruch ihrer Beziehung durch einen Bekannten ergattert. Sie wohnte im dritten Stock und hatte vom Wohnzimmer und dem Balkon einen freien Blick auf Baumkronen. Peter fühlte sich wie nach Hause gekommen. Er vermisste keine Ulla, keine Kinder, nicht sein eigenes Haus. Die Zweisamkeit mit Hanni nährte ihn. Unbeschwert erzählten sie sich Anekdoten aus ihrem Alltag, entdeckten ein gleiches Interesse an philosophischer und spiritueller Literatur, etwas, was Peter mit Ulla nicht teilen konnte. Sie zogen in Erwägung, irgendwann mal gemeinsam ein Retreat zu besuchen. Hanni hatte schon an mehreren teilgenommen, er noch an keinem.

Dann beschlossen sie, einen Spaziergang durch den Nymphenburger Park zu machen. Er lag nicht weit von ihrer Wohnung entfernt. Sie schlenderten über die weitläufigen Wege und spazierten am Kanal entlang, durchstreiften die englische Parklandschaft, umrundeten das Nymphenburger Schloss, die Arme umeinander gelegt, die Hüften eng aneinanderreibend, fühlten die Wärme

ihrer Körper, spürten den Rhythmus ihrer Schritte. Der sandige Boden knirschelte leicht unter ihren Füßen, als spielte er die Bongotrommel zu ihrem trauten Glück. Sie erzählten sich aus ihrer Kindheit.
Spaziergänger, ein paar Touristen, ein paar joggende junge Frauen und Männer, wenige Mütter und Väter mit Kinderwagen, Hunde an der Leine und freilaufendboten eine impressionistische lebendige Kulisse. Peter erlebte seine Stadt, in der er großgeworden war, auf einmal neu, fremd und vertraut, eine herb-süße Mischung.

Hanni hatte sich für die gemeinsame Woche nicht freinehmen können. Sie wurde in ihrem Verlag gebraucht, wo sie als Lektorin arbeitete. Peter bedauerte das wohl, fand es aber auch nicht sehr tragisch. Er wollte die Zeit nutzen, ehemalige Klassenkameraden und vor allem seine Mutter zu besuchen. Sein Vater lebte nicht mehr, war vor vier Jahren an einer Lungenentzündung nach einer Gallenoperation gestorben. Seine Mutter kam mit ihrem Leben als Witwe gut zurecht. Nur ab und an bemerkte sie, dass sie ihren Mann doch vermisse, vor allem bei den abendlichen Spaziergängen, die sie meist gemeinsam gemacht hatten und bei denen sie unbeschwert miteinander plauderten. Peter wollte sich selbst ein Bild von ihrer Situation machen.
Seine Mutter hatte Peter schon vor ungefähr drei Wochen über seine häuslichen Veränderungen telefonisch in Kenntnis gesetzt. Sie war wenig begeistert, vor allem wegen der Kinder, hatte sich dem Gedanken einer möglichen Trennung von ihm und Ulla aber auch nicht quergestellt. Ihre Schwiegertochter lag ihr nicht so ganz, sie fand sie zu locker, zu wenig ernsthaft.
Den Abend verbrachte Peter wieder bei Hanni in ihrer Wohnung. Da sie nicht viel Hunger hatten, richtete Hanni

eine kleine Imbissplatte an, er blätterte derweil in der „Süddeutschen“. Er hatte sie länger nicht mehr gelesen und freute sich, die vertraute Familienzeitung wieder in den Händen zu halten.
Sie schauten sich die Nachrichten an und setzten sich mit einer Flasche Rotwein wieder auf den Balkon. Ihre Unterhaltung plätscherte an Themen des Alltags, der Wohnungseinrichtung, früherer Urlaube und individuellen Vorlieben für dies und jenes entlang. Sie waren etwas müde und gestanden sich das auch nach einer Stunde ein.
„Na, warum nicht, warum sollen wir nicht zu Bett gehen?“ Hanni zeigte sich nicht enttäuscht, sondern verständnisvoll.
Peter nickte erleichtert. Etwas verwundert war er schon über die nachgelassene Hitze ihrer Verliebtheit, interpretierte dies aber als natürliche Reaktion. Kein Gefühl verharrt in seiner Intensität, tröstete er sich mit dem Wissen aus Auseinandersetzungen mit Ulla ein wenig. Gefühle auszuhalten kann auch anstrengend sein, das wusste er, der Körper arbeitet mit. Nicht zuletzt deswegen verändern sie sich. Und natürlich ändern sich auch die Situationen, auf die Gefühle eine Antwort sind. Diese psychologischen Kenntnisse waren ihm geläufig. Also, er konnte sich entwarnen, ihre Reaktionen waren völlig im grünen Bereich.
Sie machten sich fertig für die Nacht. Er fand ihr Badezimmer sehr klein. Es hatte eine leichte Schräge über der Toilette. Er stieß ein paar Mal mit dem Kopf an die Holzdecke. Sie hörte sein kurzes „Au“ und rief lachend aus der Küche: „Kopf runter!“
Ihr Bett reichte mit 1,20 Meter Breite für sie beide gerade so. Er musste seinen langen, großen Körper, wie er es schon mit seinem Kopf tat, etwas runden. Schließlich liebten sie sich doch noch und es tat ihm gut. Hanni

schlief entspannt mit einem Lächeln im Gesicht ein und Peter küsst sie liebevoll.
Am nächsten Sonntagmorgen kitzelten hereinfallende Sonnenstrahlen ihre Lust noch einmal heraus. Gekräftigt von der Nachtruhe liebten sie sich stürmisch und innig. Ihr Liebesspiel endete in nicht enden wollendem dankbaren Lachen über ihre wirbelige Heiterkeit.
Sie frühstückten nur kurz und machten sich auf zu einer Fahrt an den Starnberger See. Hanni wollte unbedingt schwimmen gehen. Es waren heiße Temperaturen vorhergesagt. Das Auto kam für sie nicht infrage. Wie immer um München herum musste man mit längeren Staus rechnen. Sie fuhren mit der S-Bahn nach Feldafing ins dortige Freibad mit den überdachten Holzbauten, eine besondere Architektur aus den 20er-Jahren des letzten Jahrhunderts, in denen Umkleideräume und ein recht gutes gemütliches Restaurant mit erschwinglichen Preisen untergebracht waren. In seiner Jugend war Peter oft mit Freunden hier gewesen. Er schwelgte etwas in Erinnerungen und wibbelte neugierig auf der Bank in der S-Bahn. Hanni fand seine jugendliche Aufregung rührend.
Das Bad war noch nicht voll, sie konnten sich einen halbschattigen Platz am Strandufer aussuchen. Auch wenn das Wasser noch recht frisch war, hatten sie ihren Spaß und fühlten sich wie die Götter.
Hanni war eingedöst. Peter lag auf einem Laken, schaute in den wolkenlosen Himmel und rätselte still vor sich hin: Kann das Leben wirklich so schön, so sorgenfrei sein?
Nach einer Stunde bekamen beide Hunger. Sie suchten die Terrasse vor einem der Holzhäuser auf, in Badekleidung wie die anderen auch. Ein herbeieilender Kellner nahm ihre Bestellung entgegen. Als sie es serviert bekamen, hörte Hanni, wie eine männliche Stimme laut ihren Namen rief. Sie drehte sich abrupt um.

„Ah, du bist es!“ rief Hanni überrascht, jedoch nicht überschwänglich aus.
Peter sah einen superschlanken, gut gebauten Mann mittleren Alters in einer weinroten, schwarz paspelierten Badehose, volles, leicht welliges Haar und mit feinen Gesichtszügen lächelnd auf Hanni zusteuern, dicht gefolgt von einem etwas kleineren, älteren Mann mit voller braunsilbriger Haarmähne, ebenso eine elegante Erscheinung, soweit man das beim Tragen von Badehosen sagen kann. Dessen Begleitung hatte sich noch einen halblangen Bademantel, der offen stand, umgeworfen. Irgendwo hatte Peter beim Warten in einer Arztpraxis in einem Gala-Magazin einen Bericht über den italienischen Modeschöpfer Valentino gelesen, der die Damen der High-Society, in den 60er- bis in die 80er-Jahre eingekleidet hatte. Dieser männliche Begleiter glich ihm erstaunlich. Ähnlich wie dieser war er von zerbrechlich-zarter Gestalt und einer grauen voluminös toupierten Haarpracht. Peter war ganz verblüfft. „Valentino hier?“ fragte er sich.
„Darf ich dir meinen früheren Lebenspartner vorstellen?“, fragte Hanni Peter förmlich.

Peter nickte und erwiderte nur strohig „Guten Tag, Peter Greiser.“
„Angenehm, Thomas Lauterbeck“, lautete dessen Antwort. „Ich bin Ihnen dankbar, dass Sie sich um Hanni kümmern. Ich nehme an, Sie wissen um unsere Geschichte. Unsere Trennung war für sie sehr schmerzlich. Aber wie ich sehe, hat sie sie gut überwunden.“ Er lächelte: „Natürlich dank Ihrer Hilfe.“
Peter schaute ihn mit großen Augen an. Du falsches Süßmaul, dachte er und meinte mit einem Blick zu Hanni: „Ich glaube, das ist ihr allein gelungen. Aber vielleicht wissen Sie mehr.“

Er fand ihren Ex etwas anmaßend. Er hatte nichts gegen Schwule, aber er wunderte sich, was Hanni an ihn gebunden haben mochte.
Die Valentino-Kopie verneigte sich kurz, merkwürdig, seinen Begleiter stellte er gar nicht vor. Dieser wandte sich ab und ging zu einem frei gewordenen Tisch.
Thomas Lauterbeck schaute Hanni eindringlich in die Augen: „Geht es dir gut? Wie fühlst du dich in der neuen Wohnung?“

Hanni strahlend: „Besser, freier.“

„Na ja, dann ist es ja gut.“

„Und wie geht es dir so?“

„Ja, danke, mir geht es gut. Ich fliege jetzt eine andere Linie: Dubai–Berlin.“

Peter schaute verblüfft fragend zu Hanni: „Ich wusste gar nicht, dass Sie Pilot sind.“

„Nein, das bin ich auch nicht“, antwortete Thomas Lauterbeck, „ich bin Flugbegleiter.“

„Ach so.“

„Also dann, dann gehe ich mal und wünsche euch einen schönen Nachmittag.“

„Ja, dir auch.“
Alle waren froh, dass dieser langweilige Minidialog zu Ende war.

Ein paar Sekunden waren beide stumm. Dann fragte Peter Hanni: „War der ältere Mann der Chef von deinem früheren Lebensgefährten?"

„Nein, ich kenne ihn auch nicht. Komisch, er hat ihn gar nicht vorgestellt."
Hanni und Peter schwiegen.
Wie auf Kommando griffen beide gleichzeitig zu ihrem Weizenbier und tranken ihr Glas halb leer.
Dann traute sich Peter, sie zu fragen: „Schmerzt es noch?"

„Nein, ich bin eher befremdet. Merkwürdig, wie Lebenseinbrüche den Blick verändern können. Mir kommt es vor, als sähe ich ihn erst jetzt realistisch. Ich war immer geblendet von seiner ästhetischen Erscheinung."

„Ist dir das wichtig – oder besser, immer noch wichtig?"

„Es ist mir immer noch wichtig. Aber ich bin bereiter geworden, unterschwellige Irritationen ernst zu nehmen."
Peter faltete seine Stirn erstaunt nach oben: „Irritationen? Wovon warst du bei ihm irritiert und hast es dir nicht eingestanden?"

„Unsere Beziehung lief so glatt, es gab kaum Differenzen, wir galten im Freundeskreis als das Traumpaar. Wenn ich mal irgendetwas ohne ihn tun wollte, sei es Treffen mit Freundinnen und Reisen mit ihnen, oder auch ganz banal, in der Diskussion über politische Anschauungen etwa abwich von der seinigen, die er abends im Wohnzimmer geäußert hatte, pflichtete er mir meist bei. Ich wunderte mich und war freudig überrascht, dachte nur naiv, er hat es eingesehen."

„Ja, warst du ihm überlegen?“

„Das weiß ich nicht. Mir war es wichtig, dass wir ein Ganzes waren.“ Hanni senkte ihre Stimme: „Aber – ich muss gestehen, auch ich wagte nicht gegen den Strich zu bürsten. Ich wollte Harmonie um jeden Preis.“

„Ein Ganzes?“ Peter griff ihre vorherige Bemerkung auf.

„Ja, mir war es von zuhause aus zuwider, dass ein Ehepaar wie meine Eltern sich oft stritten, sogar, wenn sie im Kreis von Bekannten und Freunden waren. Ich schämte mich dann für sie. Zuhause lief ich dann von einem zum anderen und legte bei meiner Mutter ein gutes Wort für meinen Vater, bei meinem Vater für meine Mutter ein gutes Wort ein. Ich bemühte mich bei ihnen, Verständnis füreinander zu wecken. Ich war ja lange das Einzelkind, fühlte mich oft wie abgestellt und von ihnen vergessen. Meine quasi therapeutischen Bemühungen gaben mir Gelegenheit, sie glücklicher zu stimmen. Damit schuf ich mir Bedeutung für sie. Ich fühlte mich als ein Scharnier ihrer Beziehung. Darin sah ich auch die Chance, von ihnen wahrgenommen zu werden, und gleichzeitig, mich in der häuslichen Umgebung wohler zu fühlen.“

Peters Augen wurden wieder größer: „Ja, und war das der Fall?“

„Manchmal schon, manchmal auch nicht. Dadurch war ich immer unter Spannung. Das wurde erst besser, als ich mit zwölf Jahren noch einen Bruder bekam. Damit hatte niemand gerechnet. Seine Geburt hat meine Eltern mehr zusammengeführt. Ich war also nicht traurig oder eifersüchtig auf ihn. Im Gegenteil, ich atmete auf und musste nicht mehr so auf meine Eltern aufpassen."

„Du fühltest dich als Aufpasser deiner Eltern? Das war doch sicher anstrengend. Und warst du nicht abgelenkt von deinen Interessen und auch von deinem Lernen in der Schule, genauer gesagt, kam beides nicht zu kurz?"

„Doch schon. Immerhin habe ich es trotzdem geschafft, mich in Bücher zu flüchten. Wenn es eben ging, habe ich viel gelesen und mich dann in deren Welt versetzt und Fantasien gesponnen. Damit habe ich mich selbst glücklich gemacht." Hanni lacht kurz auf. „Ja, und so habe ich mir den Weg zu meinem Beruf gebahnt. Heute darf ich nicht nur, ich muss viel lesen. Das ist manchmal so, wie wenn ich auf ein Stück Kuchen mit Schlagsahne noch Mayonnaise draufdrücken müsste."

„Hanni!" Peter verzog leicht angeekelt sein Gesicht.

„Heute lese ich wohl immer noch gerne, aber mich reizt es auch, viel zu reisen, Länder, andere Sprachen und Menschen kennenzulernen. Das habe ich, wie du sehen konntest, nach Thomas angefangen. Jetzt..." Hanni zögerte etwas, fuhr dann entschlossen fort, „jetzt wache ich auf und schnuppere mehr unabhängiges Glücklichsein. Und du, du machst das Glück perfekt."
Peter streichelte Hannis Hand und wischte sich mit der Serviette gleichzeitig seinen Mund ab. Das Liebesgeständnis hatte er gehört, es war sehr schmeichelhaft, aber aufrichtig freuen konnte er sich nicht darüber.
Irgendetwas war in ihm angestoßen. Seine Tochter fiel ihm ein. Sie hatte erwähnt, wie gerne sie jetzt lese. Ob sie sich damit von dem kaputtgegangenen Zuhause ablenken

wollte und deshalb froh war, eine Gleichgesinnte gefunden zu haben? Bedeutete ihre Mitteilung am Telefon wirklich diese Doppelbotschaft? Peter starrte irritiert und etwas erschrocken und traurig auf seinen leer gegessenen Teller.

„Na, mit meiner Liebeserklärung wollte ich nicht deine Stimmung vermiesen“, meinte Hanni nun ihrerseits irritiert.

„Nein, nein“, beeilte sich Peter zu sagen. „Ich habe nur … Ich habe nur an Lissy gedacht. Sie hat mir am Telefon gesagt, wie gerne sie jetzt lesen würde. Deine Kindheitserinnerung hat mich nachdenklich gestimmt.“

„Ach, das war bei meinen Eltern ja nicht der Fall. Die haben ja gar nicht nach mir geguckt und danach gefragt, wie ich ihre Querelen verarbeite. Sie waren rücksichtslos. Du hältst ja Kontakt mit Lissy.“
Peter schaute weiter stumpf auf seinen Teller, blickte erst hoch, als der Kellner ihn, ohne zu fragen, vor seinen Augen wegräumte.
Er schaute Hanni in die Augen, ihre herzliche Art nahm ihn wieder gefangen. Nun fiel ihm auch Ulla ein. Sie hätte an dieser Stelle darauf gedrungen, dass er sich schnellstens mit Lissy in Verbindung setzen und mit ihr darüber reden müsste.
Hanni brachte ihre Beobachtung ein: „Auf eurer Gartenparty habe ich Lissy als recht gesund, recht robust kennengelernt, sehr selbständig und fröhlich.“
Peter schaute Hanni verwundert an: „Ja, meinst du?“
„Ja, das meine ich, und außerdem – jetzt bist du hier, und wir wollen unsere gemeinsame Zeit genießen.“ Sie nickte

Peter aufmunternd zu: „Warte ab, wie Lissy sich verhält, wenn du wieder nach Hause kommst.“
Bei ihren letzten Worten zuckte sie zusammen. Beide übergingen ihre orakelhaften Worte.

Peter war sich unschlüssig. Vielleicht hatte sie mit ihrer Deutung von Lissys Unversehrtheit durch seine Anrufe, die ihm jetzt sparsam vorkamen, das musste er sich eingestehen, durchaus recht. Er geriet ins Schwanken.
Sie zahlten, gingen zurück an ihren Badeplatz. Ihr Platz lag inzwischen im Schatten, die Sonne war gewandert. Sie blieben dort, es war warm genug. Ohne viele Worte schmiegten sie sich in Löffelchenhaltung aneinander und hielten Siesta.

Am nächsten Morgen verließ Hanni die Wohnung gegen halb neun. Sie hatten noch miteinander gefrühstückt. Peter räumte nach ihrem Weggang den Frühstücksplatz auf, stellte das benutzte Geschirr in den Geschirrspüler und überschlug die Schlagzeilen der Süddeutschen, die Hanni, wie sie es vor dem Frühstück immer tat, aus dem Briefkasten geholt hatte. Er fand alles normal. In ihm machte sich ein Gefühl von ruhiger satter Selbstverständlichkeit breit. Sicher, er stand nicht unter Zeitdruck wie in seiner Berufswoche, aber auch an den freien Tagen glaubte er rückblickend, sich immer wie umklammert gefühlt zu haben, vor allem, wenn Ulla in der Nähe war. Hier mit Hanni konnte er frei durchatmen.
Eine Idee durchschoss ihn: Hier kann ich sagen, was ich will und wie ich es will. Ich fürchte keine Kritik! Hanni hört mir zu und liebt mich weiter. Ulla zieht mich oft auf, spottet oder wendet sich abrupt ab.

Peter ging zum Fenster, schaute in die Baumkronen, deren Blätter bei starkem Sonnenschein glänzende Oberseiten und schattige dunkle Unterseiten hatten.
Er holte sein Handy hervor und überschlug die Adressen. Er fischte eine Nummer heraus. Sie gehörte zu einem Schulfreund, namens Harald, mit dem er schon mal vor dem Abitur Mathematik gelernt hatte und mit dem er sich, wenn er in München war, immer wieder mal traf. Peter hatte nur seine Privatnummer. Am Apparat war dessen Frau, die gerade krank und daher zuhause war. Sie gab ihm die Nummer seiner Firma.
Sie verabredeten sich für den nächsten Mittag zum Essen in der Stadt. Den Abend wollte Peter sich für Hanni freihalten. Sie hatte ihm die Zeitgestaltung freigestellt beziehungsweise ihm die Tage und Abende genannt, wo sie sich vom Verlag frei machen könnte. Mittags wäre es vereinzelt möglich, dass sie sich allein oder zusammen mit Kollegen von ihr zum Mittagsessen treffen könnten.
Er wollte schon einen anderen Freund anrufen, aber eine innere Stimme hielt ihn zurück: „Ruf jetzt Mama an!“ Er zögerte noch. Dann wählte er ihre Nummer. Sie hob ab:
„Ja, Grether?!“

„Grüß dich, Mama!“

„Peter, ja, was gibt’s?“

„Ich bin in München bei der Hanni. Ich habe dir von ihr berichtet.“

„Ja, mein Gott, ja, so was!“

„Ich wollte dich mal besuchen!“

„Na klar, wann kommst denn mal vorbei? Aber erst mal ohne Hanni, verstehst?“

„Ja, sicher, wie wär’s heute Mittag? Ich lade dich ein, wir gehen in die Fasanerie!“

„Oh, das ist aber schön!“

Peter machte sich mit S- und U-Bahn auf den Weg. Unterwegs kaufte er noch drei Zweige weißer Lilien ein, Mutters Lieblingsblumen im Sommer. Früher hatte sie öfters spitzbübisch gesagt: „Schaut, wie edel reines Weiß strahlt und dann noch so verführerisch duftet.“ Gegen halb elf traf er bei ihr ein. Sie machte in einem hellblauen Hemdblusenkleid auf, das ihr zu ihrer frechen grau-silbrigen Kurzhaarfrisur gutstand. Um die schmale Taille trug sie einen weißen Gürtel, der ihre Zerbrechlichkeit betonte und sie zugleich jugendlich erscheinen ließ. Peter war etwas verblüfft, sie so guter Dinge anzutreffen. Früher hatte sie mehr einen leidenden Zug um den Mund, und ihr Umgangston war immer etwas kritisch säuerlich. Er begrüßte sie froh und wollte sie schon an sich ziehen. Ihre körperlich steifige Zurückhaltung – diese hatte sich nicht verändert – mahnte ihn, Abstand zu halten. Sie dämpfte seine Wiedersehensfreude. Mutter und Sohn legten nur kurz die Wangen aneinander.
Über Peters dank Hanni erwachte vorsichtige Frische legte sich rasch der ihm bekannte atmosphärische Schwefelstaub. Er zuckte leicht zusammen. Aber er wollte seinen Kopf nicht noch mehr einziehen und ging schnurstracks ins Wohnzimmer. Seine Mutter folgte. Sie setzten sich über Eck auf die Couch, auf der Peter früher mit der Familie manchen Fernsehabend verbracht hatte.

Mutter wählte den cremefarbenen Sessel. Die Blumen lagen noch in der Diele auf der Garderobenablage.

„Magst du nicht die Blumen in die Vase stellen?“ fragte Peter etwas verwundert.
„Ach Gottchen, ja natürlich! Ich bin ganz verwirrt.“

Etwas schleppend ließ sich ihre Unterhaltung an. Er fragte nach ihrem Befinden. Bis auf ihre Arthrose im Knie ging es ihr gut. Natürlich würde sie seinen Vater vermissen.
„Er fehlt mir, wenn ich abends zu Bett gehe. Er lag meist vor mir drin, denn er las gerne noch vor dem Einschlafen in der Zeitung oder in einem Buch. Er genoss die kleine Zeitspanne, die er ganz für sich hatte, bis ich dazu kam. Manchmal war er schon eingeschlafen, und seine Brille hing ihm schief ins Gesicht. Das Buch hielt er noch in den Händen. Die abendlichen Spaziergänge mit ihm um den Block und in den Hartmannshofer Park, wenn der Spaziergang mal etwas größer ausfiel, habe ich ja schon erwähnt. Sie waren immer der Höhepunkt des Tages, wir erzählten uns unsere Gedanken und Meinungen zu diesem und jenem, sei es Politik oder Begegnungen mit Nachbarn oder unseren Speiseplan für die Woche oder welche Ausstellung wir demnächst besuchen wollten. Das war immer sehr schön.
Ja, ich freue mich darauf, gleich mit dir dahin zu laufen. Das tun wir doch, oder? Die Fasanerie liegt ja ganz am Rand des Parks.“

„Ja, gerne, natürlich, wenn dein Knie das erlaubt.“

„Im Gegenteil, Bewegung ist ja gut dafür.“

Nach einer Pause griff sie den Faden wieder auf: „Es sind jetzt vier Jahre her seit seinem Tod. Es ist oft schwer, manchmal denke ich aber auch“, sie schaute etwas verschämt belustigt zur Seite, „manchmal genieße ich auch mein Alleinsein. Ich muss nicht jeden Tag kochen.“
Peter nickte verständnisvoll.

Dann wandte sie sich abrupt zu ihm und schaute etwas fordernd in seine Augen: „Vermisst du den Papa?“

„Nicht so direkt. Ich bin momentan so mit mir beschäftigt, genauer mit meiner persönlichen und meiner familiären Situation. Ich denke manchmal, was würde er an meiner Stelle tun, was würde er mir sagen. Aber nicht lange. Er hat mich ja immer gewähren lassen und gemeint: Du machst das schon, mein Junge. Das war eine Mischung aus Vertrauen und seinem Wunsch, unbehelligt zu werden. Mir geht’s ja heute ähnlich.“ Peter hielt kurz inne. „Sag mal, Mama, hast du eigentlich den Eindruck, alle Männer sind so und vermeiden gerne Auseinandersetzungen?“

„Das ist zwar ein Klischee, aber da ist was dran!“

„Wie war’s bei euch?“

„Dein Vater hat das Problem beim Namen genannt und ging dann mit sich allein zurate. Früher bin ich ihm immer hinterhergelaufen und wollte wissen, wie er nun über dies oder das denkt oder fühlt. Keine Chance. Ich hab es dann gelassen und habe meine Hausarbeit gemacht oder den Unterricht für den nächsten Tag vorbereitet. Ich selbst habe mir meine eigene Meinung gebildet, hin und wieder mich mit einer Freundin ausgetauscht. Wenn es

um Anschaffungen oder Veränderungen im Haus ging, fanden wir immer schnell zueinander. Wir hatten den gleichen Geschmack oder gleiche Ansichten.
Wenn es um familiäre Konflikte ging, etwa ganz zu Anfang unserer Ehe, als die Schwiegermutter gerne in unseren Alltag reinreden wollte und er sie immer wieder verteidigte, habe ich mich energisch durchgesetzt, ihn sogar vor die Entscheidung gestellt: Entweder lebst du mit deiner Mutter zusammen oder mit mir!“

„Hey, Mama!“ Peter schaute seine Mutter bewundernd an.

„Ja, er fand das von mir letztlich auch stark. Da hatte ich gewonnen. Es gab Ruhe…Wie ist das mit dir und Ulla, von Hanni kann ich ja noch nicht sprechen, ihr habt noch keinen Alltag, aber mit Ulla?“

„Tja, also zunächst – Ulla lief mir auch immer hinterher. Da hätte ich verrückt werden können. Ich wollte einfach nichts von mir preisgeben. Ich hatte Angst, ich liefere mich aus. Sie ist eh fixer im Sprechen als ich und sie weiß den Hebel immer da anzusetzen, wo ich gerade unsicher bin. Ich stehe halt immer unter dem Druck, mit allem allein fertig werden zu müssen, und vor allem – ich darf mich nicht blamieren. Das ist das Schlimmste für mich.“

„Das muss deinem Vater ähnlich ergangen sein.“

Peter sah zu Boden und sinnierte. Das Gesicht seines Vaters tauchte vor ihm auf, besser gesagt, das freundliche Gesicht seines Vaters, als er, damals etwa sieben Jahre alt, mit ihm im Sommer im Garten saß und dieser ihm mit viel Geduld von den Milchstraßen erzählte.

Das zweite Gesicht war ein trauriges. Sein Vater saß spät nachts an seinem Schreibtisch über eine Akte gebeugt. Die Mutter war wohl schon zu Bett gegangen. Er stöhnte und blätterte mehrfach die Seiten hin und her. Er, Peter, damals 14 Jahre, war nachts auf dem Gang zur Toilette und sah den Lichtspalt unter Vaters Tür, er klopfte, Vater rief kurz:
„Ja!?“

„Papa, woran arbeitest du noch?“

„Ach, Peter, ich habe morgen einen Termin vor Gericht, ich lese nochmal die Anklageschrift durch, mir ist einiges von dem Angeklagten noch nicht klar, ich habe noch keine zündende Idee für dessen Verteidigung. Und du? Was tappst du nachts durchs Haus?“

„Ich muss mal, aber, ich kann auch nicht schlafen. Ich weiß auch nicht, wieso.“
Sein Vater löste den Blick von der Akte und schaute ihm voll ins Gesicht, aufmerksam und leicht sorgenvoll. Peter erinnerte sich, wie der Vater beide Arme zu ihm ausstreckte und er vertrauensvoll auf ihn zugegangen war und sich an ihn lehnte.

Ganz versunken in seine Erinnerung, seufzte er plötzlich laut auf. Seine Mutter fragte ihn erstaunt: „Die Trennung von Ulla macht dir doch zu schaffen, oder was stimmt dich gerade traurig?“

„Trennung von Ulla? Nein, daran habe ich gerade nicht gedacht. Mir ist eine Situation mit Papa eingefallen. Aber darüber müssen wir jetzt nicht reden.“

„Nein? Wirklich nicht?“

„Nein, nein.“ Sehr rasch wehrte er ihr Angebot ab.

Peter wollte der Erinnerungsspur unbegleitet nachgehen. Er hatte sie noch nicht ganz ausgebuddelt. Die Mutter unterdrückte ihre Neugier, sagte: „Ich hole uns einen Saft“ und verschwand in der Küche.
Er nutzte ihren Weggang und fischte die Erinnerung schnell wieder hoch. Er hatte gemerkt, dass die letzte Szene mit seinem Vater bedeutungsvoll für ihn war. Jahrelang hatte er nicht mehr daran gedacht. Auf einmal ragte sie zwischen Erinnerungen auf, die mit dem Wiedersehen der Mutter und dem Haus unterhalb der bewussten Wahrnehmung abliefen, wie ein Denkmal, an dem er achtlos vorbeigegangen war.

Der Vater hatte den Arm um seine Schulter gelegt und ihn warmherzig gefragt: „Gibt es etwas, was dich bedrückt oder umtreibt?“
Peter hatte seinen Kopf zu ihm gewandt, im väterlichen Gesicht geforscht, wie offenherzig er sein durfte, und sich dann entschlossen, seine inneren Ungereimtheiten ihm anzuvertrauen: „Einmal, glaube ich, habe ich eine Mathearbeit nicht so gekonnt und dann …“ Da hatte er gestockt, der Vater hatte ihn ermuntert, weiter zu erzählen. Er hatte wieder Mut gefunden, es ihm zu sagen: „Ich habe mich in die Dorit verliebt. Das ist eine Schülerin aus einer höheren Klasse, sie ist schon 16. Wir haben uns per Zufall nach der Schule auf einem gemeinsamen Nachhauseweg kennengelernt. Sie war spät dran und ich auch. Ich hatte sie sonst öfter mal mit ihren Klassenkameradinnen gesehen. An dem Mittag hatte ich mich mit Bernd länger verquatscht. Na ja, und so ist es gekommen.“

„Was heißt: gekommen?“

„Wir haben miteinander gesprochen. Sie erzählte mir etwas von ihren Geschwistern, mit denen sie sich gut verstehe, aber auch nicht immer. Ich erzählte ihm von meiner Schwester Mira, dass sie meine Vertraute ist. Und …“, er hatte damals eine lange Pause gemacht, „Sie hat sich nicht an meiner Größe gestört, ich war ja gewohnt, oft aufgezogen zu werden als Bohnenstange oder Indianerspeer, auch nicht daran, dass ich zwei Jahre jünger bin als sie. Sie hat mich einfach so genommen, wie ich war.“
Sein Vater hatte ihm anteilnehmend die Schulter gedrückt. Peter war dann fortgefahren: „Aber ich glaube, sie ist nicht so an mir interessiert wie ich an ihr. Sie hat, glaube ich, schon einen Freund. Aber ich muss immer wieder an sie denken. Ich mag sie so, ich finde sie so wahnsinnig nett.“

Der Vater hatte geantwortet: „Eigentlich doch alles gut gelaufen, du hast eine sympathische Schulkameradin kennengelernt.“
Peter war damals mit der Antwort nicht zufrieden: „Ich würde sie gerne selbst zur Freundin haben. Ich kann das ja nicht einfach von ihr verlangen, dass sie ihren Freund gehen lässt und zu mir kommt. Das ist mein Problem.“

Der Vater hatte ihn getröstet: „Nein, das wäre schlecht, du kannst ihr aber bei der nächsten Gelegenheit sagen, dass du sie nett findest.“
Das hatte ihn nicht so ganz versöhnt.

„Weißt du, Peter, manchmal ist das Leben dünn!“, meinte sein Vater.

Er hatte ihn fragend angeschaut: „Wie meinst du das, Papa?“

„Tja“, antwortete sein Vater, „manchmal weiß man nicht, was man machen soll, man ist unschlüssig, hat noch keine Idee, wo es langgehen soll, so wie ich jetzt auch bei meiner Verteidigungsrede. Man kann sich auch überflüssig vorkommen, traurig, kleinmütig, sogar hoffnungslos. Da muss man durch. Man kann auch sagen, es ist eine Durststrecke, es bringt einen aber auch nicht um. Meist ist diese Ratlosigkeit das Niemandsland, das man noch nicht kennt und das an ein anderes Land grenzt. Dort geht es weiter, wenn man es durchschreitet.“

„Was ist ein Niemandsland, Papa?“

„Ein kleiner Landstrich zwischen zwei Ländern, der zu keinem der beiden gehört und genauso aussieht wie die angrenzenden Länder. Er gehört nur sich selbst.“
Die Erinnerung an den Dialog von damals weckte auch jetzt bei Peter als erstes Unverständnis. Aber irgendwie hatte er das Gefühl, die Sätze seines Vaters könnten ihm demnächst ein Treppengeländer sein.
Die aufgedeckte Erinnerung an das Verhalten seines Vaters rührte ihn. Sein Vater hatte ja doch eine gewisse Aufmerksamkeit und Einfühlung gezeigt! Das war doch sicher nicht das einzige Mal, dachte er. Sind mir denn solche Anteilnahmen und Gesten früher entgangen? Wieso eigentlich? Wo war ich denn mit meiner Aufmerksamkeit?

Die Mutter kam mit zwei Gläsern und einer Flasche Apfelsaft aus der Küche zurück.

„Nun“, fragte sie, „bist du klar gekommen mit deiner Erinnerung an Papa?“

„Ich glaube schon.“

„Hast du eigentlich mit deiner Schwester über deine – zumindest vorläufige – Trennung von Ulla gesprochen?“

„Ja, das habe ich. Aber sie konnte komischerweise nicht viel dazu sagen. Sie reagierte wie Papa, ich müsse wissen, was ich tue.“

„Hm, hm“, war auch der vieldeutige Kommentar seiner Mutter.
Peter griff das Glas, in das die Mutter Apfelsaft einschenkte, und schaute es, während er es in seiner Hand drehte, studierend an.
„Ja, Mama, ich weiß noch nicht, was ich tun werde. Hanni liegt mir wirklich sehr. Ulla ist momentan in den Hintergrund gerückt. Seit meinem Auszug haben wir nicht viel miteinander gesprochen… Ich kann ihr eigentlich keinerlei Vorwürfe machen.“

„Fühlst du denn noch etwas für sie?“

„Ich weiß nicht. Im Vordergrund steht Hanni. Mit ihr fühle ich mich einfach wohl. So frei, ungezwungen. Ich glaube schon, dass ich sie liebe. Ich habe es ihr noch nicht so klar gesagt. Aber …“

„Jetzt stelle ich dir die klassische Frage: Was hat Hanni, was Ulla nicht hat? Wie soll ich mir das vorstellen?“

Peter schaute lange auf den Boden, drehte viele Kreise mit seinen Blicken um die gesuchte Antwort: „Sie ist fröhlicher, sinnlicher, aufgeschlossener, neugieriger, mutiger.“

„Kannst du da mithalten? … Was glaubst du, worauf Hanni bei dir fliegt?“

Peter guckte erschrocken auf: „Da muss ich sie mal fragen.“

„Ja, frag sie mal.“
Er trank das Glas leer.

„So“, Peter schaute auf die Uhr, „ach herrje, es ist schon zwölf Uhr. Lass uns aufbrechen.“
Beim Spaziergang zur Fasanerie unterhielten sie sich angeregt über die Vergangenheit. Es kam die Rede auf frühere Freunde von ihm, auf seine Schwester und auch auf zum Teil schöne Ausflüge und Feiern gemeinsam mit Eltern und Freunden. Peter bekam beim Erzählen und Zuhören auf einmal ein lebendiges Bild von seiner Kindheit und seiner Jugend. Es klang in den Schilderungen seiner Mutter und auch von ihm kein bitterer Ton durch. Wieder hielt er irritiert inne, ohne es zu zeigen.

Bilde ich mir nur ein, es sei eine gespannte Familienatmosphäre zuhause gewesen? fragte er sich im Stillen.
„Mama, jetzt muss ich dich mal fragen: War bei uns nur eitel Sonnenschein?“
Sein seitlicher Blick auf seine Mutter überraschte ihn. Auf ihrer Stirn bildete sich eine strenge Falte, ihr Blick glitt nach unten, sie atmete schwer und fasste sich kurz

ans Knie, gab sich einen Ruck und setzte ihren Schritt fort.
Ebenso Peter.

„Tut dir jetzt das Knie weh?"

„Ein bisschen. Aber es geht schon…Weißt du, Peter, heute kann ich es dir vielleicht sagen. Du weißt ja, dass euch alle meine starke Sauberkeits- und Ordnungsliebe genervt hat."

„Ja, und? Aber das ist ja vorbei." Peter war ihre Bemerkung peinlich.

„Ich habe viel darüber nachgedacht, insbesondere nach Papas Tod. Diese Überreaktion war aufgetaucht nach einer Affäre, die ich hatte, als du ungefähr zwölf, dreizehn Jahre alt warst. Sie hat ungefähr ein Jahr gedauert."
Peter blieb wie angewurzelt stehen, starrte seine Mutter ungläubig an: „Du?"

„Ja, ich. Das hättest du nicht von mir gedacht, nicht wahr?"

Wieder blieb Peter stehen, sein Mund stand offen. Er schüttelte den Kopf, schlug sich mit der linken Hand gegen die Stirn: „Da schau an, die eigene Mutter!" Ruckartig wandte er sich ihr zu, lachte: „Die eigene Mutter hatte ein Verhältnis!"

„Ja, die eigene Mutter… Deshalb kann ich dich gut verstehen."
Peter schüttelte seine Schultern, sein Schritt wurde zügiger. Die Mutter hielt erstaunlicherweise gut mit.

„Also, erzähl mal. Was war damals, wer war der Mann, wusste Papa davon, warst du auch in der Klemme, ob du gehen solltest, die Ehe auflösen und so weiter?“ Peter lachte: „Wie hast du dich gefühlt, ging es dir wie mir besser? Warum hast du dich nicht getrennt?“

„Langsam, langsam. Der Mann war ein Lehrerkollege von mir. Er gab Mathematik, ich Deutsch, wie du weißt. Wir hatten dieselbe Klasse einer Oberstufe. Er war verheiratet, ich war verheiratet, er hatte zwei Kinder, ich hatte zwei Kinder. Er war wirklich sehr nett, alle mochten ihn, die Kollegen, die Schüler. Er war sehr aufgeschlossen und hatte viel Humor…Hat Hanni Humor? Egal ... er hatte. Mit deinem Vater konnte ich wohl über vieles offen sprechen. Aber Humor hatte er nicht. Bei ihm war alles immer sehr ernst, philosophisch, alles musste ergründet werden. Ich habe eine Leichtigkeit vermisst. Ich hatte sie zuletzt vor meiner Ehe gehabt. Ich hatte ja in Köln studiert. Da war ich in einem Ruderclub. Das war eine herrlich unbeschwerte und sehr lustige Zeit. Ich war die Kapitänin und trieb meine Damen bei den Regatten an. Bei den anschließenden Feiern gab es immer viel zu lachen. Mit deinem Vater kamen andere Freizeitinteressen auf, die ich auch sehr schätzte, wie Museen, Oper und Theater zu besuchen. Aber meine Sehnsucht nach simplem Spaß kam zu kurz. Insofern lief er – er hieß Helmut – bei mir offene Türen ein. Mit ihm konnte ich endlich mal wieder herzhaft lachen. Er hatte komödiantisches Talent, er imitierte unsere Kollegen so vortrefflich. Er stellte sie nicht bloß, sondern zeigte in seinem Spiel rührende Anteilnahme an ihren mehr oder weniger charakteristischen bis schrulligen Eigenheiten. Das nahm mich sehr für ihn ein. Seine spielerische Ader machte mich lebendig. Wir trafen uns ab und an. Zunächst fiel unsere wachsende

Sympathie füreinander nicht auf. Dann wurde ich, nicht er, von der Rektorin gerügt. Sie hatte uns nach der Schule ein paar Straßen weiter eng umschlungen gesehen. Das hatte mich sehr getroffen."

Peter war sprachlos, und er war gerührt. Immer wieder schaute er seine Mutter so bewundernd wie befremdet an. Sein Bild von ihr geriet ins Schwimmen, ähnlich einer Bildsimulation eines Phantombildes, bloß, dass es jetzt für ihn neue reale Züge bekam. Sie wurde ihm liebenswerter.
„Nun, kurz und gut, aus der Sympathie füreinander wurde mehr. Wir trafen uns heimlich und hielten unsere Beziehung auch ein gutes halbes Jahr geheim. Zuhause lief alles seinen gewohnten Gang. Ich vernachlässigte euch nicht und auch nicht Georg."
Peter schüttelte ungläubig seinen Kopf: „Mensch, Mama, das hätte ich ja nie von dir gedacht …Kaum vorstellbar!"
Seine Mutter warf ihm einen schrägen Blick zu: „Ja, bist du jetzt enttäuscht?"

„Nein, nein, gar nicht, im Gegenteil, du kommst mir menschlicher vor. Ich habe dich immer als relativ streng und unnachgiebig in Erinnerung und dann dein Sauberkeitswahn, der uns allen zu schaffen gemacht hatte!"

„Ja, das weiß ich. Der mordsmäßige Druck hatte mich so in Spannung versetzt, meine Selbstvorwürfe, meine Zweifel, meine Unsicherheiten machten mich richtig fertig. Dein Vater hatte in der Zeit seinen Richterposten angenommen und arbeitete oft bis in die Nacht. Er tat mir leid. Aber ich konnte auch nicht jeden Abend allein im Wohnzimmer sitzen, fernsehen oder lesen. Ich wollte ihn nicht alleine lassen, daher suchte ich im Haushalt immer irgendetwas, das ich putzen oder in Regalen oder Schränken anders sortieren konnte. Es war eine Art Rechtfertigung und auch eine Art Selbstbestrafung für meine sogenannte Verfehlung. Ich verrutschte, oder besser, ich verrückte das Problem oder die Lösung auf tote Gegenstände. Die hergestellte Ordnung, so fühlte es sich zumindest an, gab mir Ruhe, Befriedigung. Von Helmut konnte ich eben auch nicht loslassen und er nicht von mir."

Peters Mutter schwieg. Peter schwieg auch. Beide waren aufgewühlt. In Peters Kopf drehten sich die Bilder von Hanni, Mutter, Ulla, seinem Vater, dazwischen sein schönes Haus im Markgräflerland. Plötzlich sprangen seine Kinder durch die Erinnerungsbilder. Sie waren fröhlich. Er sah Bilder, wie sie im Garten spielten, wie Lissy morgens in der Küche vor dem Schulbesuch ihr Müsli aß, Sebastian sein Breichen löffelte. Ihm wurde warm ums Herz.
Beide, Mutter und Sohn, liefen nebeneinander im gleichen Rhythmus, linkes Bein vor, rechtes Bein zog nach. Ihr Schrittwechsel hatte etwas Beruhigendes. Peter ergriff die Hand seiner Mutter, drückte sie, sie schaute scheu zu ihm hoch, er lächelte, sie nickte ihm zu.
Schweigend liefen sie auf die Fasanerie zu. Der Weg dorthin war wie im Flug vergangen.
Sie suchten sich einen Gartentisch. Es waren nicht viele Gäste da. Montagmittag war weniger Besucherandrang. Sie bestellten beide das Gleiche – Weißwürste mit Kartoffelsalat, dazu ein Weizen.

Peter schaute seine Mutter scheu an: „Hat Vater gar nichts mitbekommen?"

„Doch“, seine Mutter lächelte, „er stellte mich an einem Sonntag, als wir vormittags auf der Terrasse saßen, zur Rede, warum ich in letzter Zeit so wenig Zopfen backe.“

„Zopfen?“ Peter zog die Augenbrauen hoch.

„Ja, Zopfen, habe ich doch öfters zum Wochenende gebacken. Erinnerst du dich nicht mehr?“

„Ja, ja, doch sicher. Jetzt fällt mir ein, dass ich das damals auch vermisst hatte, aber nicht so tragisch fand.“

„Ich antwortete ihm, ich hätte keine Lust mehr gehabt. Ich wollte andere Dinge tun. Georg schaute mich groß an und bat mich, das zu erklären. Ich verhaspelte mich und meinte, auch dazu hätte ich keine Lust. Dein Vater packte mich bei den Schultern, rüttelte sie und fragte mich fordernd, was mit mir los sei. Ich hatte auf einmal eine Wut auf ihn, jedes Schuldgefühl war in dem Moment weg. Mir schoss durch den Kopf: Er denkt nur an seine Behaglichkeit, dazu zählte auch leckeres Essen, für die vornehmlich ich in seinen Augen zu sorgen habe. Ich betrüge ihn, weil ich neben ihm vertrockne, und er merkt nicht einmal, dass ich in den letzten Monaten besser aussehe als früher und bei allem schlechten Gewissen fröhlicher bin als vor der Beziehung mit Helmut. Wo schaut er bloß hin, was nimmt er wahr? Hat er mich überhaupt all die Jahre gesehen? Er vermisste nur den Zopf! Ich war so enttäuscht von ihm!“
Bei den Worten drückte Peter noch eine kräftige Portion bayrischen Senf auf die Wurst. Die letzten Sätze seiner Mutter bohrten sich wie Pfeilspitzen in sein Empfinden.
„Was hast du ihm geantwortet?“

„Ich wehrte ihn ab und ging aus dem Zimmer. Ich verhielt mich in dem Moment wie er. Ich glaube, dass er mich mit meiner Reaktion akzeptierte. Ich wünschte mir, er würde mir hinterherlaufen und weiter in mich eindringen, wie ich es sonst getan habe. Aber nein, er wollte die wahren Gründe wahrscheinlich nicht wissen."
Peters Mutter schwieg, sie ließ eine halbe Wurst liegen.
„Ja, und das hatte mich noch mehr enttäuscht."
Peter trank sein Bier leer, schaute auf die rot-weiß kleinkarierte Tischdecke, hob den Kopf und schaute seiner Mutter direkt in die Augen: „Das kann ich verstehen. Was du erzählst, kommt mir bekannt vor. Etwas Ähnliches spielt sich zwischen Ulla und mir auch ab."

„Das dachte ich mir. Also", sie holte tief Luft, „ich erzähle die Geschichte mal zu Ende. Vielleicht kannst du aus meinen Erzählungen etwas für dich rausholen."

„Au ja, Mama, jetzt wird's spannend."
Sie zahlten und machten sich auf den Weg zurück. Peter war erneut erstaunt, wie gut seine Mutter noch zu Fuß war. Ob sie die Beichte befreit und unser Beisammensein ihr Schwung gibt, fragte er sich. Sie hakten sich ein. Das war noch nie gewesen. Sie waren sich nähergekommen.

„Ja, Peter, ich traf mich weiter mit Helmut, das war so zweimal die Woche. Wir gingen spazieren oder, wenn Georg Tagungen besuchte, ins Theater oder in Konzerte. Darüber war ich sehr froh, denn dein Vater hatte sich von mir auch sehr zurückgezogen, er sprach von viel Arbeit, ich glaubte ihm, und ich vermisste unsere früheren kulturellen Aktivitäten.
Wie du siehst, haben wir nicht nur im Bett gelegen. Es war schon eine ernste Sache mit uns zweien."

„Und der Frau von diesem Helmut war auch nichts aufgefallen? Hat er auch eure Beziehung für sich behalten?“

„Nein, er hatte ihr von mir erzählt.“

Peter schaute seine Mutter verdutzt an: „Deine Schilderungen hören sich so locker und leicht an. Wenn ich da an Ullas Reaktionen denke!“

Die Mutter setzte fort: „Seiner Frau war aufgefallen, dass er öfter weg war und schneller als bis dato üblich die Klassenarbeiten korrigiert hatte. Im Übrigen haben wir beide den Unterricht und die Verwaltungsaufgaben nicht vernachlässigt. Darin waren wir uns beide einig. Kurz, nach seiner Mitteilung hatte sie ihn sonntagmittags nach dem Essen mit ihren Kindern direkt darauf angesprochen. Er habe geschluckt und es ihr gesagt.“

„Ja, und?“

„Was glaubst du, wie seine Frau geantwortet hat?“

„Keine Ahnung!“

„Da bin ich aber beruhigt, soll sie geantwortet haben. Ich hatte mir schon Sorgen gemacht. Zunächst sei er fast vom Stuhl gefallen. Auch ihm war die ganze Zeit bis dahin nicht so ganz wohl gewesen. Seine Augen waren ihm schier aus dem Kopf gefallen. Ihr weiterer Zusatz hatte ihm dann endgültig die Sprache verschlagen. Sie habe seit einem Jahr auch eine Beziehung, jedoch mit einer Frau.“

„Nein, das darf nicht wahr sein! Das ist ja eine Story wie aus den Regenbogenblättern!“

„Das ist wohl wahr. Nun, beide kamen überein, ihre Ehe vorläufig fortzusetzen und ihre Kinder nicht über ihre außerehelichen Beziehungen zu informieren. So habe ich es dann auch gehalten. Helmut und ich fühlten uns weiterhin miteinander wohl. Einige Feinrisse erhielt unsere Beziehung, als wir eine kleine Reise miteinander machten. Ich weiß nicht mehr, wie ich es geschafft hatte, sie vor deinem Vater und vor euch zu verbergen. Es kann sein, dass ich gelogen hatte, etwa so, ich wolle eine Freundin in Regensburg besuchen.“

„Ja, du sprachst von Feinrissen. Worin bestanden sie?“

„Also, einmal waren es die unerträglichen Schnarchgeräusche von Helmut. Dann fand ich es enttäuschend, dass ich im Hotel die drei Tage jedes Mal allein am Frühstückstisch saß. Oje, habe ich gedacht, unsere Beziehung schläft ein. Er fand es nicht mal bedauerlich, dass ich mit Frühstücken bereits fertig war, wenn er kam. Ich war nämlich einfach gegangen, wenn er auf mein dreimaliges Bitten, aufzustehen, nur grunzte, er wolle noch schlafen. Dabei war es schon mindestens neun Uhr. Bei unseren Wanderungen ging er öfters einen halben Kilometer voraus, passte sich kein bisschen an meinen etwas langsameren Schritt an. Er drehte sich nicht mal nach mir um. Unsere bisherigen Gespräche kamen dabei sehr zu kurz. So was kannte ich nicht von deinem Vater. Höflich war er immer.“
Peter grinste seine Mutter an.

„Andererseits war Helmut sehr gesellig. Wir trafen uns mit Bekannten, die wir bei unseren Ausflügen kennengelernt hatten, verbrachten die Abende bei leckerem Wein und einem zünftigen Abendessen. Es gab viel zu lachen. Das war sehr schön, dafür liebte ich ihn. Dieses Beisammensein mit ihm ist mir warm in Erinnerung geblieben.“
Mutter stockte mit ihrer Erzählung.
„Aha“, reagierte Peter vorschnell, „es gab doch einen Knall zwischen dir und Papa, und er, der arme Kerl, kam sich sicher sehr verscheißert vor, schuftete bis in die Nacht, und seine Frau verlebte ein Urlaubswochenende nach dem anderen mit einem anderen Mann!“
Peter war erschrocken, wie schnell er sich plötzlich auf die Seite seines Vaters schlug, während er ja das Gleiche tat und für Ulla kein Mitleid hatte. „Sag mal, Mama, wo waren wir, Mira und ich, eigentlich in der Zeit für dich? Ich muss gestehen, ich kann mich nicht erinnern, dass du mir fehltest oder du merkwürdig warst, bis auf deine übertriebene Sauberkeit. Ich war auch nicht traurig, ich hatte zu der Zeit meine eigenen Freunde, mit denen ich heiß über den Physikunterricht und die Anwendung von Pershing-II-Raketen diskutierte und erste Zigaretten rauchte!“

„Nein, traurig war ich auch nicht, die Zopf-Reaktion von Papa hatte meine schwelenden Schuldgefühle sogar sehr gedämpft. Ich fühlte mich gut. Dafür entwickelte ich meinen Sauberkeitszwang, wie ihr wisst. Also, so ganz sauber muss ich mich in meinem Tun gefühlt haben. Meine Ratlosigkeit, meine Schuldgefühle habe ich damit wohl wettzumachen versucht. So konnte ich eine Zeitlang beides leben – die gute Mutter und ein eigenes anderes Liebesleben. Ich wollte einfach keines der beiden Leben aufgeben. Mit Eurem Murren über meine neue Pingeligkeit und eure oftmals verstörten Gesichter fühlte ich mich jedoch immer wieder gemahnt, eine Entscheidung treffen zu müssen."

„Ja, und jetzt mal aber Butter bei die Fische: War Papa die ganze Zeit so unempfänglich für deine mehr oder weniger leisen Veränderungen?"
Seine Mutter schaute zu Boden, löste ihren Arm aus dem seinigen, holte ein Taschentuch aus ihrer Handtasche heraus und drückte es gegen ihre Augen. Peter sah ihr dabei zu wie ein Zuschauer im Theater, der eine Aufführung auf der Bühne verfolgt, die die Wirklichkeit, die emotional dramatische Wirklichkeit eines Menschen exponiert vorführt.
„Es war nicht ganz ein Jahr, da kam dein Vater und holte mich nach dem Unterricht ab, er wolle mich sprechen, mir etwas mitteilen. Ich hegte keinen speziellen Verdacht, ich war wohl neugierig und sagte zu. Unser Umgang war noch immer freundlich, wenn auch langweilig."
Wieder machte Peters Mutter eine Pause, holte tief Luft, räusperte sich, tastete kurz seinen rechten Arm, blieb stehen, holte nochmal tief Luft, zog ihren Kopf aus der unsichtbaren Versenkung. Sie schaute ihm voll ins Gesicht: „Er sprach sehr feierlich zu mir: ‚Du weißt, ich habe dich immer sehr geschätzt, ja auch geliebt. Ich weiß nicht, wie ich es dir sagen soll, seit gut einem halben Jahr habe ich eine Geliebte. Es tut mir sehr leid, aber ich mag sie schon sehr.'
Ich prustete vor Lachen. Dein Vater sah mich verstört an. ‚Ja, glaubst du mir nicht?' Er wirkte fast beleidigt. Kurz darauf fühlte ich mich dann doch gekränkt, gekränkt darüber, dass er mir seinen Seitenschritt – es war ja nach einem halben Jahr mehr als ein Seitensprung – mit einer Nonchalance erzählte. Ich hatte mich bei allen Freuden

und Wohligkeiten mit Helmut doch innerlich gegrämt und schlecht gefühlt. Nun wollte ich gegenrüsten: ‚Jetzt halt dich fest, lieber Georg, ich kann mithalten: Seit rund einem Dreivierteljahr habe ich ein Verhältnis mit meinem Kollegen. Wir verstehen uns prächtig.“ ‘Dein Vater glubschte mich an und prustete seinerseits los: ‚Na, dann sind wir ja quitt!‘“
Peter traute seinen Ohren nicht. „Was habe ich mir nur für einen Kopf gemacht?! Was habe ich für Eltern!“ Sein Kopfschütteln wollte kein Ende nehmen.
Dabei hatten sich seine eigenen Skrupel, das wusste er unterschwellig, noch recht bescheiden ausgenommen. Für ihn waren die wenigen jedoch schon eine Belastung. Blitzartig schoss ihm die Idee durch den Kopf, ob Ulla inzwischen auch einen anderen Mann traf. Die Vorstellung gefiel ihm ganz und gar nicht.

Peters Mutter schaute ihn fragend an: „Ich habe den Eindruck, für dich ist die Liaison mit Hanni nicht so ein großes Drama wie für uns seinerzeit, oder?“

„Nein, nein oder doch, ich weiß nicht genau“, stammelte Peter.
Sollten seine Eltern freier, emanzipierter gewesen sein als er, freier als seine Generation? War er unfreier, war seine Generation unfreier oder war er, war seine Generation gleichgültiger, oberflächlicher? Peter war ganz verwirrt.
Er kam sich vor wie ein Angelhaken, der sich im Tang verfangen hatte.
Die Mutter hakte sich wieder bei ihm unter und klopfte leicht seinen Unterarm. Sie hatte seine Betäubtheit bemerkt. Peter spürte, wie ihm ihr Einhaken – das Gegenstück zu seinem Verhaken – gut tat, seine Verwirrung

sich auflöste und er den Moment der Berührung als Sicherheit und dessen Vergegenwärtigung als befreiend erlebte. Ihm dämmerte, dass dieses Hin und Her zwar nervig, aber offensichtlich auch notwendig war, um nach einem überdrüssig werdenden Herumstochern endlich einen Ausweg zu suchen. Peter atmete auf.
Er erwiderte den Armdruck der Mutter. Sie streichelte daraufhin seine Wange. Das verwirrte ihn, denn es war ja nicht Weihnachten. Sie tat es mitten im Jahr. Ein Hauch von Glücklichsein überzog ihn. Peter war einen Streifen in seinem Niemandsland weiter gegangen.
Die Mutter seufzte und putzte sich die Nase. Peter wandte sich ihr wieder zu: „Ja, und wie ist das Ganze ausgegangen? Habt ihr beide eure neuen Beziehungen befreiter weitergelebt? Stand ernsthaft für euch beide eine Trennung im Raum?"

„Nachdem Georg und ich unsere Karten offen auf den Tisch gelegt hatten, trafen wir tatsächlich unsere neuen Partner ohne Heimlichtuerei weiter. Ja, Georg und ich sprachen uns sogar miteinander ab, wann es für den einen oder den anderen ging, fortzugehen oder zu Hause zu bleiben. Diese Entscheidungen fielen an, wenn etwa ein Handwerker kam und ihr, also du oder Mira, nicht da wart, also d.h., wenn ihr nicht die Tür anstelle von uns hättet öffnen können."

„Ihr wart ein richtiges Team! Toll! Gab es keine Tränen oder bittere Anwürfe? Hattet ihr die Aufdeckung nicht zum Anlass genommen, über eure Beziehung nachzudenken und euch auszusprechen?"

„Zunächst nicht", erwiderte die Mutter. „Ich glaube, wir waren erst mal froh, um diese schmerzlichen Klippen herumzukommen. Die Zeit davor hat jeder von uns beiden auch als belastend erlebt, nicht nur als reine Freude. Auch unsere Verantwortung als Eltern drückte uns, das haben wir uns Monate später eingestanden. Wir hatten auch euch gegenüber ein schlechtes Gewissen und fürchteten, wir könnten euch verlieren, wenn ihr davon erfahren würdet. Ich hatte von solchen herzzerreißenden Szenen aus dem Lehrerkollegium in den Pausen vereinzelt erfahren. Davor grauste mir."

„Weiß Mira von euren außerehelichen Beziehungen?"

„Nein, und ich bitte dich, wenn du mit ihr sprichst, kannst du, wenn du willst, wohl erzählen, dass ich dir einiges über Papa und mich erzählt habe. Wenn sie mehr wissen will, soll sie mich selbst fragen."

„Hm, na gut."
Mutter schwieg leicht erschöpft. Auch Peter fühlte sich etwas angegriffen. Die letzten Meter bis zu ihrem Haus gingen sie schweigend nebeneinander.
„Ich würde mich jetzt gerne ein halbes Stündchen hinlegen. Das mache ich fast jeden Tag. Willst du bleiben, bis ich wieder aufstehe, oder willst du vielleicht noch etwas in der Stadt erledigen oder Hanni abholen?"

„Liebe Mama, ich bleibe. Ich ruhe mich auch etwas aus und geh mal in den Garten."
Als seine Mutter aus ihrem Zimmer wieder herunterkam, hatte Peter schon einen Tee gekocht. Sie blieben im Wohnzimmer, draußen war es jetzt zu heiß. Peter war zur Ruhe gekommen und fühlte sich gut. Sein altes Zuhause fand er auf einmal behaglich. Sicher, ein paar Dinge hatten sich geändert. Die altmodische Stehlampe war weg,

an ihrer Stelle stand eine kühle moderne Standleuchte mit ausgestrecktem schwenkbarem Stahlarm, unter ihm versteckt ein paar LED-Birnen. Ein Sessel der klassischen Moderne, ein Eames-Chair in weißem Nappa-Leder, ersetzte den dunkelbraunen, in dem sein Vater gerne die Zeitung gelesen hatte.
Seine Mutter erriet seine Gedanken: „Ja, den habe ich mir letztes Jahr geleistet."

„Ja, super, Mama, finde ich gut."

Sie setzten sich wieder über Eck, die Mutter holte noch ein paar feine Kekse aus dem Schrank.
„Ach übrigens, haben Helmuts Frau und Papa eigentlich Interesse gezeigt, sich kennenzulernen, etwa wie in französischen Filmen, wo beide Paare in knisternder Spannung Ausflüge miteinander unternehmen, bis die Emotionen vulkanartig ausbrechen?" fragte Peter mit etwas spitzer Zunge.

„Nein, auf beiden Seiten bestand kein Wunsch nach weiterer Dramatisierung. Im Gegenteil. Es wurden von ihnen feine Grenzlinien gezogen. Helmut und ich respektierten das."
Die Mutter machte nun eine längere Pause. Dann setzte sie mit tieferer Stimme in einem dezenten Vibrato ihre Beichte fort.
„Nun, es gab ein Ende." Sie holte tief Luft und atmete lange aus. „Ich muss gestehen, es fällt mir schwer darüber zu sprechen." Sie schniefte, senkte den Kopf, strich sich mit der rechten Hand über die Augen und die rechte Wange. Dann gab sie sich einen Ruck.
„Helmut ist bei einem Autounfall ums Leben gekommen. Ein Betrunkener ist ihm abends auf der Rückfahrt von

einem Skiausflug mit seinen Töchtern frontal von der gegenüberliegenden Seite auf den Kühler gefahren. Er war sofort tot. Seine Töchter, beide saßen auf der Rückbank, überlebten, die eine wurde schwer, die andere eher leicht verletzt. Sie mussten in die Klinik gefahren werden. Seine Frau war mit ihrer Freundin zu der Zeit im Theater."
Peter war geschockt. Er sah seine Mutter zusammengesunken in ihrem Sessel. Sie tat ihm unendlich leid. Er nahm sie in die Arme. Sie wehrte sich nicht. Sie ließ ihren Kopf an seiner Schulter ruhen.
„Wie lange ist das her?"

„32 Jahre. Es tut heute wohl noch weh, aber", dabei hob sie den Kopf und lächelte ihren Sohn liebevoll an, „ich mach's jetzt kurz. Nicht sofort, aber ein paar Wochen später fanden dein Vater und ich wieder zueinander."

„Ja, und wie?", stotterte Peter. „War die Freundin von Papa immer noch da? Was war mit der?"

„Ach, die", Mutter lachte leicht auf, „die hatte sich, als sie merkte, dass Georg sich sehr um mich kümmerte und tröstete, von ihm verabschiedet. In Wirklichkeit oder außerdem, das kam später ans Tageslicht, hatte sie sich in einen jüngeren Mann – Papa war ja mehr als 22 Jahre älter als sie –, einen Kommilitonen, kurz vor ihrem Examen, verliebt."

„Und Papa?"

„Tja", lachte Peters Mutter, „dann habe ich ihn getröstet."

„Mein Gott, was für eine Beziehungsstory! Da ist meine ja noch brav dagegen!“

Peter stützte seine Arme mit den Ellbogen auf den Knien auf und ließ seinen Kopf brüten, schaute gebannt auf die Teppichfransen, ohne sie zu sehen. In seinem Kopf schwirrte es.
Seine Mutter trank ihre Tasse Tee leer.
Die Uhr über dem Fernseher tickte ihre Zeit, leise und laut. Die war laut, der Ton im Ohr leise. Peter hörte und fühlte beides, dazwischen rauschte sein Blutstrom.
Wieder war er ein Stück weiter durch sein Niemandsland gegangen.

Beim Abendessen erzählte er Peter Hanni von seinem Besuch bei der Mutter. Hanni reagierte sehr überrascht. „Das hätte ich jetzt auch nicht vermutet. Du siehst, Peter, wir sind in bester Gesellschaft.“

Peter lachte: „Na ja, schon, ich hoffe, dass unsere Geschichte anders endet.“

„Ja, das hoffe ich auch.“
Sie unterhielten sich den ganzen Abend noch angeregt. Peter war während ihrer Unterhaltung zwischendurch mal abgelenkt. Urplötzlich musste er an seine Kinder und an Ulla denken – wie es ihnen wohl ginge. Am nächsten Morgen wollte er mal anrufen. Die Offenbarungen seiner Mutter grummelten unterschwellig weiter. Das Zusammensein mit Hanni war jedoch weiterhin angenehm für ihn. Er fand sie nach wie vor sehr bezaubernd und sehr inspirierend. Ihre Schilderungen über ihren Verlag, die Kollegen und die Themen der Bücher öffneten ihm eine lebendigere Welt, als er sie mit seiner wissenschaftlichen

Arbeit erlebte. Eng umschlungen liebten sie sich und schliefen selig ein.

Am nächsten Morgen begleitete Peter Hanni zum Verlag. Er war in einem ehemaligen würdevollen hohen Bürgerhaus in einem relativ großen Garten untergebracht. Hanni verabschiedete sich mit einem Kuss. Ein Kollege, der auf dem Treppenabsatz stand, beobachtete die Szene und fragte Hanni, ob sie schon wieder unter der Haube sei, ob der da, er zeigte auf Peter, ihm zuvorgekommen sei. Er und Hanni gingen lachend ins Haus. Hanni drehte sich kurz vorher noch mal um und winkte Peter zu. Dieser Anblick – Hanni im vertrauten neckischen Kontakt mit einem anderen – stimmte ihn kurz traurig.
Sicher ist eigentlich nichts, dachte er. Alles kann sich plötzlich ändern, in eine andere Richtung laufen als gedacht, als gewollt. Ob Hanni und ich zusammenbleiben? Es ist vieles gleichzeitig möglich.

Er holte sein Smartphone hervor und rief zuhause an, dort, wo noch sein erster Wohnsitz war. Niemand nahm den Hörer ab. Erschreckt schüttelte er den Kopf. Ulla ist doch in der Klinik, die Kinder sind in der Schule und im Kindergarten! Wie konnte ich das vergessen?!
Ihm fiel auf, wie selbstverständlich er seine Familie behandelte, wie Geld im Safe, an das man nicht fortwährend denkt, das aber da ist und allzeit verfügbar, unterschwellig große Sicherheit bedeutet. Jetzt erst konnte er sich diese Sicherheit eingestehen.
Wieso habe ich sie teilweise als Fessel erlebt? Eine Szene fiel ihm ein. Er hatte Ulla und die Kinder zum Bahnhof gebracht. Sie wollte nach Hamburg zu ihren Eltern. Aus heiterem Himmel hatte er auf dem Bahnsteig einen ausgesprochenen Hass auf Ulla verspürt, er wusste damals

nicht, wieso. Irgendwie symbolisierte sie ihm eine kleine Welt, die ihm den Atem nahm. Er stoppte die Erinnerung und hakte ein: Von was habe ich mich abgeschnitten gefühlt, was glaubte ich, mit ihr und den Kindern nicht ohne Weiteres leben zu können? War es eine neue Erotik, so wie ich sie jetzt mit Hanni erlebe?
Peterkonnte sich auch nicht vorstellen, so realistisch war er, dass er mit Hanni immer nur den Frühling ihrer Beziehung erleben konnte. Was waren eigentlich seine tiefer liegenden Bedürfnisse?

„Was liegt denn bei mir brach?“ fragte er sich laut.

Jetzt lebte er sein von den Kindern und Ulla getrenntes Leben und wurde sich zum ersten Mal tiefer bewusst, dass ihm diese drei Menschen einen Anker gaben. Das fühlte sich anders an, als abhängig oder angebunden zu sein. Die Vorstellung, er könnte Ulla und die Kinder verlieren, durchrüttelte ihn plötzlich. Zum ersten Mal war er über seinen Egoismus geschockt. Ja, er war egoistisch, gestand er sich ein. Eine Welle von Scham und Reue überzog ihn. Gleichzeitig schimmerte ein Hauch von Dankbarkeit hindurch.
Er schaute auf die Uhr. Es war bereits neun. Er beschloss, ohne Ziel einfach durch die Stadt zu laufen und dort anzuhalten, wo ihm etwas ins Auge sprang. Bis zur Verabredung um halb eins mit seinem Freund hatte er noch genügend Zeit. Nach einer Stunde landete er auf dem Viktualienmarkt. An einem der Stände machte er Halt und aß ein belegtes Brötchen, dazu holte er sich einen Kaffee und beobachtete wie ein Tourist das fröhliche Treiben und Geschiebe der Menschen um ihn herum. Die lachenden Ausrufe links und rechts fing er auf wie Pingpong-Bälle. Die Atmosphäre war ausgesprochen heiter. Sein

geliebtes Bayrisch war die Hintergrundmelodie. Er genoss die herrlichen Blumenstände im Lichtschattenspiel der strahlenden Sonne. Alles war ihm vertraut und zugleich etwas weggerückt. Er war Zuschauer, nicht Teilnehmer am Geschehen.
Kurz vor Verlassen des Marktes erstand er noch ein großes Stück alten Parmesankäse. Ihm war die Idee gekommen, am Abend für Hanni und sich einen italienischen Abend auf dem Balkon zu zelebrieren.
Peter schlenderte weiter. Er spazierte an geheimnisvoll wirkenden Läden vorbei. In den Schaufenstern fielen ihm orientalisch und indisch anmutende Accessoires auf, verschnörkelter Schmuck, gewundene Gefäße, fantasievoll bestickte Seidenstoffe. Noch nie hatte er auf vergleichbare Utensilien bei Stadt- oder Urlaubsbesuchen geachtet. Auch zwei Antiquitätengeschäfte fielen ihm ins Auge. Ein Café in wienerischem Dekor an einer Straßenecke weckte seine Neugier. Er hatte die gebogenen Stühle aus Buchenholz schon öfters in guten Möbelgeschäften und auf dem Vitra-Campus in Weil am Rhein, nicht weit von seinem Wohnsitz, gesehen. Auf diesem steht ein Ensemble von besonderen Bauten von weltberühmten Architekten, die mit dem sogenannten Nobelpreis für Architektur, dem Pritzker-Preis, ausgezeichnet waren. Er hatte mit Ulla und Lissy einen Besuch dorthin gemacht. Für Architektur konnte er sich erwärmen, und Ulla hatte eine Schwäche für gute, gehobene Inneneinrichtungen. Sie hatte darauf bestanden, dass er sie bei der Einrichtung ihres Hauses begleitete. Es war ihr wichtig, dass sich beide in ihrer häuslichen Umgebung wohlfühlen sollten, und, hatte sie damals hinzugefügt, es schadete ihm nicht, sich geschmacklich etwas zu schulen. Bei der Erinnerung musste er schmunzeln.

Komisch, dachte er, lange habe ich nicht mehr so oft an Ulla gedacht. Ich schau mir jetzt Dinge an, bei denen ich mir sicher bin, dass sie von denen hell entzückt wäre.
Er kam auch an einem Ausstellungsraum mit Motorrädern vorbei. Er fuhr ja, wenn er von zuhause flüchten oder auch nur einfach abschalten wollte, gerne mit seiner Suzuki auf den Hochblauen oder den Schauinsland. Aber dieses Mal bekam sein Herz keine Flügel, er guckte sich die neuen Marken nur flüchtig durchs Fenster an. Es reizte ihn einfach nicht, ins Geschäft zu gehen.
Peter ging weiter. Er landete vor dem Theater am Gärtnerplatz und blieb stehen. Sein Blick wanderte über die ausgestellten Fotos in den Aushängekästen, die Plakate mit den angekündigten Spielprogrammen. Auch diese Reaktion war neu für ihn. Ulla hatte schon mal hin und wieder, jeweils nur ein paar Jahre nach der Geburt der Kinder, Karten für das Stimmenfestival in Lörrach gekauft, etwa für Konzerte mit Joan Baez oder Elton John. Die fand er auch toll, aber sonstwie interessierten ihn Theater- oder Konzertbesuche wenig. Einmal wollte er unbedingt zu einem Konzert nach Zürich. Die Rolling Stones hatten sich angekündigt. Er war sogar bereit gewesen, viel Geld für die Karten zu bezahlen.
Aber sonst interessierte ihn alles, was unter Kultur lief – Musicals, Schauspiel, Ballett, klassische Musikaufführungen, wie Oper oder Konzerte – nur minimal. Früher hatte er seine Eltern auf ihr Drängen hin – und meist widerwillig - ins Theater begleitet. Nicht, dass er angewidert oder gelangweilt war, aber es hatte ihn eher kaltgelassen.
Er war immer nur naturwissenschaftlich interessiert, Philosophie gehörte als Grenzgebiet dazu, aber den Sinnfragen stellte er sich nicht so leidenschaftlich. Er hatte immer nur wissen wollen, wie ein Stoff existiert, wie er

unter welchen Bedingungen seine Wirkungskraft entfaltet und mit welch anderem Stoff er sich verbinden, kreuzen oder abstoßen kann.
Peter schaute sich die großen Plakate um den Eingang herum an: „Eugen Onegin“ von Tschaikowsky. Von dieser Oper hatte er noch nie etwas gehört. Ich muss Hanni etwas bieten, dachte er nur. Er ging die Stufen hoch. Erleichtert stellte er fest, dass die Theaterkasse sogar geöffnet hatte. Die Preise waren recht happig. Er schluckte, aber er war bereit. Die nächste Möglichkeit war Donnerstagabend um 19.30 Uhr. Er rief Hanni an, ob sie an diesem Abend verfügbar sei. Sie lachte verwundert: „Natürlich, du bist doch da. Egal, was du vorhast, ich mach mit!“

„Wunderbar, lass dich überraschen!“
Er kaufte zwei Karten fürs Parkett.
Er las in dem Flyer, den die Kassiererin ihm gab. Es war dort die Rede von einem jungen Mann, arrogant und oberflächlich, der die Zuneigung einer jungen Frau zu ihm hochnäsig ausschlägt und seinen Freund im Duell tötet, selbst den Halt verliert, während die verschmähte Frau bei ihrem Wiedersehen nach vielen Jahren an Reife und Stärke gewonnen hat, er aber nun in seiner Verliebtheit von ihr seinerseits unerhört wird und auf der Strecke bleibt. Bei dem Text grummelte Peters Magen: „Na ja, mal gucken“, murmelte er.
Dramatische opernhafte Wendungen waren ja nicht seine Sache, aber er überwand seinen ersten Rückzugsreflex. Stolz auf sich, zog Peter weiter.
Er schlenderte mit einem Umweg durchs Hackenviertel zurück Richtung Marienplatz, wo er sich mit seinem Freund verabredet hatte. Ihr genauer Treffpunkt war der

Eingang des Rathauses. Pünktlich, wie es seine Art war, stand er da und hielt Ausschau nach ihm.
Die Sonne blendete ihn, er blinzelte rechts in die Runde, als er einen leichten Schlag auf seiner linken Schulter spürte. Es war Harald. Sie umarmten sich und beschlossen kurzerhand, ins „Rischart“ zu gehen, weil man dort auf der Terrasse unter einem Sonnenschirm nett sitzen und auf den Viktualienmarkt schauen konnte. Sie bestellten ein Nudelgericht Genovese mit geriebenem Trüffel und Parmesan, jeder das Gleiche, dazu ein bayrisches Weizen.
Harald schaute Peter tief in die Augen: „Was treibt dich zurück in die Heimat?“
Peter grinste ein wenig verlegen: „Ich habe mich in eine frühere Kommilitonin verliebt. Also, sie studierte nicht das Gleiche wie ich, wir lernten uns in der Mensa kennen. Sie kam uns ab und zu auf ihren Reisen besuchen. So auch vor ein paar Wochen. Hinter ihr liegt eine zu Ende gegangene Beziehung. Uns beide traf die Wende unserer Freundschaft wie aus heiterem Himmel.“
Harald summte ein paar Takte des betreffenden Schlagers „Tausendmal berührt, tausendmal ist nix passiert…“

„Ja, ja genau. Das haben wir auch gesagt. Das ist unser Song.“

„Ja, und was ist mit Ulla? Lässt sie dich einfach so locker ziehen, oder braucht sie auch mal Abstand von dir?“

Peter spielte rasch den Entrüsteten, erzählte ihm in knappen Worten von dem Vorfall, der zu seinem Umzug in das kleine Appartement führte.
„Und was macht diese Hanni?“

„Sie ist Lektorin hier in einem Münchner Verlag, der vorwiegend Belletristik herausbringt.“

„Hm, hm. Steht ihr gerade im Buschfeuer oder habt ihr schon Pläne, wie es weitergehen soll?“

„Wir spüren beide, dass wir uns guttun. Ich will sie und uns hier genauer kennenlernen. Es ist ja alles sehr schnell gegangen. Sie arbeitet diese Woche, sie konnte sich nicht freimachen. Wir können gar nicht jeden Tag von morgens bis in die Nacht zusammenbleiben. Das finde ich gut. Da kann ich über alles nachdenken. Momentan bin ich dabei, während ich durch München schlendere, mich selbst zu besuchen.“

Haralds Augen schaute ihn erstaunt an: „Mich - also du dich - zu besuchen?“

„Wenn ich so durch die Stadt laufe, ist mir alles hier vertraut und zugleich bin ich Gast, so als würde ich die Stadt zum ersten Mal besuchen. Dieser Abstand führt mich mehr zu mir, gibt mir auf irgendeine Art Halt. Vielleicht kann ich es so sagen: Ich fühle mich nicht mehr umklammert von den Dingen, denen ich gegenüberstehe. Sie bannen mich nicht mehr, ich muss nicht mehr gehorchen.“

„Wie meinst du das denn – gehorchen?“ Harald hatte etwas Mühe, den Worten seines Freundes zu folgen.

„Ich weiß, es klingt erzieherisch. Ich glaube, ich war immer geneigt, mich anzupassen, nicht aufzufallen, eben zu gehorchen. Ich hatte Angst, ich darf nicht machen, was ich denke, was ich will oder mir vorstelle, ohne Gefahr zu laufen, in Misskredit zu fallen. Das wollte ich eben nicht."

Haralds Miene signalisierte mehrere Fragezeichen: „Du wirktest immer so standfest oder besser: teflonresistent gegenüber Alternativen oder auch gegen Versuchungen, mal etwas Verrücktes zu tun, so wie ich nach dem Abitur, als ich zum Schrecken meiner Eltern mit einer Freundin von München nach Helsinki über Stockholm, Berlin, Dresden, dann nach Paris und zurück nach München getrampt bin. Es war meine verrückteste Zeit. Sie ging über drei Monate. Ich denke heute noch wehmütig daran zurück."

„Na", Peter schüttelte vehement den Kopf, „meine Mutter wäre damals daran gestorben. Ich durfte wohl weg nach Amerika. Aber da erwartete mich ja ein elitäres Studium, das schließlich meine Eltern bezahlt haben. Für mich war das damals das Nonplusultra."

Peters Ton wurde leiser: „Im Übrigen habe ich gestern meine Mutter besucht, ich habe sehr überraschende Dinge von ihr und meinem Vater erfahren. Die haben mich umgehauen. Das wühlt in mir."
Harald zog fragend die Augenbrauen hoch.

„Ihre Offenheit war verblüffend. Sie hat mir sehr gutgetan. Ich sehe meine Eltern in einem anderen Licht, ich gewinne mehr Verständnis für sie. Ich erkenne, dass ich in meiner Jugend auch blind für sie war. Dadurch werde ich selbst etwas lockerer. Ich werde offener." Dann nach einer kurzen Pause fügte er hinzu: „Ich weiß noch nicht genau, wohin ich mich neu bewege. Aber ich habe das Gefühl, es wird mir guttun.

Ich rätsele, warum ich all die Jahre so verschlossen, ja, so freudlos war, fast lebensfeindlich war."

Peter schaute kurz auf den Boden, als suche er nach einer verlorenen Schraube oder einem Verbindungsstück, dessen Verlust ihm seine aufgestaute Lebensfreude hätte begreiflich machen können.
„Ich weiß nicht genau, was mich gebremst hat. Meine Schwester war ja ganz anders, fast das Gegenteil von mir."

Harald schaute seinen Freund prüfend an und fragte dann, wie er im Beruf zurechtkäme, ob ihm die Forschungsarbeit in der Firma noch Freude mache. Peter nickte. Dann raffte Peter sich auf, sich nach seinem Freund zu erkundigen. Dieser war Chemielehrer an einem Gymnasium, seine Frau ebenfalls an derselben Schule als Deutsch- und Geschichtslehrerin. Sie hatten einen Sohn, der schon das Gymnasium besuchte. Nebenbei arbeitete er als Kompagnon in einer kleinen EDV-Firma und entwickelte EDV-Programme für verschiedene Geschäftszweige. Peter hatte den Eindruck, dass sein Freund ausgeglichen und zufrieden sein Leben lebte. So jedenfalls ließ Harald es in seiner Antwort auf seine Nachfrage nach seinem Befinden durchblicken. Peter mochte ihn, fand ihn patent, aber nicht sehr inspirierend. Irgendwie hungerte er nach weiteren Anregungen, die seine Kompassnadel hätten ausschlagen lassen können. Peter wollte weiterkommen, nicht auf der Stelle treten. Er glaubte, sich neu orientieren zu müssen. Irgendetwas fehlte ihm noch.
Nach anderthalb Stunden verabschiedeten sie sich, wünschten sich alles Gute.
„Bis bald mal wieder!", sagte Harald.

„Ja, bis bald, sollte dich dein Weg mal in den Schwarzwald führen, melde dich.“

„Ja, mach ich.“

Peter rief Hanni an, wieweit sie sei, ob er sie abholen solle. Sie sagte, sie hätte noch zu tun. Sie sei gegen halb sechs daheim. Peter kaufte zwei Flaschen Chianti ein und eine Portion Shrimps. Knoblauch, Spaghetti, Sahne und Tomatenmark hatte Hanni noch genug zuhause. Er fuhr mit der S-Bahn zu ihrer Wohnung, legte sich eine Viertelstunde auf die Couch, deckte dann den Tisch auf dem Balkon. Drei Rosen hatte er unterwegs auch noch ergattert und stellte sie in einem Glas dazu. „Ich werd' ja richtig romantisch“, schmunzelte Peter. Er war von sich selbst ganz angetan. Dann werkelte er in der Küche.
Hanni klingelte stürmisch. Sie wollte den Augenblick genießen, von ihm in ihrer Wohnung empfangen zu werden. Schnell nahm Peter den Holzlöffel, an dem die mit Knoblauch versetzte Tomatensoße am Löffel hing, aus dem Mund und lief zur Tür.
Nach ein paar Sekunden stand sie vor ihm. Sie flogen sich in die Arme. „Ach, ist das schön!“, rief Hanni immer wieder. „Ich freu mich ja so riesig, dass du da bist, mich empfängst und sogar“, sie lief neugierig in die Küche, „so leckere italienische Pasta machst.“
Peter strahlte. Als Hanni den Balkon betrat und den gedeckten Tisch mit den Rosen entdeckte, war sie ganz aus dem Häuschen und tanzte vor Freude durch die ganze Wohnung. Solch geballte Lebensfreude hatte Peter noch nie erlebt. Auch nicht mit Ulla. Er war hin und weg und wusste nur eins: Hier muss ich hin. Hanni ist wunderbar, mein erfrischendstes Lebenselixier!

Für beide wurde es ein gelungener runder Abend mit viel Lachen, Spaß und Erzählen über Gott und die Welt, über Erinnerungen, offene Wünsche und selbstkritische Assoziationen. Peter konnte sich nicht erinnern, wann er sich zuletzt so frei, ungezwungen und fröhlich gefühlt hatte. Auch wenn der Bauch voll war, der Chianti ihren Kopf taumelig getränkt hatte – beide Flaschen hatten sie leer getrunken –, erlebten sie noch eine zärtliche und leidenschaftliche Nacht miteinander.
Als der Wecker am nächsten Morgen Hanni erbarmungslos wachrüttelte, grunzte Peter ins Kopfkissen und drehte sich noch einmal um. Hanni kitzelte ihn im Nacken, doch er schlief weiter. Sie drehte sich nochmal kurz auf die Seite, um dann mit einem Ruck aus dem Bett zu springen. Sie ließ ihn weiter schlafen.
Stattdessen schrieb sie ihm einen Zettel: „Komm um 13 Uhr zum Verlag. Wir gehen miteinander essen … Ich liebe dich, Hanni.“

Pünktlich stand Peter mittags an der Rezeption und ließ sich bei ihr anmelden. Sie käme in fünf Minuten hinunter. Ja, sie kam. An ihrer Seite war der junge Mann, dem Peter schon gestern keine Sympathie entgegenbringen hatte.
Hanni umarmte und küsste Peter: „Peter, wir essen immer gerne zusammen, Du hast doch nichts dagegen, wenn Dieter mitkommt? Die anderen Kollegen sind heute anderweitig unterwegs. Wir tauschen uns immer zusammen aus, das ist ganz wichtig für uns. Das hilft uns, Abstand zu den Texten zu finden und so nochmal unsere Entscheidungen für die literarische Qualität der Werke zu überprüfen und zu gewichten. Weißt du, wenn man sich in einen fremden Text einliest, kann man auch leicht darin versumpfen, sei es, dass man ganz begeistert von ihm

ist oder ihn empört ablehnt. Weißt du, man überliest leicht etwas. Oft ist es auch so, dass einem der tiefere Sinn erst im Nachhinein aufgeht."
Peter spürte, Hanni mühte sich, ihn wohlgesonnen zu stimmen. Ein klein bisschen war er schon enttäuscht. Er war auf die Fortsetzung ihrer trauten Zweisamkeit der Nacht eingestellt. Aber er lächelte mild: „Ja, natürlich."
Dieter schaute ihn leicht mitleidig und überlegen von der Seite an und nahm die Situation in die Hand: „Wir gehen gerne drüben zum Italiener. Ist Ihnen das recht?"
Peter räusperte sich mehrmals: „Wir haben erst gestern italienisch gegessen, gibt es hier noch ein anderes Lokal?"
Nun schaltete sich Hanni ein: „Um die Ecke kann man noch bayrisch bürgerlich essen, nicht teuer, aber gediegen lecker."
Bevor Dieter antworten konnte, beeilte sich Peter zuzustimmen.

Sie nahmen an einem der Holztische im Innern Platz. Peter fand die Einrichtung etwas spießig, was seine Laune auch nicht gerade hob. Nun, sie bestellten ihre gediegenen bayrischen Gerichte, jeder ein anderes. Dieses Mal trank Peter kein Bier, nur ein Mineralwasser, Hanni ebenfalls.
Dieter managte gleich wieder die etwas gedrungene Stimmung. Er wandte sich an Hanni: „Heute habe ich eine Erzählung von einer Frau erhalten, die ihre Afrikareise mit dem Fahrrad beschreibt. Eine dolle Geschichte! Unglaublich, wie sie sich durch Teile der marokkanischen Wüste gekämpft hat. Natürlich ist sie nicht durchweg geradelt, das geht ja gar nicht. Sie hat Freundschaft mit einigen Beduinen geschlossen. Die haben ihr Fahrrad weite Strecken auf die Kamele gesattelt. Sie ist mit denen

mitgezogen. Wie sie die nächtlichen Himmel, vor allem im Winter, beschreibt, das ist sagenhaft. Da möchtest du am liebsten Astronomie studieren."
Dieter drehte den Kopf etwas gockelhaft zu Peter und verpasste ihm einen spitzen Blick.
Peter kaute unbeeindruckt ruhig auf seiner Schweinshaxe: „Du hast recht, es ist wie bei Muttern."
Hanni streichelte seine Wange: „Das freut mich."
Dieter trank hastig sein Paulaner leer, versuchte dann, die Situation erneut zu bestimmen: „Vor Jahren hatte sie schon einmal eine ähnliche Geschichte eingereicht. Ich habe dies von ihr erst kürzlich erfahren. Irgendein Kollege von uns hatte sie aber abgelehnt. Vielleicht war das, bevor ich zu euch kam. Ich bin ja erst zweieinhalb Jahre dabei. Sie sei ihm zu schnörkelhaft geschrieben, so habe der Kollege ihr die Ablehnung begründet."

Peter ließ Hannis eitlen Kollegen reden und schweifte ab zu den umwerfenden Enthüllungen seiner Mutter. Er fragte sich, wie konnte sie ihre Geschichte so lange geheim halten? Wieso ist uns Kindern bis auf die Sauberkeitzwänge nicht irgendetwas anderes an unserer Mutter aufgefallen? Und wie war das mit unserem Vater? Peter grübelte und forschte in schemenhaften Erinnerungen. Ja, doch, einmal war er abends, als er zum Kühlschrank schlurfte, die Mutter außer Haus war, auf einen herben Duft im Vorbeigehen an ihm im Flur aufmerksam geworden. Er habe nur geschnuppert und ihn gefragt: „Papa, hast du ein neues Deo?" Dieser habe sich nur etwas undeutlich in den Bart gemurmelt. Aber er, Peter, hatte nicht weiter nachgehakt.

Lautes Lachen von Hanni und ihrem Kollegen riss ihn wieder in die Gegenwart. Dieser redete und redete. Peter bekam noch gerade dessen letzte enthusiastische Sätze mit:

„Die Frau ist 35 Jahre, hat zwei Kinder und leitet als gelernte Grafikerin bis jetzt noch mit ihrem Mann eine Grafikdesign-Agentur. Am liebsten würde sie nur noch schreiben, am liebsten Reiseerfahrungen. Ihr Mann und sie sind beide Weltenbummler. Sie würden sogar ihre Kinder aus der Schule nehmen und sie selbst auf ihren Reisen unterrichten. Das wäre ihr nächstes Thema. Faszinierend!"

„Du bist ja hin und weg!" lachte Hanni. Jetzt endlich hatte Dieter ihre volle Aufmerksamkeit auf seiner Seite: „Das könnte mir auch gefallen."
Sie wandte sich an Peter: „Sag, Peter, wäre das auch etwas für dich? Um die Welt zu segeln oder anders zu reisen?"

Peter legte die Gabel nieder. Die Schweinshaxe war abgenagt, ihr Gerippe lag nüchtern auf dem Teller. Auch das Sauerkraut war im Sommer für ihn nicht so angebracht. Er war mit dem Verlauf der Unterhaltung nicht einverstanden und wählte die Ablehnung.
„Ach, weißt du, ich finde Reisen auch gut, aber meine Kinder selber unterrichten, ich weiß nicht."
„Nun, das fällt ja bei dir weg. Ulla würde sich ja um die Kinder kümmern und wir könnten eine wunderbare Zeit miteinander erleben. Das stelle ich mir fantastisch vor!"
Hanni jauchzte, Dieter schaute gespannt neugierig, Peter starrte sie entgeistert an. Er antwortete nicht.
Hanni ließ sich weitere Einzelheiten aus dem Buchentwurf von Dieter berichten. Ihre Augen saugten seine Worte förmlich auf. Dieter tupfte sich gemächlich mit der

Serviette seinen Mund ab und wandte sich dann Peter mit der Frage zu: „Lesen Sie auch gerne belletristische Bücher oder lieber naturwissenschaftliche Abhandlungen?"
„Für Belletristik ist meine Frau eher zuständig", wich Peter aus. „Sie schwärmt mir ab und an von neuen Autoren vor."
„Von wem zum Beispiel?"
Peter grübelte kurz, dann fiel ihm der Name von Juli Zeh ein.
„Ach ja, die ist ja richtig eine Modeautorin", vermerkte Dieter in einem leicht überheblichen Ton.
„Nun, da kann ich nicht viel beisteuern", erwiderte Peter selbstbewusst.
„Jeder hat sein Ressort", vermittelte Hanni, nun ganz sachlich.

Peter drängte zum Aufbruch. Er zahlte für sich und Hanni. Schweigend gingen sie zu dritt zum Verlagshaus zurück. Peter verabschiedete sich knapp von Hannis schwadronierendem Kollegen und wünschte ihm noch Erfolg mit seiner aufregenden Autorin. Er hielt Hanni an der Hand fest. Sie schaute ihn mit großen Augen fragend an. Er drückte sie an sich, tröstete sich mit ihrem warmen kuscheligen Körper, küsste sie auf die Schläfen. Sie stupste ihre niedliche rundliche Nase an seine Stirn und flüsterte ihm besänftigend ins Ohr: „Ich komme heim, so schnell ich kann. Morgen Nachmittag nehme ich mir frei. Dann können wir etwas miteinander ungestört unternehmen. Vergiss nicht, ich liebe dich und will niemanden anderen als dich!"

Peter fuhr zurück in Hannis Wohnung, legte sich eine Stunde aufs Ohr und rief dann zuhause an. Auf einmal vermisste er seine Kinder, ihre Stimmen, ihre Augen, ihren Geruch, sogar ihr Gequengel.

Lissy hob ab: „Papa! Wo bist du? Wann kommst du endlich nach Hause?"

„Lissy, Liebes, ja, ich vermisse euch auch. Was machst du? Wie geht es dir?"
„Ich hatte gestern plötzlich Durchfall. Mama meinte, das läge an der Joghurt. Ich darf einfach nix trinken, was aus Milch ist, hat Mama gesagt. Das war ja nicht das erste Mal."
„Ach, das tut mir aber leid. Die Mama hat wohl recht. Lass sie einfach weg. Iss lieber Obst."
„Hat Mama auch gesagt."
„Ich komme bald wieder, ich reise am Samstag zurück."
„Willst du die Mama sprechen?"
„Ja, kurz."
„Mama will, sie kann aber nicht kommen. Sie ist auf dem Klo."
Peter lachte: „Grüß sie herzlich von mir, auch dein Brüderlein."
„Mach ich."

Peter hielt das Handy noch in der Hand, schaute versonnen auf den Boden. Er entschloss sich, einen Spaziergang durch den Nymphenburger Schlosspark zu machen. Seine Gedanken tanzten wie Schmetterlinge durch seinen Kopf. Er hatte kein Netz, sie zu fangen. Er hoffte auf seine Schritte, dass sie ihm einen Weg bahnten.
Ungefähr eine Stunde schlenderte er durch den Park, setzte sich auf eine Bank und nahm die Bilder der englisch gewundenen Parklandschaft in sich auf. Dunkel fiel ihm ein, dass er vor vielen Jahren mit Ulla mal in

Schwetzingen war. Sie hatten dort nicht nur saftigen aromatischen Spargel gegessen, sondern auch das Schloss besucht, in dem alljährlich Festspiele mit Mozartkonzerten stattfinden. Der Schlosspark hatte es ihnen besonders angetan. Er war eine Mischung aus englischer und französischer Gartenkultur, im 18. Jahrhundert angelegt. Peter erinnerte sich, dass Ulla und er bei einer Führung durch den Park erfahren hatten, dass ein Hofgärtner des damaligen Kurfürsten Karl Theodor maßgeblich an der Gestaltung beteiligt war. Er entwarf nach ähnlichen Prinzipien auch den Nymphenburger Schlosspark, gleichfalls durchgliedert in einen französisch barocken und einen englischen Teil. Karl Theodors Sohn schuf Anfang des 19. Jahrhundert den Englischen Garten in München. Alle drei Gärten hatte Peter gleichsam ins Herz geschlossen. Sie präsentierten ihm familiäre Verbundenheit. Er fühlte sich bei ihnen willkommen.
Es war die schwingende Linienführung der englischen Parks mit ihren Öffnungen in die Weite und den kurvigen Einkreisungen mit Sträuchern und Bäumen, die Geborgenheitsräume schafften. Sie zogen ihn magisch an. Diese Kulturlandschaften wirkten auf ihn wie Balsam. Der französische Gartenbaustil mit seinen symmetrischen akkuraten Linien weckte seine Bewunderung, der englische seine Sehnsucht. Hanni war für ihn englisch. Ulla? Er wusste es noch nicht recht. Den assoziierten Vergleich der beiden Frauen mit Gartenkultur fand er zwar amüsant, aber er brachte ihn auch nicht recht weiter. Was soll ich denn nur machen? Zurück in die Familie? Mit Hanni ein neues Leben anfangen? Reicht meine Leidenschaft für sie für weitere Jahre? Ja, momentan fühle ich mich mit Hanni noch pudelwohl. Aber so genau kennen wir uns jedoch noch nicht, überlegte er. Mit Ulla habe ich schon manche Klippen genommen. Sie hat

immer zu mir gehalten. Wir kennen uns schon so lange, haben zwei tollen Kinder, teils unter schwierigen Bedingungen bekommen. Ich war nicht immer nett zu ihr. Dabei haben wir uns doch oft auch sehr gut verstanden.
Peter rieb sich die Stirn, ließ seinen Blick in die Runde schweifen, Anhaltspunkte suchend. Er setzte die Betrachtung fort:
Nun, Ulla ist oft dramatisch, findet aber schnell wieder zur Realität zurück. Hanni, wenn ich an vorhin denke, begeistert sich schnell und übersieht dabei reale Grenzen. Da reicht ihr sonstiges Verständnis für andere Menschen wohl nicht. Ist sie naiv?

Schließlich: Wie wichtig sind mir meine Kinder?

Peter lief in großen Schritten weiter, so, als hätte er es plötzlich eilig. Er landete beim „Baum der ewigen Liebe“ am Schlosskanal. Er lehnte sich an dessen Stamm. Sein Blick wanderte den weit und tief ausladenden Ast der Linde entlang, der bis in den Kanal reichte. Er fühlte sich umarmt und geborgen. Seine Hände und Arme griffen sein Gefühl auf und umschlossen seine Schultern. Die Geborgenheit ging auf ihn über. Er konnte sie festhalten. Peter lachte einen kleinen glücklichen Laut. Dann wandte er sich schnell um und umarmte den Stamm mit beiden Armen und drückte seinen Leib liebevoll dagegen. Die vorbeispazierenden Passanten hemmten ihn nicht, er dachte an niemanden, er war nur bei sich und seiner selbst sicher. Fröstelnde Wärme durchzog seinen Körper. Er atmete tief durch. Sein Kopf wurde klar. Er schien ihm leer, oder besser, frei. Peter sog den frischen Duft der Blätter auf, lauschte dem leisen Rauschen des vorbeifließenden Wassers, hörte das knirschende Reiben des Sandgesteins unter seinen Schuhen, wenn er sich leicht bewegte,

bemerkte das Heben und Senken seiner Brust im Rhythmus seiner Atmung. So deutlich hatte er sein Leben noch nie gespürt. Einfaches Da-Sein, So-Sein ohne Bedingungen und ohne Erwartung – wie einfach! Wunderbar!
„Hoppla“, Peter löste die Arme, staunte die dicke gefurchte Rinde an, „ist es das, was ich suche?“
Ein leichter Sommerwind streichelte sein Gesicht. Die Lindenblätter tanzten einen kleinen Reigen. In dem Moment bedrängten ihn keine quälenden Fragen. Zuversicht breitete sich in ihm aus sich, ähnlich wie ans Ufer breit und eben auslaufende Wellen in breiten Schwingen, welche die sandigen Gedankenkörner überspülten und zu einer festen Bodendecke formten.

Hanni kam wirklich zeitig heim. Um fünf Uhr klingelte sie. Peter kam mit einem Glas Mineralwasser aus der Küche und drückte mit dem rechten Ellbogen die Klingel. Sie stürmte herein und wäre beinahe gegen das volle Glas gestoßen.
„Hi“, rief sie fröhlich aus und fiel ihm um den Hals. Peter jonglierte mit seinem Glas und landete mit seinem Kuss auf ihrem Hals.
„Schön, dass du schon da bist“, freute sich Peter, „na, wie ist der Nachmittag bei dir gelaufen?“
„Ach, heute hatte ich nur noch Post zu beantworten. Das zweite Buch einer jungen Autorin, das ich vor zwei Jahren verlegt habe, es handelt sich um einen Roman, werden wir wahrscheinlich auch veröffentlichen. Es ist so witzig geschrieben. Dabei geht es sich um ein sehr ernstes Thema: Wiedersehen einer vermissten Tochter, die ihre Eltern mit 17 Jahren wegen einer verpatzten Abiturarbeit verlässt und mit ihrem Freund nach Teneriffa flieht, sich von dort erst nach sechs Wochen meldet und dann in einem thailändischen Ashram untertaucht – ohne

Freund, der ist nämlich wieder nach Deutschland zurück. Per Brief tröstet sie ihre Eltern, sie aber bleibt in Thailand, verliebt sich in einen thailändischen Informatiker, heiratet ihn und bekommt mit ihm zwei Kinder, lebt zunächst ganz friedlich mit ihm zusammen, dann aber wacht sie erschreckt auf, als sie erfährt, dass er mit einer chinesischen Mafia, den Triaden, denen es um kriminelle Machenschaften mit Drogen ging, seit Jahren im Geheimen kooperiert."

„Du bist ja ähnlich begeistert wie dein Kollege heute Mittag."

„Ja, ja, so ergeht es uns manchmal." Nach ein paar Sekunden hakte Hanni nach. „Du hast dich über ihn geärgert. Stimmt's?"

„Nun ja, ich fand ihn aufschneiderisch und etwas zu sehr mit mir rivalisierend. Ist er eigentlich schon länger in dich verschossen?"

„Ich weiß nicht, er plänkelt immer gerne etwas rum, nicht nur um mich, auch um eine andere Kollegin. Ich nehme das nicht ernst. Er findet, glaube ich, keine neue Partnerin. Seine Freundin hat ihn vor zwei Jahren verlassen. Das kränkt ihn bis heute."

Hanni ging ins Bad und machte sich frisch. Er folgte ihr und sah ihr zu. Er fand sie hübsch und reizvoll. Ihr brauner Lockenkopf rang ihm immer wieder ein Schmunzeln ab. Er umfasste sie von hinten und drückte ihr einen innigen Kuss auf den Hinterkopf. Sie kämmte sich weiter und streckte ihre linke Hand nach hinten, fasste seinen Kopf und drückte ihn an ihre linke Kopfseite. Dann

drehte sie sich um, und sie beide schauten sich länger in die Augen.
„Wie soll's mit uns weitergehen?"
Peter schaute zu Boden, nachdenklich, sein Gesicht wurde ernst: „Du, ich muss ich dir sagen, ich vermisse schon meine Kinder."
Sie löste sich aus seiner Umarmung, hob die Augenbrauen: „Ich verstehe, das ist nicht leicht." Sie ging ins Schlafzimmer.
Nach einer Weile kehrte sie zurück und fragte ihn locker: „Was meinst du, sollen wir den Abend an der Isar verbringen? Ich mach uns einen kleinen Imbiss und wir picknicken da."
„Keine schlechte Idee. Ich helf' dir."

Hanni holte ihren roten Smart aus der Tiefgarage. Sie fuhr zielsicher zu einem bestimmten Platz, den sie schon mal als ihre Kurzerholung erwähnt hatte. An einem Uferplatz richteten sie sich ihren Picknickplatz ein und machten es sich bequem. Ein paar Meter weiter weg winkte Hanni grüßend einer kleinen Runde von Leuten, die sie kannte. Peter genoss den Abend. Der Rosé, den sie im Korb mitgenommen hatten, schmeckte vorzüglich, ebenso der Salat mit Baguette und Käse.
„Tja, jetzt bin ich hier in meiner alten Gegend und fühle mich hier zum ersten Mal rundherum wohl, unbeschwert. Was hat sich eigentlich verändert seit damals, als ich nach L.A. ging?"
Hanni schaute ihn kurz prüfend an und meinte lapidar: „Du hast dich frei gemacht."
Peter richtete seinen Blick forschend auf sie: „Wie meinst du das?"
„Ich denke", meinte Hanni, während sie sich ein weiteres Stück Weißbrot nahm und darauf ein großes Stück

französischen Camembert legte, „deine Mutter hat mit ihrer Beichte den Schleier über dir und deiner Jugend weggezogen. Sie hat dich und deine Schwester während ihrer Affäre nicht vernachlässigt, sie war weiter für euch da. Sie war in Gedanken bestimmt oft bei ihrem Liebhaber. Aber sie hat sich angestrengt, euch darunter nicht zu kurz kommen zulassen. Ihr konntet so fast nichts mitbekommen. Für euch blieb alles unverändert. Ein großes Geschenk an euch. Sehr gut möglich, dass du unterschwellig ihre Spannung jedoch gespürt hast."

„Sag mal", Peter holte tief Atem, „du bist ja die Gura von Nymphenburg!"

Nach einer Pause fragte Peter: „Ich verstehe das nicht so ganz. Dabei stelle ich fest, dass es stimmt. Wieso soll mich die Enthüllung meiner Mutter befreit haben, mich lockerer gemacht haben? Kannst du mir das erklären?"

Hanni guckte versonnen auf die sprudelnde Isar: „Wahrheit tut einfach immer gut. Sie bietet keinen Unterschlupf für Feiglinge oder Ängstliche, was im Endeffekt dasselbe ist. Ballast an Verkrampfung fällt ab."

„Hä?" Peter tat, als verstünde er nicht.

Hanni aß ihr Käsebrot, nahm einen Schluck Rosé und ließ Peter still vor sich hinsinnen. Sie schluckte den letzten gekauten Bissen herunter und setzte ihre Analyse fort: „Kinder sind sehr sensibel, sie spüren auch Unausgesprochenes. Irgendwie müsst ihr schon bemerkt haben, dass Eure Mutter etwas anders war, nicht zuletzt an ihren aufgetauchten Sauberkeitszwängen. Das muss sich über euch wie ein klebriges Spinnennetz gelegt haben. Es war mit Sicherheit befremdlich für euch. Auch euer Vater stand dieser Entwicklung ratlos gegenüber, wenn er sie denn bemerkt hatte. So kleine Veränderungen beim anderen, den man sehr lieb hat, können befremden, aber auch, wenn unklar ist, aus welcher Richtung der Wind anders weht, auch Angst machen. Als Kind fühlt man sich leicht unbegründet schuldig für traurige Eltern, für irgendwelche Ungereimtheiten von ihnen. Kinder strengen sich dann besonders gerne an, um für mehr Frieden in der Familie zu sorgen, nehmen ihre eigenen Emotionen oder Interessen zurück oder suchen für sich spannungsfreiere Nischen."

Peter hob abrupt den Kopf: „Du hast recht. Als du das gerade sagtest, fiel mir ein, dass ich damals häufiger zu meinen Freunden gegangen bin. Ich hatte zwei sehr gute Freunde, mit denen ich gespielt und später sehr gerne diskutiert habe. Ich habe mich in ihren Familien wohlgefühlt. Es gab bei ihnen nachmittags Kaffee, für uns Kinder Saft, und selbst gebackenen Butterkuchen. Einer hatte, natürlich seine Eltern, einen riesigen Garten. Da spielten wir miteinander Fußball. Manchmal spielten sein älterer Bruder und sogar sein Vater mit. Wenn ich nach Hause ging, fühlte ich mich schnell gedrückt, ich zog den Kopf ein, so, als würde sich ein Netz über mich legen."

Peter schüttelte ungläubig den Kopf. „Wie konnte ich das vergessen! Na ja, mein Zuhause war für mich belastend, einengend, und ich wusste eigentlich nicht recht, was mich da belastete."

Wieder schwieg Peter, Hanni hielt sich zurück.
„Du hast wirklich recht. Jetzt, wo Mutter mir ihre Affäre und den Hintergrund mit meinem Vater „gebeichtet" hat,

fühle ich mich überraschenderweise befreit. Ich bin nicht empört oder enttäuscht. Ich verstehe sie und verstehe die Situation."
Peter schüttelte wieder seinen Kopf: „Mein Gott, wie Gefühle sich übertragen, welche Reaktionen sie hervorrufen können, unglaublich!"

Hanni nickte und schwieg. Auch Peter blieb stumm. Nach einer Weile hoben beide den Kopf und schauten sich fragend an. Peter räusperte sich mal wieder mehrfach.
„Na, na, na", drängte Hanni, „jetzt sag schon, was geht gerade in dir vor? Du fragst dich doch bestimmt, ob es deinen Kindern ähnlich ergeht!"
„Ja, natürlich!"
„Und?"

Peter schaukelte in seinem Schneidersitz und verlegte sein Gleichgewicht von der einen Pobacke auf die andere. Drucksend antwortete er: „Ich weiß nicht."

„Wirklich nicht? Immerhin bist du ausgezogen!"
Wieder zog Peter seinen Kopf ein, seine Augen wurden feucht. Er musste an Lissys letzte Worte im Telefonat denken.
„Oh, Peter, ich glaube, unser Beisammensein war nur ein erotischer, schöner Ausflug!" seufzte Hanni.
Jetzt tat sie ihm leid. Er küsste zärtlich ihre Augenlider, ihr Stupsnäschen, ihren vollen Mund und schloss sie innig in seine Arme. Sie umschlang ihn in ebenso voller Wonne und wog sich rhythmisch in seiner Umarmung. Lachend befreiten sie sich nach einer Weile voneinander. Dann prosteten sie sich mit ihren Gläsern, gefüllt mit dem

letzten Schluck Rosé, zu: „À votre santé, Monsieur“, rief Hanni, Peter rief: „Nastrowje!“

Sie packten ihre Sachen zusammen, verstauten sie in die mitgenommenen Strohtaschen und schlenderten Arm in Arm die Isar entlang. Sie erhaschten die lebensfrohen Rufe und das Lachen der Menschen, die wie sie die unbekümmerte Freude des Sommers genossen. Als die Abenddämmerung hereinkroch, fuhren sie zu Hannis Wohnung, sahen sich noch die Tagesthemen im Fernsehen an und gingen dann wie ein vertrautes Ehepaar zu Bett. Sie waren ruhig und zufrieden.

Am nächsten Morgen stand Hanni eine Stunde später auf. Vorsorglich hatte sie im Verlag Bescheid gegeben. Ihr war wichtig, so viel wie möglich die letzten Stunden mit Peter zusammen zu sein. Hanni ermunterte ihn, mit ihr aufzustehen, damit sie miteinander frühstücken können. Peter sprang sofort darauf an. Ihr war klar, dass er wirklich am Samstagvormittag heimfahren wollte und nicht bereit war, noch einen Tag dranzuhängen. Darauf hatte er sie bereits vorbereitet. Sie sah ein, dass er eine Verdauungszeit nach der Woche mit ihr brauchte. Auch sie war in gemischter froher und melancholischer Stimmung und fand eine Nachdenkpause, wenn er abgereist sein werde, bevor sie in die nächste Arbeitswoche gehen wollte, für lohnenswert.
Sie selbst war innerlich nicht entschieden, ob sie jetzt schon den Schritt wagen könnte, mit Peter ein neues Leben zu beginnen. Sie scheute die zu erwartenden Komplikationen und Belastungen, die dieser Schritt mit sich bringen würde. Auf keinen Fall wollte sie die Kinder übernehmen. Sicherlich würde Ulla die Kinder aber auch auf keinen Fall hergeben. Jedenfalls, wenn sie noch

Kinder bekommen könnte, dann nur eigene. Ob Peter dazu bereit wäre, sich nur auf Besuchsfristen mit seinen Kindern einzulassen und sich mit Ulla einigen könnte, wagte sie zu bezweifeln.

Peter hatte ähnliche Gedanken, beide, Hanni und Peter, öffneten zunächst nicht ihr Kopfkästlein, sondern aßen ihre Croissants, sie mit Honig, er mit Himbeermarmelade. Sie trank ihren Nespresso lungo mit Kaffeesahne wie üblich, er englischen Tee ohne Zucker und Honig wie üblich.

Sie blinzelten über den Rand ihrer Tee- und Kaffeetassen und beäugten sich verstohlen.

Dann brach Peter das Schweigen: „Liebste Hanni, es ist sehr schön für mich mit dir, ich fühle mich in deiner Gegenwart sehr, sehr wohl, das sagte ich schon meiner Mutter."

Hanni unterbrach: „Ich weiß, ich weiß, wir müssen jetzt keine Entscheidung vorbereiten, geschweige denn treffen. Es ist für uns beide alles sehr neu."

Peter nickte heftig: „Meine Verliebtheit in dich ist so über mich hereingebrochen".

„Über mich auch, auf einmal stand sie im Raum. Ich meine, natürlich ist sie immer noch da. Wir haben uns jetzt zweimal länger getroffen und es war, es ist noch immer wunderschön. Aber so kann es ja nicht immer weitergehen."

Wieder hielten beide eine Weile inne.

Hanni nahm den Faden wieder auf und meinte friedfertig: „Jetzt wollen wir nicht das Taschentuch rausholen."

Peter lachte befreit. „Jetzt verbringen wir heute und morgen, unsere letzten Tage meiner Abreise am Samstagmorgen, so froh wir können."

Peter atmete tief auf, seine Gesichtszüge hellten sich auf, er lachte Hanni an:

„Ja, und für heute Abend", er dehnte spannungsvoll die letzten Worte, „lade ich dich in die Oper, ins Theater am Gärtnerplatz ein!"

Ungläubig und hocherfreut rief sie aus: „Peter!?"

Peter war mächtig stolz auf seinen Coup. Schon wollte er sich stumm belobigen als Goldschatz eines Liebhabers oder vielleicht auch als Ehemann, als Hanni ihm einen ehrlichen Dämpfer verpasste: „Das hätte ich von dir nie erwartet. Du und Oper!" Sie lachte spitz.
Etwas indigniert fragte er zurück: „Ja, bist du jetzt enttäuscht? Soll ich sie zurückgeben?"
Sie sprang auf, umarmte ihn und rief entzückt: „Du bist ein Schatz!"
„Na, endlich!", antwortete er. Sie lachten.

„Du, ich komme heute Nachmittag früh zurück und wir haben dann noch genug Zeit bis zur Abfahrt ins Theater. Dann sind wir wieder ganz für uns."

„Oh, schön, das finde ich prima", antwortete Peter ebenso freudig, „ich geh in der Zwischenzeit meine Mutter nochmal besuchen."

„Eine gute Idee!", meinte Hanni und sie verabschiedete sich mit inniger Umarmung.
„Übrigens, du bist auch ein Schatz", lächelte er sie liebevoll an. Weich zog sie die Tür ins Schloss.

Peter räumte den Tisch ab, stellte das Geschirr in den Geschirrspüler, die Marmeladen in den Kühlschrank und rief von seinem Handy seine Mutter an. Sie hob nicht ab. Vielleicht ist sie einkaufen.

Zur Abwechslung rief er seine Schwester in Berlin an. Sie war gleich dran. „Oh, schön, Peter, guten Morgen, was verschafft mir die Ehre?“
Kurz gab es den üblichen Erkundigungsaustausch nach dem Wohlergehen. Dann klärte er sie auf, wo er war.
„Ja, die Mama hat es mir schon erzählt. Wie stehen jetzt die Aktien?“
„Es ist schön und schwierig zugleich. Ich glaube, ich liebe Hanni, aber irgendwie hänge ich auch an der Familie. Man kann nicht alles gleich aufgeben. So deutlich wie jetzt habe ich noch nie meine Verantwortung für sie empfunden.“

„Hm, das freut mich, ich hatte schon oft den Eindruck, du lebst in einer Glasglocke und etwas an deinen Kindern und an Ulla vorbei. Ich würde mich freuen, wenn dich die jüngste Erfahrung etwas wachrüttelt.“
„Das könnte schon sein. Ich fühle mich jedenfalls irgendwie lebendiger. Mal gucken, ob es bleibt. Wie sieht’s bei euch aus?“
„Es kann sein, dass wir in diesem Jahr noch die Zelte in Berlin abbrechen und nach Hamburg ziehen. Sven ist die Position eines Geschäftsführers in einem kleinen Pharmaunternehmen angeboten worden. Sie wollten unbedingt einen Mann mit juristischen Kenntnissen haben. Du weißt ja aus eigener Erfahrung, wie juristisch sauber abgesichert ein Medikament auf den Markt kommen darf. Das käme auch Svens früheren Studienneigungen entgegen. Er wollte ja ursprünglich Medizin studieren. Was ich dann machen werde, weiß ich noch nicht. Auf Dauer macht mir der Maklerjob auch keinen Spaß. Es geht immer nur ums Geld. Aber ich bin nicht unruhig, ich werde schon was finden. Schade nur um die guten Freundschaften, aber wir sind ja nicht aus der Welt.“

„Da hast du recht. Ich wünsch' dir was, mach's gut und grüß Sven von mir!"
„Und du unbekannterweise Hanni. Macht's gut, ihr zwei!"

Peter fühlte sich beruhigt, wie meist, wenn er mit Mira gesprochen hatte. Sie war für ihn eine feste Säule. Ihre Probleme, die sie natürlich wie alle Mädchen gehabt hatte, auch ihre Berufsfindungsschwierigkeiten, hatte sie damals mit ihm geteilt. Aber er hatte nie den Eindruck gehabt, dass sie grundsätzlich dadurch mit ihrem Leben ins Straucheln geraten war. Sie war pragmatisch, nahm die Dinge, wie sie kamen. Immer war sie zuversichtlich, egal, was passierte. Sie war immer bei sich, nicht wie er, taumelnd, geblendet, vernebelt.
Er war auch beeindruckt, wie gelassen sie die mögliche anstehende existenzielle Veränderung hinnahm.
Er machte ein paar Schritte durchs Wohnzimmer und sammelte seine Gedanken für den Besuch bei der Mutter. Was will ich eigentlich bei ihr? Fehlen mir noch ein paar Informationen über sie, den Freund von ihr, vom Vater? Wie hat sie eigentlich zu mir, zu uns Kindern während ihrer Liebesbeziehung gestanden? Wie sehe ich sie jetzt? Wie nah bin ich ihr? Hab ich sie jetzt mehr lieb?
Er wählte nochmal ihre Nummer. Jetzt hob sie ab und freute sich: „Au fein, ja, klar, komm!"

Als sie die Tür öffnete, breitete sie die Arme aus, und Peter lief schnurstracks auf sie zu und umarmte sie herzlich. Bevor er vor Überraschung – oder besser: Schrecken – über diese emotionale Ladung einen Rückzieher machen konnte, zog sie ihn heftig an ihre Brust, und er – er konnte es nicht glauben – umarmte sie seinerseits voll inniger Herzlichkeit. Ein Wunder war geschehen!

Wieder setzten sie sich über Eck auf Sofa und Sessel. Seine Mutter kam ihm irgendwie verjüngt vor. Sie schaute ihn fröhlich an und kam gleich zur Sache: “Leg los, wie ist es dir in den letzten Tagen mit Hanni, mit München ergangen?“

„Ja, Mama, es war schön und, vor allem, was du mir erzählt hast, hat mich nachdenklich und befreiend gestimmt.“
Peters Mutter hob neugierig die Augenbrauen: „Aha, ja?!“
Peter berichtete von der befreienden Wirkung und dass er glaube, dass er in seiner Jugend unter einem Abwehrschirm diffus dunkler und verletzter Gefühle gelebt haben müsse, der eigenen und der der Eltern, und von daher sich innerlich zurückgezogen habe. Er könne sich an heftige Auseinandersetzungen zwischen ihr und dem Vater erinnern, die in ihrem Schlafzimmer öfters stattgefunden hätten. Einmal hätte er die Mutter laut weinen hören, und auch der Vater habe gebrüllt und sei längere Zeit mit weißem verbissenem Gesicht herumgelaufen. Zwischen ihnen habe Peter nur Kühle empfunden und keinerlei Körperkontakt mehr gesehen. Der Vater hatte sich morgens nur mit einem knappen Gruß von ihr verabschiedet. Peter glaubte, dass er nicht begriffen habe, was sich atmosphärisch in der Familie abgespielt hätte. Ihre Sauberkeitszwänge habe er nicht einordnen können, er habe sich dann nur auf sich konzentriert und hätte dann nach dem Abitur mit seinem Amerikaaufenthalt ein Ventil für seinen gestauten Gefühlsüberdruck gehabt. Da habe er durchatmen können.
Peters Mutter schaute ihn aufmerksam an. Ganz genau hatte sie ihm zugehört: „Ich verstehe dich, ich kann mir das gut vorstellen. Wenn ich das so höre, tut es mir sehr

leid. Ich habe den Eindruck, du hast mehr darunter gelitten als Mira. Das war mir damals nicht so bewusst, oder besser, ich glaubte mich so sicher, dass ich euch nicht vernachlässigt habe bei allem Schuldgefühl und allen Zweifeln, die mich umgetrieben haben. Kinder spüren die Schwingungen ihrer Eltern. Und du warst immer sehr sensibel."

„Ja", warf Peter ein, „das meint Hanni auch. Sie lobt dich übrigens wegen deiner Treue und Fürsorge uns gegenüber."

Peters Mutter lächelte erfreut.

„Welche Rolle spielen bei *dir* während deiner außerehelichen Liebesbeziehung deine Kinder?"

Sie bemühte sich um einen sachlichen Ton und fühlte sich gleichwohl dabei nicht so behaglich. Wohl wissend um ihr eigenes eheliches Abschweifen und tieferes Verstehen für ihre Beweggründe vermied sie jede sprachliche Andeutung einer Missbilligung.

„Ja, das ist eine schwierige Frage. Ich dachte vor Kurzem, ich brauche sie nicht."

Peters Mutter zog erschreckt die Augenbrauen hoch. Streng fragte sie:

„Ist das eine Frage von ‚brauchen'?"

„Ja, entschuldige bitte", Peter hastete mit der Klarstellung hinterher, „ich weiß, ich habe Verantwortung für sie. Das ist mir bis vor gerade sehr nach mir gefragt. Sie haben mich vermisst."

Ruckartig schaute er nach unten „... und ich sie auch, Hanni weiß davon." Tränen traten in seine Augen.

Seine Mutter holte tief Luft und murmelte leicht seufzend nur: „Na, Gott sei Dank."

Beide ließen eine Pause entstehen. Dann setzte die Mutter zur nächsten Frage an. „Weißt du, wie du jetzt zu Ulla stehst? Oder ist die Frage zu früh?"

„Sie ist zu früh."
„Verstehst du denn jetzt mehr, was dich für Hanni so empfänglich gemacht hat? Vielleicht so was Ähnliches wie bei mir damals?"
„Was meinst du genau?"
„Ich fühlte mich von deinem Vater über lange Strecken hin sehr vernachlässigt. Ich war eine bedürftige Seele. Und du?"
„Ja, in gewisser Weise war ich das schon, aber nicht weil Ulla sich etwa von mir abgewandt haben könnte, nein, ich fühlte mich unfrei, wusste nicht, warum, weiß es auch jetzt noch nicht so sicher. Vielleicht kann ich es so umschreiben. Mich dürstete nach etwas Frischem, Neuem, was mit meinem bisherigen Leben so gut wie nichts zu tun hat. Du wirst wahrscheinlich entgegnen, du kanntest Hanni doch schon viele Jahre, nur als gute Freundin."
„Ja, das denke ich", meinte Peters Mutter.
Peter streute suchende Blicke über den Teppich, wandte den Kopf und schaute durchs große Fenster in den Garten. Seine Blicke hingen sich fest an einer Baumkrone und spazierten über die Blätter, Zweige und Zwischenräume, verglichen das silbrige Licht mit den auberginefarbenen Schatten, jedes Detail einzeln intensiv aufnehmend, um dann, wie mit einem dicken Pinselstrich, all diese Baumglieder zu einem einzigen Ganzen, der Baumkrone, rund miteinander zu verbinden. Peter erinnerte sich an seine Liebesumarmung des „Baums der ewigen Liebe" im Nymphenburger Park. Ein Schauer durchrieselte seinen Körper. Er fühlte sich wie elektrisiert. Er dehnte den Rücken weit, Kraft quoll auf und durchströmte ihn. Sie fuhr in seine Schultern und Oberarme, kribbelte bis in die Hände. Seine Wirbelsäule streckte sich. Er konnte nicht länger sitzen bleiben. Er sprang auf und schritt durch das Zimmer, immer wieder Blicke in

die Baumkrone werfend, schaute die Mutter fixierend an, diese lächelte gespannt aufmerksam zurück.

„Mutter, es hört sich wahrscheinlich für deine Ohren merkwürdig an, wenn ich dir sage, ich habe viele Bereiche meines Lebens, Aufgaben und Interessen nicht miteinander verbunden. Ich habe sie behandelt wie Messer und Gabeln, wie sie getrennt nebeneinander in der Küchenschublade liegen. Sie waren kein Besteck, sie waren Gabeln und Messer. In meinem Leben habe ich mich wie von einem Spinnennetz umfangen eingeschlossen und mit ihm verklebt gefühlt. Es gab etwas, was mich hemmte, es zu zerreißen. Ich wusste nicht, gehört es zu mir oder ist es mir auferlegt worden? Wer bin ich unter dem klebrigen Gewand? Ich war nicht zu mir vorgedrungen, konnte es nicht. Es war mir selbst unheimlich. Irgendwie hielt ich es auch für einen Schutz vor der Welt, vor Verletzungen und Enttäuschungen."

Peter tänzelte etwas auf seinen Füßen herum, so, als wolle er schnell prüfen, ob der Boden, auf dem er sich gerade befand, trittfest sei. Seine Mutter schenkte ihm weiterhin volle Aufmerksamkeit.
„Weißt du, jetzt fallen mir Märchen ein, wie der Froschkönig, Schneewittchen oder Rapunzel, die du mir in der Kindheit vorgelesen hast, in denen Prinzessinnen oder Prinzen verwunschen, verbannt sind. Diese Figuren, ich weiß nicht, wie ich sie nennen soll, werden wachgeküsst oder wachgerüttelt oder eine besondere Situation drängt sie in eine unerwartete Richtung und dabei entdecken sie ihre eigenen Gefühle, ihre eigenen Gedanken, ihre eigenen und Erwartungen und dann …" Peter geriet etwas ins Schwimmen, studierte mit einem weiteren Blick das rechteckige Teppichmuster, das ihm das Gefühl des

Gefangenseins erneut bedrohlich näherrückte. Ärgerlich löste er den Blick und schaute wieder in den Raum. Er begegnete mit offenem Blick, dem der Mutter und dann wusste er weiter „… und die dann feststellen, sie leben in einer falschen Hülle.“
„Du meinst, sie fühlen sich nicht in ihrer Haut zuhause?“ fragte seine Mutter.

„Ja, genau, irgendwie haben sie aus einer gewissen Angst oder einer Unsicherheit heraus etwas mitgemacht oder auf ursprüngliche Wünsche verzichtet.“

Peter machte eine Pause. „Mitunter kann so eine Hülle auch angenehm sein, denn sie erspart einem Entscheidungen, Zweifel, Anstrengungen. Ja, manchmal erleichtert sie einem auch vieles. Warum sie also ablegen?

Tja, du fragst mich, wieso habe ich mich in Hanni verliebt. Es lag nicht an Ulla, nicht an den Kindern. Dass einen die Partnerin oder der Partner, die Kinder manchmal nerven, halte ich für normal. Ich habe mich mit Ulla ja auch oft und über lange Strecken gut verstanden. Vor allem in meinem Berufsalltag ist mir aufgefallen, wie ich nicht mehr mit der Begeisterung bei der Arbeit war, wie ich sie kannte, ich war irgendwie unzufrieden, obwohl ich wusste, ich habe beste Bedingungen in der Firma, ich bin erfolgreich, mein Fleiß und mein Ehrgeiz haben sich bezahlt gemacht. Ich habe eine nette Frau und gesunde Kinder, ein schönes Haus, lustige, zuverlässige Freunde. Letzteres verdanke ich eigentlich Ulla. Sie ist die Kontaktfreudige, ich eher nicht. Kurz, Ich habe eigentlich alles. Aber ich fühlte mich festgefahren und unbeweglich. Das klingt verdammt nach Midlife-Crisis. Stimmt’s?“
Peters Mutter nickte leicht lachend.

„Ja, vielleicht ist es das. Ich weiß nicht. Jedenfalls war die Luft raus, ich langweilte mich mit der Welt, ich langweilte mich selbst, war grantig zuhause. Meine bislang ehrgeizige stichelige Verbissenheit hatte mich an die Wand gefahren. Sie war zu einem leeren Wespennest geworden, das allmählich herunterfällt." „War das die Hülle?"
„Ich glaube, ja."

„Nun", meinte die Mutter, „so war es damals bei mir nicht. Ich war nicht in mir ausgetrocknet. Die Beziehung zu deinem Vater selbst war trockengelegt. Hinzu kam, dass Helmut auch wirklich eine Alternative zu deinem Vater war. Seine Lebensweise lockte meine brachliegende Lebensfreude und Helmuts Humor päppelte mich auf."

„Sag mal, Mama, schlage ich in Vaters Richtung?"

„Schon, zum Teil, aber gefremdelt hat er mit anderen Menschen nicht so. Das tust du nämlich öfters. Man fühlt sich dann bei dir so außen vorgelassen. Aber erzähl weiter, ich lerne daraus."
Peter reagiert kurz irritiert auf die Reaktion seiner Mutter, wollte seinen Erzählfaden schon fortspinnen, da stutzte er und griff stattdessen ihre Worte auf. „Gefremdelt, ich habe gefremdelt? Ich fremdele?"
„Ja, weißt du das nicht?"
„Nee, jedenfalls nicht so bewusst. Mir war schon klar, dass ich mich gerne zurückziehe, wenn es um mich herum zu sehr menschelt."
„Und wie reagieren die anderen, bekommst du das überhaupt mit?"

Peter dachte nach, kramte in der Erinnerung, setzte sich dazu aufs Sofa und stützte die Stirn zwischen Daumen und Zeigefinger. Schließlich rief er aus: „Doch, ich hab's mitbekommen, aber als nicht bedeutsam eingestuft und weggeschoben."
Die Mutter hob die Augenbrauen neugierig: „Und? Was hast du mitbekommen?"
„Sie fragen mich oft, was mit mir los sei, und durchforsten meine Mimik, ich weiß zunächst nicht, was ihnen an mir auffällt. Aber schon oft haben sie mich gefragt, ob ich etwas hätte. Ich wehre dann nur ab und bagatellisiere. Ich will einfach nichts von mir geben."
„Darin kann ich mich schon auch wiederfinden", räsonierte die Mutter.

Plötzlich stieß Peter einen schluchzenden Schrei aus und wimmerte danach wie ein kleines Kind: „Mama, ich habe insgeheim gedacht, ich bin nicht liebenswert. Du hast mich und Mira ganz selten mal in den Arm genommen, mich am allerwenigsten, an Weihnachten und am Geburtstag gab es einen Kuss, mehr nicht. Ich habe die anderen Kinder beneidet, die gedrückt und geküsst wurden von ihren Eltern, einfach so zwischendurch. Unser Vater hat mich schon mal an sich gedrückt, aber auch nicht viele Worte gemacht. Deine Sauberkeitsrituale habe ich als Abwehrmanöver und fast als Strafe von uns empfunden. Ich wusste bloß nicht, wieso. Daher habe ich mich so ins Lernen gekniet."
Peters Mutter erhob sich vom Sessel, setzte sich neben ihn auf das Sofa und legte ihren Arm um seine Schulter. Er drückte sich kurz an sie.
„Ja, und jetzt, oder besser, in den letzten Monaten habe ich fast einen Ekel gegen jegliche Leistungsanstrengung entwickelt. Darunter fielen auch meine Rollen als Vater

und Ehemann. Als Hanni auftauchte, sah ich auf einmal eine neue Spielwiese für mich, nicht, dass ich mit ihr spielen wollte. Nein, ich spürte keine Leistungserwartung an mich, weder von ihr an mich noch von mir an mich. Ihre offene Art, mit der sie mich ohne Bedingung akzeptierte, hat mich angezogen. Ich musste nichts bringen, nichts beweisen, mich nicht anstrengen. Sie hat mich wachgeküsst – ja, wirklich wie im Märchen. Ich wusste, dass es so gut wie verboten war, aber ich spürte Freiheit, kein Muss, keine Versuchung, mich beweisen zu müssen. Ich bin da, weil ich da bin, und ich kann so bleiben. Das ist alles, was ich dachte. Ich wusste auf einmal, ich kann ohne Bitten, ohne Entschuldigung selbst wählen, selbst entscheiden nach meinem Gusto, einmal das zu tun, wonach mir im Moment ist, was mein Herz jetzt begehrt. So ist es gekommen."

Peter schluchzte und sank auf die Brust seiner Mutter. Sie umarmte ihn und zog ihn an sich, ließ ihn weinen.
Sie nahm seinen Kopf in beide Hände und schaute ihm tief in die Augen: „Es tut mir so leid, dass du so gelitten hast, dass ich dich mit meinen Problemen indirekt so belastet habe. Ich muss gestehen, ich habe es nicht mitbekommen. Ich glaubte, du bist mehr für dich da, bist introvertiert, magst keine Zärtlichkeiten, ich müsse dich in Ruhe lassen. Meine Haltung war so ein Gemisch von Schuldgefühlen und Scheu. Mein Gott, ist das ein Mist, wenn man nicht offen miteinander redet. Es tut mir so leid, so leid."

Nun nahm Peter sie in den Arm: „Weißt du, Mama, jetzt ist es heraus, und ich bin froh darüber. Ich bin dir dankbar, dass du mir zugehört hast. Das hat mir sehr gutgetan, es hat mir geholfen."

Sie standen auf und gingen gemeinsam in den Garten. Er sah, dass die Mutter diesen zwar gepflegt hatte, aber es waren nicht mehr so viele Blumenstauden drin wie früher, als er noch bei den Eltern wohnte. „Magst du das Gärtnern nicht mehr so wie früher?“ fragte er.
„Es ist mir zu anstrengend geworden. Ich lese lieber oder mache Spaziergänge. Weißt du, wenn man alleine ist, will man nicht mehr so viel rackern, und im Alter strengt alles mehr an. Meine Knie sind halt auch etwas morsch. Aber so wie es jetzt ist, geht es auch.“
Als sie wieder ins Haus traten, fragte Peter: „Vermisst du diesen Helmut heute noch?“

„Ja“ antwortete sie ehrlich. „Ich habe ihn schon sehr gemocht. Aber deinen Vater habe ich trotz allem auch sehr geliebt, und in den Jahren danach war unsere Ehe viel schöner. Sie hatte mehr Tiefgang. Wir hatten beide begriffen, dass wir unsere Beziehung pflegen müssen. Das haben wir getan, indem wir uns öfters mit Freunden zum Wandern oder zu einem Kinobesuch verabredeten. Wir haben auch wieder mehr Theater und Konzerte besucht. Das war uns immer wichtig. Wir machten interessante Reisen. Viel mehr als früher haben wir uns auch ausgetauscht und viele Gespräche miteinander geführt. Auch war dein Vater tatsächlich zärtlicher geworden. Das war besonders schön.“
Versunken in Erinnerung legte sie ihre Hände in den Schoß und fügte hinzu: „Doch, ich muss sagen, ich vermisse ihn.“
Peter nahm diese Antwort für beide Männer als gültig und ihm dämmerte, dass man tatsächlich zwei Menschen gleichzeitig lieben kann.
Und nach einer langen Pause, in die Peter nicht eingriff, ergänzte seine Mutter: „Ja, und, ich weiß nicht, ob du es

weißt oder sogar gemerkt hast, meine Sauberkeitszwänge haben sich mit der Zeit auch gelegt. Und warum? Weil ich in der Ehe mit eurem Vater zufrieden war. So weit jetzt mal die Kurzfassung meiner Selbstoffenbarung.“

Peter drückte umarmend die Schultern seiner Mutter.
„Liebe Mama, ich danke dir für deine Offenheit. Du hast mich weitergebracht im Verständnis für dich und auch für mich. Ich glaube, dieser Vormittag war für uns beide sehr wichtig.“
„Ja, das finde ich auch.“

Inzwischen war es fast schon über die Mittagszeit. Peters Mutter schmierte für sie beide zwei Brötchen mit Leberwurst, kochte zwei Eier hart und schnitt sie in schmale Scheiben, die sie auf die Brötchen legte, dazu zwei Radieschen. Peter sah sich flugs in die Schulpause versetzt. Mamas Brötchen! Sie schmeckten genauso lecker wie damals.
Bei der herzlichen Verabschiedung, die Sohn und Mutter mit guten Wünschen und vielen Dankeschöns schmückten, fand Peters Mutter noch ein liebes Abschiedswort: „Grüß herzlich deine Hanni und sag ihr danke von mir, dass sie dich wachgeküsst hat!“

Peter hielt sich nicht in der Stadt auf, sondern fuhr direkt zu Hannis Wohnung. Sie traf eine halbe Stunde später ein, nicht besonders gut gelaunt. Sie berichtete von einer heftigen Meinungsverschiedenheit, die sie mit ihrer Chefin gehabt habe. Sie habe sich ungerecht behandelt gefühlt. Dieter hätte sich eingemischt und gegen sie gestimmt. Es sei um bestimmte Zusagen an Autoren gegangen, die Hanni gefördert haben soll ohne Akzeptanz ihrer Chefin. Hanni habe darauf bestanden, dass es im Vorfeld

klare Absprachen gegeben habe, von denen ihre Chefin aber nichts mehr wissen wollte.
Peter tröstete sie und riet ihr, am nächsten Morgen das Missverständnis zu klären. Jetzt wollten sie doch den Nachmittag für sich haben und sich auf den Abend freuen.
Hanni zeigte Einsehen, wirkte dabei etwas gequält. Etwas gezwungen fragte sie: „Na, was sollen wir den Nachmittag vor dem Opernbesuch noch machen?"
Peter senkte den Blick etwas enttäuscht zu Boden: „Wir *sollen* gar nichts machen, wir können auch hier bleiben. Ich sehe, dich treibt der Streit noch weiter um. Mach irgendetwas für dich, ich kann mich selbst beschäftigen. Wenn du dich wieder etwas erholt hast, sehen wir weiter."

Ohne weitere Diskussion setzte er sich aufs Sofa, zog seinen „Spiegel" hervor, den er sich auf dem Heimweg am Kiosk gekauft hatte, und vertiefte sich ins Blättern, bis er einen für ihn interessanten Artikel entdeckt hatte. Hanni bemerkte seine Entschlossenheit überrascht und erfreut zugleich, dachte für sich, das ist der richtige Mann für mich. Ob er sich wirklich aus der Ehe lösen kann?
Sie ging in die Küche und holte sich einen Sprudel, setzte sich an den Küchentisch und ließ die Gedanken laufen. Die Szenen mit ihrer Chefin, das beiderseitige Wortgeklingel, das grinsende Gesicht von Dieter ließen sie nicht los. Sie war nicht nur enttäuscht, sondern fühlte sich auch allein gelassen in ihren Anstrengungen, gute Leute für den Verlag an Land zu ziehen. Sie war von der Qualität der Autoren so überzeugt, dass sie die Ablehnung und die Vorwürfe, sie habe nicht korrekt gehandelt, nicht verstehen konnte. Ihre kreisenden Überlegungen landeten in dem Vorsatz, dass sie unbedingt den Meinungswirrwarr

den nächsten Tag mit den beiden nochmal aufgreifen und lösen müsse.

Sie ging zu Peter und küsste ihn im Nacken. Er griff nach ihrem Hals, zog sie an sich und drückte ihr einen Kuss auf die Wange, blieb jedoch weiter bei seiner Lektüre. Zwischendurch pfiff er oder schüttelte den Kopf, rief kurz aus: „Was für eine korrupte Bande! Es ist doch immer dasselbe!“ Dann legte er das Heft beiseite. Sie hockte zu ihm und sie knutschten miteinander wie zwei Teenager.
„Und jetzt? Ist der Rauch verduftet?“
„Na ja, fast“, meinte Hanni.
„Wonach ist dir?“
„Also, ehrlich gesagt, würde ich mich gerne ein bisschen aufs Ohr legen. Du bist mir nicht böse?“
„In der Verliebtheit muss man ja auch mal nach Luft schnappen“, lachte Peter, „Also, eine schlechte Idee, du wirst lachen, danach ist mir auch.“

Hanni legte sich auf ihr Bett, Peter aufs Sofa. So kam jeder zu sich, erholt und fast klar im Kopf. Nach einer guten Stunde Schlaf setzten sie sich zusammen zu einer Tasse Tee.
„Ach, übrigens, ich soll dich von meiner Mutter grüßen.“
„Wie das?“
„Sie ist dir dankbar, dass du mich wachgeküsst hast.“
„Was meint sie denn damit?“

Was er eigentlich erst einmal für sich behalten wollte, erzählte er ihr nun doch.
„Dann bist du mit deinen Besuchen bei deiner Mutter auf eine Goldmine gestoßen.“
„Ja, das bin ich.“ Peter sprach sehr betont und langsam.

Hanni schaute lange auf den Boden und fragte dann nachdenklich, ebenso betont und langsam: „Und was ist jetzt mit uns? Bleibt es bei mir als Weckmittel oder haben wir zwei eine gemeinsame Zukunft?"
"Hoppla, du drückst ja richtig auf die Tube!"
„Na, also", rief sie in mahnendem Ton aus, „ich denke, die Frage ist jetzt schon mal angebracht. Nur von einer Umarmung in die andere taumeln, zwischendrin mal einen kleinen Ausflug, ein Gespräch, mal miteinander schlafen, kurz guten Tag und auf Wiedersehen – das ist mir auf Dauer dann doch zu wenig!"

„Hanni, so schnell schießen die Preußen nicht."

„Vielleicht nicht gleich schießen, aber sie sitzen hinter den Kanonen."

„Hanni!"

„Lieber Peter, ich will es klipp und klar sagen, ich habe dich sehr lieb und ich kann mir mit dir ein gemeinsames Leben vorstellen. Die Frage nach Kindern, eigenen und/oder deinen, klammere ich noch aus. Erst muss es mit uns beiden stimmen. Kannst du mir sagen, wie du zu mir stehst?"
Peter lächelte sie charmant und liebevoll an: „Ich kann dir auch klipp und klar sagen, dass ich dich sehr, sehr liebhabe und ich mein ‚Aus-der-Ehe-Ausscheren', so möchte ich es einmal neutral umschreiben, mit allen daraus entstandenen Problemen und Schmerzen nicht bereue. Auch die Schuldgefühle nehme ich in Kauf, genauso meinen Auszug aus dem Haus und mein Umzug in die Lkw-Bude. Aber ich bitte dich, lass uns noch Zeit, unsere Erfahrungen wirken zu lassen. An dieser

Entscheidung hängt so viel. Auch das Berufliche, wenn ich allein an die Frage denke, wer von uns beiden eventuell seine Stelle aufgeben soll, damit wir an einem Wohnort leben können, beziehungsweise was für ein Kompromiss sich eventuell anbietet. Ich gebe dir recht, dass wir erst einmal unserer Liebe sicher sein und Kraft sammeln müssen für eine einschneidende Lebensänderung."

„Mein Gott, du kannst so vernünftig sprechen", mokierte sich Hanni etwas enttäuscht.
Sie ging ins Badezimmer, um sich schön zu machen. „Ich bin in der Maske", rief sie ihm noch zu, als sie die Tür zuzog.
„Ja", rief er zurück, „lass mir auch noch was in der Tube!"

Sie wollten früh aufbrechen und im Theater noch eine Kleinigkeit essen. Hanni hatte keine Lust, irgendetwas in der Küche zu brutzeln und Peter ging es ähnlich.
Sie erschien in einem eng anliegenden dunkelblauen Kleid mit leicht schwingendem Rock und einem halsfernen ovalen Ausschnitt. Dazu trug sie Saphirstecker mit einem Brillanten und hochhackige dunkelblaue Pumps. Die Haare hatte sie zu einem Chignon zusammengesteckt, der eine tiefrote Blume schmückte. Sie sah königlich aus. Peter blieb der Mund offen stehen, bot ihr galant den Arm und charmierte: „Madame, Sie sehen bezaubernd aus."
„Vielen Dank, mein Herr, wenn Sie jetzt noch Ihr T-Shirt ausziehen und ein gebügeltes Hemd anziehen könnten, könnte ich Sie fast zu meinem Begleiter wählen."
„Oh pardon, natürlich, selbstverständlich lasse ich mir jetzt den Smoking kommen."

Peter fischte ein so gut wie gebügeltes weißes Hemd mit kleinem grauem Stehkragen aus seiner Reisetasche, seine dunkelblaue Hose behielt er an. Er hatte keine andere mitgenommen. Modische oder sonstige Geschmacksfragen hatten ihn nie sonderlich interessiert. Dafür war Ulla zuständig gewesen.
Hanni musterte ihn und meinte leicht streng wie eine Ballettlehrerin: „Na ja. Drücken wir mal ein Auge zu. Da muss auf Dauer noch ein bisschen mehr Butter dran."
Im Theater angekommen holten sie sich eine Butterbrezel und ein Glas Sekt und bestellten für die Pause einen Tisch mit einem kleinen warmen Gericht und noch einem Glas Sekt.

Sie gingen durch das prächtige Opernhaus. Hanni ergötzte sich an den ausgehängten Opern- und Theaterbildern und den Kritiken. Für sie war es die zweite wichtige Welt neben der Literatur, die sie in Bann zog. Peter trottete eher etwas gleichgültig neben ihr, für ihn war es eine künstliche Welt, die ihm keine Erkenntnis versprach. Er war und blieb Naturwissenschaftler. Er mochte Bach und Beethoven. Deren Musik hatte ihn schon in der Schule ergriffen. Aber die Musik der reinen Gefühle, wie die Gattung Oper sie verkörperte, war ihm suspekt. Er las im Programmheft, das er im Entrée gekauft hatte und in dem ausführlichere Angaben über Inhalt und Geschichte des Stücks standen als im ersten Flyer beim Kartenkauf, während Hanni vor jedem Schaufensterkasten andachtsvoll stehen blieb. Außerdem war ihm ihr Schwärmen von dem renovierten Theater zu viel. Er fand alles ganz nett, aber zu süßlich bis kitschig. Hanni war erschreckt über seine nüchternen Reaktionen. Zum ersten Mal wurde er ihr fremd. Aber sie ließ sich nicht abhalten und genoss die Atmosphäre und die Umgebung unbeirrt.

In der dargebotenen Oper handelte es sich um einen etwas arroganten weltgewandten Mann, Eugen Onegin, der, aus der Stadt kommend, aufs Land zieht und von seinem Freund Lenski, einem Dichter, zu einer Familienfeier auf ein Gut eingeladen wird. Die Gutsherren haben zwei Töchter. Mit Olga, der älteren, ist der Dichter verlobt, die jüngere, Tatjana, ist schüchtern und verliebt sich in Onegin. Auch er verliebt sich in sie, denkt aber nicht daran, jetzt zu heiraten, was Tatjana sehr grämt. Es kommt wegen einiger Missverständnisse zu einem hitzigen Kampf zwischen Onegin und seinem Freund Lenski. Dieser wird Opfer seiner unsinnigen Eifersucht auf Onegin im Irrglauben, dass dieser ihm seine Verlobte abspenstig machen möchte, was jedoch nicht im Geringsten stimmt. Die Verblendung führt dazu, dass Lenski schließlich im Duell von Onegin erschossen wird. Onegin reist voller Schmerz ab und kehrt nach Jahren zurück. Im Palast des Fürsten Gremin trifft Onegin Tatjana als dessen Gattin wieder. Beide lieben sich immer noch. Aber sie hält aus Pflichtgefühl an ihrem wesentlich älteren, in der Gesellschaft sehr angesehenen Mann fest. Onegin ist verzweifelt und stürzt davon.

Peter war merkwürdig berührt, fast verunsichert. Der Text hatte ihn sensibilisiert und neugierig gemacht. Seine noch nicht ganz erloschene Widerspenstigkeit gegen den Opernbesuch legte sich etwas.

Nun war er auf die Aufführung gespannt.

Hanni kehrte zurück, freudig lächelnd und ebenso erwartungsvoll. Hand in Hand suchten sie ihre Sitzplätze auf. Als der Vorhang zur Seite glitt, führte die Ouvertüre die Zuschauer in eine melancholische Grundstimmung und

ließ mit düsteren Tönen ein trauriges Ende erahnen. Vom ersten Augenblick an war Peter von der Musik wie gefangen. Die Arien und der Walzer, die er glaubte, schon mal im Radio gehört zu haben, spülten Gefühle in ihm hoch, die er so noch nicht in sich gekannt hatte - Freude, Sehnsucht, Angst, schwindelige Lust und Freude. Er konnte sich nicht erinnern, jemals von einem Konzert- oder Opernbesuch mit seinen Eltern so tief berührt worden zu sein.
Hanni spürte seine Bewegtheit und hielt die meiste Zeit während der Aufführung seine Hand.
In der Pause, während er in das Lachsbrötchen biss, meinte Peter zu ihr: „Ich kann mich in der Musik wiederfinden. Ich habe das Gefühl, die Musik erzählt mir meine wechselnden Stimmungen, meine schwankenden Entscheidungen mit ihren Aufs und Abs."
Peters Satz verstrich wie eine dünn auslaufende Linie im Gemurmel der um sie herum schwatzenden und lachenden Besucher. Hanni erwiderte nichts, beobachtete ernst sein Gesicht.

Während des dritten und letzten Aktes gingen Peter bei hoch gespannter Aufmerksamkeit für den Opernverlauf gleichzeitig viele Fragen durch den Kopf. Bin ich nicht ein bisschen wie Onegin? Auch ich suche Nähe, bin mir nicht sicher, ob sie mich auf Dauer erfüllt, vermeide, mich festzulegen, fühl' mich manches Mal einsam mit Sehnsucht im Herzen. Er fragte sich: Verschenke ich auch die Chance? Kann ich mit meinen Gefühlen, besser, mit meinen Sehnsüchten auch nicht umgehen und gehe ihnen kurz vor dem Ziel aus dem Weg?

Beeindruckt, aufgewühlt verließen Hanni und Peter nach dem letzten Applaus das Theater. Beide wollten nicht noch irgendwo einkehren. Es zog sie in vertraute Gefilde, in Hannis Wohnung. Auf dem Balkon setzten sie sich eng aneinander und schwärmten bei einem Glas Sylvaner von der schönen Musik. Hanni unterließ feinsinnig, Peter auf seine erwachte Aufgeschlossenheit für Opernmusik anzusprechen. So konnte er sich ungestört seinen Gefühlen hingeben. Sie kamen ins Erzählen. Hanni ließ sich über musikalische Schönheit aus, über Tschaikowskys eigenes unglückliches Leben, dessen erfüllte und unerfüllte Sehnsüchte. Sie sprachen über den Sinn des Lebens im Allgemeinen und welche Vorbilder sie im bisherigen Leben im Besonderen hatten. Auch welche Verzichte sie geleistet hatten, was ihnen gelungen war, woran sie gescheitert waren, brachten sie zur Sprache. Sie sprachen bis in die Nacht hinein. Beide hatten das Gefühl, sich erst jetzt richtig nahe gekommen zu sein. Ihre Tour d'Horizon durch ihr Leben hatte sie kraftvoll aufgeladen und zugleich satt gemacht, und schließlich hatte sie die Müdigkeit übermannt. Ihre Körper verlangten kein Dessert mehr.

Gegen zwei Uhr nachts schliefen sie glücklich ein – in Löffelchenhaltung.

Hanni fuhr am nächsten Morgen – für sie gab es kein Ausschlafen – in ihren Verlag. Peter schlief länger und beschloss nach dem Aufstehen, einen Abstecher in die Ludwig-Maximilian-Universität zu machen und weitere Erinnerungen aufzufrischen. Er fuhr mit der S-Bahn dorthin und betrat die Eingangshalle. Wie damals nach der Rückkehr aus L.A. empfand er hehre Gefühle angesichts des kolossalen Baus. Doch im Unterschied zu damals kam er sich nicht mehr klein und unwissend vor.

Leise murmelte er zu sich. „Bald bin ich durchs ganze Niemandsland gelaufen. Ich ahne Neuland.“
Er lief noch über einige Gänge und resümierte, dass ein wesentlicher Teil seines Lebens hinter ihm lag. Er war ihm lieb und teuer gewesen. Die antiquierte gedankliche Beschreibung fand er sogar treffend. Er spürte seinen Fortschritt. Diesen Teil seines Lebens konnte er dankbar verabschieden.
Wieder verabredete er sich mit Hanni zum Mittagessen. Diesmal war Dieter nicht dabei, stattdessen die Chefin von ihr. Offensichtlich war das Gewitter zwischen den beiden bereinigt. Sie wirkten entspannt und Hannis Chefin mit Namen Marika lud sie beide in den Biergarten vom Braunauer Hof ein. „Welch ehrwürdiger Abschied von München für mich!“, rief Peter für seine Verhältnisse enthusiastisch aus mit artigem Dank an Hannis Chefin. Die Stimmung war heiter, locker und sie hatten viel zu lachen.

Danach beschlossen Hanni und Peter spontan, eine Wanderung um den Kochelsee zu machen, um der städtischen Hitze zu entfliehen. Es war erst kurz nach ein Uhr. Sie packten einen kleinen Rucksack mit etwas Proviant und Wasser und starteten in guter Hoffnung, in etwa anderthalb Stunden in Kochel zu sein. Aber da waren sie zu optimistisch. Wie immer um München herum verstopften Staus Straßen und Autobahn. Sie brauchten rund zwei Stunden. Nachdem sie endlich angekommen waren, räkelten sie die Glieder, schwangen sich auf und marschierten über den Felsenweg. Es waren herrliche Ausblicke auf den See.

Während der Wanderung sprach zunächst nur Hanni. Sie redete ohne Unterlass, so, dass Peter nach einer Weile nicht mehr zuhörte. Er fühlte sich an Ulla erinnert. Komisch, dachte er, ich habe während der Woche wenig an sie gedacht. Bedeutet sie mir wirklich gar nichts mehr? Nein, das kann nicht sein. Ich war diese Woche in erster Linie mit mir beschäftigt und habe neue wichtige Dinge von Mama erfahren, ich sehe ihre und meine Entwicklung in einem anderen Licht, in einem anderen Zusammenhang. Hanni hat mir aufgezeigt, wie befreiend es ist, über alles zu reden und alles, was ist, erst einmal anzuerkennen. Sicher, Ulla schlägt auch in diese Richtung, das erkenne ich erst jetzt, ich hatte Pflaster auf den Augen. Ich war befangen, eben wie im Märchen, verbannt. Jetzt bin ich es nicht mehr. Ich bin aufgewacht.

„Heh, Peter, träumst du, ich hab dich jetzt paar Mal gefragt, wie du es hier findest. Es ist doch herrlich hier. Der Blick auf den See, einfach einmalig!“
„Ja, ja“, beeilte sich Peter zu antworten.
„Hast du nicht Lust, wieder nach München zu ziehen?“
Er schaute sie entgeistert an: „Hierhin zurück? Das geht doch nicht!“
„Wieso denn nicht?“
„Meine Familie kann ich doch nicht hierhin versetzen!“
„Willst du damit sagen, dass du nicht im Geringsten daran denkst, mit mir zu leben?“
Peter blieb konsterniert stehen. „Ja, ja … nein, nein“, stammelte er, „ich weiß nicht, ich habe noch nicht genau darüber nachgedacht.“

Schweigend marschierten sie bis Schlehdorf und ließen sich in einem Biergarten nieder. Hanni ließ ihren Blick über den See schweifen, Peter schaute im Wechsel auf die Bergkämme und auf die gemusterte Tischdecke. Er holte kaum Luft, sein Magen war gepresst. Er fühlte sich auf einmal unwohl. Die Wende zu seiner gewohnten Alltagsrealität stand im Raum.

„Weißt du, Peter“, brach Hanni das Schweigen, „ich weiß, die Entscheidung ist für dich schwerer als für mich. Ich lass dir Zeit, ich sehe, du kannst jetzt nichts sagen, ich will dich nicht unter Druck setzen. Meine Meinung zu dir und zu uns habe ich dir ehrlich gesagt. Ich überlasse es dir. Wir beide, jeder für sich, kann die Woche noch in sich sacken lassen, vielleicht stellen sich dann die inneren Weichen. Wir genießen noch die restlichen Stunden. Prost, Peter!“
Sie hob ihr Glas Weizenbier und stieß gegen seins. Peter schaute sie erleichtert und dankbar an. „Ja, so machen wir’s. Du bist ’ne tolle Frau!“
Bei dem letzten Satz zuckte Hanni zusammen, sie empfand das Kompliment als Bonbon. Es sollte sie tröstend hinhalten, während er sich sehr bedeckt hielt und wahrscheinlich sich längst entschieden hatte, nämlich nicht für sie. Aber sie wahrte Haltung. Dass sie sich weiter zu ihm hingezogen fühlte und sehr gerne hatte, änderte nichts daran.
Sie brachen auf zum Schiffssteg, zur letzten Fahrt nach Kochel zurück. Auf dem Schiff blieben sie an der Reling stehen, jeder genoss den Wind, das herrliche Panorama. Nach der Ankunft liefen sie zügig, einander umschlungen, zum Wagen, wie wenn es keinerlei Verstimmung, keine leise Verstörtheit gegeben hätte, keine im Keim vorhandene Entscheidung. Sie waren noch in ihrer gemeinsamen Gegenwart.
Die Rückreise brauchte noch länger als die Hinfahrt. Kurz vor Eintreffen in Hannis Wohnung setzte ein prasselnder Sommerregen ein, der sich ausweitete zu einem heftigen Gewitter mit taubeneiergroßen Hagelkörnern.

Hanni und Peter kuschelten zusammen auf der Couch. Nach Gespräch war ihnen nicht, sie schauten fern, knabberten ein paar Erdnüsse.
„Wann fährt dein Zug?“ fragte Hanni leise.
„Zehn Uhr zehn“, antwortete Peter traurig. Er drückte sie fest an sich, ein paar Tränen kullerten zuerst bei ihm, dann legte sie weinend ihren Kopf auf seine Schulter. In ihrer Umarmung erdrückten sie sich fast.

Es wurde ihre letzte innige Liebesnacht.

Der Zug fuhr pünktlich ab. Hanni hatte beim Abschiedskuss feuchte Augen. Peter war gefasst und ernst. Er stieg schnell ein und stellte sich bei der Abfahrt an die geschlossene Zugtür, winkte und ließ Hanni nicht mehr aus den Augen, bis sich der Zug in leichten Schüben in Gang setzte. Noch ein paar Sekunden sah er ihre kleine Figur kleiner werden, winkend mit einem weißen Taschentuch. Es ärgerte ihn, dass die Fenster fest verschlossen waren und nicht wie früher aufschiebbar, so dass man den Kopf herausstrecken und die zurücklassende Person immer noch winziger werdend in langen gedehnten Rückblicken verabschieden konnte. Mit diesen unbeweglichen Fenstern war die Person schlagartig weg.

Brutaler, abrupter Abschied.

INHALT

europabuch